SEIN TEUFLISCHES GEHEIMNIS

DIE LIGA DER SCHURKEN
BUCH VIII

LAUREN SMITH

Übersetzt von
CORINNA VEXBORG

ISBN: 978-1-958196-09-0 (E-Book-Ausgabe)

ISBN: 978-1-958196-10-6 (Druckausgabe)

KAPITEL 1

Liga-Regel 17:
Lassen Sie niemals zu, dass Ihr Titel, oder das Fehlen eines Titels, definiert, wer Sie sind.

Auszug aus der *Quizzing Glass Gazette*, 9. September 1821, der Rubrik Lady Society:

Lady Society ist in letzter Zeit ziemlich frustriert von den Gentlemen, vor allem von denen, die schurkisch sind. Insbesondere wirft sie einen missbilligenden Blick auf Mr. St. Laurent, den jüngeren Bruder des Herzogs von Essex. Dieser Herr hat versucht, eine junge Dame des Ton gefühllos zu verführen und sie dann abblitzen lassen, als sie ihr Interesse bekundete. Mr. St. Laurent, Sie können nicht mit einer Frau, die nicht mehr im Spiel ist, Katz und Maus spielen. Es ist vorbei. Lassen Sie die Dame in Ruhe, denn Sie haben nicht den Wunsch, sie zu heiraten. Betrachten Sie sich als gewarnt.

»Betrachte mich als *gewarnt*?« Jonathan St. Laurent starrte auf die Zeitung, die er Lucien, dem Marquess of

Rochester, gestohlen hatte. Die beiden hatten es sich in einem Zimmer in Berkleys Club gemütlich gemacht und warteten auf die Ankunft ihrer Freunde, die sich zu den wöchentlichen Drinks und Zigarren treffen würden.

Der rothaarige Marquess kicherte. »Du hast den Zorn der Lady Society selbst auf dich gezogen. Möge Gott deiner Seele gnädig sein.«

»In der Tat.« Jonathan las die Kolumne über die Gesellschaft noch einmal und verschluckte sich an jedem Wort. Er hatte keine Spiele gespielt. In ganz London gab es nur eine einzige Dame, von der er behaupten konnte, sie verführt zu haben, oder es zumindest versucht zu haben: Miss Audrey Sheridan, die jüngste Schwester seines Freundes Cedric, Viscount Sheridan.

Jonathan hatte sein ganzes Leben lang geglaubt, er sei ein Diener, und hatte bis zum letzten Jahr nicht gewusst, dass er in Wirklichkeit der Halbbruder des Herzogs von Essex war. Er lernte seinen Platz in der schönen Welt gerade erst kennen, lernte, wie ein Gentleman zu leben, und tat sein Bestes, um sein Leben als Diener hinter sich zu lassen. Aber der Ärger hatte ihn gefunden. Probleme, die den Namen Audrey trugen.

Sie war ein wahrer Wildfang. Eine dunkelhaarige Schönheit mit einer scharfen Zunge und einer Vorliebe für Ärger. Das Letzte, was er brauchte, war Ärger. Dennoch war sie von dem Moment an, als er sie kennengelernt hatte, ständig in seinen Gedanken präsent.

»Nun, was hast du jetzt vor?«, erkundigte sich Lucien. Seine Lippen verzogen sich zu einem amüsierten, sardonischen Lächeln, während er an seinem Brandy nippte.

»Was kann ich tun?« Jonathan zerknüllte die Zeitung in seinen Händen. »Ich habe sie nicht verführt, nicht in irgendeiner Weise, die wirklich zählt.«

»Nach wessen Maßstäben? Die eines Gentleman oder die des Lebens, das du vorher geführt hast?«

Die Worte verletzten Jonathan. »Ich war nichts anderes als ein Gentleman für sie.«

Lucien schien zu merken, dass seine Worte Jonathan verletzt hatten, und korrigierte sich. »Ich meine nur, dass es zu einem Missverständnis gekommen sein könnte. Frauen haben oft eine ganz andere Auffassung von Verführung als wir, weißt du.«

»Das war nicht der Fall. Zumindest nicht, soweit ich das beurteilen kann. Und außerdem war ich bereit, sie zu heiraten. Ich wollte sie heute Nachmittag fragen, als ich sie zuletzt gesehen habe.«

An diesem Nachmittag hatte er ihr einen Heiratsantrag machen wollen, aber sie war ihm davongelaufen, bevor er seine Frage stellen konnte. Er hatte sich Sorgen gemacht, dass sie in Schwierigkeiten geraten könnte, und war ihr deshalb in ein Bordell, den Mitternachtsgarten, gefolgt, das sich an Kunden aus der High Society richtete. Er hatte Audrey allein in einem Zimmer mit einem gut aussehenden jungen Mann angetroffen und die Kontrolle verloren, so dass er den Mann aus dem Zimmer warf. Er und Audrey hatten sich gestritten, und wenn sie sich stritten, kam es immer zu kurzen, aber intensiven Momenten der Leidenschaft.

Er hatte noch nie eine Frau getroffen, die sein Blut nur mit einem Lächeln oder einem Lachen in Wallung brachte. Alles an ihr brachte die Welt auf eine Weise zum Leuchten, die er nie für möglich gehalten hätte.

Aber er hatte sie nicht verführt, nicht auf die Art und Weise, wie es die Gesellschaftskolumne suggerierte. Er hatte ihr einen Vorgeschmack darauf gegeben, was Vergnügen zwischen einem Mann und einer Frau sein konnte, die sich füreinander interessierten, und als er sie in seinen Armen hielt und ihr

Körper unter den Nachwehen der Erlösung zitterte, hatte er sich in ihren sanften braunen Augen verloren. Die Worte seines Heiratsantrags lagen ihm bereits auf der Zunge, und gerade als er den Mut aufbrachte, etwas zu sagen, nahm sie ihren trotzigen Geist zusammen und riss sich von ihm los. Sie hatte ihn verlassen, und sein Herz hatte sich mit unvorstellbarem Schmerz verengt, verletzt und verwirrt durch ihre gegensätzlichen Reaktionen auf ihn. Eben noch schnurrte sie in seinen Armen wie ein Kätzchen, und im nächsten Moment spuckte sie wie wild und ließ ihn die tiefen Wunden ihrer verbalen Krallen spüren.

»Warum hast du sie nicht gefragt?«, fragte Lucien. »Du brauchst keine Angst zu haben. Ich war nervös, als ich Horatia einen Heiratsantrag machte, und das hätte ich nicht sein müssen.«

Jonathan seufzte. »Aber Horatia ist so viel vernünftiger als ihre Schwester. Audrey ist ...« Die Worte entglitten ihm.

»Wild? Unbezwingbar? Ein Wildfang höchsten Grades?«, vermutete Lucien mit einem schelmischen Funkeln in den Augen.

»Genau«, stimmte Jonathan zu. Sie war all diese Dinge und noch mehr. So viel mehr.

»Cedric wird einverstanden sein, weißt du. Darüber brauchst du dir nun wirklich keine Sorgen zu machen. Er vertraut dir mehr, als er mir je vertraut hat.« Seine Stimme hatte einen weichen, melancholischen Klang, der Jonathans Aufmerksamkeit erregte. Die beiden Männer waren wegen Horatia aneinandergeraten und hatten sich schließlich am Weihnachtstag duelliert. Es war ein Wunder, dass an jenem Tag niemand gestorben war.

Es beruhigte Jonathan zwar, dass Cedric nichts dagegen hatte, dass er Audrey heiraten würde, aber es war die Dame selbst, die ihm Sorgen bereitete. Ein Lakai im Hause Sheridan hatte ihn gewarnt, dass Audrey unbedingt die Kunst der Spionage erlernen wollte, um Spionin zu werden. Das war lächerlich. Könnte es das sein, was einen Keil zwischen sie getrieben hatte? Sie hatte sich einmal für ihn interessiert, aber jetzt schien sie fest entschlossen, keinen Mann zu heiraten, und geriet immer öfter in gefährliche Situationen.

Der starke Stich von Audreys Zurückweisung brachte ihn zu Luciens Worten zurück.

»Es ist nicht Cedric, um den ich mir Sorgen mache. Letztes Jahr war ich so überzeugt, dass Audrey von mir umworben werden wollte, aber jetzt ... hat sich etwas geändert.« Er ließ seinen Blick durch den Raum schweifen, suchte nach Antworten und wusste, dass er keine finden würde.

Lucien zündete sich eine Zigarre an und paffte langsam und nachdenklich daran. »Manchmal sind Frauen davon überzeugt, dass sie etwas wollen, aber sobald es in Reichweite ist, haben sie Angst, es tatsächlich zu bekommen.«

»Aber warum?«

»Herr, wenn ich das wüsste, würde ich es dir sagen.«

Jonathan atmete aus und lehnte sich in seinem Stuhl zurück. »Wenn Lady Society die Wahrheit sagt, dass Audrey mich nicht will, wäre es dann nicht anständig, sie gehen zu lassen?«

Lucien legte seine Zigarre auf ein Tablett in der Nähe und lehnte sich vor, stützte die Ellbogen auf die Knie und presste nachdenklich die Finger zusammen. Dann starrte er Jonathan aufmerksam an. Lucien war Anfang dreißig und hatte in der Welt schon viel gesehen und getan. Jonathan war mit seinen fünfundzwanzig Jahren im Vergleich dazu ein Junge. Er vertraute den Ratschlägen seines Freundes.

»Ich denke, du solltest sie nicht gehen lassen. Sie ist verletzt. Es ist etwas passiert, und sie gibt auf. Aber das solltest du nicht auch tun. Bei Horatia und mir war es ähnlich. Ich habe ein paar dumme Dinge gesagt und noch dümmere Dinge getan, und statt sich gegen mich zu wehren, hat sie sich von mir zurückgezogen. Es besteht die Möglichkeit, dass

Audrey sich wie ihre Schwester verhält. Ich habe gesehen, wie Audrey dich ansieht, wenn sie denkt, dass niemand zuschaut. Sie hat Sterne in ihren Augen, mein Junge. Und wenn du sie willst, dann nimm sie dir.«

Jonathans Lächeln war traurig. Er war zu sehr von törichten Hoffnungen erfüllt, und er wusste es. »Sterne in ihren Augen?«

»Sie verhält sich frivol, wenn es um die Liebe geht, aber sie ist eine echte Romantikerin. Sie ist die Art von Frau, die Kätzchen aus dem Regen rettet, die versucht, die Hilflosen zu kleiden und zu ernähren, und die für das kämpft, woran sie glaubt. Sie ist unserer Lady Society nicht unähnlich, nehme ich an.« Er winkte mit einer Hand in Richtung der Zeitung, die Jonathan immer noch in der Hand hielt, und seine Lippen zuckten. »Eine Frau wie sie verdient einen Champion, der an ihrer Seite kämpft und ihre edlen Ziele nicht verrät. Wenn du dieser Mann bist, dann sage ich, dass du um jeden Preis dranbleiben solltest.«

Jonathan legte die zerknitterte Zeitung auf den Tisch und glättete die Seiten, während er über jede Begegnung mit Audrey nachdachte, die er je gehabt hatte. Von dem ersten Kuss in ihrem Schlafgemach letzte Weihnachten bis zu jenem Nachmittag im Bordell, als sie in seinen Armen auseinanderbrach, als er sie zum ersten Mal intim berührte. Danach war sie wütend, verletzt und kalt gewesen, aber in diesen ersten Momenten, als er ihr Freude bereitet hatte, hatte er das Mädchen gesehen, das ihn mit Sternen in den Augen anschaute.

»Ich möchte ihr Mann sein. Ihr Held, ihr Schurke, was auch immer ich für sie sein soll.«

Lucien lächelte und holte seinen Brandy. »Das ist ein guter Junge.« Als Jonathan sich nicht rührte, trat Lucien mit einem seiner Reitstiefel nach ihm. »Sitz nicht einfach so da, sondern geh zu ihr, bevor sie noch mehr Ärger bekommt.«

Jonathan sprang von seinem Stuhl auf und winkte einen Jungen herbei, der darauf wartete, zu bedienen.

»Hol meinen Mantel und lass mein Pferd nach vorn bringen.«

»Natürlich.« Der Junge stürzte davon. Jonathan wollte gehen, blieb aber an der Tür stehen.

»Wirst du den anderen sagen, dass ich eine dringende Angelegenheit zu erledigen habe?«, fragte er Lucien.

»Das werde ich. Es nützt aber nichts, ihnen zu sagen, was genau du vorhast, solange der kleine Wildfang nicht richtig gefesselt ist, oder zumindest bereit ist, es zu sein. Cedric wird darauf bestehen, sie in der Kirche zu übergeben, also mach keine Dummheiten und laufe nicht nach Gretna Green.«

»Natürlich nicht. Sie wird eine richtige Hochzeit wollen, und sei es nur, um einen Vorwand zu haben, ein neues Kleid zu kaufen.« Jonathan tippte mit den Fingern auf den Türpfosten, zögerte noch einen Moment und verließ dann den Raum. Ja, Audrey und ihre Kleider - die Frau war besessen von der Mode. Ein Lächeln umspielte seine Lippen, als er beschloss, dass er, wenn sie heirateten, einen ganzen Raum nur mit Häubchen füllen würde, wenn sie es wünschte.

Was immer du willst, mein Herz, sollst du haben, wenn ich dich nur überzeugen kann, ja zu sagen.

Er schritt durch die Galerie des Clubs. Die meisten Stühle waren mit Männern besetzt, die lasen, obwohl einige der älteren Herren schliefen. Ein guter Club war ein Zufluchtsort für Männer vor der Welt, ihren Frauen oder allem anderen, dem sie aus dem Weg gehen wollten. Jonathan ging nichts aus dem Weg, aber er war immer noch neu in der Gesellschaft, und hier hatte er zumindest nie das Gefühl, verurteilt zu werden. Er mochte die ruhige Gesellschaft im Berkley's, besonders wenn sein Halbbruder und seine Freunde dort waren.

Er nahm die Treppe hinunter durch den Kartenraum. Es

war eine recht ruhige Nacht hier. Nur wenige Tische waren mit Faro und Whist besetzt, aber Jonathan wusste, dass die Einsätze hoch sein würden. Cedric, Audreys älterer Bruder, hatte Anfang des Jahres in diesem Raum ein Paar Araberpferde von einem Kerl gewonnen, der Cedric und seine Frau in einem Racheakt fast getötet hätte.

Jonathan mied diese Tische wohlweislich. Er war noch nie ein Spieler gewesen, zumindest nicht mit Geld. Das Kartenspiel und die Glücksspiele waren für ihn nicht attraktiv. Obwohl er inzwischen ein kleines Landgut und ein Stadthaus in London besaß und über ein ansehnliches Vermögen und ein regelmäßiges Einkommen verfügte, das ihm sein Halbbruder geschenkt hatte, konnte er es nicht über sich bringen, auch nur kleine Summen an den Spieltischen zu riskieren. Er hatte sein ganzes Leben damit verbracht, sich seinen Weg zu verdienen. Der Gedanke, alles im >Glücksspiel zu riskieren, war völliger Wahnsinn.

Eine Stimme riss ihn aus seinen Gedanken, als er den Flur erreichte. »Mr. St. Laurent!« Ein junger Mann in der Livree des Lonsdale-Anwesens trat eben durch die Eingangstür des Clubs. Er erkannte den Jungen als Tom Linley, den Diener von Charles Humphrey, dem Earl of Lonsdale, der ebenfalls zu seinen Freunden gehörte. Während die meisten Diener im Haus ihres Herrn blieben, war Linley auch zu einem Begleiter von Charles geworden, der ihm auf Schritt und Tritt folgte, alle möglichen Besorgungen machte und bei Bedarf Nachrichten überbrachte.

»Tom?« Jonathan nahm seinen Mantel von dem Diener entgegen und ging zu Linley hinüber. Die blauen Augen des Jungen waren weit aufgerissen, und seine Brauen waren vor Sorge zusammengezogen.

»Es ist ein Glück, dass ich Sie gefunden habe, Sir. Seine Lordschaft hat mich früher in den Club geschickt, um Sie alle zu informieren. Er ist bei Tattersall, aber er hat eine Nachricht von Miss Audrey Sheridan erhalten. Normalerweise würde ich den Inhalt eines privaten Briefes nicht preisgeben ...«

»Aber du hattest das Gefühl, dass du es jemandem sagen musstest?«

»Nicht irgendjemandem, sondern Ihnen«, beharrte Linley. »Sie - also Miss Sheridan - sollte seine Lordschaft bitten, sie heute Abend in einen verrufenen Club zu begleiten, aber in dem Brief schrieb sie, sie brauche ihn nicht mehr.« Linley bewegte sich unruhig.

»Und du bist besorgt?« Jonathan zog seinen Mantel und seine Reithandschuhe an.

»Ich habe Angst, dass sie trotzdem geht. Verzeihen Sie, wenn ich das sage, aber Sie wissen, wie sie ist, Mr. St. Laurent. Übermütig und eigensinnig.«

»Das weiß ich nur zu gut«, sagte er seufzend. »Weißt du, wo sie hinwollte?«

»Das tue ich.« Linley reichte ihm einen Zettel mit einer Adresse. »Seien Sie vorsichtig, Mylord. Es ist ein Hell Fire Club, voller böser Männer, heißt es. Sie kann da nicht allein reingehen.«

Ein Hell Fire Club? War die Frau verrückt? In seinem Magen bildete sich ein Knoten der Angst. Das war weitaus rücksichtsloser als alles, was sie bisher getan hatte. Warum in aller Welt sollte sie das tun?

»Da hast du völlig recht. Vielen Dank, Tom.« Jonathan versuchte, trotz seines klopfenden Herzens äußerlich ruhig zu bleiben, klopfte dem Jungen auf die Schulter und ging.

Es war noch sehr früh am Abend, und jeden Moment würden die anderen Freunde im Bombay Room etwas trinken gehen. Die Ehefrauen aller verheirateten Männer hatten ein Abendessen, aber Audrey nutzte den Abend, um zu fliehen.

Zweifellos denkt sie, dass ich nicht da sein werde, um zu entde-

cken, dass sie wieder weggelaufen ist. Es sollte mich nicht überraschen, wirklich nicht.

Aber er hatte gehofft, dass ihre Begegnung mit ihm heute Nachmittag sie zumindest für ein paar Tage von weiteren Abenteuern abhalten würde. Jetzt vermutete er, dass es sie nur noch mehr angespornt hatte. Er fand sein Pferd und ritt zurück zu seinem Haus in der Half Moon Street. Sein Butler begrüßte ihn herzlich, doch als er Jonathan finster dreinblicken sah, wurde er ernüchtert.

»Kann ich Ihnen irgendwie helfen, Sir?«, fragte Mr. Leigh.

»Lassen Sie eine Mietkutsche anhalten. Ich muss sofort ins Temple Bar-Viertel.«

»Das werde ich sofort tun.« Mr. Leigh verließ das Haus, und Jonathan machte sich auf den Weg in sein Schlafzimmer. Sein Kammerdiener Louis polierte gerade ein Paar Stiefel. Als Jonathan eintrat, erhob er sich von dem Stuhl am Feuer und verbeugte sich.

»Guten Abend, Louis. Ich brauche ein Hemd, eine Weste und eine Hose. Alles schwarz.«

»*Alles* schwarz?«, fragte der junge Mann und neigte verwirrt den Kopf.

»Ja.« Er konnte weitere Fragen auf den Lippen des Mannes sehen, aber zum Glück sprach der Diener nicht weiter. Jonathan hatte keine Lust, irgendjemandem zu erzählen, dass er heute Abend einen Hell Fire Club zu infiltrieren plante. Wie genau er das bewerkstelligen wollte, war allerdings noch nicht klar. Er würde es herausfinden, sobald er dort war. Er öffnete seine Kommodenschublade und holte eine Pistole heraus, etwas, das er sich angewöhnt hatte, nachdem mehrere seiner Freunde im letzten Jahr in gefährliche Situationen geraten waren. Es wäre klug, das Ding heute Abend mitzunehmen, für den Fall, dass er in Schwierigkeiten geraten würde, was angesichts der Tatsache, dass Audrey involviert war, fast sicher war.

Sobald er angezogen war, eilte er die Treppe hinunter und sprang in die wartende Droschke. Als der Wagen den Stadtteil Temple Bar erreichte, bezahlte er den Fahrer und eilte an *Twining's Tea Shop* und den *Lower Courts of Justice* vorbei. Er fand das Stadthaus, das zu der Adresse passte, die Linley ihm gegeben hatte, und schaute sich um, in der Erwartung, dass sich eine Gelegenheit ergeben würde. Er würde sich nicht so einfach Zutritt verschaffen können, nicht durch die Vordertür. Die Mitglieder des Clubs hatten wahrscheinlich geheime Passwörter oder anderen Unsinn parat, um Außenstehende am Eindringen zu hindern.

Er schlich sich durch die Gasse zwischen dem Haus und dem Nachbargebäude und fand den Eingang für die Bediensteten. Er wettete darauf, dass diese Tür nicht verschlossen sein würde. Er schlang seine Finger um den Griff und drehte ihn vorsichtig, um eine Küche zu enthüllen. Eine mollige Köchin mit einer fettigen Schürze rührte mit einer großen Kelle in einem dampfenden Topf und murmelte vor sich hin.

»Verdammte Katze. Was brauchen diese schicken Herrschaften das Vieh? Ratten fängt der jedenfalls keine.«

Jonathan schüttelte den Kopf und konzentrierte sich darauf, sich ungesehen hinter der Köchin vorbeizuschleichen. Sie hielt inne und wischte sich über die Stirn, dann richtete sie sich auf und drehte sich um. Er war schon fast an der Tür, die zum Rest des Hauses führte, als sie ihn entdeckte.

»He! Was machst du denn hier?«

Er erstarrte und drehte sich um, um in das verkniffene Gesicht der mürrischen Köchin zu schauen. »Ich bin spät dran und habe Angst, dass man mich nicht reinlässt. Ich dachte, wenn ich mich durch die Küchen schleiche ...« *Bitte, Herr, lass es funktionieren.*

Die Köchin grinste breit. »Sie sind neu, oder? Sie sind hübscher als alle anderen. Dieses blasse Haar, diese grünen Augen - ich wette, die Mädchen lieben dich, oder?«

»Ja, manchmal.« Er schluckte und betete, dass sie seine Täuschung nicht durchschauen würde. Aber sie schien ihn zu mögen. Sein Aussehen war schon immer ein Vorteil gewesen. Sogar die früheren Geliebten seines älteren Bruders wollten mit ihm schlafen, nicht dass Jonathan sich jemals getraut hätte, das seinem Bruder zu sagen. Der Duke of Essex hatte einen kräftigen rechten Haken.

»Na, dann geh schon. Du willst doch nicht zu spät zum Abendessen kommen. So ein Ding hier wirst du auch brauchen.« Die Köchin bückte sich, öffnete einen Schrank neben dem Herd und holte eine Dominomaske mit einem aufgemalten Teufelsgesicht heraus. Nur seine Nase, sein Mund und sein Kinn waren noch zu sehen. Es war eine perfekte Verkleidung.

»Danke.«

»Du kannst mir mit einem Kuss danken«, schlug die Köchin vor und klimperte mit ihren kurzen Wimpern.

»Später, ich verspreche es«, bot er ihr stattdessen ein verschmitztes Grinsen an.

»Nicht so schnell. Ich werde jetzt meine Bezahlung entgegennehmen.« Sie hielt die Maske aus seiner Reichweite.

»Sehr gut, du verführerische Dame.« Er beugte sich vor, um ihr einen kurzen Kuss auf die Wange zu geben, aber sie bewegte sich und packte seine Krawatte, zog sein Gesicht zu ihrem und presste ihre Lippen auf seine.

Erschrocken zuckte er zurück und riss ihr hastig die Maske aus der Hand, bevor sie weitere Küsse fordern konnte. Sie zwinkerte ihm zu, bevor er sich abwandte und sich diskret den Mund am Ärmel seines Mantels abwischte.

Großer Gott, Audrey, ich hoffe, du bist das alles wert.

Aber er wusste, dass sie es war. Sie war es wert, jeden Preis zu zahlen.

Er setzte die Maske auf und trat in den Korridor. Eine Gruppe von Männern stand in der Eingangshalle und trank kräftig. Alle trugen schwarze Kleidung und Domino-Masken wie er. Er blickte sich um, sein Herz klopfte, als er Audrey suchte, aber im Raum waren nur Männer. Wo war sie? Vielleicht könnte er sich davonschleichen und den Rest des Hauses durchsuchen?

Eine dröhnende Stimme kam von der großen Treppe oben. »Willkommen, meine Herren.« Jonathan suchte Schutz hinter den trinkenden Männern und beobachtete den Mann, der die Treppe herunterkam, um sie zu begrüßen.

»Als Herr der Lust heiße ich euch heute Abend zu unserem satanischen Fest willkommen.« Der Mann hielt eine schwarze Katze in seinen Armen. Die Ohren der Katze waren vor Angst und Wut abgeflacht, aber sie kratzte oder spuckte nicht, wie Jonathan es erwartet hatte. Der Mann, der sie hielt, der so genannte Herr der Lust, hatte eine vertraute Stimme, die er aber nicht zuordnen konnte.

»Langley, sagen Sie mal ...«, murmelte ein betrunkener Mann. »Haben Sie endlich diese Lady Society gefunden? Sie haben versprochen, dass Sie ...« Der Mann schluckte. »Ich würde ihr gerne die Röcke hochwerfen und ...«

Der Herr der Lust zischte. »Ich muss Sie nicht daran erinnern, Herr des Weins, dass wir uns mit unseren *Sündennamen* anreden müssen, nicht mit unseren wahren Namen. Die Anonymität muss gewahrt bleiben.«

Der Herr des Weins gluckste. »Oh ... richtig. Und, haben Sie sie gefunden, Lusty?«

Der Mann seufzte, da er offensichtlich das Gefühl hatte, dass seine Theatralik umsonst gewesen war. »Das habe ich.«

Langley ... Jonathan kannte diesen Namen. Gerald Langley war ein lächerlicher, aber gefährlicher Narr, der vor kurzem wegen seiner Grausamkeit und Schurkerei öffentlich bloßgestellt worden war.

Und die Frau, die seinen Namen in den Dreck gezogen hatte, war Lady Society.

»Und wo ist sie?«, forderte ein anderer Mann.

»Auf dem Weg. Ich habe ihr eine Einladung geschickt, der sie nicht widerstehen konnte. Sie glaubt dummerweise, dass sie uns übertrumpfen wird. Für den Moment schlage ich vor, dass wir uns alle in den Speisesaal setzen und etwas trinken, während wir auf ihre Ankunft warten.«

Die Gruppe von Männern ging in einen makaber dekorierten Speisesaal und setzte sich an den Tisch. Dutzende von Kerzen wurden angezündet, das Wachs tropfte herunter und verlieh der ganzen Veranstaltung eine gotische Atmosphäre. Der »Herr der Lust« setzte sich, und die schwarze Katze sprang fauchend vom Tisch und flitzte in den Flur.

»Verdammte Katze.« Langley fluchte und schenkte sich einen Becher Wein ein. Er lehnte sich zurück, ein kleines Lächeln auf den Lippen, während er den Rest seiner Anbeter betrachtete. Als die anderen sich ihm anschlossen, nahm Jonathan einen Becher und trank einen Schluck, um nicht aufzufallen. Warum wollte Audrey ausgerechnet hierher kommen? Sie hatte doch sicher nicht den Auftrag, diese Männer auszuspionieren? Sie waren nicht gefährlich, zumindest nicht für die Krone. Einige Hell Fire Clubs waren dafür bekannt, dass sie Unruhe stifteten und zu Gewalt auf den Straßen, ja sogar zu Aufständen, aufriefen, aber so, wie es aussah, war Langleys Club lediglich eine Gelegenheit für Männer, sich in Ausschweifungen zu ergehen.

Warum also sollte Audrey diesen Ort gewählt haben? Dann wurde es ihm klar. Langley hatte Lady Society heute Abend hierher gelockt. Die berühmt-berüchtigte Kolumnistin, die mit ihrer Feder diejenigen vernichtete, die es ihrer Meinung nach verdient hatten.

Wenn Audrey mit Lady Society befreundet war, würde das alles über den heutigen Artikel erklären. Er wollte knurren. Sobald er sie gefunden hatte, würde er sie sicher von diesen

Männern wegbringen und ihr den Hintern versohlen; dann könnte er sie im Arm halten und endlich aufatmen.

Die Tür zum Speisesaal öffnete sich, und der Butler führte einen neuen Mann herein. Er kam Jonathan irgendwie bekannt vor. Er ging in aufrechter Haltung, die von Adel sprach, der durch alte Blutlinien weitergegeben wurde. Er war nicht wie die Männer an diesem Tisch, die ungehobelten und gefühllosen Raufbolde in schicken Kleidern, aber ohne einen Funken von Adel unter ihnen. Er beobachtete den Mann genau und versuchte, das Gefühl der Vertrautheit zu ergründen.

Der Mann lächelte einige der Mitglieder an, die damit beschäftigt waren, unanständige Witze zu erzählen, und obwohl das Lächeln gezwungen wirkte, erkannte Jonathan ihn schließlich - zumindest glaubte er das. War das James Fordyce, der Earl of Pembroke? Er war doch sicher kein Mitglied? Er hatte mehr Verstand als das, und er war ein guter Mann, zu gut. Er war ein Freund der Liga der Schurken, wurde aber von der Liga als viel zu nett und gutherzig angesehen, um selbst Mitglied zu sein. Hatte die Liga ihn etwa falsch eingeschätzt? Jonathan mochte ihn sehr, und seine Instinkte waren nicht immer falsch.

Warum war James also hier? Der Mann, falls es James war, kam zu ihm herüber und setzte sich ihm gegenüber. Ihre Blicke trafen sich kurz, aber keiner der beiden sprach.

»Meine Herren!« Langleys Stimme brachte die Geschichten und das Gelächter zum Schweigen. Jonathan wandte sich wie die anderen Männer an Langley. Mit dem lodernden Feuer im Rücken spielte der Mann seine Rolle als Satansanbeter perfekt aus, und es schien, als ob sogar der Herr des Weins in den Geist der Dinge einstieg. Er erhob sich von seinem Stuhl, das Licht der Kerzen spielte mit dem unheimlich bemalten Gesicht der Maske, die er trug. Jonathan schauderte vor Abscheu.

»Heute Abend haben wir ein Festmahl vorbereitet. Wie ich bereits bei unserem letzten Treffen erwähnt habe, haben wir einige *besondere* Gäste, einige Damen, die Ihnen gut bekannt sind.« Langley machte eine Pause, damit die Männer über seinen privaten Witz lachen konnten. Die Grausamkeit in Langleys Stimme ließ Jonathan verkrampfen. *Bitte lass Audrey zu Hause und in Sicherheit sein ... oder irgendwo anders als hier.*

Langley fuhr fort. »Sie wollen sich an den dunklen Künsten beteiligen, und wir haben zwei köstliche junge, jungfräuliche Schönheiten, die sich gnädigerweise bereit erklärt haben, unser Bedürfnis nach dem Blut Unschuldiger zu stillen.«

Jonathan rutschte in seinem Sitz nach vorne und versuchte, den Drang zu bekämpfen, von seinem Stuhl aufzuspringen und aus dem Raum zu stürmen. Alles, was er wollte, war, Audrey zu finden und sie sicher von diesen Bastarden wegzubringen.

Der Mann neben Jonathan stupste ihn in die Rippen. »Ich würde gerne diese reife Frucht pflücken. Was ist mit Ihnen?«

Jonathan gab ein schroffes Geräusch von sich und hoffte, die Männer würden annehmen, dass er damit einverstanden war, aber das ganze Ereignis machte ihn krank. *Freiwillig.* Er hielt das für höchst unwahrscheinlich. Wenn ihm etwas wichtig war, dann war es das Recht einer Frau, sich ihre Liebhaber auszusuchen. Diese Nacht würde wahrscheinlich eine Reihe von Vergewaltigungen sein. Wer auch immer diese Frauen waren, sie waren nicht sicher.

Bitte lass Audrey nicht eine von ihnen sein. Bitte mach, dass sie zuhause geblieben ist.

»Sind Sie vorbereitet?«, verlangte Langley mit einem dunklen Grinsen, das gerade noch unter den Rändern seiner Maske zu erkennen war.

Die Männer im Raum johlten und pfiffen, als sich die

Türen des Speisesaals öffneten und sechs Damen hereinkamen. Sie nahmen auf den leeren Stühlen zwischen den Männern am Tisch Platz.

Langley räusperte sich. »Meine Herren, als Herr der Lust möchte ich Ihnen unsere Gäste vorstellen. Die Herrin der Sünde, die Herrin der Nacht, die Herrin der dunklen Begierde und die Herrin des Schlafzimmers.«

Jonathan studierte die Frauen genau, als sie genannt wurden. Doch als er die letzten beiden Frauen erreichte, stockte ihm der Atem. Eine Frau in einem roten Kleid und eine Frau in Lila saßen nebeneinander. Alle trugen Halbmasken, die ihre Gesichter so weit freigaben, dass sie ihm bekannt vorkamen. Die Dame in Lila war Gillian Beaumont, Audreys treues Dienstmädchen und Freundin. Und der Wildfang im roten Kleid war ...

»Audrey.« Er sagte das Wort laut, aber so leise, dass ihn niemand hörte.

Verdammnis. Sie war doch noch gekommen. Sie und Gillian. Er würde sie beide irgendwie retten müssen, und die Chancen standen heute Abend nicht gut für ihn.

Er warf einen Blick auf James Fordyce. Er ahnte den Grund, warum der Mann anwesend war, und betete, dass er damit richtig lag. Aber selbst wenn James ihm bei der Rettung helfen konnte, waren sie immer noch zahlenmäßig unterlegen.

»Und zu guter Letzt haben wir einen hochgeschätzten Gast unter uns. Erinnern Sie sich an die bissige, giftige Feder dieser Schlampe, die sich Lady Society nennt?« Langley spuckte. Jonathan spannte sich an, als die Männer um ihn herum auf den Tisch schlugen. Audrey zuckte zusammen, und Jonathan sah, wie sich die Muskeln in ihrer Kehle anspannten, während sie versuchte, ruhig zu bleiben.

»Heute Abend habe ich die perfekte Falle gestellt und Lady Society selbst an meine Tür gelockt. Ich habe neulich auf einem Ball verraten, dass wir uns heute Abend treffen werden und dass sie unsere Unterhaltung nicht verpassen möchte.«

Audreys Gesicht verlor jegliche Farbe, und ihre Lippen öffneten sich. Jonathan starrte sie entsetzt und verständnisvoll an. Audrey war nicht hier, um ihrer Freundin Lady Society zu helfen.

Sie ist Lady Society.

Und das bedeutete, dass alles, was sie ihm in dieser Kolumne gesagt hatte, die Wahrheit sein musste, nicht wahr? Dass er sie in Ruhe lassen sollte, dass sie ihn nicht wollte.

Ein tiefes Gefühl der Scham drohte ihm den Atem zu rauben, doch er hielt an seinem Entschluss fest. Er musste sich jetzt darauf konzentrieren, sie zu retten. Es spielte keine Rolle, was sie für ihn empfand; das würde ihn nicht davon abhalten, das Richtige zu tun.

Die Folgen der Kreuzzüge von Lady Society holten sie schließlich ein. Und jetzt würden sie beide dafür sterben.

KAPITEL 2

Audrey Sheridan stand die schlimmste Nacht ihres Lebens bevor.

Ihre rasante Flucht aus den verführerischen Armen von Jonathan St. Laurent im Mitternachtsgarten am frühen Nachmittag hatte sie an diesem Abend auf einen rücksichtslosen Kreuzzug geschickt. Und diese Mission zerbröckelte nun um sie herum.

Es war alles Jonathans Schuld. Er hatte die Dreistigkeit besessen, zum denkbar ungünstigsten Zeitpunkt in ihr Leben zu treten. Als sie sich nach ihrer ersten Begegnung entschlossen hatte, ihn zu heiraten, hatte er sie bei jeder Gelegenheit ignoriert. Als sie dann beschloss, ihn nicht mehr heiraten zu wollen, weil er mit seiner kalten, unnahbaren Art weitermachte, machte er auch das zunichte, indem er sie wie von Sinnen küsste und ihr eine herrliche Welt der Lust zeigte, von deren Existenz sie nichts wusste. Und natürlich musste er sich wie ein wütender Stier mitten in ihre Spionageausbildung stürzen, darauf bestehen, dass sie die Dumme sei, sie in seine Arme ziehen und ...

Nun. Das war's dann auch schon. Sie hatte sich von allem,

was seine Lippen versprachen, losgerissen und war direkt in diese gefährliche Situation geraten. Sie war so verzweifelt gewesen, ihren Liebeskummer zu vergessen, dass sie beschlossen hatte, einen dummen Hell Fire Club zu infiltrieren, um die Identität der beteiligten Männer aufzudecken. Sie hatte zu viele Geschichten über die Ungerechtigkeiten gehört, die diese Narren den Frauen angetan hatten, und sie hatte vor, sie in ihrer Kolumne in der Lady Society aufzudecken.

Jetzt sah sie sich mit den Folgen ihrer Ablenkung konfrontiert. Sowohl sie als auch ihre Zofe Gillian saßen nun in der Falle und waren der Gnade der Lords des Hell Fire Club ausgeliefert. Sie würde sich nie verzeihen, wenn sie sie nicht beide vor diesen lächerlichen Narren, den so genannten unheiligen Sündern der Hölle, retten könnte. War ihnen die Absurdität ihres Namens nicht bewusst? Unheilig. Sünder. Der Hölle. Es war ein unsinniger Versuch, pervers selbstherrlich zu wirken. Audrey würde die Augen verdrehen, aber Tatsache war, dass Gerald Langley und seine betrunkenen Freunde trotz all ihrer Überheblichkeit und Wichtigtuerei furchterregend waren. Sogar in sturzbetrunkenem Zustand schafften sie es, dass sie sich völlig eingeengt fühlte.

Jetzt bist du reingetreten, Mädchen. Audrey schimpfte mit sich selbst und warf einen Blick auf Gillian, die hinter ihr saß. Sie hatte vorgehabt, ihre Freundin zu Hause zurückzulassen, aber Gillian bestand darauf, dass sie gemeinsam an der Identität von Lady Society gearbeitet hatten, und sie wollte ihre Herrin nicht allein in diese Gefahr gehen lassen.

Und so sahen sie und Gillian sich nun der Rache des grausamen Mannes gegenüber, den sie in ihrer Kolumne beschämt hatte. Der Mann hatte viele Verbrechen begangen, aber sie hatte ihn wegen einer schrecklichen Wette entlarvt, die er eingegangen war, um die Unschuld einer schönen jungen Frau aus Spaß zu zerstören. Audrey konnte das nicht dulden. Sie hatte es sich zur Aufgabe gemacht, dafür zu sorgen, dass Gerald Langley nicht mehr in der Öffentlichkeit verkehrte, und ihr Versuch, als Heldin aufzutreten, hatte sie direkt in seine Falle geführt.

Sie hatte gedacht, sie sei schlau, weil sie zwei Damen bestochen hatte, heute Abend nicht zu erscheinen, und sie und Gillian hatten geplant, deren Platz einzunehmen. Aber irgendwie hatte Langley den Plan entdeckt. Er hatte sogar damit gerechnet.

Verdammt seien Jonathans Mund und seine Küsse. Wäre sie nicht so sehr von ihm abgelenkt gewesen, wäre sie vielleicht nicht auf Langleys Tricks hereingefallen. Sie erschauderte bei dem Blick, den sie hinter Langleys Maske sah, als er sich auf sie und Gillian zubewegte.

»Heute Abend habe ich die perfekte Falle gestellt und Lady Society selbst an meine Tür gelockt. Ich habe ihr neulich auf einem Ball verraten, dass wir uns heute Abend treffen würden und dass sie unsere Unterhaltung nicht verpassen möchte. Aber welche ist die Lady Society, frage ich mich?« Er hielt dramatisch inne. Vielleicht würden die Männer ihr Interesse an Gillian verlieren, wenn Audrey sich als Lady Society zu erkennen gäbe.

»Ich nehme an, das spielt keine Rolle. Wir werden das Vergnügen haben, Sie beide zu haben.« Langley schnippte mit den Fingern. Der Mann rechts von Audrey und der Mann links von Gillian packten ihre Arme, zerrten sie beide hinter den Stuhl und fesselten sie mit einem Seil. Das Seil schnitt in Audreys nackte Haut, aber sie ließ den Schmerz ihre Wut schüren.

»Wie können Sie es wagen, Mr. Langley! Ich werde mehr tun, als einen verdammten Artikel zu schreiben, der Sie zerstört. Ich werde Ihre Eier auf einem Silbertablett servieren!« Sie beendete den Satz mit einem leisen Knurren. Sie meinte es ernst. Langleys Gesicht verfinsterte sich vor Wut, dort, wo die Maske seinen Mund und sein Kinn zeigte. Ein paar Männer am Tisch kicherten hinter ihren Bechern wie Schuljungen.

Oh je ...

»Wie kann ich es wagen? Meine liebe Lady«, knurrte Langley, »Sie sind aus freien Stücken hierher gekommen. Niemand hat Sie hierher gezwungen. Ich wage zu behaupten, dass es nur wenige gibt, die Sympathie für eine Frau haben, die *freiwillig* in einen Hell Fire Club geht. Ihr Ruf wird wertlos sein und Ihre Worte werden nicht mehr gedruckt werden können. Und das ist nur der Anfang dessen, was ich heute Abend für Sie geplant habe. Sie haben meine Familie zerstört, meinen Namen, einfach alles! Und ich werde Sie dafür vernichten!«

»Du hast nur bekommen, was du verdient hast, du Bastard!«, schnappte sie.

Langleys Augen glühten wie heiße Kohlen, bevor er sich wieder unter Kontrolle hatte. Dann sah er wieder in ihre Richtung und grinste.

»Und du hast den Mund einer Hure. Ich habe vor, dich wie eine solche zu behandeln.«

Sie keuchte auf, und ihr Magen verdrehte sich vor Angst. Er konnte mit ihr und Gillian machen, was er wollte. Sie hatte keine Möglichkeit, ihn aufzuhalten, und sie hatte ihn nur provoziert.

Herr, Jonathan hatte Recht - ich bin in Schwierigkeiten.

»Knebelt sie. Ich wünsche mir Ruhe, während wir unser Festmahl genießen.« Langley schnippte mit den Fingern, und die Männer auf beiden Seiten von Audrey und Gillian steckten ihnen plötzlich Taschentücher in den Mund. Audrey schäumte vor Wut und brüllte ihn trotz des Knebels an. Die Männer um sie herum lachten, als ob das Schweigen sie gleichzeitig unwichtig gemacht hätte. Sie schaute sich um und nahm ihre Umgebung in Augenschein. Zwölf Männer, mindestens sieben Diener, ein Butler, drei Lakaien, eine Köchin und ein Dienstmädchen, zwei große Fenster zur Straße hin. Sie prägte sich alles ein und überlegte in Gedanken, wie sie und Gillian entkommen könnten.

Langley gluckste. »Jetzt bin ich am Verhungern.« Er nahm eine Glocke vom Ende des Tisches in der Nähe seines Sitzes und schüttelte sie. Die Tür zum Speisesaal öffnete sich, und die Lakaien traten ein und brachten die Tabletts mit dem ersten Gang.

»Mylord, was ist mit ...?« Ein Mann in Audreys Nähe zeigte auf einen einzelnen leeren Stuhl.

»Oh, richtig.« Langley verdrehte die Augen und machte einen der Lakaien mit einer Handbewegung auf sich aufmerksam. »Bring Seine Unheiligkeit herein.«

Audrey erschauderte. *Seine Unheiligkeit? Sicherlich wollten sie nicht behaupten, dass sie einen echten Teufel oder sogar* den *Teufel anbeteten?*

Der Lakai brachte eine schwarze Katze ins Zimmer, setzte sie vorsichtig auf den Tisch und schob ihr einen Teller mit gebratenen Hühnerstücken zu. Der Kater war äußerst stattlich, hatte ein glänzendes schwarzes Fell und gelbe Augen, die im Licht des Raumes leuchteten. Er musterte alle Personen im Raum, bevor er den Kopf senkte, an dem Huhn schnupperte und zu fressen begann.

Langley musste bemerkt haben, dass sie die Katze anstarrte.

»Erfreut, unseren Gast kennenzulernen, Lady Society? Er ist das älteste Mitglied, verstehen Sie?« Langleys Tonfall wurde gespielt feierlich. »*Uralt*, könnte man sagen.«

Uralt? Er konnte doch nicht glauben, dass die Katze der Teufel persönlich war? Langley war eindeutig verrückt geworden. All diese Männer waren verrückt! Gillian spannte sich neben ihr an, um ihre Fesseln zu testen, und Audrey tat dasselbe.

Gott sei Dank behält Gillian in einer Krise einen kühlen Kopf. Audrey wusste, dass sie in solch schlimmen Situationen nicht so gefasst war wie ihre Freundin. Das war einer der vielen Gründe, warum sie Gillian wie eine Schwester liebte. Während die meisten Frauen eine höfliche, emotionale Distanz zu ihrem Personal hielten, waren sie und Gilly seit ihrem sechzehnten Lebensjahr eng befreundet.

Und ich habe ihr Leben in Gefahr gebracht.

Sie warf Gillian einen beruhigenden Blick zu und konzentrierte sich dann auf einen Plan, wie sie von hier wegkommen könnten. Wenn sie einen Weg finden würden, ihre Handgelenke zu befreien, und die Männer sie aus dem Speisesaal entfernen würden, könnten sie vielleicht entkommen. Die Eingangstür war nicht weit vom Esszimmer entfernt, und wenn sie die Straße erreichen konnten, konnten sie um Hilfe rufen oder ein Versteck finden.

Ja, das könnte funktionieren. Das musste so sein.

Als das Festmahl - wenn man die kleinen Portionen als solches bezeichnen wollte - beendet war, erhob sich Langley von seinem Stuhl und hielt ein Paar schwarze Würfel hoch. Der Raum wurde still.

»Jeder Mann soll die heiligen Würfel werfen, um zu bestimmen, wer das Vergnügen hat, diejenige im purpurnen Gewand zu nehmen. Dann werden wir die Würfel für Lady Society werfen. Aber seien Sie versichert, wir haben die ganze Nacht Zeit, und jeder Mann bekommt eine Chance bei *beiden* Damen.«

Er hielt die Würfel hoch, als würde er ein wertvolles Juwel präsentieren, und kicherte dunkel, während er jedes Gesicht im Raum musterte. Wie ein Straßenkünstler fuchtelte er mit den Würfeln in der Luft herum und grinste ein paar Männer in seiner Nähe an.

Audrey schrie Langley trotz des Knebels einen Strom von Flüchen entgegen. Wenn einer der Männer ihre Worte hätte hören können, wären sie bis zu den Haarwurzeln rot geworden. Ihre gedämpften Schimpfwörter verstärkten das Gelächter nur noch, und die Würfel wurden weitergereicht, bis sie den letzten Herrn neben Langley erreichten. Sie starrte ihn weiter an, als er die Würfel entgegennahm und sie anschaute, wobei sein Zögern Audreys Aufmerksamkeit erregte. Warum zögerte der Mann?

Dann warf er die Würfel. Sie klapperten die Länge des Esszimmertisches hinunter und kamen zum Stillstand.

»Zwölf!«, rief der Mann neben ihm. »Bei Gott, du bist ein Glückspilz!« Er gab dem Sieger einen Klaps auf den Arm. Audrey starrte den Mann hart an und versuchte, ihn einzuschätzen. Er wirkte nicht so unheimlich oder furchteinflößend wie die anderen, aber unter den gegebenen Umständen gab es keinen Grund, sich damit zu trösten.

Gillian warf ihr einen Blick zu, der Schrecken funkelte wie ein Blitz in ihren Augen.

Es tut mir so leid, Gilly. Ich werde einen Weg finden, dich zu retten. Ich schwöre es.

»Es scheint, wir haben unseren Gewinner«, verkündete Langley und wandte sich an den Mann neben ihm. »Bringen Sie Ihre hübsche Beute in eines der oberen Zimmer. Ich gebe Ihnen eine halbe Stunde Zeit, und dann werden wir sehen, wer der Nächste ist.«

Der Gewinner kam nach vorne, und der Mann neben Gillian löste ihre Handgelenke aus dem Seil und hob sie mit einem Ruck auf die Beine. Er gab ihr einen kräftigen Klaps auf den Hintern, und Gillian stieß einen Schmerzensschrei aus. Audrey sah rot, aber sie hatte keine Chance, sich zu befreien und ihrer Freundin zu helfen. Der Sieger packte Gillian am Arm und zog sie aus der Reichweite des Mannes, der ihr einen Klaps auf den Hintern gegeben hatte.

»Hier entlang, meine Liebe«, sagte der Sieger.

Audrey arbeitete verzweifelt an dem Taschentuch, das in

ihrem Mund steckte. Schließlich spuckte sie es aus, als Gillian und der Mann an ihr vorbeigingen.

»Wenn du sie anfasst, bringe ich dich um!«, schwor sie. Der Mann öffnete die Lippen, um zu sprechen, aber ein anderer Mann kam ihm zuvor.

»Hüten Sie Ihre Zunge, oder ich werde Ihren Mund besser gebrauchen«, schoss ihr ein anderer Mann entgegen.

Audrey verstummte. Sie kannte diese Stimme, kannte sie ganz genau. Sie wusste, wie sie sich anhörte, wenn sie in ihr Ohr murmelte, bis sich ihre Zehen kräuselten, und sie kannte sie so, wie sie jetzt war, bedrohlich und kalt. Sie kannte diese Stimme sogar, wenn sie angestrengt und väterlich klang, weil sie sie daran erinnerte, wie jung, naiv und unvorsichtig sie war. Diese Stimme konnte ihr die Nackenhaare aufstellen wie keine andere, und doch vertraute sie dem Hüter dieser Stimme mit ihrem Leben.

Sie drehte ihren Kopf und sah Jonathan St. Laurent in die Augen.

Dem Mann, den sie anbetete, dem Mann, den sie verachtete, dem Mann, der ihr das Herz gebrochen hatte. Sie konnte sehen, wie seine schönen grünen Augen sie beobachteten. Er schüttelte nur kurz den Kopf, bevor sie etwas sagen konnte. Alle Gedanken an Gillian rückten in den Hintergrund. Wenn Jonathan hier war, würde er nicht zulassen, dass Gillian sich in Gefahr begab, was bedeuten muss, dass sie auch dem anderen Mann vertrauen konnte. Sie *hoffte es.*

Ich werde dir vertrauen, nur dieses eine Mal.

Sie hoffte nur, dass Jonathan das in ihrem Gesichtsausdruck lesen konnte.

»Nun, eine schöne Taube ist erledigt. Jetzt zur nächsten!« Langley holte sich die Würfel zurück, stand auf und warf sie in die Luft.

Jonathan erhob sich und streckte seine Hand über den

Tisch neben Langley aus, fing die Würfel eine Sekunde, bevor sie gelandet wären, und schloss seine Finger um sie.

»Eigentlich ist das gar nicht nötig. Die Lady kommt mit mir.«

Langley spuckte. »Was zum Teufel meinen Sie damit?«

Jonathan zog eine Pistole aus seinem Mantel und richtete sie auf Langley.

Audrey holte tief Luft. Das Blut rauschte so laut in ihren Ohren, dass sie die Männer, die in Panik um sie herum aufschrien, kaum hören konnte. Eine Pistole? Was zum Teufel hatte er sich dabei gedacht?

»Ich meine, dass der Spaß vorbei ist und wir hier fertig sind. Diese Frau wird sofort freigelassen, und sie wird mit mir gehen.« Jonathans Stimme war sehr befehlend. Die Hand, die die Pistole hielt, war ruhig. Audrey starrte ihn entgeistert an.

Niemand wagte zu sprechen oder auch nur zu atmen, mit Ausnahme eines Mannes, der einen Schluckauf hatte und sein Getränk verschüttete, bevor er einen Fluch murmelte. Nur die schwarze Katze auf dem Tisch bewegte sich, ihr Schwanz zuckte hin und her, während sie die Ereignisse beobachtete.

»Lasst sie frei. Jetzt.« Jonathan hob die Pistole ein wenig höher und zielte auf Langleys Herz.

Langley ruckte mit dem Kopf, und der Mann neben Audrey befreite sie von ihren Fesseln. Sie hörte, wie er »kleine Schlampe« murmelte, bevor sie ihren Stuhl zurück auf den Fuß des Mannes schob, was ihm einen Fluch entlockte. Sie rieb sich die befreiten Handgelenke.

»Lady Society, wenn Sie bitte hier entlang kommen würden.«

Erleichterung durchströmte sie, als sie um den Tisch herum auf Jonathan zuging. Sie würden fliehen. Obwohl sie immer noch wütend auf den Mann war und sich verletzt fühlte, hätte sie ihn küssen können, doch das hätte nur zu noch mehr Ärger geführt.

Als sie sich an Langley vorbeischob, packte er sie am Handgelenk und versuchte, sie vor sich herzuziehen. Jonathan feuerte die Pistole ab. Sowohl sie als auch Langley kamen ruckartig zum Stehen. Langley fluchte. Die Kugel hatte seine Schulter gestreift. Hätte er sich nicht bewegt, hätte ihn die Kugel in die Brust getroffen. Sie selbst hätte getroffen werden können! Was hatte sich Jonathan dabei gedacht?

Langley stieß sie gegen den Tisch vor ihr, und sie stöhnte vor Schmerz.

»Er ist jetzt unbewaffnet! Schnappt ihn!«

Der Mob um sie herum war jedoch nicht darauf vorbereitet gewesen, und die meisten wollten nichts damit zu tun haben. Alle setzten sich auf einmal in Bewegung, schrien, riefen, kämpften mit Füßen und Händen, während die Gäste aus dem Raum stürmten oder versuchten, auf Jonathan zuzudrängen. Jemand stieß sie von hinten an und raubte ihr den Atem. Sie sah, wie Jonathan seine Pistole auf den Boden warf und sich auf sie stürzte, aber es gab zu viele betrunkene Männer, die umherstolperten, und diejenigen, die ihn aufhalten wollten, stießen mit denen zusammen, die versuchten, zu entkommen. Langley war jetzt fast an der Tür. Er würde entkommen.

»Oh nein, das tust du nicht!« Sie stürzte sich auf ihn, stolperte aber über ihr Kleid und zerriss es. Langley verschwand durch den Eingangsbereich.

Feigling. Sie war versucht, ihn zu verfolgen, aber einige der Männer im Raum waren viel zu betrunken, um so schlaue Feiglinge wie Langley zu sein. Einer von ihnen griff nach ihr, aber sie wich aus. Ihr Kleid zerriss am Saum, als ihre Stiefel daran hängen blieben, und sie fiel. Der Mann, der sie zu packen versuchte, stieß mit ihr zusammen, stolperte über sie und schlug mit einem schmerzhaften Grunzen auf den Teppich unter ihnen auf.

»Bleib unter dem Tisch!«, zischte Jonathan. »Sonst stolperst du immer wieder über das Kleid und stehst bald ganz ohne da!«

Sie war versucht, ihn zu ignorieren, aber er hatte Recht. Das Letzte, was sie tun wollte, war, während einer Schlägerei in einem Hell Fire Club nackt herumzulaufen. Sie ging tiefer unter den Tisch und beobachtete den Kampf der Männer. Sie erkannte Jonathans schlanke Beine, wie er auf seinen Füßen tanzte und die allgemeine Verwirrung im Raum zu seinem Vorteil nutzte. Er bewegte sich mit einer Anmut, die sie bei ihrem Bruder oft genug beim Boxen in seinem Freizeitraum in Brighton gesehen hatte, doch irgendwie sah es noch schöner aus bei Jonathan.

»Kommt schon, ihr verdammten Mistkerle!«, brüllte Jonathan.

Audrey schnappte nach Luft, als ein Mann nach ihm griff und ihn hart gegen den Tisch drückte. Mehrere Teller und ein Kerzenleuchter fielen zu Boden. Audrey schnappte sich den Fuß des schweren Teils und kroch vorwärts, beobachtete den Kampf der gestiefelten Füße vor sich und hielt den Atem an. Sie schlug gegen das Schienbein des nächstgelegenen Beins, das nicht zu Jonathan gehörte, und jubelte triumphierend, als ihr Opfer vor Schmerz herumhüpfte.

»Nimm das!« Sie schlug noch einmal zu. »Und das!« Sie fühlte eine Flut von bösem Vergnügen, diese schrecklichen Männer zu schlagen. Sie hatten so viele Leben ruiniert, um ihre verderbten Begierden und Laster zu befriedigen.

»*Miau!*« Ein wütendes Geräusch lenkte ihre Aufmerksamkeit von dem Kampf ab. Sie sah den schwarzen Kater ein paar Meter entfernt, die sich mit angelegten Ohren ebenfalls unter dem Tisch versteckte. Doch er flüchtete nicht, als sie sich näherte.

Crack! Eine weitere Pistole wurde abgefeuert, und Audrey schrie nach Jonathan, weil sie Angst hatte, dass er erschossen worden war. Entsetzen ergriff sie. Sie packte die Katze, als die versuchte, wegzurennen, und klemmte sie unter einen Arm. Sie kroch unter dem Tisch hervor und hoffte, dass Jonathan einen Weg zur Flucht freigemacht hatte.

Das Blatt hatte sich jedoch gegen ihren Retter gewendet. Er wurde von zwei Männern festgehalten, die ihm nun abwechselnd in den Magen schlugen. Sie rannte zum Feuer, schnappte sich einen Schürhaken und stürzte sich auf den nächstbesten Mann und schlug ihm in den Rücken. Der Mann ließ Jonathan los und heulte wie ein wildes Tier, als er sich auf sie stürzte. Audrey wich zurück, umklammerte sowohl die Katze als auch den Schürhaken und schwenkte ihn wie einen Degen.

Doch ihr Angriff hatte es Jonathan ermöglicht, wieder die Oberhand zu gewinnen, er schlug zu wie ein professioneller Faustkämpfer, und bevor der Mann, der sich ihr näherte, einen Schritt weiter kam, hatte Jonathan ihn gepackt und in einen seiner Begleiter geschleudert. Für eine kurze Sekunde schlug ihr Herz höher, bevor sich das Blatt erneut gegen Jonathan wendete. Es waren einfach zu viele von ihnen.

Ihr blieb der Mund offen stehen, als der letzte Mensch, mit dem sie gerechnet hatte, durch die Tür stürmte: James Fordyce, der Earl of Pembroke, errötet und mit Staub bedeckt.

»Was ...?«, begann sie, dann jubelte sie, als James einen Mann packte und ihn über den Tisch warf, während er darum kämpfte, Jonathan zu erreichen. Audrey manövrierte sich tiefer in den Speisesaal, in Richtung Jonathan und James.

»Lord Pembroke! Um Himmels willen!«, rief Audrey aus. »Ich bin so froh, Sie zu sehen! Wo ist Gillian?«

»Sie ist da.« Er winkte hinter sich. »Ich bringe sie in Sicherheit. St. Laurent, wir können uns morgen treffen, wenn es sicher ist.«

»Richtig.« Jonathan versetzte dem Mann, mit dem er sich gerade auseinandersetzte, einen harten Schlag, sodass der prompt auf seinen Hintern fiel. Audrey verpasste einem betrunkenen Mann einen gezielten Schlag in den Unterleib, als sie zu Jonathan eilte. Der Mann fiel auf die Knie und stieß einen schrillen Schrei aus. Niemand in ihrer unmittelbaren Umgebung schien bereit zu sein, den Kampf fortzusetzen, aber es bestand immer die Möglichkeit, dass diejenigen, die weggelaufen waren, die Nerven behielten und zurückkommen würden. Jonathan ging zum Fenster zur Straße hin und schob es hoch, um einen Fluchtweg für sie freizumachen.

»Raus mit dir«, bellte er.

Sie beeilte sich zu gehorchen, rutschte über die Kante und fiel auf der anderen Seite herunter. Der Kater entkam ihren fummelnden, zitternden Händen und landete neben ihr, mit gewölbtem Rücken und schwarzem Fell, das zu Berge stand.

»Vorsichtig!« Audrey packte ihn gerade noch rechtzeitig, dass er nicht zerquetscht wurde, als Jonathan neben ihr landete.

»Alles in Ordnung?«, fragte Jonathan, während er sich im schummrigen Mondlicht über sie beugte.

»Ich glaube schon.« Aber so war es nicht. Ein Sturm aus Angst und Panik wuchs in ihr heran, und sie wusste, dass sie bald zusammenbrechen würde, wenn sie sich nicht an einen ruhigen und sicheren Ort begab.

Ihre Ängste schienen für seine Augen deutlich genug zu sein. »Oh je«, flüsterte Jonathan, legte einen Arm um ihre Taille und führte sie die Straße hinunter. »Komm, wir müssen weitergehen. Ich verspreche, dich an einen sicheren Ort zu bringen.«

Ihre Füße in den engen Stiefeln schmerzten, denn sie schienen ewig zu laufen. Der Kater fühlte sich in ihren Armen bemerkenswert schwer an, aber sie konnte ihn einfach nicht loslassen. Vielleicht noch bemerkenswerter war, dass er sich nicht gegen sie wehrte.

Sie bogen um die nächste Ecke, verließen den Stadtteil

Temple Bar und fanden eine wartende Mietkutsche. Jonathan bezahlte den Fahrer und half ihr hinein. Sie setzte die Katze auf dem Sitz neben sich ab. Er legte erneut die Ohren an, machte aber keine Anstalten, zuzuschlagen, und zischte auch nicht.

Jonathans Atem entwich in lautem Keuchen, als er sich auf dem Sitz gegenüber von ihr zurücklehnte. Seine Lippe war aufgeplatzt, und mehrere rote Striemen zierten sein Kinn und seine Wangen. Schweiß glänzte auf seiner Haut, und er sah absolut männlich und wunderbar aus. Sie wollte auf seinen Schoß krabbeln, ihn küssen und sich in ihm vergraben. Ihr Herz raste immer noch, und sie wollte nirgendwo anders sein als in seinen Armen. Aber das durfte nicht sein.

Vorsichtig berührte er seine Rippen und stöhnte, bevor er sie schließlich ansah. An seinem Blick konnte sie erkennen, dass er ihr eine Standpauke halten wollte, und der Himmel wusste, dass sie es ausnahmsweise verdient hatte. Doch sein Blick veränderte sich, vertiefte sich, und ihre Atemzüge wurden schneller, und Hoffnung flatterte in ihrer Brust.

»Hast du einen Mann mit dem Kandelaber geschlagen?«

Audrey blinzelte. »Ja, ja, das habe ich. Und dann habe ich den Schürhaken in die Finger bekommen. Ich hatte das Gefühl, dass der als Waffe eine bessere Schlagweite und Balance hat.«

Er grinste. »Herr im Himmel, ich glaube, ich bete dich an.« Selbst mit einem blutenden und geprellten Gesicht sah er absolut wunderbar aus. Beinahe hätte sie ihm geantwortet, dass sie ihn auch vergötterte, aber sie hielt inne. Sie konnte ihm nicht sagen, was sie fühlte; er würde nur einen Weg finden, sie wieder zu verleugnen, und sie hatte genug von solchem Herzschmerz.

»Was hast du im Club gemacht?«, fragte sie. »Du bist sicher kein Mitglied.«

Sein leises Glucksen überraschte sie. »Bist du dir da so sicher?«

Verdammt, er hatte das verruchteste Lächeln. Er ließ sie vergessen, dass sie eine Dame von Welt war und sich auch so verhalten sollte. Natürlich waren sie früher an diesem Tag in einem Bordell im Bett gelandet, und er hatte ihr die verblüffende und erschreckende Macht der lustvollen Reaktionen ihres eigenen Körpers mit nichts als seinen Händen gezeigt. Er hatte sie mit Vergnügen bestrafen wollen, und als Ergebnis hatte sie die exquisiteste Ekstase erlebt. Er war nicht besser als sein älterer Bruder.

»Du bist ein Schurke und sicherlich böse, aber du bist nicht grausam. Zumindest nicht so wie die anderen Männer.« Ihr Blick senkte sich, und sie spielte mit der zerrissenen schwarzen Schärpe, die sich um die Taille ihres Kleides wand.

Sie hatte das Satinkleid mit Sorgfalt entworfen. Es war aus schwarzem Tüll mit belgischer Spitze an den Ärmeln. Die Satinschärpe war im Rücken zu einer Schleife gebunden, was ihre Kurven viel besser betonte als die meisten Kleider, die so gestaltet waren. Viel zu viele dieser Kleider hingen unter den Brüsten wie eine schlecht sitzende Tasche. Sie hatte diesen albernen Modetrend nie gutgeheißen.

»Willst du damit sagen, dass ich in gewisser Weise grausam bin?«, fragte er leise. Das Amüsement in seinen Augen war verschwunden, und sein Blick war so scharf wie die Smaragdsteine, denen sie ähnelten.

»Ich ...« Er hatte eine Grausamkeit an sich, das war wahr. Die Art und Weise, wie er ihr bei jedem gesellschaftlichen Ereignis aus dem Weg ging, wie er jeden ihrer Annäherungsversuche ignorierte. Sie hatte ihn heiraten wollen, *verzweifelt*. Aber der Mann hatte mit einer solchen Kälte reagiert, dass sie an ihrem eigenen Wert zweifelte. Sie erschauderte, als sie sich an all die Male erinnerte, die sie sich ihm an den Hals geworfen hatte. Schon ihr erster Kuss an Weihnachten hatte ihn in die Flucht geschlagen. Wenn ein Mann sie nicht wollte, brauchte er ihr nur höflich mitzuteilen, dass ihre Zuneigung nicht erwidert wurde. So wurden diese Dinge gehandhabt. Aber das war nicht das, was *er* getan hatte. Nein, er blieb im Winter so kalt wie das Eis auf der Themse.

»Ich wollte nie grausam sein«, flüsterte er und berührte wieder seine Lippe.

Hatte er das gerade ernst gemeint? Sie hatte solche Angst, seinen Worten zu vertrauen. Sie war nicht das Mädchen, das er letzten Herbst kennengelernt hatte. Sie hatte sich verändert.

Ich werde nicht zulassen, dass er mich wieder verletzt, indem er mich ausschließt.

Das Schweigen zwischen ihnen beiden erfüllte die Droschke, dicht und erdrückend. Selbst der schwarze Kater schien die Spannung zwischen ihnen zu spüren und rollte sich mit großen Augen und angelegten Ohren zu einem Ball zusammen. Audrey sehnte sich danach, die Hand auszustrecken und die Katze zu streicheln. Er würde sie von ihren wirren Gedanken über Jonathan ablenken. Sie hatte vor kurzem eine der beiden Katzen verloren, die sie seit ihrer Kindheit besessen hatte. Armer Muff. Diese neue Katze sah nicht so aus wie Muff und verhielt sich auch nicht so, aber sie liebte alle Tiere. Wenn die Katze sie ließe, würde sie sich um sie kümmern.

»Audrey, bitte sag etwas.« Jonathan lehnte sich vor und stützte die Unterarme auf die Knie.

»Wohin fahren wir?« Sie hatte nicht zugehört, als er vorhin mit dem Fahrer gesprochen hatte.

»Mein Wohnsitz. Du musst von einem Arzt unter...«

»Ein Arzt? Um Himmels willen, mir geht es gut. Ich blute nicht, und ich habe auch keine Verletzungen erlitten. Wenn man sich um jemanden kümmern muss, dann um dich.« Sie berührte die ausgefranste Schärpe an ihrer Taille. »Meine einzige Verletzung heute Abend ist mein schönes Kleid.« Das war sicherlich etwas, das sie sehr bedauerte.

»Du und deine verdammten Kleider«, schnappte Jonathan gereizt.

Audreys Wut flammte augenblicklich auf. Die Garderobe einer Lady war eine der wenigen Möglichkeiten für sie, sich in der Welt zu behaupten. »Meine verdammten Kleider sind wunderbar. Du hast nicht das Recht ...«

Jonathan stürzte durch die Kutsche, um ihr eine Hand auf den Mund zu legen. Ihre Gesichter waren nun dicht beieinander, ihre Münder nur Zentimeter voneinander entfernt. »Wenn ich noch mehr von Kleidern hören muss, werde ich ...« Er beendete den Gedanken nicht. Wenn er es getan hätte, hätte sie ihren gestiefelten Fuß zwischen seine Schenkel geschoben. Sie kniff die Augen zusammen und war versucht, ihm in die Hand zu beißen.

»Du wirst *was*?«, presste sie durch seine Finger hinaus.

Seine Augen richteten sich auf die ihren, und er zog seine Hand mit einem finsteren Blick zurück. »Was soll ich nur mit dir machen?« Er lehnte sich in den letzten Zentimeter zwischen ihnen beiden und küsste sie, bevor sie etwas anderes sagen konnte. Die Wucht seiner Lippen überraschte sie, und ihre Lippen öffneten sich. Seine Zunge glitt zwischen sie, und sie zuckte zusammen. Es war, als ob ein Blitz von ihrem Mund bis in ihr Inneres geschossen wäre und alles zum Leben erweckt hätte. Sie griff nach dem Stoff seiner Weste und wollte ihn wegstoßen.

Es spielt keine Rolle, wie gut er küsst, nur dass er ein schrecklicher Schurke ist. Ich bin ihm egal, und ich werde nicht sein Spielzeug sein.

Aber wäre es denn so schlimm, den Moment zu genießen? Sie mochte diesen Hauch von Wut, den sie in seinem Kuss schmeckte, weil sie dieselbe Wut in sich spürte, weil er nicht zu ihr gehörte. Es gibt nichts Grausameres auf der Welt, als wenn einem etwas vorenthalten wird, wonach man sich sehnt.

Für sie war diese eine Sache *er* gewesen. Es war immer noch ...
er.

Er bewegte sich auf dem Sitz, woraufhin die Katze fauchte
und sich von ihnen entfernte, so dass Jonathan Platz hatte,
um sie auf seinen Schoß zu heben. Er schlang einen Arm um
ihre Taille, um sie näher an sich zu ziehen, und seine Hand
verheddterte sich in ihrem Haar, um an den Strähnen zu
zerren. Sie hatte das Gefühl, dass sie ihm gehörte, aber nicht
nur *gehörte* - dass sie die eine Sache in der Welt war, ohne die
er nicht atmen konnte. Doch immer wenn er sie losließ, und
sie wusste, dass er das bald tun würde, kehrte diese eisige
Barriere zurück. Sie konnte es nicht ertragen. Der anhaltende
Geschmack von Blut auf seinen Lippen durchbrach ihr
Vergnügen und erinnerte sie daran, dass dies keine Fantasie
war.

»Hör auf!« Sie stieß ihn weg und rutschte von seinem
Schoß. Fast augenblicklich fehlte ihr die Wärme seines
Körpers und die Zärtlichkeit, mit der er ihre Lippen
verwöhnte. Sie fühlten sich geschwollen und herrlich weich
an. Sie hatte nicht einmal seine aufgeplatzte Lippe bemerkt.
Jonathan beobachtete sie mit sphinxartigen Augen.

»Bring mich nach Hause«, sagte sie.

Er verschränkte die Arme. »Nein.«

Sie starrte ihn fassungslos an. »Was?«

»Nein. Du kommst mit mir nach Hause.«

»Bist du bereit, dich morgen früh dem Zorn meines
Bruders zu stellen, wenn er sieht, dass du mich so zurück-
bringst?« Sie winkte mit ihrem zerrissenen Kleid und ihrem
zerzausten Äußeren.

»Ich weiß sehr wohl, dass dein Bruder nicht zu Hause ist.
Er und Anne sind gestern Abend aufgebrochen, um die Nacht
auf Godrics Anwesen zu verbringen. Sie werden erst in ein
paar Tagen zurückkommen. Das gibt mir viel Zeit.«

»Zeit für was?«, forderte sie ihn mit säuerlichem Tonfall heraus.

»Mich einmal richtig um dich zu kümmern.« Er lehnte sich auf dem Sitz neben ihr zurück und schloss die Augen, als wolle er schlafen. Das jedoch war unmöglich, die Straßen waren voller Schlaglöcher, sodass die Kutsche ununterbrochen schwankte und ruckelte. Doch er bewegte sich nicht, rührte sich nicht.

Audrey hätte ihn fast mit einer weiteren Stichelei geärgert, aber sie hatte nicht vergessen, wie er gezuckt hatte, als er seine Rippen berührt hatte. Er brauchte Ruhe. Sie setzte sich wieder auf den Platz, den er vor kurzem verlassen hatte. Sie und der Kater sahen sich an, bevor sie mit gerunzelter Stirn Jonathans schlafende Gestalt betrachtete.

Sie war versucht, sich aus der Kutsche zu stürzen, aber sie war nicht dumm. Sie würde warten, bis sie ihr Ziel erreicht hatten, und dann anbieten, den Fahrer zu bezahlen, damit er sie sofort nach Hause brachte, egal zu welchem Preis.

Sie ließ sich in den Sitz zurückfallen und verschränkte die Arme vor der Brust. Die Katze, die sich endlich zu entspannen schien, rieb sich schnurrend an ihrer Hüfte. Das Tier stupste sie am Ellbogen an, und sie gab nach und kratzte ihm die Ohren.

»Er ist ein schrecklicher Mann, nicht wahr?«, flüsterte sie der Katze zu. *Ein schrecklicher Mann, an den ich immer wieder denken muss.*

KAPITEL 3

Das sollte besser funktionieren. Jonathan öffnete die Augen, als die Kutsche vor seinem Stadthaus in der Half Moon Street zum Stehen kam. Jeder Muskel schmerzte, und er wünschte sich nichts sehnlicher, als eine Flasche Scotch zu trinken und in sein Bett zu fallen. Aber er musste sich zuerst um seine - so Gott wollte - zukünftige Frau kümmern. Er verließ die Kutsche vor ihr und ignorierte ihren finsteren Blick. Dann wartete er geduldig und hielt ihr die Hand hin, um ihr beim Aussteigen zu helfen, aber sie rührte sich nicht.

»Audrey ...«

»Ich werde nicht aussteigen. Du kannst dem Fahrer sagen, dass er mich nach Hause bringen soll.« Ihre hochmütige Antwort hätte ihn zu jeder anderen Zeit zum Kichern gebracht, aber heute Abend war er zu verdammt müde für ihre Spielchen.

»Du willst doch, dass ich dich trage, oder?«

»Du wirst nichts dergleichen tun. Ich gehe nach Hause.« Er konnte ihr Gesicht nicht sehen, aber er konnte das Schmollen in ihrem Tonfall hören.

Er widerstand dem Drang, die Augen zu verdrehen. Stattdessen lehnte er sich in den Wagen und packte sie an der Taille. Sie war ein so zartes, kurvenreiches Geschöpf, dass er sie trotz ihrer wütenden Proteste mühelos herausheben konnte.

»Lass mich sofort runter!«

»Ich werde nichts dergleichen tun.« Er trug sie zu seinem Stadthaus und ignorierte den stechenden Schmerz in seiner Brust. Er hatte sich bei diesem Kampf definitiv eine oder zwei Rippen gebrochen.

»Warte! Archimedes!«, rief sie.

»Was?«

»Die Katze!«

Jonathan drehte sich um, aber zu seiner Überraschung musste er sich keine Sorgen machen, die Katze zu tragen. Das Tier war aus der Kutsche gesprungen und wartete neben ihnen auf der Treppe, wobei er eine Pfote energisch striegelte.

»Er ist hier. Das verdammte Ding hat mehr Verstand als du. Und jetzt hör auf zu prügeln.« Er setzte sie ab, behielt aber ihren anderen Arm fest im Griff. Er wollte nicht zulassen, dass sie zurück zur Kutsche eilte. Er öffnete die Tür zu seinem Haus und führte sie hinein. Die Katze folgte ihnen ins Foyer.

Ein Lakai eilte ihnen entgegen. »Sir? Was ist passiert? Soll ich einen Arzt holen lassen?«

»Noch nicht, danke, Cory. Bereiten Sie einfach ein Zimmer für Miss Sheridan vor.« Er blickte auf die Katze hinunter. »Und holen Sie etwas Sahne für die Katze. Es scheint, dass er auch unser Gast sein wird. Lassen Sie etwas Essen in meine Gemächer bringen und etwas Wein. Wir sind am Verhungern.«

»Natürlich!« Der Junge kniete sich neben die Katze und sprach leise. »Möchtest du etwas Sahne, alter Junge?«

»Sein Name ist Archimedes«, informierte Audrey ihn.

»Natürlich, Madam.« Der Kater ließ sich von ihm auf den Arm nehmen, und sie gingen in Richtung der Küche.

Jonathan beobachtete, wie Audrey sich in seinem Haus umsah und ihre Stirn in Sorgenfalten legte. Aus nervöser Gewohnheit verschränkte sie ihre Finger. Sie waren jetzt ganz allein, es gab keine Barrieren mehr zwischen ihnen, nur noch die Kleidung an ihren Körpern. Er verbannte den plötzlichen Wunsch, sie in seine Arme zu ziehen und zu küssen.

»Jonathan, ich kann nicht bleiben«, sagte Audrey im Flüsterton. Es war nicht ihr Ruf, um den sie sich Sorgen machte. Er konnte die Angst in ihren Augen sehen. Furcht vor ihm. Sie hatte ihm vorgeworfen, kalt und gefühllos zu sein, und er war alles andere als das, aber sie würde nicht verstehen, warum er ihr nicht sagen konnte, was er fühlte. Ein Mann kniete nicht einfach zu Füßen einer Frau und sagte: »*Die Sonne geht in deinen Augen auf und unter* ...« wie ein liebeskranker Dichter. Sie würde ihn auslachen.

»Du kannst und du wirst. Das ist der sicherste Weg.« Er hielt inne und betrachtete ihr zerzaustes Äußeres. »Dein Kleid hängt in Fetzen, und du siehst aus, als wärest du überfallen worden, was auch der Fall war, und die Männer aus dem Club könnten immer noch auf der Suche nach dir sein. Du weißt jetzt zu viel ... Lady Society.«

Audrey errötete und sah weg. »Ich bin nicht ... Es ist nicht so, wie du glaubst. Und außerdem mache ich mir nicht nur um mich selbst Sorgen. Gillian ist noch da draußen ...«

»Ich vertraue darauf, dass Gillian bei James in Sicherheit ist. Du und ich, wir wissen, dass er ein Gentleman ist. Und sie wissen jetzt, wer du bist, während ich es geschafft habe, anonym zu bleiben. Das bedeutet, dass ich dich beschützen muss, was bedeutet, dass du heute Nacht hier bleibst.« Jonathan hielt ihren Arm fest, aber nicht zu fest, sondern sanft, damit sie seine Unterstützung spürte.

»Gut, dann für heute Abend, aber ich kehre morgen früh

nach Hause zurück.« In dem Moment, in dem sie zustimmte, löste er seinen Griff um ihren Arm.

Sie machten sich auf den Weg zur Treppe, und er klammerte sich an die Hoffnung, dass sein Plan funktionieren würde. Er musste Audrey davon überzeugen, dass er ihrer würdig war.

Sie folgte ihm die Treppe hinauf, als er sie in sein Schlafgemach führte. Das Stadthaus gehörte einst Lord Chessley, dem Schwiegervater von Cedric. Jonathan hatte einen Teil seines Erbes verwendet, um das Haus zu einem angemessenen Preis zu erwerben. Es war gut in der Half Moon Street gelegen, und die Einrichtung war sehr gepflegt. Die meisten Junggesellen hatten eine einfache Einrichtung, aber Jonathan wusste, dass eine Junggesellenwohnung nicht gut genug sein würde, wenn er heiratete. Er hatte Monate damit verbracht, dieses Haus zu perfektionieren und es für eine zukünftige Frau vorzubereiten.

Für Audrey.

Und jetzt ist sie hier. In seinem Bauch regte sich ein Nervenflattern.

Er hatte viel über die Ehe nachgedacht. Er war damit aufgewachsen, wie sein älterer Bruder sich eine Geliebte nach der anderen nahm, bevor er sesshaft wurde, und eine Zeit lang hatte er ähnliche lüsterne Angewohnheiten gehabt. Aber die Begegnung mit Audrey hatte ihn verändert. Er konnte ihren Anblick nicht vergessen, als sie sich im letzten September zum ersten Mal begegnet waren. Sie war jung gewesen, mit einem frischen Gesicht, Augen wie Muskatnuss und Haare wie Zimt. Sie hatte eine Lebendigkeit in ihren Zügen gezeigt, eine Intelligenz und Lebendigkeit, die ihn in ihren Bann gezogen hatte.

Doch zusammen mit seinen Wünschen kamen auch seine Ängste auf. *Ich bin nicht gut genug für sie. Sie ist die Tochter eines Viscounts, eine Lady aus gutem Hause. Ich wurde im Schatten gebo-*

ren, als heimlicher Sohn eines Herzogs. Ich habe fast mein ganzes Leben als Diener gelebt.

Die Tatsache, dass er Mitglied der Liga war, machte die Sache nicht einfacher.

Die Liga der Schurken – wie die Gesellschaft sie zu nennen pflegte – bestand aus denjenigen, die er jetzt zu seinen engsten Freunden zählte. Sie waren dabei gewesen, als er seine wahre Herkunft entdeckte, und sie hatten ihm geholfen, sich in die Londoner Gesellschaft einzufügen. Aber sie alle waren im *ton* für ihre teuflische Art im Umgang mit Frauen und ihre lässige Missachtung der strengen britischen Normen bekannt. Nur ihre Adelstitel schützten sie vor der öffentlichen Verachtung, und das war ein Schutz, den Jonathan nicht teilte.

Das Letzte, was er wollte, war, dass Audrey wegen seiner Herkunft in der Gesellschaft in Verruf geriet. Aber wenn sie zustimmte, ihn zu heiraten, würde er den Rest seines Lebens damit verbringen, ihrer würdig zu sein.

»Setz dich.« Er deutete auf einen der bequemen Sessel und machte sich daran, ein Feuer zu entfachen. Er hätte auch einen der Lakaien darum bitten können, aber da er selbst einmal Lakai gewesen war, wusste er, was für eine unangenehme Aufgabe das spät in der Nacht war. Die meisten der Bediensteten schliefen bereits. Es war nach Mitternacht.

Er zündete das Feuer an, und nachdem er sich vergewissert hatte, dass das Holz nicht ausgehen würde, drehte er sich zu ihr um. Sie betrachtete ihn.

»Du hast ein Feuer entfacht.« Sie zwirbelte ihre Finger auf dem roten Satin ihres Kleides in einer Weise, die er als Zeichen dafür erkannte, dass sie sowohl verwirrt als auch besorgt war.

»Als ehemaliger Diener ist das eines meiner vielen Talente. Ich bin sicher, das schockiert und entsetzt dich.«

Audreys Nase rümpfte sich. »Das ist nicht ...« Sie schüttelte den Kopf und fing wieder an. »Was ich damit sagen wollte, ist, ich wünschte, ich wüsste, wie man das macht. Bei dir sah das gerade so einfach aus. Du weißt sehr gut, wie du auf dich selbst aufpassen kannst, wie du heute Abend mit deinem Kampf bewiesen hast. Ich wünschte, ich hätte diese Kraft.«

Er gluckste und entspannte sich ein wenig. Sie ärgerte sich nicht darüber, dass er sich um die Pflichten eines Dieners kümmerte, sondern war neidisch. Das war unerwartet, und doch wusste er, dass sie ihn immer überraschen würde. Das war eines der Dinge, die er an ihr mochte. Sie war unberechenbar.

»Willst du lernen, wie man ein Feuer macht?«, fragte er.

»Nun, ja. Aber was ich wirklich lernen möchte, ist zu kämpfen.«

»Kämpfen? Audrey, du hast einen Kerzenständer mit großer Wirkung eingesetzt. Und der Schürhaken? Herrgott, Frau, du warst eine wilde Kreatur damit.«

Ihre Wangen röteten sich. »Ja, nun, ich hatte ja auch keine andere Wahl. Du warst in der Unterzahl, und ich musste helfen, aber ich war bestenfalls eine Ablenkung. Das ist das, was ich meine. Ich will lernen, mich richtig zu verteidigen.«

»Dich verteidigen? Du solltest nicht ...«

Sie unterbrach ihn. »Was? Ich sollte mich nicht verteidigen müssen? Weil ein Mann immer da sein sollte, um es für mich zu tun?«

»Nun ...«

»Großer Gott, wenn das nicht ein Beispiel für die Probleme in diesem Land ist, dann ist es nichts anderes. Frauen werden als unfähig behandelt, irgendetwas außerhalb der häuslichen Pflichten zu tun, und wenn sie fähiger werden wollen, wird ihnen gesagt, dass dies Sache der Männer ist. Daher war ich auf das, was heute Abend geschah, überhaupt nicht vorbereitet.«

»Genau«, antwortete Jonathan. »Du hast dich unnötigerweise in Gefahr begeben. Du hättest von jedem dieser Männer entführt werden können und wärst vielleicht getötet worden. Langley ist ein Teufel, und er war bereit, dir wirklich zu schaden.«

»Und zweifellos wäre es für dich die einzig vernünftige Lösung gewesen, zu Hause zu bleiben und keinen Unfug zu treiben.«

Audrey biss sich auf die Lippe, und er konnte sehen, dass sie den Tränen nahe war. In ihrem Tonfall lag eine Anschuldigung. Eine, die sich nicht nur gegen ihn, sondern gegen die Gesellschaft richtete. Es sprach Bände darüber, warum sie tat, was sie tat. Er ging hinüber und kniete vor ihr nieder. Ihre schönen braunen Augen verschlangen ihn. Er streckte die Hand aus und legte sie über ihre, und er hasste es, wie ihre Finger zitterten.

»Willst du wirklich lernen zu kämpfen?«

Langsam drehte sie ihre Hand unter seiner um, so dass sich ihre Handflächen berührten. Er spürte eine Sehnsucht, der er nicht direkt begegnen wollte. Sie weckte in ihm die Sehnsucht nach einem ruhigen Leben auf dem Land, nach heißen Küssen, nach Kindern in der Wiege - verdammt, sie weckte in ihm die Sehnsucht nach einer Zukunft, von der er bis jetzt nicht zu träumen gewagt hatte.

Natürlich wusste er auch, dass diese kleine Teufelin alles andere als ein ruhiges Landleben wollte. Aber das hielt ihn nicht davon ab, sich danach zu sehnen, mit ihr das Leben zu teilen, von dem er wusste, dass er es als Sohn eines Herzogs endlich führen konnte.

Die Energie zwischen ihnen schien zu knistern und sich zu verdichten, und er wusste, wenn er sich vorbeugte und seine Lippen auf ihre presste, würde ein Funke zwischen ihnen überspringen und er würde sie auf sein Bett werfen. Und dann würden sie sehen, wie ein Feuer wirklich ausbricht.

»Würdest du es mir beibringen?«

Ihre Frage überraschte ihn, doch als er ihre Hand in der seinen hielt, schöpfte er einen Funken Hoffnung, ihr Herz zu gewinnen. Was immer er getan hatte, um sie abzuweisen, um sie glauben zu lassen, er sei kalt und grausam, er würde beweisen, dass sie sich irrte.

Ich bin ein warmherziger Mann, auch wenn ich ein bisschen böse bin, aber ich will dich, Audrey. Ich will dich so sehr, dass es weh tut.

Wenn er ihr beibringen konnte, wie man stark war und überlebte, dann würde er es tun. Charles hatte einmal eine Methode erwähnt, um eine Dame zu umwerben, die er das *Tutor Gambit* nannte, bei dem ein Schurke eine Dame zum Erlernen einer Fertigkeit verführt. Dies würde die Dame dazu zwingen, eine gewisse Zeit in der Nähe des Schurken zu verbringen, was die Verführung wesentlich erleichterte.

»Ich werde dich unterrichten, aber es muss heimlich geschehen. Niemand darf es wissen.«

»Ja, da hast du Recht. Cedric wäre wütend, und ...« Audreys Offenheit wich, und er konnte sehen, wie sie sich ihm gegenüber verschloss.

»Audrey ...«

»Das muss eine rein geschäftliche Angelegenheit sein«, sagte sie. »Streng professionell. Sag mir, dass du zustimmst. Kein Küssen mehr, nichts mehr, außer dem Unterricht.«

Jeder schmerzhafte Schlag, den er in dieser Nacht im Hell Fire Club eingesteckt hatte, jeder Schlag und Tritt, nichts tat so weh wie die Worte, die sie gerade gesprochen hatte. Aber er würde sie nicht aufgeben, bevor er nicht alles in seiner Macht stehende getan hatte, um ihr seinen Wert zu beweisen. Dass er sich um sie kümmern und sie als Mann und als zukünftiger Ehemann ehren konnte. Wenn er versagte, würde er sie für immer verlieren, und er konnte sich eine Zukunft ohne sie nicht vorstellen.

»Bist du einverstanden?«, wiederholte sie, und ihre braunen Augen waren so dunkel und hart, wie er es noch nie gesehen hatte. Sie sagte, sie sei nicht stark? Die Frau, die ihm jetzt gegenüberstand und dieses Gelübde verlangte, war eine absolute Festung der Stärke.

Jonathan überlegte angestrengt, wie er die Sache professionell angehen konnte ... Dann fiel es ihm ein. »Ich stimme unter einer Bedingung zu.«

Sie hatte ihre Hand noch immer nicht aus seiner gezogen. »Ich höre zu.«

»Dass du eine Nacht in der Woche in meinem Bett verbringst - unberührt, versteht sich.« Er wartete auf das Feuerwerk, und er wurde nicht enttäuscht.

»In deinem *Bett*? Oh, du ...«

»Hör mir zu. Ich weiß, dass du mich für kalt und unnahbar hältst, und vielleicht kann ich dich eines Tages in dieser Hinsicht umstimmen. Du hältst mich auch für einen Schurken, was ich kaum bestreiten kann. Aber in dieser Sache hast du Recht - unsere Vereinbarung muss streng professionell sein. Du musst aber wissen, dass dies Vertrauen erfordert, mehr als dir vielleicht bewusst ist. Im Kampf verstärken sich die Leidenschaften. Das Herz schlägt schneller und der Verstand rast. Man befürchtet das Schlimmste, und diese Angst kann einem bis ins Blut gehen. Anstatt zu lernen, wirst du nur reagieren, so wie ein Kaninchen auf das Geräusch eines abgebrochenen Zweigs reagiert. Ein Kaninchen ist ein Beutetier; es hört eine Bedrohung. Ein Fuchs hört das Knacken eines Zweiges und sieht darin eine Chance. Du musst ein Fuchs sein. Wenn ich dir beibringen soll, auf diese Weise zu kämpfen, musst du mir vertrauen.«

Audrey blieb skeptisch. »Und du versprichst dir keine persönliche Befriedigung von dieser Vereinbarung?«

Jonathan grinste. »Das habe ich nie gesagt, und ich wäre nicht der Schurke, für den du mich hältst, wenn ich es täte. Aber ich glaube auch, dass es wahr ist. Denk an unser Abenteuer heute Abend zurück. Wie oft hast du dich zurückgehalten oder dich mir widersetzt, wenn ich eine Vorgehensweise vorschlug, die in deinem eigenen Interesse lag. Du vertraust mir nicht ganz. Oder vielleicht traust du dir selbst in meiner Gegenwart nicht ganz. Wenn du neben mir schlafen kannst, ohne Angst zu haben, dass ich eine Grenze des Anstands überschreite, dann kannst du ungestört am Unterricht teilnehmen.«

Ihre Wangen färbten sich herrlich purpurfarben. »Aber wie könnte mich das *nicht* ablenken?«

»Kämpfen erfordert körperliche Nähe. Mein Körper wird auf dem deinen liegen. Ich werde dich berühren. Dies lässt sich nicht vermeiden. Wenn du dich an meine Anwesenheit gewöhnen kannst, ohne dir Gedanken darüber zu machen, ob sie unangemessen ist, wird das auch für alles andere gelten. In einem Kampf hast du eine bessere Chance, wenn du nicht abgelenkt bist.«

Ihre Augen weiteten sich, als sie zu verstehen schien, was er meinte. Aber sein wahres Ziel war nicht so einfach. In seiner Nähe zu sein, würde ihre Nerven beruhigen, wenn sie kämpften, das stimmte, aber es würde ihm auch reichlich Zeit geben, sie außerhalb des Unterrichts zu verführen. Mit etwas Glück würde sie seinen Plan erst durchschauen, wenn sie sich bereits unsterblich in ihn verliebt hatte.

Sie schwieg einen langen Moment, ihre Augen waren auf ihn gerichtet, und er sah, wie sie ganz langsam nachgab.

»Nun gut. Eine Nacht in der Woche, aber du wirst die Konsequenzen tragen, wenn mein Bruder uns entdeckt, denn ich versichere dir, ich werde *nicht* zulassen, dass er mich zwingt, dich um des Anstands willen zu heiraten. Das würde für uns beide schrecklich sein.«

Wieder fand sie einen Weg, ihn auf eine Art und Weise zu verletzen, wie nur sie es konnte, aber er erholte sich bald wieder. »Wir werden in ein paar Tagen mit deiner Ausbildung beginnen. Ich muss mich erst erholen, bevor ich zulasse, dass du mir Schläge verpasst.« Er legte wieder eine Hand auf seine Rippen und zuckte zusammen, als er daran dachte, dass er ihr mit gebrochenen Rippen das Kämpfen beibringen wollte. Vielleicht könnte er eine Art Polsterung tragen?

»Bist du wirklich verletzt?«, fragte sie, und die Offenheit, die er liebte, kehrte in ihr Gesicht zurück.

»Ein Gentleman sollte das nicht zugeben, aber ...« Er hielt inne und nutzte ihre Aufmerksamkeit. »Das bin ich. Aber nichts Ernstes, was einen Arzt erfordert«, versuchte er sie zu beruhigen.

»Nun, dann lass mich mal sehen. Zieh dein Hemd aus.«

»Ich dachte, du würdest nie fragen.« Sein verschmitztes Grinsen ließ sie nur die Stirn runzeln und die Arme verschränken. *So viel zur Verführung heute Abend.* Jonathan knöpfte seine Weste auf und zog sie aus, dann hob er sein Hemd über seinen Kopf. Ihr Keuchen ließ ihn zusammenzucken. Wie schlimm war es?

»Du wirst lila!« Ihre kleinen Hände flatterten bereits auf seiner Brust, während sie ihn besorgt musterte.

»Ich kann mir vorstellen, dass meine Rippen geprellt, vielleicht sogar gebrochen sind. Da war ein Kerl mit einem verdammt harten linken Haken.«

Audrey legte ihre Fingerspitzen auf seinen Unterleib. Seine Muskeln spannten sich an, während er gegen eine Welle der Erregung ankämpfte. Sie war so nah. Ihr zarter Blütenduft erfüllte seine Nase und machte ihn knabenhaft schwindlig. Aus diesem Grund floh er immer, wenn sie in der Nähe war. Wenn sie so war, konnte er sich nicht beherrschen oder auch nur ein bisschen rational handeln. Sie strich mit ihren Fingern über seine Rippen, und er zuckte zusammen, unfähig, seinen Schmerz vor ihr zu verbergen.

Sie nickte in Richtung seines Bettes. »Setz dich da hin, damit ich mir das besser ansehen kann.«

Er sah zu, wie sie den Lappen von seinem Waschtisch

nahm und ihn in das Wasser in der weißen Schüssel tauchte. Dann kehrte sie zu ihm zurück, hielt sein Kinn und neigte seinen Kopf nach hinten. Mit dem Tuch wischte sie das Blut um seinen Mund herum weg. Seine Lippen brannten, und er leckte sie instinktiv.

»Danke.«

»Wofür?«, fragte er.

Sie errötete. »Du wirst mich zwingen, es zu sagen.« Sie seufzte, als ob das Eingeständnis, das sie gleich machen würde, sie alles kosten würde. »Danke, dass du mein Leben gerettet hast. Woher wusstest du überhaupt, wo ich bin?«

»Charles' Mann Tom hat mich bei Berkley's gefunden. Er vermutete, dass du allein unterwegs warst und dass die Notiz, dass du zu Hause bleiben würdest, falsch war. Warum hast du Charles nicht mitgenommen?«

»Das war der Plan, aber ... die Dinge haben sich geändert.« Sie wurde wortkarg, als ob sie den Grund dafür für sich behalten wollte.

Jonathan war froh, dass sie nicht den Earl of Lonsdale um Hilfe gebeten hatte. Der Mann war der verruchteste der Liga, wenn es um Frauen ging. Dennoch wäre er ein guter Begleiter gewesen, zumindest im Hinblick auf ihre Sicherheit, wenn auch vielleicht nicht auf ihre Tugend.

»Ich bin dankbar«, sagte sie. »Wahrlich. Charles sollte für Ablenkung sorgen, damit wir fliehen konnten, falls die Dinge aus dem Ruder liefen, und ich glaubte dummerweise, dass er nicht gebraucht wurde. Gillian und ich wären in Schwierigkeiten gewesen, wenn du und James nicht da gewesen wärt. Glaubst du, dass sie in Ordnung sind?«

»Ich bin sicher, dass es ihnen gut geht. James ist ein besserer Mensch als ich. Er wird dafür sorgen, dass Gillian nach Hause kommt.«

Audreys Lippen zitterten. »Wenn ihr etwas zustößt ...«

»Nichts wird ihr zustoßen.«

»Trotzdem ist sie meine beste Freundin.«

Gott, diese Frau brachte ihn um. Sie konnte in einem Moment so verdammt zielstrebig sein und im nächsten beim Gedanken an einen Freund in Gefahr völlig zerrissen werden. Wenn er eines über Audrey Sheridan gelernt hatte, seit er ihr zum ersten Mal begegnet war, dann dass sie keine halben Sachen machte. Sie liebte und hasste, was das Zeug hielt. Er beneidete sie um die Freiheit, die sie empfand, offen zu sprechen und mutig zu handeln. Da er im Schatten aufgewachsen war und die meiste Zeit seines Lebens in den Räumen der Bediensteten gelebt hatte, hatte er diese Möglichkeit nie gehabt. Das Leben eines Dieners war ruhig, man sah und hörte ihn kaum, er diente nach Lust und Laune der anderen. Ein Diener war nie Herr seines eigenen Schicksals.

Nur weil Godric ihn als seinen Halbbruder anerkannt hatte, hatte sich nicht alles geändert. Er zweifelte immer noch in den falschen Momenten an sich selbst, vergaß immer noch, dass sich seine Stellung geändert hatte. Selbst seine Diener waren verwirrt von seiner Neigung, Dinge selbst zu tun, wie zum Beispiel ein Feuer anzuzünden.

Wie kann ich jemals der Mann sein, den Audrey verdient? Die Frage hatte ihn von dem Moment an gequält, als er ihr Interesse an ihm bemerkt hatte. Vorher hatte er dieses Interesse verdrängt.

»Ich wünschte, ich könnte deine Wunden heilen«, murmelte Audrey und runzelte die Stirn, als sie auf seinen nackten Oberkörper hinunterblickte.

»Das kann nur die Zeit«, sagte er, vielleicht etwas schroffer, als er beabsichtigt hatte. Sie wich zurück und fügte seinem ohnehin schon geschundenen Körper weitere Schmerzen zu, aber es war besser so. Er durfte sie nicht berühren oder küssen. Noch nicht. So nah zu sein war eine Versuchung.

Es klopfte leise an der Tür.

»Herein«, rief Jonathan.

Ein Lakai trug ein Tablett mit Geschirr herein. »Die Köchin hatte französisches Roastbeef, Lammbries und Johannisbeertörtchen vorbereitet, falls Sie zum Abendessen wiederkommen.« Er stellte das Tablett auf den Tisch neben der Kommode und verschwand dann im Flur, bevor er mit zwei Gläsern und einer Flasche Wein zurückkam.

»Benötigen Sie noch etwas, Mylord?«, fragte der junge Mann.

»Nein, danke, Davis. Und könntest du den Dienstmädchen sagen, dass sie das Gästezimmer doch nicht vorbereiten sollen.«

Er hörte Audreys scharfes Keuchen, blickte aber nicht zu ihr, bis der Lakai sie wieder allein gelassen hatte.

»Ich schlafe heute Nacht *nicht* bei dir im Bett.«

»Hier geht es um Vertrauen, schon vergessen? Wenn nicht heute Abend, wann dann? Jetzt sei still und lass uns essen. Ich bin am Verhungern. Ich könnte das, was Langley serviert, nicht anrühren, und ich vermute, du konntest das auch nicht.«

»Sie boten mir Tee an, als ich ankam, aber ich hielt es nicht für klug, ihn zu trinken. Gilly allerdings schon. Offensichtlich hat es ihr nicht geschadet. Zumindest schien für diese Rohlinge ein Betäuben nicht auf der Tagesordnung zu stehen.«

Jonathan stöhnte. Er war sich immer noch nicht sicher, ob er das glaubte. Diese Männer waren sicherlich die Art von Mann, der Frauen unter Drogen setzte, aber vielleicht wollten sie, dass Audrey und Gillian sich der Schrecken bewusst waren, die sie über sie bringen wollten. Er verdrängte diese dunklen Gedanken und stand auf, um das Essen und Trinken zu holen, das Davis gebracht hatte.

Er schenkte den Wein ein und reichte Audrey ein Glas. Sie nahm ihn, und er lachte fast, als sie einen großen Schluck nahm. Dann bereitete er die Teller vom Tablett vor und gab ihr einen. Sie nahm den Duft auf und lächelte breit.

»Oh Gott, ich bin hungrig. Das riecht göttlich!«

»Ich kann mir vorstellen, dass es sogar noch besser schmeckt. Ich habe Lord Chessleys alte Köchin, Mrs. Filbee, behalten. Sie ist ein Wunder in der Küche.« Er nahm einen Bissen von seinem Johannisbeerkuchen, der süße Geschmack explodierte auf seiner Zunge, und setzte sich in einen Stuhl am Feuer. Audrey nahm den anderen leeren Stuhl und zog ihn ein wenig näher an die Flammen heran, bevor sie aß. Sie benutzte Gabel und Messer, um schnell zu essen, aber sie schaffte es trotzdem mit Eleganz. Es war klar, dass sie hungrig war. Mit dem letzten Rest ihres Lammbrieses wischte sie den Saft des Roastbeefs auf. Als sie fertig war, legte sie eine Hand auf ihren Bauch.

»Lass mich raten, dein Korsett?«, fragte er.

Sie hob eine Braue. »Ein Gentleman sollte solche Dinge nicht ansprechen.«

»Ich habe nie behauptet, ein Gentleman zu sein.« Er wartete, in der Erwartung, dass sie sich wehren würde, aber er fand nur Schweigen. Er lächelte und stellte seinen Teller auf den Boden, damit er nicht im Weg stand. »Soll ich dir helfen, es dir bequemer zu machen?«

»Aber du wirst das nicht ausnutzen?«

»Vertrauen, schon vergessen? Außerdem glaube ich, dass ich derjenige war, der ausgenutzt wurde.«

»*Du?* Ich habe nie …«

»Letzte Weihnachten hast *du* mich in dein Bett gezerrt und mich geküsst. Es war nicht andersherum. Jetzt lass mich dir helfen.« Damals wusste er zum ersten Mal, dass er in Schwierigkeiten steckte. Sie hatte ihn in dieser Nacht wie keine andere in Versuchung geführt, und er musste aus ihrem Schlafgemach fliehen, bevor er sie - oder sie ihn - für sich beanspruchte.

Er nahm ihren Teller und stellte ihn beiseite, dann ergriff er ihre Hände und hob sie sanft auf ihre Füße.

»Wirklich, Jonathan.« Aber sie protestierte nicht, als er sie anwies, sich von ihm abzuwenden.

Er hielt den Atem an und begann, ihr Kleid aufzuknöpfen. Die rote Seide war wunderschön. Es war so ein Jammer, dass ihr Kleid während des Kampfes ruiniert worden war. Das Kleid lockerte sich, und sie hielt es vor ihren Brüsten fest. Er studierte die schwarze Satinschleife über der verführerischen Wölbung ihres Hinterns. Er zog an den Schlaufen und löste sie. Das Kleid war völlig offen. Langsam ließ sie den Stoff los, der sich zu ihren Füßen sammelte.

Er öffnete die Bänder ihres Korsetts und fing an, seine Finger durch die Schlaufen zu führen, wobei er sich Zeit ließ. Er ließ seine Finger über ihre Haut streichen, reizte sie mit seiner Berührung und ließ sie erschauern. Sein Blut summte vor Hunger, aber er hatte sich nicht unter Kontrolle. *Vertrauen*, erinnerte er sich. Als sie über die Schulter zu ihm blickte, trafen sich ihre Blicke, und sie klimperte mit den Wimpern, den Kopf leicht geneigt. Sie wusste, wie man einen Mann ansprechen musste, wie man mit einem einzigen Blick fleischliche Begierden weckte. Er räusperte sich und lockerte die Bänder, bis sie aus dem Korsett schlüpfen konnte.

»Danke«, sagte sie, bevor sie sich in die Deckung seines Raumteilers zurückzog. Als Nächstes musste sie ihre Unterröcke, Strümpfe und Stiefel ausziehen, die sie jedoch in einer Ecke seines Schlafzimmers außer Sichtweite ablegte.

Jonathan saß in seinem Bett, lauschte dem Rascheln des Stoffes auf der Haut, stellte sich vor, wie sie jedes Stück auszog, und verfluchte, dass nicht er es war, der sich entkleidete. Er hatte die verruchtesten Gedanken daran, ihre Strümpfe herunterzurollen und an ihren Schenkeln zu knabbern und sie zu küssen. Sein Körper spannte sich vor erneuter

Erregung an. Er versuchte, sich zu beruhigen, aber das war ein unmögliches Unterfangen.

»Würdest du bitte alle Kerzen bis auf eine auslöschen? Ich will nicht, dass du mich siehst, bevor ich im Bett liege.« Audreys Stimme klang ein wenig angestrengt.

»Natürlich.« Es gab keinen Grund, sich mit ihr darüber zu streiten. Es gab keine Eile. Nur in dieser Eigenschaft, so schien es, war sie schüchtern. Er würde sie lehren, weniger bescheiden zu sein, wenn sie mehr Zeit miteinander verbrachten. Sie würden sich näher kommen, sobald er mit ihrer Ausbildung begann, aber nicht heute Abend.

Er beugte sich vor und blies die Kerzen auf dem Nachttisch aus. Nur der Schein des Feuers erhellte den Raum, aber die beiden Sessel blockierten den größten Teil des Lichts, das das Bett erreichte.

»Du kannst jetzt rauskommen.«

Audreys Gesicht lugte hinter dem Raumteiler hervor. Sie schaute sich um und ging dann auf Zehenspitzen auf ihn zu. Er wandte sein Gesicht ab, um ihr einen Hauch von Privatsphäre zu lassen. Das Bett senkte sich ein wenig, und er spürte, wie sich die Decke bewegte, als sie seufzte.

»Du darfst jetzt schauen.«

Er drehte sich zu ihr um und betrachtete den süßen Anblick von Audrey in seinem Bett, ihre großen braunen Augen offen und ihr Haar in lockigen Wellen. Sie schien die Nadeln selbst entfernt zu haben.

»Siehst du? Gar nicht so schlimm, oder?«, fragte er.

Sie rümpfte die Nase. »Schnarchst du?«

»Schnarchen? Nein«, versprach er.

»Gut. Wenn du das tust, werde ich dich mit einem Kissen ersticken. Betrachte dich als gewarnt.« Sie plusterte die Kissen hinter sich auf und wirkte dabei so liebenswert bedrohlich.

Jonathan versuchte, ein Lachen zu unterdrücken. »Herr,

ich glaube dir wirklich.« Er ließ sich neben ihr auf dem Bett nieder und grinste. Er hatte Audrey endlich in sein Bett bekommen, wenn auch nicht so, wie er gehofft hatte. Aber es war ein Anfang. Er lag noch lange wach und lauschte der Symphonie ihres sanften Atems, der sich bis zum Schlummer vertiefte. Dann drehte er sich auf die Seite und betrachtete ihr Gesicht im schwachen Licht der Flammen im Kamin.

»Wenn du mich haben willst«, flüsterte er und ritzte das Gelübde in sein Herz, »werde ich mich dir beweisen. Ich schwöre es.«

KAPITEL 4

Gerald Langley erhob sich von den Fußbodendielen im Korridor seines Clubs, sein Kopf schmerzte. Er hustete und bürstete sich den Gipsstaub vom Körper. Die Welt um ihn herum war in einem Zustand der Zerstörung. Der Speisesaal war mit zerbrochenen Essenstabletts übersät, Stühle waren umgekippt, und der beißende Geruch von Schießpulver lag noch in der Luft. Im Haus war es still, kein einziges Mitglied seines Clubs war mehr da. Die Feiglinge. Er stand auf und stolperte ein wenig, als er nach seinem Butler rief. Es kam keine Antwort. Sogar die Dienerschaft war geflohen? Er würde jeden einzelnen von ihnen wegen Treulosigkeit entlassen.

Clayton«, brüllte er. »Wo, zum Teufel, bist du?«

Er stolperte den Flur entlang in sein privates Arbeitszimmer. Dieses Haus war das Hauptquartier seines Clubs, der Unheiligen Sünder der Hölle, aber wohnte auch oft hier, wenn er nicht in sein Stadthaus in Mayfair gehen wollte. In letzter Zeit hatte er dank dieser Schlampe Lady Society immer mehr Zeit hier verbracht. Er war so kurz davor gewesen, dieses Problem ein für alle Mal zu lösen. Aber dieser verdammte

Lord Pembroke und dieser andere Kerl, wer auch immer er war ... Wie waren sie überhaupt hereingekommen? Vor heute Abend hatte er noch nie ein Problem mit dem Sicherheitsdienst gehabt.

Er warf sich in den Schreibtischstuhl und griff nach der Brandyflasche auf seinem Schreibtisch.

Eine Stimme kam von der Tür her. »Haben Sie heute Abend ein wenig Ärger?« Langley riss den Kopf hoch und starrte den hochgewachsenen Mann in dunkler Kleidung an. Gerald kannte den Mann, aber er war nicht Mitglied in seinem Club.

»Ärger? Natürlich hatte ich Schwierigkeiten. Sie sagten, wenn ich mit bestimmten Damen spreche, die in diesem Club verkehren, würde die Lady Society meine Pläne für den Ball mitbekommen und versuchen, mit einer von ihnen zu tauschen.«

»Wir wissen, wie sie denkt, wo sie sich aufhält«, sagte der Mann, »und was sie antreibt. Es schien sicher zu sein, dass sie den Köder schlucken würde.«

»Das hat sie, und sie hat ein zweites Mädchen mitgebracht, aber es lief überhaupt nicht gut. Ich sollte sie genau da haben, wo ich sie haben wollte.«

Der Mann trat vor. »Und das hatten Sie nicht? Sie war hier, unter all Ihren Gästen, doch das Haus ist leer und Sie sind bereit, sich in die Niederlage zu trinken.«

»Sheffield, Sie sagten, es wäre *einfach*, mit ihr fertig zu werden. Dennoch hat sie eine Armee mitgebracht, um sie zu retten.«

Der Mann, Daniel Sheffield, blickte zurück in den Flur. »Eine Armee? Jetzt übertreiben Sie aber. Ihre Männer haben sich in dem Durcheinander gegenseitig mehr Schaden zugefügt, denke ich.«

»Und was wenn es so wäre? Ich wurde fast getötet.«

»Wie viele waren es in Wirklichkeit?«, fragte Sheffield.

»Ich habe zwei gezählt, den Earl of Pembroke und einen anderen Mann, aber es können auch mehr gewesen sein. Sie haben alles kaputt gemacht, den Laden zerschossen, mich zerschossen!« Er hob einen leicht blutigen Arm. In Wahrheit war es nur ein Streifschuss, aber er schmerzte fast so sehr wie sein verletzter Stolz. »Und Lady Society ist entkommen.«

Sheffield richtete seinen Mantel und ging näher an Langley heran.

»Es ist ein Jammer, dass der Plan nicht aufgegangen ist, aber Sie waren ein Narr, als Sie annahmen, dass sie ohne Hilfe kommen würde.«

»Ja, nun, was soll ich jetzt tun? Ich bin mir nicht einmal sicher, wer sie ist. Sie war nur ein Küken hinter einer Maske. Sie sah aus wie die Hälfte der jungen Debütantinnen, die dieses Jahr in London auftraten. Und die Freundin, die sie dabei hatte, war ebenso nichtssagend. Wie kann ich sie jetzt finden? Sie ist wie ein verdammtes Gespenst, und doch hört jeder im *ton* auf sie. Sie hat mich ruiniert, verstehen Sie? Die Banken haben mir Kredite verweigert, meine Schwester und ihr Mann werden nirgendwohin mehr eingeladen, und ich kann nicht einmal in Mayfair spazieren gehen, ohne dass mir die Leute auf der Straße aus dem Weg gehen.«

Sheffield lächelte kalt, als ob er irgendwie respektierte, was die Schlampe getan hatte. »Erstaunlich, nicht wahr? Die Macht, die eine Frau ausüben kann?«

»Was muss ich tun, um mich an ihr zu rächen?« Langley hob die Brandyflasche an seine Lippen und trank einen tiefen Schluck.

»Nichts. Das Spiel ist gelaufen. Ich habe mein Bestes getan, um Ihnen zu helfen, aber jetzt müssen wir die Sache auf andere Weise beenden.«

»Ich stimme zu, lassen Sie uns das beenden. Ich will sie tot sehen.« Langley nahm einen weiteren Schluck aus seiner Flasche.

»Ich bin mir sicher, dass dies geschehen wird. Leider werden Sie nicht hier sein, um es zu sehen.«

Langley starrte Sheffield an. Der Mann hielt eine Pistole in der Hand, die auf seine Brust gerichtet war. Das Blut begann in seinen Ohren zu pochen.

»Sheffield, jetzt warten Sie mal einen Moment ...«

»Nehmen Sie Stift und Papier und schreiben Sie genau auf, was ich Ihnen sage.«

»Das werde ich nicht!«, schnappte Langley.

Sheffield machte einen langsamen, gemessenen Schritt nach vorne. »Tun Sie es jetzt, sonst haben Sie keine Chance mehr, Ihre Angelegenheiten in Ordnung zu bringen.«

Langley schluckte heftig. Sheffield war es ernst.

»Also ... Das war's?«

»Ich fürchte ja. Brauchen Sie einen Moment?«

Langley schluckte an dem plötzlichen Kloß in seinem Hals vorbei, als er die Schublade öffnete, ein Stück Papier herausnahm und einen Federkiel bereitlegte. »Nein. Ziehen wir es durch.«

Sheffield nickte. »Schreiben Sie das. *An meine Familie: Ich habe euch in meiner Schande enttäuscht. Ich kann diese Verantwortung nicht länger tragen.* Danach können Sie schreiben, was Sie für nötig halten, damit Ihre Verwandten versorgt sind.«

Langley schrieb die Worte, Angst und Entsetzen lähmten ihn fast. Sein Mund war trocken, und er konnte nicht sprechen. Als er fertig war, überprüfte Sheffield seine Worte sorgfältig.

»Sehr gut.« Sheffield übergab die Pistole an Langley. In seiner anderen Hand befand sich bereits eine zweite.

»Ich gebe Ihnen zwei Minuten.« Sheffield verließ das Arbeitszimmer, blieb aber an der Tür noch einmal stehen. »Verstehen Sie, wenn Sie versuchen zu fliehen, wird es viel schlimmer für Sie werden. Und für Ihre Schwester.«

Langley starrte auf die Pistole in seiner Hand, dann auf die

Uhr in seinem Arbeitszimmer. Das gleichmäßige Ticken zählte jeden verbleibenden Moment, der ihm noch blieb, herunter.

Zwei Minuten.

Es war ein passendes Ende, räumte er ein. Er hatte einen Hell Fire Club gegründet, und nun, nachdem er sich das Leben genommen hatte, würde er für seine Sünden in der Hölle brennen.

Er öffnete seinen Mund und schob die Mündung der Pistole hinein.

⚜

Daniel Sheffield wartete, bis die Pistole losging, und öffnete dann die Tür, um sich zu vergewissern, dass die Tat vollbracht war. Er steckte die zweite Pistole zurück in seinen Mantel. Er ließ die Trümmer des lächerlichen Hauses der Unheiligen Sünder der Hölle hinter sich und stieg draußen in eine wartende Kutsche.

»Es ist vollbracht«, sagte Daniel.

»Gut.« Hugo Waverly, Daniels Arbeitgeber, nickte. Seine Augen waren unfassbar dunkel, die Art von Schwarz, die Daniel immer ein wenig nervös machte.

Er hatte Waverly jahrelang gedient, und die beiden taten, was getan werden musste, um Englands Interessen zu wahren und zu schützen. In diesen Jahren war er dem Mann so nahe gekommen, wie es nur möglich war, und er hatte ein gewisses Maß an Vertrauen gewonnen. Infolgedessen hatte Waverly ihn um Hilfe bei Nebenmissionen gebeten, die oft nicht direkt mit König und Land verbunden waren.

Dies war eine der Nächte, in denen Daniel sich der Dunkelheit in Waverlys Herz und den Dämonen stellte, die ihn insgeheim antrieben. Aber Waverly hatte ihn als Jungen vor einem Leben im Elend bewahrt und ihn gelehrt, ein

Gentleman zu sein. Er hatte Daniel die Möglichkeit gegeben, Abenteuer zu erleben und in der Gesellschaft aufzusteigen. Dafür würde Daniel die tödlichsten Einsätze wagen, wenn Hugo den Befehl dazu gäbe.

»Also zurück zu unserem ursprünglichen Plan?«, fragte Daniel.

»Ja, ich denke schon. Warum treffen wir uns nicht diese Woche mit Avery Russell und bitten ihn, Kontakt zu Miss Sheridan aufzunehmen?« Daniel wusste, dass es sich bei solchen Fragen nicht wirklich um Aufträge handelte.

»Ich kümmere mich darum«, antwortete Daniel.

»Gut. Ich denke, wenn Sie Miss Sheridan die Möglichkeit geben, ihrem Land zu dienen, wird sie sehr gerne mit Ihnen und Russell nach Frankreich kommen. Die Mission brauchte schon immer eine Ablenkung, etwas, das die englischen Rebellen in Calais aus der Fassung bringt und auch die am königlichen Hof.« Sheffield war über den Plan informiert. Die verschiedenen Fraktionen würden mit dem Finger aufeinander zeigen und versuchen, sich gegenseitig der Komplizenschaft oder Verschwörung zu bezichtigen. Es war diese störende Wolke des Verdachts, unter der die Reformisten ihren Zug machen sollten - und ihren fatalen Fehler.

»Die Gefangennahme von Miss Sheridan wird das Land in Aufruhr versetzen und Ihnen Zeit verschaffen, sich um die Mission zu kümmern. Ich will die Namen der Reformisten um jeden Preis. Ich bin sicher, dass sie von unseren Küsten aus Unterstützung finden.«

»Sie glauben, dass der Tod des Sheridan-Kükens uns die gewünschten Ergebnisse liefert?«, fragte Sheffield.

»Ganz genau. Wir müssen uns zuerst um unsere eigentliche Aufgabe kümmern. Aber meine Feinde hier zu Hause zu verletzen, wird ein angenehmer Bonus sein.«

»Und was ist mit Avery Russell? Ich dachte, er sei vielversprechend?«

»Das ist ein Jammer«, gab Hugo zu. »Er ist ein qualifizierter Mitarbeiter. Aber er ist der Bruder von Lucien, und es wäre nur eine Frage der Zeit, bis er zu viel weiß. Es war immer unvermeidlich, ihn zu entfernen.«

Wäre Daniel jünger gewesen, hätte ihn der kalte Blick in Hugos Augen erschaudern lassen. »Es ist nicht so, dass ich den Plan nicht bewundere, aber warum greifen wir die Liga diesmal nicht direkt an?« Daniel hielt den Atem an, weil er befürchtete, Waverly würde wütend werden, aber die Frage musste gestellt werden. Wenn die Liga der Schurken die Bedrohung wäre, für die Waverly sie hielt, hätte er nicht so lange gewartet, um zuzuschlagen. Er hätte es schon vor Jahren getan.

»Ihre Schwächen werden jeden Tag größer. Je mehr von ihnen heiraten und Bälger zeugen, desto mehr haben sie zu verlieren. Es reicht nicht aus, sie einfach zu entfernen. Ich will sie *verletzen*, Stück für Stück, bis sie alle zu meinen Füßen knien, gebrochen und zerschlagen. Erst dann werde ich Rache nehmen. Für Peter und für mich.« Das letzte Wort war so leise geflüstert worden, dass Daniel es sich hätte einbilden können.

Als die Kutsche vor Daniels Haus hielt, nickte er seinem Vorgesetzten zu, bevor er auf die Straße trat. Er wartete, bis die Kutsche um die Ecke gebogen war, bevor er die Treppe hinaufging und seine Wohnung betrat.

Sein Butler wartete schon. »Sir, Sie haben einen Besucher. Sie ist im Salon.«

Daniels Verhalten änderte sich, und sein Herz schlug höher. Er ließ den dunklen, geheimnisvollen Teil von sich los, der er sein musste, wenn er mit Hugo zusammen war. Nur eine einzige Frau besuchte ihn jemals.

Er zog seinen Mantel aus, nahm den Hut ab und reichte beides einem Diener. Dann ging er den Flur entlang und betrat den Salon. Der Raum wurde von Feuerschein und

Kerzen erhellt, die die spärliche Einrichtung betonten, aber die Frau am Feuer hatte sich nie an seiner spärlichen Junggesellenwohnung gestört. Ihr blondes Haar war zu einer eleganten Frisur hochgesteckt, und das dunkelblaue Satinkleid, das sie trug, deutete auf den Körper hin, von dem er wusste, dass er ihn bald mit ins Bett nehmen würde.

»Melanie«, flüsterte er, und sie drehte sich langsam zu ihm um. Gott, war sie schön. Und für heute Abend jedenfalls gehörte sie ihm.

»Du bist spät dran, Daniel. Wir haben vereinbart, uns um Mitternacht zu treffen.« Sie öffnete ihre Arme für ihn, und er umarmte sie.

»Arbeit, mein Schatz. Es war unvermeidlich, dass ich aufgehalten wurde.«

»Wir haben nicht viele Gelegenheiten wie diese«, sagte Melanie. »Nicht ohne Hugo verdächtig zu machen.«

Daniel verdrängte die Gedanken an Waverly. Melanie war zwar Hugos Frau, aber sie hatte vor mehr als zwei Jahren aufgehört, mit ihm das Bett zu teilen, kurz nachdem sie ihr erstes Kind zur Welt gebracht hatte.

Dir mag ihr Körper gehören, aber mir gehört ihr Herz. Daniel küsste Melanie und ließ die Spannung los, die sich in ihm aufgestaut hatte. So lange war er hin- und hergerissen über seinen Betrug an dem Mann, der ihm alles beigebracht hatte. Aber die Liebe widersetzte sich der Logik, der Vernunft, selbst der stärksten Loyalität. Auf Hugos Drängen hin hatte er mit vielen Frauen geschlafen, um Informationen zu erhalten, aber es gab nur eine Frau, die in seinem Herzen und in seinen Gedanken war.

»Du riechst nach Schießpulver«, flüsterte Melanie, während sie ihre Arme um seinen Hals schlang.

Er gluckste, als sie ihm ins Ohrläppchen biss, und die Lust schoss durch ihn hindurch. »Ist das so?«

»Ja, das ist es, was ich an dir liebe. Du bist so ganz anders als er. Du bist real, kein Schatten. Ich habe Hugo geheiratet, weil ich dachte, er sei geheimnisvoll und charmant. Aber ich durfte nie hinter seine Maske sehen. Nicht so wie bei dir.« Sie neigte ihr Gesicht zu ihm hinauf, und er beugte sich hinunter, um sie erneut zu küssen, wobei er sich in der aufkommenden Spannung in seinem Körper verlor, aber es war eine gute Spannung.

»Du bist die einzige Frau, die jemals den Mann kennengelernt hat, der ich wirklich bin«, versicherte er ihr. Viele hielten Melanie für eitel, und vielleicht war sie das vor Jahren auch wirklich gewesen. Aber die Zeit und eine einsame Ehe hatten sie auf einen anderen Weg geführt, den er aus der Ferne beobachtet hatte, bis er es nicht mehr aushielt. Von diesem Zeitpunkt an gehörte ihr sein Herz. Er hatte viele Dinge im Namen von König und Land getan. Schreckliche Dinge. Dinge, die getan werden mussten. Aber wenn es eine Sache in seinem Leben gab, von der er sagen konnte, dass sie gut war, dann war es die Liebe zu dieser Frau, auch wenn sie verboten war. Sie war seine einzige Hoffnung auf Absolution.

»Ich muss in dir sein, Liebes«, knurrte er.

Sie lächelte und zog ihn zur Couch. Heute Abend würde nicht mehr geredet werden, nicht bevor sie ihren Hunger gestillt hatten. Er würde sich morgen um Audrey Sheridan kümmern.

KAPITEL 5

Als Jonathan kurz vor Sonnenaufgang aus dem Bett stieg, war Audrey bereits wach. Es war typisch für sie, früh aufzustehen, aber die verrückte Flucht aus dem Hell Fire Club hatte sie mit einem Gefühl der Unruhe erfüllt, das sie wacher machte, als sie es sonst gewesen wäre. Sie gab diesem Unbehagen die Schuld daran, dass sich ihr Körper im Laufe der Nacht immer mehr auf Jonathan zubewegt hatte, bis sie sich schließlich fast an seinen Körper schmiegte, während er schlief. Sie war durch seinen Duft und den warmen Druck seiner Haut auf die ihre aufgewacht. Er hatte es geschafft, einen Arm um sie zu legen und sie an sich zu ziehen, und sie war nicht bereit gewesen, sich wegzudrücken, weil es sich zu wunderbar angefühlt hatte.

Aber jetzt, in der kalten Abwesenheit seines Körpers, fand sie die Kraft, aus dem Bett zu klettern und sich anzuziehen. Sie läutete nach einem Dienstmädchen, das ihr half, ihr Korsett und die Knöpfe ihres Kleides zu schließen. Sie konnte immer noch hören, wie Jonathan sich im anderen Zimmer bewegte, und sie nahm sich einen Moment Zeit, um ihm eilig eine Nachricht zu kritzeln.

»Halte deinen Teil der Vereinbarung ein. Unser Unterricht muss bald beginnen.«

Dann machte sie sich auf die Suche nach Archimedes im Erdgeschoss. Als sie gestern Abend gesehen hatte, wie die Katze gegen die Schurken kämpfte, erinnerte sie sich an eine Geschichte über den berühmten griechischen Mathematiker Archimedes, der eine Klauenwaffe erfunden hatte, die aus einem Metallarm herausgeschwungen und auf ein Schiff geworfen werden konnte, um dessen Decks zu zertrümmern und es zu versenken. Der Name schien perfekt auf die Katze zu passen.

Archimedes hatte am Abend zuvor das Hauspersonal verzaubert, und Audrey fand ihn beim Spielen unter dem Staubwedel eines der Dienstmädchen. Das Mädchen lachte, als die Katze eifrig mit den Federn herumschlug.

»Oh! Ich bitte um Verzeihung, Miss.« Das Dienstmädchen zog das Spielzeug zurück und knickste vor Audrey, als sie merkte, dass sie beobachtet wurde.

»Es ist alles in Ordnung. Ich bin nur gekommen, um ihn zu finden. Es ist Zeit, dass wir gehen.« Sie schnappte sich den Kater und drückte ihn fest an sich, bevor sie den Butler fand und ihn bat, eine Kutsche für sie zu rufen. Sie hatte am Vorabend ihr Täschchen verloren und fragte sich, ob der Kutscher ihr erlauben würde, ihn erst am Ziel zu bezahlen.

»Hier, Miss.« Der Butler hielt ihr einen Beutel mit Münzen hin. »Der Meister sagte, dass Sie vielleicht früher gehen wollen und das hier brauchen.«

Audrey beäugte den Geldbeutel.

»Ich ...« Sie musste es für den Moment annehmen, aber sie konnte einen Jungen mit Geld schicken, um es ihm zurückzuzahlen. Sie nahm so viel heraus, dass es für die Fahrt in der Kutsche reichte, und reichte den Beutel dann dem Butler zurück.

»Ich danke Ihnen. Sagen Sie Mr. St. Laurent, dass ich später einen Jungen vorbeischicke, der es ihm zurückzahlt.«

Der Diener nickte, aber er schien schockiert über ihren Wunsch, kein Geschenk anzunehmen. Aber das war genau der Punkt. Sie wollte weder Jonathans Wohltätigkeit, noch wollte sie sich bei ihm verschulden.

Er wird mich das Kämpfen lehren, und dann werde ich niemanden mehr brauchen. Ich werde wirklich unabhängig sein.

Ihre Träume von Liebe und Ehe verblassten, da sie nun andere Wünsche hatte. Als sie mit Jonathan im Bett gelegen und geschmeckt hatte, wonach sie sich immer gesehnt hatte, wurde ihr klar, dass sich etwas in ihr verändert hatte. Das dumme junge Mädchen, das sie ein Jahr zuvor noch gewesen war, das heiraten und Mutter werden wollte, war verschwunden. Das Bedürfnis, etwas Größeres zu tun, brannte nun wie ein Leuchtfeuer in ihr.

Lady Society war anfangs nur ein müßiger Zeitvertreib gewesen, der ihr helfen sollte, ihre Freunde auf der Grundlage von Klatsch und Tratsch zu verkuppeln. Doch im Laufe der Jahre hatten sich ihre Ideale geändert. Ihre Artikel hatten sich von reinen Gesellschaftskolumnen zu Aufrufen zur Gleichberechtigung und sogar zu Aufsätzen über politische Themen und zur Herausforderung des Parlaments entwickelt. All dies geschah mit dem Schwung und dem Gespür einer klugen Frau, die die Gesellschaft selbst als ihre Waffe benutzt. Doch Lady Society war nur der Anfang von Audreys Wunsch, England zu verändern.

Sie wollte zwar immer noch Ehefrau und Mutter sein, aber sie befürchtete, dass sie das nie erreichen könnte, nicht, solange sie sich selbst beweisen musste, dass sie etwas Größeres leisten konnte. Nicht in einer Welt, in der Männer nicht geneigt waren, Frauen diese Chance zu geben. Es hätte eine Erleichterung sein sollen, dass Jonathan sie nicht zur

Frau haben wollte, denn das hatte ihr Zeit gegeben, zu erkennen, dass sie ein anderes Schicksal hatte.

Sie bedankte sich beim Butler für die Kutsche, als diese eintraf, und verließ Jonathans Stadthaus. Sie blickte nicht zurück, so sehr sie es auch wollte. Dieses schöne Haus würde nicht ihr Zuhause sein, so sehr sie es sich auch wünschte.

Vor zwei Jahren, als sie ihr Debüt als der Diamant von London gegeben hatte, hätte sie jeden Mann haben können, den sie wollte - bis auf den einen Mann, den sie wirklich wollte. Wenn er so unbekümmert und käuflich sein konnte, dann konnte sie es auch. Sie würde bei ihm Unterricht nehmen, dann England verlassen und Spionin werden.

In den letzten Monaten hatte sie sich mit Evangeline Mirabeau unterhalten, einer französischen Kurtisane und selbst eine beeindruckende Frau, und sie war überzeugt, dass Audrey es in Frankreich zu etwas bringen könnte. Am französischen Königshof herrschten Klatsch und Intrigen, und das waren zwei von Audreys Spezialitäten. Diejenigen, die sich in diesen Gewässern zurechtfanden, konnten es weit bringen.

Als sie das Sheridan-Stadthaus erreichte, dämmerte es bereits an den Häusern. Hoffentlich würden diejenigen, die ihr Fehlen bemerkt hatten, nicht auf die Idee kommen, ihrem Bruder bei seiner Rückkehr davon zu erzählen. Die meisten Mitarbeiter kannten sie gut genug, um diskret zu sein, aber es war nie eine Gewissheit. Audrey trug Archimedes hinein und ignorierte die besorgten Blicke zweier Lakaien, als sie an ihnen vorbeiging.

Einer der Lakaien reichte ihr ein Stück Papier. »Da ist ein Brief für Sie, Miss.«

»Danke.« Sie steckte das Papier in eine Tasche ihres ruinierten Kleides und ging nach oben in ihr Schlafgemach.

Sie legte Archimedes auf ihr Bett. Mittens lag bereits auf den Kissen und faulenzte in der frühen Morgensonne. Sie hob den Kopf und starrte Archimedes fest an. Der

Neuankömmling starrte mit zuckendem Schwanz zurück, und einen Moment lang befürchtete Audrey, dass die beiden in einen Streit geraten würden. Nach einem Moment stand Mittens auf, streckte sich gemächlich, sprang dann vom Bett und ging davon, wobei ihr Schwanz wie eine schwarze Feder in der Luft schwebte und trotzig winkte, als sie um die Ecke bog und im Korridor verschwand.

Audrey nahm den Brief heraus, brach das Siegel und las die eilig auf die Seite gekritzelten Zeilen. Anscheinend hatte Gillian eine leichte Kopfwunde erlitten, und James hatte darauf bestanden, dass sie die Nacht bei ihm verbrachte, da er einen Arzt hatte, der seine Mutter behandelte. Nun, das war eine kleine Gnade. Wenigstens war sie in Sicherheit und wurde versorgt.

Audrey ging zu ihrem Kleiderschrank und hatte gerade den Griff umgelegt, als sich die Schlafzimmertür öffnete und Gillian hereinspähte.

»Sie sind in Sicherheit!«, rief ihr Dienstmädchen aus und umarmte sie eilig.

»Natürlich! Und du? Ich habe dich gestern Abend mit James Fordyce weggehen sehen.« Audrey erwiderte die Umarmung.

»Mir geht es sehr gut.« Gillian wurde rot und zuckte zusammen, als sie Audreys Kleid betrachtete. »Oh je, es war neu!«

Audrey seufzte und zupfte an ihrem Kleid. »Ja, das Kleid ist ruiniert, aber zum Glück war es das einzige Opfer letzte Nacht.«

»Lass mich Ihnen da raushelfen. Ich habe Ihnen gerade ein Bad eingelassen und wollte jetzt nach Ihnen sehen. Ich wusste nicht, dass Sie noch gar nicht zurückgekommen waren.« Gillian half ihr aus den Kleidern, und Audrey ging zu der großen Kupferwanne in ihrem Ankleidezimmer. Das

Wasser war warm, und sie seufzte genüsslich, als sie sich in der Wanne zurücklehnte.

»*Husch!*« Bei Gillians scharfer Ermahnung setzte sich Audrey in ihrem heißen Bad auf, so heftig, dass Wasser über den Wannenrand spritzte. Gillian hielt das ruinierte rote Kleid in ihren Händen. Sie jagte damit Archimedes hinterher, der durch das Ankleidezimmer hüpfte und vom Waschtisch zum offenen Schrank und zum Stapel Badetücher sprang.

»Gillian, was zum Teufel machst du da?«

»Der Teufel, in der Tat! Er saß einfach nur da. Hat Sie beobachtet. Er sollte in den Küchen sein und Ratten jagen.« Die Katze flitzte an der Wanne vorbei, rutschte auf den Wasserpfützen aus und huschte ins Schlafzimmer. Das Dienstmädchen schloss die Katze schließlich aus dem Waschraum aus und lehnte sich mit dem Rücken gegen die Tür, als würde sie den Raum gegen ein riesiges Tier verteidigen. »Wo in aller Welt haben Sie ihn gefunden?«

Audrey rieb mit Seife über ihre Haut. »Er ist aus dem Hell Fire Club, schon vergessen? Die arme Katze, von der sie behaupteten, sie sei der Teufel.«

Gillian ging zu einem Stuhl hinüber und ließ sich darauf fallen. »Ich dachte, ich hätte diesen Teil der letzten Nacht geträumt.« Sie legte den Kopf schief und zuckte zusammen. »Das habe ich natürlich nicht.«

»Du wirst dich an ihn gewöhnen. Archimedes ist einfach entzückend.«

»Archimedes? Oh Herr ...« Gillian nahm ein paar Tücher zum Waschen und brachte sie zu Audrey herüber. »Ich lasse Ihnen ein Frühstück bringen.«

»Danke, Gillian.« Audrey hielt dem Blick ihrer Freundin einen langen Moment stand und hoffte, dass die andere Frau die tiefere Botschaft hinter ihren Worten verstehen würde. Sie hatte eine loyale, freundliche und mutige Freundin wie sie gar nicht verdient.

Gillians Gesicht rötete sich. »Natürlich.« Sie lächelte und schlüpfte aus dem Ankleidezimmer.

Audrey ließ sich beim Baden Zeit und kicherte, als sie an den Kampf gestern Abend im Esszimmer zurückdachte. Hatte sie wirklich mit dem Kandelaber auf das Bein eines Mannes einschlagen und die Intimzone eines anderen Mannes mit einem Schürhaken getroffen?

Ja, das habe ich. Und Sie können sicher sein, dass ich in der nächsten Lady Society-Kolumne alles darüber schreiben werde.

Das Schreiben solcher Artikel gab ihr immer einen Ruck der Erregung. Wenn sie nicht gerade versuchte, ihren älteren Bruder und seine schurkischen Freunde in die Ehe zu treiben, tat sie ihr Bestes, um die Missstände in der Gesellschaft zu beseitigen oder sie zumindest für alle sichtbar zu machen. Es war der Einfluss von Lady Society, der sie auf die Idee gebracht hatte, Spionin zu werden. Sie hatte letztes Jahr mit Avery darüber gesprochen, und er hatte das Potenzial ihrer Spionagekarriere erkannt, genau wie Evangeline. Er hatte es sogar für richtig gehalten, ihr einige grundlegende Lektionen in Verkleidung zu erteilen und ihr beizubringen, wie man Informationen aus Menschen herausholt, ohne dass diese merken, was man da machte.

Nach dem Bad zog Audrey ein blassgrünes Tageskleid und silberne Pantoffeln an und setzte sich dann mit einem frischen Federkiel und Papier auf ihr Bett. Archimedes, der sich überall zu Hause zu fühlen schien, sprang neben sie aufs Bett, schnurrte und rieb seine Wangen an ihrer Schulter. Gillian wuselte durch das Zimmer, um aufzuräumen, hielt aber inne, als sie wieder einmal die Katze bemerkte.

»Ich glaube, Sie sind verrückt geworden«, verkündete Gillian.

Audrey strich eine Zeile ihrer Kolumne aus und bewegte den Federkiel von der Katze weg, als diese nach ihm schlug.

»Hmm?«

»Ich sagte, ich glaube, Sie sind verrückt geworden, Mylady.«

Audrey schaute auf und legte den Kopf schief. »Wütend, weil ich ein Exposé über die unheiligen Sünder der Hölle schreibe, oder wütend, weil ich Archimedes mitgenommen habe?«

Ihr Dienstmädchen starrte die Katze an. »Beides, würde ich sagen.«

»Unsinn. Wir haben fast alle Männer während des Kampfes gestern Abend enttarnt, und ich habe mindestens ein Dutzend von ihnen erkannt. Es ist an der Zeit, dass wir den *ton* wissen lassen, wer unter ihnen keine Gentlemen sind.«

Gillian grunzte leise in einem Ton, den Audrey als Missbilligung erkannte. »Und was hält Mittens von Archimedes?«

Bei der Erwähnung der älteren Katze sah Audrey ihren neuen Kater an. »Mittens? Am Anfang hat sie ein bisschen geschmollt, aber ich glaube, sie wird sich wieder fangen. Er ist ein bisschen wie Muff, findest du nicht?«

Das meinte sie allerdings nicht wirklich ernst. Muff und Mittens waren Wurfgeschwister gewesen, die ihr Bruder ihr geschenkt hatte, als sie zehn Jahre alt war. Muff war letztes Jahr zu Weihnachten von einem elenden Mann getötet worden, der ihrem Bruder etwas antun wollte und Muff benutzt hatte, um eine Botschaft zu übermitteln. Es hatte ihr das Herz gebrochen, ihr liebes altes Haustier auf diese Weise zu verlieren, und nicht einmal der schöne Archimedes konnte ihn ersetzen.

»Muff sah süß aus«, sagte Gillian.

»Archimedes ist süß«, betonte Audrey und lächelte, als der Kater sein Gesicht an ihrer Hand rieb und wieder schnurrte.

»Das bezweifle ich stark. Warum haben Sie ihn Archimedes genannt? Ich denke, Luzifer wäre besser geeignet.«

Audrey reagierte schockiert und hielt die Ohren des

Katers zu, als ob sie verhindern wollte, dass er das Gespräch mitbekam.

»Nur weil er ein Fest des Teufels geleitet hat, heißt das nicht, dass er ein böser Kater ist. Vielleicht wurde er wie wir unter falschem Vorwand dorthin gelockt.«

Gillian kicherte. »Unter Vorspiegelung falscher Tatsachen angelockt? Er ist eine Katze. Sie haben ihn wahrscheinlich aus einer Gasse entführt.«

»Blödsinn.« Audrey kuschelte Archimedes an sich. »Katzen gehen nirgendwo hin, wohin sie nicht wollen. Während des Kampfes griff er sogar einen der Männer, Lord Augersley, an, bevor ich ihn unter dem Tisch hervorholte. Aber er hat sich nicht gegen mich gewehrt, nicht wahr?« Sie kratzte Archimedes hinter den Ohren.

»Großer Gott.« Gillian stöhnte auf und ging zur Tür. Audrey spürte, dass mit ihrem Dienstmädchen etwas Tieferes vor sich ging. Heute Morgen war sie ruhiger gewesen. Normalerweise war Gillian sehr gesprächig, zumindest ihr gegenüber. Audrey hatte einen Verdacht, was ihre Freundin so nachdenklich machte. Wenn sie nicht gestört werden wollte, hätte sie aufgeräumt und Audreys Zimmer verlassen, doch sie war noch geblieben, als hätte sie sich gewünscht, dass Audrey sie fragte, was sie bedrückte.

»Wollen wir wirklich nicht darüber reden?«, fragte sie sanft, was Gillian innehalten ließ, als sie die Tür erreichte.

Schließlich sprach Gillian mit leiser Stimme. »Über?«

»Gestern Abend. Ich kam heute Morgen nach Hause. Du bist auch erst heute früh zurückgekommen. Der Bote, der die Nachricht überbrachte, sagte, du seiest verletzt worden und James habe dich in sein Stadthaus gebracht.«

Ihr Dienstmädchen zuckte zusammen. Audrey beobachtete sie genau und versuchte, jeden kleinen Ausdruck auf ihrem Gesicht zu lesen, um herauszufinden, was passiert war.

»Gillian«, flüsterte sie, »ich weiß, dass du eine *Schwäche* für ihn hast. Das ist nichts, wofür man sich schämen muss.«

»Ist es nicht?« Gillian schluckte schwer, und Audrey konnte sehen, dass sie gegen das Schluchzen ankämpfte. »Ich bin jetzt nicht und werde nie für jemanden wie ihn geeignet sein. Ich bin ein *Dienstmädchen*, Mylady. Er ist ein Earl. Ich wäre glücklich, seine Geliebte zu sein.«

Wenn es etwas gab, das Audrey hasste, dann war es, wenn die Gesellschaft Frauen wie Gillian das Gefühl gab, wertlos zu sein. Sie war die Tochter eines Grafen, wenn auch eine uneheliche Tochter. Für Audrey machte das keinen Unterschied. Ja, sie war die Tochter und jetzt die Schwester eines Viscounts, aber in ihren Augen sagte der Titel eines Menschen nichts über seinen Charakter aus. Taten und Charakter zählten, nicht die Umstände der Geburt. Und wenn man in privilegiertere Verhältnisse hineingeboren wurde, dann war es in ihren Augen doppelt wichtig, dass man es auch verdiente. Natürlich war das eine Ansicht, die sie niemals offen teilen konnte, es sei denn, es geschah in der Anonymität der Lady Society.

»James hat sich nie eine Geliebte genommen.« Audrey erhob sich aus ihrem Bett und brachte Archimedes dazu, ihre Seiten in Ruhe zu lassen. »Gilly, wir müssen über dich und James reden.« Ihr Tonfall war sanft, und sie war entschlossen, ihre Erregung und Entschlossenheit zu verbergen. Wenn jemand eine schöne Hochzeit und eine glückliche Ehe haben sollte, dann war es Gillian.

Ihre Freundin verzog das Gesicht. »Ob man Mätressen hat oder nicht, spielt keine Rolle. Er und ich könnten niemals …« Gillian schloss den Mund, zitterte leicht, und Audrey sah das Glitzern von Tränen in ihren Augen, die sie kaum zurückhalten konnte, während sich ihr Gesicht rötete.

Audrey biss sich auf die Lippe, ihr Herz schmerzte für ihre Freundin. Das Band zwischen ihnen war wie zwischen Schwestern, und es brachte sie um, ihre Freundin so verletzt zu sehen. Sie umarmte Gillian, und Gillian brach plötzlich in Tränen aus.

»Wein dich ruhig aus. Ich fühle mich danach immer besser. Männer verstehen einfach nicht die Kraft eines guten Weinens.« Gott wusste, dass Jonathan sie schon oft zu Tränen gerührt hatte.

Gillian schniefte und lachte nervös. »Es gibt viel zu viele Dinge, die Männer nicht verstehen.«

»Das ist sicherlich die Wahrheit.« Audrey lachte und ließ Gillian los, aber sie wurde wieder ernst, als ihr eine Idee kam. »Ich möchte dich etwas fragen, und ich möchte eine ehrliche Antwort, auch wenn es dich sehr schmerzt.«

Als ihre Freundin nickte, fuhr sie fort.

»Wenn du eine Dame wärst und James ein gewöhnlicher Gentleman und es gäbe kein Problem mit dem Risiko des gesellschaftlichen Status und solchem Unsinn, würdest du mit ihm zusammen sein wollen?« Sie wartete und beobachtete das Gesicht ihrer Freundin, während sie sich die Zeit nahm, zu antworten. Gillian straffte ihre Schultern und hob tapfer ihr Kinn.

»Ja.«

Ein tapferes Mädchen. »Das ist alles, was ich hören wollte.« Sie unterdrückte ein Kichern des Triumphs. Sie hatte die feste Absicht, Gillian und James zusammenzubringen. Die Frage war nur, wie. Sie setzte sich wieder auf ihr Bett und griff nach ihren Papieren.

»Sie haben nicht vor, sich einzumischen?« Gillians Ton war anklagend, aber auch ängstlich.

Sie hatte schon vor langer Zeit gelernt, beim Kartenspielen eine neutrale Miene zu bewahren. »Einmischen? Ich wollte einfach nur wissen, wo du stehst, damit ich in Zukunft besser mit dieser Angelegenheit umgehen kann, sollte sie sich ergeben. Ich verstehe deine Ängste. Ich sage es nur ungern, aber ein Earl und eine Zofe wären eine ziemlich unmögliche

Situation. Aber ich möchte auch nicht, dass Herzen gebrochen werden. Ich bin jetzt also gewarnt. Sei versichert, dass ich die Angelegenheit angemessen behandeln werde, sollte sie jemals zur Sprache kommen.« Audrey tat so, als würde sie den Artikel lesen, während sie überlegte, wie sie ihre beiden Freunde zusammenbringen könnte. Ein Ball? Hausparty? Heimliches Rendezvous?

»Warum kann ich das nicht glauben?«, murmelte Gillian.

Audrey ignorierte den grimmigen Ton ihres Dienstmädchens. »Du siehst ein bisschen blass aus, Liebes. Warum gehst du nicht in die Küche, ruhst dich ein wenig aus und trinkst einen Tee? Ich werde hier an dem Artikel arbeiten und dich eine Zeit lang nicht brauchen.« Wenn sie Gillian ausruhen ließ, konnte diese sie in eine bessere Stimmung versetzen, und das würde Audrey Zeit geben, sich einen Verkupplungsplan auszudenken.

»Also gut.« Gillian verließ die Kammer und ließ Audrey und Archimedes allein zurück. Der schwarze Kater saß auf der Fensterbank, leckte sich eine Pfote und rieb sie über sein Ohr.

Sie wandte sich an die Katze. »Was meinst du? Soll ich meinen Bruder bitten, einen Ball zu veranstalten?« Archimedes starrte sie an. »Nein? Nun, meine Schwester gibt in einer Woche eine Hausparty. Ich bin sicher, dass sie nichts dagegen hätte, James einzuladen. Alle verehren ihn einfach. Was hältst du davon? Eine Party würde erzwungene Intimität schaffen. Man würde sie in einem Landhaus zusammenpferchen, bis sie einander nicht mehr widerstehen könnten! Das ist perfekt, findest du nicht auch?«

Archimedes leckte sich die Nase und schnurrte.

Sie konnte alles schon vor sich sehen. Das würde wunderbar klappen. »Dann ist das geklärt. Die Hausparty auf dem Lande.« Sie nahm ein frisches Blatt Papier und schrieb einen Brief an ihre Schwester, in dem sie die Situation erklärte. Horatia war die Vernünftigere von beiden, aber wie Audrey war auch sie eine hoffnungslose Romantikerin. Horatia würde gerne dabei helfen, James und Gillian zusammenzubringen. Sie beendete ihren Brief und faltete ihn zusammen, bevor sie ihn zu ihrem Schreibtisch brachte, wo sie ihn sorgfältig mit Wachs versiegelte.

Sobald das Wachs abgekühlt war, setzte sie sich an den Waschtisch und stützte ihr Kinn nachdenklich auf die Hände. Die letzte Nacht war eine Katastrophe gewesen, und sie fühlte sich gebührend gezüchtigt, weil sie wusste, dass ihr überstürztes Handeln Gillian Schaden zugefügt hatte. Aber alles würde bald wieder in Ordnung gebracht werden. Obwohl ihr Leben in Gefahr gewesen war, hatte der Vorfall auch etwas Gutes ausgelöst: James und Gillian hatten mehr Zeit miteinander verbracht, was ihren Plänen, sie zu verheiraten, nur förderlich sein konnte.

Sie bemerkte einen ihrer Handschuhe auf dem Boden und hob ihn auf, weil sie dachte, dass Gillian ihn wohl übersehen hatte. Sie betrachtete die zerrissene Seide und seufzte. Ein Duft, der von dem Handschuh ausging, ließ sie innehalten und ihn an ihre Nase halten. Jonathans Duft, nur ein Hauch davon, haftete noch an dem teuren Stoff. Erinnerungen an die letzte Nacht wurden wach, wie sie am Feuer saßen, wie sie ihn bat, ihr das Kämpfen beizubringen. Die Abmachung, die sie getroffen hatten, und die Tatsache, dass sie die Nacht unberührt in seinem Bett verbracht hatte. Hatte sie das wirklich getan? Sie konnte sich nicht vorstellen, ihm nach einer solchen Dummheit wieder gegenüberzustehen.

Gott, das war töricht gewesen, aber sie wollte so viel wie möglich lernen. Avery hatte ihr beigebracht, wie man spionierte, Evangeline, wie man seine Weiblichkeit zu seinem größten Vorteil nutzte, doch keiner von beiden hatte ihr beigebracht, sich zu verteidigen. Sie brauchte Jonathan als Lehrer. Und so ungern sie es auch zugeben wollte, sie wollte mehr Zeit mit ihm verbringen. Sie wusste, dass sie das nicht sollte. Ihr Herz war bereits gebrochen, und wenn sie noch mehr Zeit mit ihm verbrachte, würde es nur noch schlimmer werden. Aber sie tat es dennoch, weil sie sich nach dem Kontakt mit ihm sehnte, so gering er auch sein mochte.

Ich bin entschlossen, mich für meine Wünsche zu bestrafen, nicht wahr?

Es klopfte leise an der Tür. Audrey wischte sich die Träne von der Wange und nahm den Brief an Horatia in die Hand.

»Herein.«

Die Tür öffnete sich, und Sean Hartley trat ein. Der große rothaarige Lakai hatte ein warmes Herz und ein hübsches Lächeln. Er war neben Gillian ihr engster Vertrauter und einer der wenigen, die ihre Identität als Lady Society kannten. Sie reichte ihm den Brief.

»Sean, würdest du dafür sorgen, dass dies meiner Schwester zugestellt wird?«

»Natürlich, Mylady.« Er verstaute den Brief in seiner Weste und räusperte sich dann. »Außerdem haben Sie einen Besucher an der Tür.«

»Oh?« Sie spannte sich an. War es Jonathan? Sie war nicht bereit, ihm gegenüberzutreten. Noch nicht. »Wer ist es?«

»Der Besucher ist Lord Pembroke. Soll ich ihm sagen, dass Sie Besuch empfangen?«

»James? Oh, das ist ein ausgezeichnetes Timing. Ja. Bitte sag ihm, dass ich ihn im Salon empfangen werde.« Audrey hielt inne. »Ach, nein warte, ich komme mit dir runter. Ich kann es einfach nicht erwarten.« Sie legte ihre Schreibutensilien weg und verließ ihr Zimmer, wobei sie ihre Aufregung kaum zügeln konnte. Das war zu perfekt! Sie brauchte ihn nicht einmal einzuladen. Er war einfach aufgetaucht! James stand im Foyer, den Hut in der Hand, sein Gesicht eine Mischung aus Eifer und Nervosität.

Armer Kerl, er hofft wohl, dass ich ihm helfen kann, Gillian zu finden.

»James!«, begrüßte sie ihn und umarmte ihn. Ihr Bruder hätte eine solche Offenheit missbilligt, aber sie betrachtete James als einen Bruder. Es bestand keine Gefahr, dass eine solche Umarmung von James als romantisch aufgefasst werden könnte.

»Komm doch in den Salon. Ich werde Tee bringen lassen.«

»Ich danke dir. Tee wäre wunderbar.«

Im Salon angekommen, bedeutete sie ihm, sich zu setzen, während sie ihm von dem Tablett einschenkte, das Sean ihnen brachte. Sie spürte, wie James sie beobachtete und sich zweifellos Gedanken über die letzte Nacht machte und darüber, wie sie in eine so schreckliche Situation geraten war.

James räusperte sich. »Wie geht es dir nach dem Abenteuer der letzten Nacht? Ich fürchte, dass wir in dem Chaos nicht vermeiden konnten, getrennt zu werden. Ich vertraue darauf, dass Mr. St. Laurent dich sicher nach Hause begleitet hat?«

Sie reichte ihm seinen Tee und setzte sich dann selbst. »Oh ja, es ging alles gut.« *Er hat mich sicher nach Hause begleitet, nur nicht zu* meinem *Zuhause,* dachte sie lachend. Sie nippte an ihrem Tee und bemerkte, dass James gewartet hatte, bis sie einen Schluck genommen hatte. Wie lange würde es dauern, bis er nach Gillian fragen würde? Er wusste, dass es höchst unpassend sein würde, aber früher oder später würde er es tun, das wusste sie.

»Und Miss Beaumont? Ist sie heute Morgen sicher zu dir zurückgekehrt?«

Audrey biss sich auf die Innenseite ihrer Lippe, um ihr Lächeln zu verbergen. Er war besessen, das war in seinen braunen Augen deutlich zu sehen. Sie suchten in ihrem Blick nach einem Hinweis, einem Wort über Gillian, nach etwas, das ihm Hoffnung gab.

»Ich habe sie vorhin nicht abreisen sehen«, fügte er hinzu.

Sie lächelte. »Ja, sie ist heimgekommen. Danke, dass du dich so gut um sie gekümmert hast, James. Gillian ist mir sehr wichtig, verstehst du? Eine meiner engsten Freundinnen.«

»Ist sie das?« Er beugte sich vor und war gespannt auf alle Details, die sie ihm mitteilen würde. Audrey ignorierte die Schuldgefühle, die sie verspürte, aber wenn sie den beiden helfen wollte, zusammenzukommen, würden einige kleine Täuschungen nötig sein.

»Ja, wir kennen uns seit drei Jahren. Seit wir sechzehn sind. Ich vertraue ihr alle meine Geheimnisse an. *Alle.*« Sie hoffte, dass er verstand, was sie meinte. Als Lady Society war sie nun eine Zielscheibe für Männer wie Gerald Langley.

James stellte seine Tasse auf den lackierten Tisch. »Sie weiß, womit du dich ... beschäftigst?«

Sie nickte. »Und ich hoffe, auch du wirst dieses Wissen für dich behalten, Mylord.«

Seine braunen Augen wurden ernst. »Niemand soll es von mir erfahren, aber ich fürchte, dein Geheimnis ist nicht mehr sicher. Nach der gestrigen Nacht ist klar, dass Männer wie Gerald Langley auf Rache aus sein werden. Du musst vorsichtig sein. Das müsst ihr beide. Langley hat Miss Beaumonts Gesicht gesehen, und ich fürchte, ihr könnte etwas zustoßen.« Er hob seine Tasse und nahm einen Schluck. »Gibt es eine Möglichkeit, dass ich sie wiedersehe?«

Audrey tat so, als würde sie ihn kritisch mustern, als würde sie über ihre Antwort nachdenken.

»Das kommt darauf an. Was sind deine Absichten, James?« Sie wartete, um zu sehen, ob er sie fragen würde, was er tun sollte, oder ob sie Mitleid mit ihm haben und es selbst vorschlagen musste. »Als Lady Society stelle ich mit meinen Exposé-Artikeln nicht nur die Konventionen des *ton* in Frage, sondern auch andere Dinge.«

Seine Augen leuchteten voller Hoffnung. »Ja, ich habe

gehört, dass du fast sowas wie eine Heiratsvermittlerin bist. Und ich bin hier, um dich zu bitten, mir zu helfen, Gillian … ich meine, Miss Beaumont für mich zu gewinnen.« Er klang etwas verzweifelt, aber sie verstand. Wenn man sich um eine Person sorgte und mit ihr zusammen sein wollte, erfüllte einen das mit dieser Verzweiflung.

Sie stellte ihre Tasse Tee ab und faltete die Hände in ihrem Schoß, während sie sich zu ihm hinüberbeugte und ihre Stimme leise hielt. »Ich muss dir eine Frage stellen. Ehrlichkeit ist wichtig, also wäre es klug von dir, mir nur die Wahrheit zu sagen.«

James tat es ihr gleich und lehnte sich vor. »Natürlich.«

»Liebst du sie?«

»Liebe?« Er hielt inne, sein Blick war nachdenklich. »Ich kenne sie noch nicht lange genug, um mir der Liebe sicher zu sein, aber ich weiß, dass von dem Moment an, als ich sie kennenlernte, etwas zu passen schien, wenn ich mit ihr zusammen bin. Wie die Teile eines Puzzles, die an ihren Platz gleiten, oder die Art und Weise, wie das Meer und die Küste zusammenkommen. Ich fühle mich mit ihr auf eine Weise verbunden, die sich einer rationalen Erklärung entzieht. Sie ist intelligent, mitfühlend und mutig. Alles, was ich mir von einem Partner in meinem Leben wünschen würde.«

»Und schön?« Er hatte das ausgelassen, worauf die meisten Männer bei der Wahl einer Frau oder Geliebten zuallererst achten. Sie musste sich ein Grinsen verkneifen, als sie ihn neckte.

James sah sie weiterhin ernst an. »Natürlich. Aber Schönheit sind nicht nur das Gesicht und die Form eines Menschen. Sie reicht viel tiefer, in den Geist und die Seele. Diese Schönheit wächst mit der Zeit und verblasst nicht.«

Seine Worte erfüllten ihr Herz mit Wärme. James war sogar noch besser, als sie gehofft hatte. Er war wirklich perfekt für Gillian. Sie lehnte sich in ihrem Stuhl zurück. Es war an der Zeit, ihn weiter zu testen. »Nach einer so kurzen Begegnung kannst du sie ja kaum gut kennen. Was ist, wenn deine Annahmen über sie falsch waren?«

Verwirrung trübte sein Gesicht. »Ich fürchte, ich verstehe nicht.«

»Wenn du dich für sie entschieden hast und dein Leben um dich herum zusammengebrochen ist, was dann? Würdest du es bereuen? Würdest du sie verlassen, dir wünschen, du hättest sie nie getroffen?« Sie hielt den Atem an und wartete darauf, ob er beweisen würde, dass er der Mann war, für den sie ihn hielt.

Er und ich sind uns so ähnlich. Wir kämpfen für unsere Liebe, kämpfen, bis wir uns des Sieges oder der Niederlage sicher sind. Ich habe meinen Krieg verloren, aber James hat noch eine Chance, seinen zu gewinnen. Ich werde ihn nicht aufgeben lassen.

Er senkte den Kopf und starrte in seine Teetasse, bevor er antwortete. »Was ist mit Gillians Leben?«

»Wie bitte?«

»Nun, du hast gesagt, wenn ich mit ihr zusammen bin, könnte mein Leben um mich herum zusammenbrechen, aber würde es auch ihres zerstören? Wenn ja, dann hätte ich keine andere Wahl, als uns beiden diesen Schmerz zu ersparen. Aber wenn du nur von meinem Leben allein sprichst ... nun, ich glaube, es gibt bestimmte Menschen in diesem Leben, die den Herzschmerz und die schwierigen Zeiten wert sind. Für mich ist Gillian diese Frau. Ich glaube wirklich, dass sie *alles* wert ist.«

Sie lächelte über seine Antwort. »Ich muss dich warnen. Gillians Leben war nicht einfach, und sie hat ihre eigenen Geheimnisse. Geheimnisse, von denen sie glaubt, dass sie jeden Mann, den sie liebt, verletzen würden, wenn sie jemals entdeckt würden. Bist du mutig genug, ihr gegenüberzutreten, wenn sie dir die Wahrheit sagt?«

James runzelte die Stirn. »Ist sie in einen anderen verliebt? Gibt es einen anderen Mann, mit dem ...«

»Nein, natürlich nicht!«

James' Schultern sanken vor unverblümter Erleichterung. »Dann ja, ich kann der Wahrheit trotzen, solange ich eine Chance habe, sie zu gewinnen.«

»Gut.« Sie klatschte in die Hände. »Dann musst du Folgendes tun. Du wirst von meiner Schwester eine Einladung zu einer Hausparty in einer Woche erhalten. Du wirst diese Einladung annehmen. Gillian wird dort sein. Dann wirst du deine Chance haben, sie zu gewinnen.«

»Eine Woche.« Er murmelte die Worte und runzelte immer noch die Stirn.

»Du kannst doch geduldig sein, nicht wahr, Mylord?«

»Natürlich.« Sein leiser Seufzer war seltsam beruhigend. Er hörte sich an, als hätte er schon sehr lange auf sie gewartet, und noch ein bisschen länger zu warten, war eine überwindbare Härte.

»Wir sehen uns in einer Woche.« Sie erhob sich von ihrem Stuhl, und er tat es ihr nach.

Audrey begleitete ihn zurück ins Foyer, und Sean reichte ihm seinen Hut. Er hielt in der Tür inne, und die Nachmittagssonne beleuchtete ihn, als sei er Gillians eigener Schutzengel. Es erfüllte Audrey mit Freude über das zukünftige Glück ihrer Freundin, aber auch mit Neid, denn sie würde nie einen Mann haben, der sich so um sie kümmerte wie James um Gillian.

Aber wenigstens kann ich ihr ein glückliches Leben bieten.

»Miss Sheridan, wenn Sie sie sehen, werden Sie ihr sagen ...« Sein Gesicht wurde rot vor Schüchternheit. »Sag ihr, dass ich an sie denke.«

»Das werde ich«, versprach Audrey. Sie sah zu, wie er die Treppe hinunterstieg und eine Kutsche herbeirief. Sie würde alles in ihrer Macht Stehende tun, um die Hausparty zu nutzen, um sie einander näher zu bringen. Die Liebe würde dort wachsen, da war sie sich sicher.

Als sie sich wieder umdrehte, sah sie Gillian vor dem Eingang zum Dienstbotentrakt stehen.

»Mylady?« Das eine Wort enthielt einen Berg von Fragen.

»Lord Pembroke ist gekommen, um dich zu sehen.« Sie faltete die Hände vor sich und verbannte die Gedanken an Jonathan und ihre eigene Melancholie aus ihrem Kopf. »Er wollte sicher sein, dass es dir gut geht. Ich habe ihn wissen lassen, dass alles in Ordnung ist. Jetzt habe ich vergessen, dass wir in einer Woche auf Luciens Anwesen eingeladen sind und mit dem Packen beginnen müssen.« Sie forderte Gillian auf, mit ihr wieder nach oben in ihre Gemächer zu gehen. »Ich möchte meine besten Kleider mitbringen. Und du wirst mich begleiten - nicht als Zofe, sondern als Lady.«

Gillian starrte sie entsetzt an. »Ich?«

Audrey lachte. »Ja. Wir müssen an unseren Spionagebemühungen arbeiten. Vor allem du musst deine Fähigkeit verbessern, dich zu tarnen. Wenn du nach unten schaust oder dich unterwürfig verhältst, wenn du es nicht solltest, könntest du uns beide umbringen.«

»Aber ...«

»Keine Widerrede. Lass uns eine Liste machen, was wir einpacken müssen.« Sie musste ihr Bestes tun, um sowohl Gillian als auch sich selbst abzulenken. Es war durchaus möglich, dass Jonathan sein Versprechen, ihr das Kämpfen beizubringen, nicht einhalten würde. Und darüber wollte sie nicht nachdenken.

KAPITEL 6

»**S**o habe ich dich noch nie gesehen.«

Jonathan drehte sich zu Godric um, nicht sicher, was er meinte. Jedes Mal, wenn er in das Gesicht seines älteren Bruders blickte, war es, als würde er in einen Spiegel schauen, mit Ausnahme seiner Haare, die viel heller waren als die seines älteren Bruders. Sie hatten sogar dieselben grünen Augen. Wie konnte es sein, dass fünfundzwanzig Jahre lang keiner von ihnen gemerkt hatte, dass sie Brüder waren? Die Antwort war schmerzhaft einfach, dachte er. Godric war der Herzog von Essex. Warum um alles in der Welt hätte Jonathan auch nur die Möglichkeit in Betracht ziehen sollen, mit einem Herzog verwandt zu sein? Oder mit irgendeinem anderen Adelshaus?

»Wie meinst du das?«, sagte er schließlich.

»So durcheinander.«

Jonathan starrte durch das große Fenster des Salons auf die Gärten. »Ich möchte nicht darüber sprechen.« Er hatte sich daran gewöhnt, mit Godric über fast alles zu reden, aber seine Fehler einzugestehen? Darüber wollte kein Mann sprechen.

»Es ist Audrey, nicht wahr? Lucien hat gestern Abend erwähnt, dass du dich ihretwegen immer noch nicht entschieden hast.«

»Ich bin nicht unentschlossen. Das ist das Problem.« Er seufzte schwer. Wenn Godric es nicht auf sich beruhen lassen wollte, konnte er genauso gut die Wahrheit zugeben. »Ich will sie zur Frau, aber sie hält mich für kalt und arrogant und hat mir unmissverständlich gesagt, dass sie niemals heiraten will.«

Das bellende Lachen seines Bruders knirschte in seinen Ohren. Was war an seinem Unglück so amüsant?

»Nicht heiraten wollen? Das soll doch ein Witz sein. Seit sie sechzehn ist, redet die Kleine von nichts anderem mehr.« Er begann mit hoher Stimme zu sprechen. *Oh, Cedric, pass auf, dass du meine Freunde nicht vergraulst. Ich möchte so gerne heiraten!* Nicht, dass der jemals zugehört hätte, wohlgemerkt.«

Jonathan lächelte widerwillig. Er erinnerte sich nur zu gut an die schöne junge Frau, die letztes Jahr ausgerechnet ihn ins Auge gefasst hatte. »Nun, sie hat sich verändert.«

»Das bezweifle ich.« Godric gluckste und trat zu seinem Bruder ans Fenster. »Diese Frau hat ein Auge auf dich geworfen, seit sie dich kennengelernt hat. Diese Art von Verlangen ändert sich nicht, nicht so schnell, wie du zu glauben scheinst. Sie muss eine Biene in der Haube haben. Gott weiß, welche Laus ihr über die Leber gelaufen ist, aber lass dich davon nicht abschrecken. Sie will dich, du willst sie. Erinnere sie daran.«

Jonathan hatte nicht vergessen, wie er eine unruhige Nacht mit ihr im Bett verbracht und sie in seinen Armen gehalten hatte. Es war zu perfekt gewesen, ein Zeichen von oben, dass sie perfekt in sein Bett und in sein Leben passen würde. Aber er war nicht in der Lage gewesen, sie zu berühren oder zu versuchen, die Leidenschaften zu wecken, die er in ihr zu finden hoffte. Immerhin hatte er ein Gelübde abgelegt. Ihre Abreise an diesem Morgen war sowohl eine

Erleichterung als auch eine Enttäuschung gewesen. Wäre er ins Bett zurückgekehrt und sie wäre immer noch da gewesen, war er sich nicht sicher, ob er sein Wort hätte halten können. Sie war eine zu große Verlockung. Aber er hatte ihren Zettel gefunden, der ihn daran erinnerte, dass sie bald mit dem Unterricht beginnen würden.

Hatte er es wirklich für eine gute Idee gehalten, ihr das Kämpfen beizubringen? Er könnte sie verletzen, wenn er nicht aufpasste, und das war das Letzte, was er tun wollte.

Ich habe das alles verdammt vermasselt. Einer Frau beizubringen, sich zu verteidigen, ist nicht romantisch. Es wird nicht helfen, sie zu umwerben. Ich hätte mir etwas Gescheiteres einfallen lassen sollen.

»Jon, es ist noch nicht alles verloren. Du kannst sie immer noch gewinnen.«

Jonathan fürchtete sich davor, seinem Bruder seine wahre Angst zu erklären, nämlich dass er nicht gut genug für Audrey war. Selbst wenn sie eine gemeinsame Leidenschaft teilten, würden seine bescheidenen Anfänge immer über seinem Kopf schweben. Er war auf mehr als einem Ball gewesen, wo Männer und Frauen sich in dem Glauben, er könne sie nicht hören, darüber lustig gemacht hatten, dass er vom Polieren feiner Stiefel zum Tragen derselben übergegangen war. Er wollte nicht, dass Audrey wegen seiner Vergangenheit zum Gespött Londons wurde. Selbst wenn er der legitime Sohn eines Herzogs war, bedeutete das nicht, dass die Gesellschaft ihn auch so sah.

Godric legte Jonathan eine Hand auf die Schulter. »Du darfst nicht aufgeben. Nimm meinen Rat an, von einem Mann, der sich einst weigerte, der Liebe zu vertrauen. Ich habe Emily deswegen fast verloren. Wenn du auf Audrey nicht verzichten kannst, dann musst du bis ans Ende der Welt für sie kämpfen, auch wenn das bedeutet, gegen die Zweifel in deinem eigenen Herzen anzukämpfen.«

Jonathans Kehle schnürte sich zu. Er öffnete den Mund, um zu sprechen, aber sein Butler betrat den Salon.

»Verzeihen Sie, Sir, aber Lord Pembroke möchte Sie sehen.«

Jonathan räusperte sich. »Führen Sie ihn herein.«

»Gib nicht auf, Bruder.« Godric klopfte Jonathan noch einmal auf die Schulter, bevor sie sich umdrehten und James Fordyce hereinkommen sahen.

Godric schüttelte James' Hand. »Pembroke, wie zum Teufel geht es Ihnen?«

»Mir geht es gut, Euer Gnaden, und Ihnen?« James schenkte Godric ein Lächeln und wurde beim Anblick von Jonathan blass.

Das ist keine Überraschung. Ich muss schrecklich aussehen. Er hatte ein furchtbares blaues Auge, und es tat ihm immer noch sichtlich weh, sich zu bewegen. Godric stupste seinen Bruder am Arm an, wobei er darauf achtete, seine Rippen nicht zu verletzen. Jonathan hatte ihm natürlich alles erzählt. Nachdem sein Bruder aufgehört hatte zu lachen, hatte er ihm schnell gesagt, wie dumm er gewesen war, weil er die Liga nicht um Hilfe gebeten hatte.

»Gut, gut«, sagte Godric. »Gebe gerade meinem Bruder einen Rat in Sachen Frauen. Er ist noch ein junger Hund.«

»So jung nun auch wieder nicht«, schnaubte Jonathan.

»Ja, du bist jung genug, um zu wissen, dass man sich nicht einfach nehmen kann, was man will.«

»In der Tat. Manche Damen lassen sich nicht gern entführen«, schimpfte Jonathan. »Deine Frau zum Beispiel.«

»Ja, die Ehefrauen sind zunächst dagegen. Aber so macht man sie zu Ehefrauen, wenn sie sich wehren.«

Jonathan und James tauschten einen Blick aus. »Das ist doch ein Zirkelschluss, oder?«

Godric zuckte mit den Schultern. »Es hat bei mir funktioniert, und es wird auch bei euch beiden funktionieren. Glaub mir, Jon, ich kenne das Küken nur zu gut. Sie wird nicht herumsitzen und auf einen Antrag warten. Du kannst später um Vergebung bitten.«

»Du kennst sie nicht so gut wie ich. Ich werde nicht lange genug leben, um um Vergebung zu bitten, wenn ich ihr in die Quere komme.« Er seufzte und schüttelte den Kopf.

Godric räusperte sich und grinste. »Nun, ich habe gehört, dass ihr beide einen interessanten Abend hattet.«

»Ja, das hatten wir. Aber es ist nicht an mir, mehr darüber zu sagen.« Die Diskretion von James machte seinem Charakter alle Ehre. Obwohl er und Jonathan sich erst seit kurzem kannten, mochte Jonathan den Mann sehr. Und nach der letzten Nacht war er froh, ihn als Freund zu haben.

Obwohl Jonathan in den Freundeskreis seines Bruders aufgenommen worden war, fühlte er sich manchmal immer noch wie ein Außenseiter. Das war allerdings verständlich. Was Godric und die anderen an der Universität durchgemacht hatten, hatte ein Band zwischen ihnen geschmiedet, das niemand brechen konnte, außer vielleicht Hugo Waverly. Dieser Mann war auf Blut aus, und Jonathan wusste mit erschreckender Gewissheit, dass die Vergangenheit und die Geheimnisse seines Bruders - die Geheimnisse der Liga - sie alle eines Tages einholen würden.

Godric lächelte James an. »So gern ich auch bleiben würde, ich sollte zu meiner Frau zurückkehren. Sie besteht darauf, dass wir die Pläne für das Kinderzimmer besprechen.«

James' offene Freude war offensichtlich, ebenso wie seine Belustigung. »Sie erwarten Nachwuchs?«

»Ja.« Godric wurde tatsächlich rot. Sein furchterregender, grüblerischer älterer Bruder wurde Vater, was niemand, der ihn kannte, hätte voraussehen können. »Im kommenden Winter. Das Baby wird im Januar geboren.«

James klopfte Godric auf die Schulter. »Dann herzlichen Glückwunsch! Lady Essex muss begeistert sein.«

»Das sind wir beide. Aber verdammt, ihr empfindlicher Zustand hat sie nicht davon abgehalten, Ärger zu machen. Gott, Emily hat ein Händchen dafür.«

Ärger? Die Frau seines Bruders war genau das. »Emilys zweiter Vorname ist Ärger. Wegen ihr wäre ich fast erschossen worden. Von meinem eigenen Bruder.«

»Weil *du* versucht hast, *sie zu verführen*.«

»Ich wusste ja nicht, dass sie in dich verliebt ist. Man kann einem Mann nicht verübeln, es zu versuchen, wenn er glaubt, dass er eine Chance hat.« Jonathan zwinkerte und konnte nicht widerstehen, seinen Bruder ein wenig zu necken.

Godric verschränkte die Arme. »Ja, aber sie ist jetzt glücklich verheiratet - mit mir. Und du hast deine eigene Frau zu fangen.«

»In der Tat, fangen«, murmelte Jonathan. Audrey zu fangen, würde eine große Herausforderung sein.

»Warum kommen Sie heute Abend nicht mit uns zu Berkley's auf einen Drink?«, schlug Godric James vor.

»Das würde ich gerne tun«, antwortete James. Die beiden nickten zustimmend, als Godric sich verabschiedete und James und Jonathan allein zurückließ.

Jonathans Schultern sanken herab, als er ausatmete. Gott, er war erschöpft nach dem Kampf der letzten Nacht. Alles, was er heute Morgen gewollt hatte, war, Audrey in die Arme zu schließen, aber sie war ihm wieder einmal durch die Finger gerutscht. Er war nicht überrascht gewesen, aber enttäuscht.

»Also, wegen gestern Abend«, sagte James leise. »Wie zum Teufel hast du von diesem Hell Fire Club erfahren?«

Jonathans Lippen zuckten. »Das Gleiche könnte ich dich fragen. Ich behalte Miss Sheridan genau im Auge. Sie ist immer an gefährlichen Dingen dran.« In mancher Hinsicht war sie sogar noch schwieriger als Godrics Frau. Als Lady Society brachte sich Audrey bei jeder Veröffentlichung eines neuen Artikels in Gefahr. Und es war fraglich, wie lange sie ihre Anonymität jetzt noch bewahren konnte.

»Dann weißt du also, dass...?«, begann James.

»Sie ist Lady Society? Ja, das habe ich eine Stunde, bevor wir in diesem höllischen Club gelandet sind, herausgefunden.« Nun, in Wahrheit hatte er nur einen vagen Verdacht gehabt, der sich nach seiner Ankunft bestätigte, aber er kam sich schon dumm genug vor, ohne eine zusätzliche Schicht von Unwissenheit zuzugeben. »Ich bin ihr gefolgt, aber als ich sah, dass ...« Er unterbrach sich. Fast hätte er *Gillian* gesagt, aber James durfte nicht wissen, dass Gillian Audreys Dienstmädchen war.

Schon früh, als er von Audreys Plan erfuhr, die beiden zusammenzubringen, hatte er sich zum Komplizen ihres Plans gemacht, indem er Gillians Identität als Zofe verschwieg. Als ehemaliger Bediensteter kannte er die Schande, die manchmal mit der Zugehörigkeit zur Unterschicht einherging, eine Schande, die sie nicht verdient hatten, aber dennoch ertragen mussten. Er würde nicht der Mann sein, der Gillians Chance auf Glück ruinierte, wenn sie und James einen Weg finden könnten, zusammen zu sein. Er hoffte nur, dass Audrey wusste, was sie tat, wenn sie sich hinter den Kulissen einmischte.

Er fing sich schnell. »Aber es scheint, dass wir ohne großen Schaden davongekommen sind. Jedenfalls für uns.« Ein paar gebrochene Rippen waren nicht so schlimm, wenn man es recht bedachte.

»In der Tat ...« James sah immer noch zögerlich aus. »Kennst du Miss Beaumont?«

»Gillian? Ich meine, ja.« Jonathan lächelte. »Ich kenne Miss Beaumont.«

James' Augen leuchteten auf. »Was weißt du über sie? Ich habe versucht, mehr herauszufinden, aber niemand scheint sie zu kennen, und Miss Sheridan wollte mir nichts verraten, als ich sie besuchte, bevor ich hierher kam.«

Sei vorsichtig, ermahnte er sich selbst. »Oh, ich meine, ich *kenne* sie, aber nicht auf eine Weise, die für dich hilfreich wäre, fürchte ich. Wie gut kennt man einen Menschen wirklich?«

James' Blick verhärtete sich. »Du warst mit mir in diesem Club. Sie war mit Miss Sheridan dort. Sie waren beide in Gefahr, und ich weiß nicht, warum alle über Miss Beaumont schweigen.« Er ballte seine Hände zu Fäusten. »Die Frau ist ein verdammtes Rätsel, und es macht mich verrückt vor Sorge um sie.«

Jonathan entging nicht die Intensität im Ton des anderen Mannes. »Du magst sie, ja?«

James dachte über seine Antwort nicht einmal nach. »Wenn ich sie finden könnte, würde ich sie wahrscheinlich fragen, ob sie mich heiraten will, aber sie verschwindet immer wieder auf Nimmerwiedersehen.«

Nicht anders als ihre Herrin. Geht auf Missionen oder Gott weiß was.

Jonathan lachte. Er ging zu dem Tisch an der Wand und nahm die Karaffe mit dem Brandy, schenkte zwei Gläser ein und hielt James eines davon hin.

»Daran wirst du dich gewöhnen müssen. Frauen wie sie sitzen selten still und verschwenden keine Zeit damit, auf ihre Rettung zu warten. Das Beste, was wir tun können, ist zu rennen, um mitzuhalten.«

Sie schwiegen eine Weile, während sie tranken. Dann hellte sich James' Miene auf. »Gehst du nächste Woche zu der Hausparty in Rochester Hall?«

»Ich hatte es ursprünglich nicht vor, aber mein Bruder war gerade da und hat mich überzeugt, dass ich es tun sollte.« Das klang nach einer schrecklichen Idee. Bei gesellschaftlichen Anlässen fühlte er sich völlig deplatziert. Er war es gewohnt, sich in den Schatten zu verstecken, was angesichts seiner Erziehung verständlich war, aber angesichts seiner derzeitigen Situation als Mitglied des *ton* nicht wünschenswert wäre.

James' Haltung wurde düster. »Gut, wir können gemeinsam leiden. Miss Sheridan hat gesagt, dass ich eingeladen werde, aber es ist schon eine Weile her, dass ich eine Hausparty besucht habe.«

Jonathan hatte Gerüchte über James' Mutter, die Gräfin von Pembroke, gehört, dass sie krank war und James London nur selten verließ, aus Angst, nicht da zu sein, falls ihr Zustand sich verschlechterte. Die meisten Nächte verbrachte er im Wicked Earls' Club, der von einem Mann namens Coventry geführt wurde, obwohl es hieß, er suche dort nur die Einsamkeit. Eine Hausparty würde ihm gut tun. Es würde ihnen beiden gut tun, wenn er ehrlich wäre. Godric erinnerte Jonathan immer wieder daran, wie sehr er üben musste, sich in der Gesellschaft zurechtzufinden. Um Kontakte zu knüpfen und zu pflegen. Als ob das einfach wäre.

Das Glas mit dem Brandy fühlte sich in seinen Handflächen beruhigend an, als er es drehte. »Hast du auch manchmal das Gefühl, dass du ein Außenseiter bist, der auf diese Welt schaut? Als ob dein Gesicht an das Glas gepresst wird? Alles, was man hört, ist gedämpft, und was man sieht, ist ein wenig verschwommen. Und das Verrückteste ist, dass man nicht näher herankommen kann?« Er fühlte sich wie ein verdammter Narr, weil er so etwas gestand, aber James' Antwort war tröstlich.

»Mehr, als du dir vorstellen kannst.«

Wir sind beide verloren in dieser Welt.

»Jonathan, erzähl mir alles über Miss Beaumont. *Bitte*. Ich muss alles wissen.«

Pembroke war wirklich hingerissen. Er konnte das nachempfinden. Aber es gab Möglichkeiten, dem Mann zu geben, was er wollte, ohne alles zu verraten. »Ich kann dir die kleinen

Dinge sagen, zum Beispiel ihre Lieblingsfarbe, die Art, wie sie ihren Tee trinkt, ihre Lieblingsbücher, aber viel mehr kann ich dir nicht sagen. Sie hat ihre Gründe für die Heimlichtuerei.«

»Das hat man mir gesagt«, brummte James. »Erzähl mir alles, was du mit gutem Gewissen sagen kannst.«

Wenn sie über Frauen reden wollten, brauchte er etwas zu tun, sonst würde er sich zu viele Gedanken über die Abmachung machen, die er mit Audrey getroffen hatte, und darüber, ob sie mutig genug war, seine Bedingungen zu erfüllen. Er nickte in Richtung der Tür. »Sehr gut, wie wäre es mit einer Partie Billard, während wir uns unterhalten?«

James stimmte zu, und die beiden machten sich auf den Weg zum Billardzimmer. Jonathan hoffte, dass das Spiel ihm helfen würde, seine eigenen Probleme mit der lästigen Lady Society für eine Weile zu vergessen.

KAPITEL 7

Es gab nur wenige Dinge, die frustrierender waren, als eine lange Kutschfahrt mit einer unruhigen Zofe zu überstehen. Nachdem sie Gillian zwei Stunden lang zugehört hatte, wie diese sich wegen der Hausparty sorgte, atmete Audrey erleichtert auf, als die Kutsche endlich vor Rochester Hall, dem Landsitz ihrer Schwester, hielt. Wenn Gillian nur durchatmen könnte, wusste Audrey, dass alles in Ordnung sein würde. Sie hatte sich vorgenommen, diese Woche für Gillian und James perfekt zu machen.

Audrey legte den Kopf zurück und bewunderte den schönen Stammsitz ihres Schwagers, des Marquess of Rochester. Die palladianische Architektur von Luciens Anwesen war wunderschön, die breiten Säulen, der helle Quaderstein. Das Haus sah aus, als hätte es ein Jahrhundert mit Leichtigkeit überstanden und würde noch einige weitere überstehen. Es war nicht das erste Mal, dass Audrey hier war. In den letzten zehn Jahren war sie oft hier gewesen, aber es fühlte sich jedes Mal neu an. Der Zauber von Rochester Hall war unbestreitbar. Es war ein Ort, an dem Träume und Dynastien aufeinander trafen. Und nun leitete ihre Schwester Horatia das

Anwesen wie eine wohlwollende Königin, mit ein wenig Hilfe von Luciens Mutter Jane. Die beiden verstanden sich prächtig, was ein Segen war.

»Ich halte das für eine schreckliche Idee«, beschwerte sich Gillian, als sie Audrey aus der Kutsche folgte.

»Unsinn. Ich musste eine ganze Woche lang zusehen, wie du Trübsal bläst, und jetzt schuldest du mir was.« Sie schenkte ihrem Dienstmädchen ein zuckersüßes Lächeln. Alles war zu Gillians eigenem Wohl in Gang gesetzt worden, auch wenn diese es nie so sehen würde. Gillian hatte ein hartes Leben hinter sich, aber jetzt war es an der Zeit, mutig zu sein und für etwas Besseres zu kämpfen, und sie wollte ihre Magd nicht im Stich lassen.

»Aber sich wie eine Lady zu benehmen, obwohl ich keine bin ...«

»Pst. Du bist eine adelig geborene Lady. Die Umstände, in denen du danach leben musstest, machen dich nicht weniger wertvoll.« Sie griff nach oben und steckte eine Haarlocke zurück in Gillians Kapuze, um sicherzustellen, dass ihre Freundin perfekt aussah. Gillian errötete und zupfte an den Rändern des Umhangs.

Und wenn es das Letzte war, was Audrey tun würde, wollte sie ihre Freundin davon überzeugen, dass sie des Mannes würdig war, der ihr Herz begehrte. Alle Teile waren an ihrem Platz. Ihre Schwester sollte den Bediensteten mitteilen, dass Gillian sich darauf vorbereite, eine Lady in einer bevorstehenden Aufführung auf einer anderen Hausparty zu spielen, und dass die Gäste keine Ahnung von ihrer wahren Identität haben durften. Gillian war von dieser Idee nicht begeistert, aber sie würde sich schon bald dafür erwärmen.

»Horatia weiß, dass du in einem Zimmer in der Nähe meines Zimmers untergebracht werden sollst, und die Diener, die dich kennen, sind über die Situation informiert worden.« Ihr Tonfall war vielleicht ein wenig zu leichtherzig, aber sie wollte sicherstellen, dass Gillian keinen Grund zur Sorge hatte.

»Die Situation?«, zischte Gillian. »Was genau haben Sie ihnen gesagt?«

Sie seufzte. »Dass du lernst, die Rolle einer Lady zu spielen, damit wir in einem Stück mitspielen können, das einige Freunde in London in ein paar Wochen aufführen. Du hilfst mir bei der Handlung und musst daher die Rolle einer Lady in der Geschichte spielen. Horatia weiß, dass es wirklich daran liegt, dass wir unser Schauspiel für die Spionage perfektionieren. Sie mag es nicht, wenn ich spioniere, aber ich habe sie davon überzeugt, dass du und ich in der Nähe von London bleiben werden, also denkt sie, dass es sicher genug ist.«

Beim dramatischen Keuchen ihres Dienstmädchens verdrehte Audrey die Augen. »Spionieren? Mylady ...«

»*Audrey*. Du solltest dir angewöhnen, mich so zu nennen. Die anderen Gäste werden es merkwürdig finden, wenn du mich ständig *Mylady* nennst. Für die kommenden drei Tage bist du selbst eine Lady. Vergiss das nicht.«

Audrey senkte ihre Kapuze, als sie die Tür zu Rochester Hall erreichten. Eine Gruppe von Lakaien eilte die Treppe herunter, um ihr Gepäck und ihre Umhänge einzusammeln.

»Du bist ab sofort Miss Beaumont«, erinnerte sie Gillian mit leiser Stimme. »Vergiss es nicht, egal was passiert.«

»Audrey!«

Ihre Schwester erschien in der Tür, und sie war ein willkommener Anblick. Horatia legte eine Hand auf ihren Bauch und grinste. Audrey konnte kaum glauben, dass ihre Schwester in einem Monat ein Kind bekommen sollte. Ihr Gesicht leuchtete, und ihre braunen Augen strahlten. Das Baby der Herzogin von Essex sollte im Januar zur Welt kommen, und auch Cedric, Audreys Bruder, erwartete zur gleichen Zeit ein Kind. Was für eine Freude, in nur einem Jahr gleich dreimal Tante zu werden. Dennoch stach ein

Stich der Trauer in ihr Herz. Es schien, als würde sie nie heiraten und nie Kinder bekommen. Zwei Dinge, nach denen sie sich gesehnt hatte, seit sie volljährig geworden war.

»Schwester!« Audrey umarmte Horatia und kämpfte gegen den plötzlichen Ansturm von Tränen an. Es schien so lange her zu sein, dass Horatia das Stadthaus der Familie Sheridan verlassen hatte. Solange sie denken konnte, hatten sie, Horatia und Cedric gemeinsam gelebt, nur sie drei, verbunden durch die Tragödie, ihre Eltern so jung verloren zu haben. Aber dann war Horatia gegangen, und jetzt war Cedric glücklich verheiratet. Alles in ihrem Leben hatte sich verändert. Es war nicht mehr das, was sie gewohnt war, und obwohl es mehr Freude gab, gab es eben auch Tage, an denen Audrey sich lustlos und melancholisch fühlte, obwohl nur wenige außer Gillian diese Seite von ihr sahen. Sie schniefte und hatte sich wieder unter Kontrolle, bevor ihre Schwester bemerkte, dass etwas nicht in Ordnung war.

Horatia ließ Audrey sanft los und begrüßte Gillian. »Miss Beaumont. Keine Sorge, es ist alles vorbereitet. Genießen Sie einfach und entspannen Sie sich.«

»Danke«, antwortete Gillian, errötete, hielt aber ihren Kopf hoch.

Das ist es, Gillian. Sei die junge Lady, die du sein sollst.

Horatia geleitete sie weiter in die Eingangshalle. »Ihr seid beide im Ostflügel, zusammen mit den meisten anderen Gästen.«

»Wie viele werden kommen?«, fragte Gillian.

»Etwa dreißig. Hauptsächlich einheimische Familien und ein paar andere Gäste.« Horatia zuckte plötzlich zusammen und bedeckte ihren Bauch mit der Hand.

Audrey war alarmiert. »Horatia?« Sie nahm die Hand ihrer Schwester und warf ihr einen besorgten Blick zu.

»Es ist das Baby. Er tritt auf meine ... Verzeihung, ich muss die Räumlichkeiten nutzen.« Horatia eilte den Korridor entlang.

Audrey sah zu, wie ihre Schwester mit flatternden Röcken davon eilte. »Sollen wir dir helfen?«

»Nein. Mir geht es gut«, versicherte sie ihnen, bevor sie verschwand.

Audrey wandte sich an Gillian. »Das Baby hat getreten? Wozu?« Sie wusste so wenig über Säuglinge, vor allem über die im Mutterleib. Ihre Eltern waren gestorben, als sie noch ein Kind gewesen war, und sie hatte nie die Gelegenheit bekommen, viel über solche Dinge zu lernen.

Gillian gluckste. »Manchmal kann ein Baby so liegen, dass es, wenn es sich bewegt, das Bedürfnis der Frau beschleunigt, sich zu erleichtern.«

Hitze durchflutete Audreys Gesicht. Sie schaute immer noch entsetzt den Flur entlang. »Oh, ich verstehe!« Sie konnte sich nicht vorstellen, dass ein Miniaturmensch von innen auf ihre Blase drückte und sie wie eine tropische Frucht quetschte. »Das klingt ziemlich schrecklich.«

»Das kann unangenehm sein, hat man mir gesagt.«

»Woher weißt du das mit den Babys?«, fragte Audrey.

Auf dem Gesicht ihrer Freundin zeigte sich ein seltenes Lächeln. »Meine Mutter war sehr offen darin, solche Details mit mir zu teilen. Ihre Mutter, meine Großmutter, war Hebamme gewesen. Wir haben einer Nachbarin geholfen, ein Baby zu entbinden, bevor der Arzt eintreffen konnte.«

Audrey legte ihren Arm in den von Gillian, während die Lakaien ihre Taschen in das Zimmer im Ostflügel trugen. »Wie konnte ich das nicht wissen?«

»Weil ich mir nicht sicher war, ob ich solche Dinge mit Ihnen teilen kann, da Sie in diesen Sachen eher zimperlich veranlagt sind. Sie würden wahrscheinlich nie ein Kind haben wollen.«

»Ich bin nicht zimperlich!«

Ihr Dienstmädchen schmunzelte. »Doch, das sind Sie. Wissen Sie noch, damals, als Sie sich mit der Nadel in den Finger gestochen haben und das Blut ...«

Audrey drehte sich der Magen um. »Oh, pst! Erinnere mich nicht daran. Es war so demütigend. Es ist schwer zu vergessen, wie albern ich mich fühlte, als ich auf dem Boden aufwachte. Und das auch noch vor Emily und Anne.« Sie biss sich auf die Lippe und runzelte die Stirn bei der Erinnerung. Gillian tätschelte ihre Hand.

»Ich wünschte, Lady Essex und Lady Sheridan wären heute Abend hier«, gab Gillian zu.

»Das wünschte ich auch«, stimmte Audrey zu. »Aber sie fahren mit ihren Ehemännern nach Brighton. Das hat etwas mit dem Kauf von ein paar Zuchtpferden zu tun. Emily ist sehr daran interessiert, gemeinsam mit Cedric und Anne diese neuen Araber zu züchten.«

»Und Ashton und Rosalind?«, fragte Gillian, als sie den Korridor erreichten, der zu ihren Zimmern führte.

»In Schottland, um Rosalinds Brüder und ihre Familien zu besuchen.« Audrey kicherte. »Sie sind solche Teufel, weißt du. Aber das meine ich liebevoll. Sie versucht, sie zu einem Besuch zu überreden, aber ich nehme an, ein Schloss in Schottland ist viel interessanter als ein langweiliges Landhaus in Südengland. Meinst du nicht auch? Wenn ich die Möglichkeit hätte, auf einer Burg herumzurennen, würde ich in so reizvolle Scharmützel geraten. Glaubst du, dass es dort spuken könnte? In Schlössern spukt es immer, nicht wahr?«

Audrey hätte es geliebt, ein Spukschloss zu besuchen und in die Rolle einer gotischen Heldin zu schlüpfen. Sie würde in einem weißen Nachthemd mit einem Kerzenständer herumlaufen und hinter Wandteppichen nach Blaubarts verschwundenen Frauen suchen.

Gillian lachte. »Ich nehme an, dass es in jedem alten Haus

ein oder zwei Geister gibt. Aber wir sollten uns wirklich umziehen und schauen, ob Ihre Schwester Hilfe braucht.«

Audrey warf ihrem Dienstmädchen einen bedeutsamen Blick zu. Sie versuchte, in ihre Rolle als Dienerin zurückzufallen und ungesehen zu bleiben. »Sie hat eine Flotte von Dienern, und du gehörst nicht dazu. Jetzt geh und zieh das Kleid an, das ich dir gekauft habe, das mit der weißen Schärpe um die Taille und den kleinen weißen Blumen an den Ärmeln und am Saum. Das wird perfekt für heute Abend sein. Du wirst hinreißend aussehen.«

Audrey ignorierte den Seufzer ihres Dienstmädchens und ging hinunter in ihr eigenes Zimmer. Ein Lakai hatte ihre Reisetasche auf ihr Bett gestellt, und ein Dienstmädchen war bereits dabei, ihre Kleider herauszuholen.

»Welches Kleid, Miss?«, fragte das Mädchen.

»Das korallfarbene Tageskleid mit der blauen Borte.« Audrey zog ihren Mantel aus und wartete darauf, dass das Dienstmädchen ihr beim Umziehen half. Sie wusste, dass das Korallenrot ihre helle Haut mit einem Hauch von Rosa auf den Wangen betonen würde, und die blaue Verzierung bildete den perfekten Kontrast.

»Wie ist dein Name?«, fragte sie, während das Mädchen ihr beim Anziehen half.

»Sarah.«

Audrey lächelte. »Freut mich, dich kennenzulernen, Sarah.«

Als Audrey fertig war, half sie Sarah beim Verstauen ihrer Kleider, hielt aber inne, als jemand an ihre Tür klopfte.

»Ja?«

Gillian stürmte mit rotem Gesicht ins Zimmer. »Er ist hier.«

»Wer?«, fragte Audrey, obwohl sie vermutete, dass sie die Antwort kannte.

Gillians Gesicht wurde erst rot und dann weiß, und sie war der Ohnmacht nahe. »Lord Pembroke! Er ist hier.«

Audrey musste sich ein Grinsen verkneifen und sah stattdessen besorgt aus. »James? Wirklich? Oh je, du wirst ihn sehen müssen, nicht wahr? Das macht die Sache kompliziert ...«

Ihr Dienstmädchen spitzte die Lippen, als wolle es protestieren. »Sie ... wir ...« Gillian hielt inne. »Sie haben ihn doch nicht meinetwegen hierher eingeladen, oder?«

Audrey bemühte sich, so unschuldig wie möglich auszusehen. »Was? Nein, natürlich nicht. Du hast mir gesagt, dass du vergessen willst, dass du mit deinem Leben weitermachen willst. Wir sind Freunde, und das respektiere ich.« Es stimmte, dass sie ihre Freundin respektierte, aber dieser Respekt reichte nicht aus, um Gillian auf Schritt und Tritt vor dem Glück davonlaufen zu lassen. Wenn sie überhaupt heiratete, fürchtete Audrey, dass es jemand sein würde, der sie so behandeln würde, wie sie glaubte, dass sie behandelt werden sollte. Und das würde sie nicht zulassen. Sie hatte nicht die Absicht, ihre liebe Freundin von der glücklichen Ehe abzuhalten, die sie verdiente. Und wenn dazu eine kleine Täuschung nötig war, nahm Audrey die Konsequenzen gerne in Kauf.

»Ja«, murmelte Gillian. »Natürlich.«

»Ich nehme an, wir müssen doppelt sicherstellen, dass er glaubt, dass du eine Lady bist, nicht wahr?« Sie presste ihre Fingerspitzen aneinander, während sie so tat, als würde sie nachdenken.

Gillian lehnte sich niedergeschlagen gegen die geschlossene Tür. »Vielleicht sollte ich für den Rest der Party eine Krankheit vortäuschen.«

Das war eine furchtbare Idee. »Unsinn! Wir sollten uns diesem Problem stellen. Du hast ihn gesehen? Lass uns ein kleines Treffen abhalten und es hinter uns bringen. Du kannst hallo sagen, er kann hallo sagen, und dann können wir zum Haus zurückkehren.«

»Ich glaube nicht ...«

»Nimm deinen Schal und lass uns gehen«, befahl Audrey. Wenn es einen Weg gab, Gillian auf Linie zu bringen, dann war es, sich wie ein Militärgeneral zu verhalten und Befehle zu erteilen. Außerdem wollte Audrey nicht allein zu einer Hausparty gehen. Horatia hatte sich gestern per Brief an sie gewandt und ihr mitgeteilt, dass Jonathan auf seine Einladung zu der Party nicht geantwortet hatte, und Audrey wusste nicht, was sie davon halten sollte.

Sie wartete, während Gillian zurück in ihr Zimmer eilte, um ihren Schal zu holen, und dann gingen sie los, um ihn zu suchen.

»Wo hast du ihn gesehen?« James hätte sich an vielen Orten in dem großen Haus aufhalten können. Es war typisch für Gillian, sich zu verstecken.

»In den Gärten. Ich glaube, sie haben Krocket gespielt.«

»Sie?«, fragte Audrey. »Jemand war bei James?«

»Ja. Er war dort mit Mr. St. Laurent!«

Audrey blieb ruckartig stehen, ihr Herz pochte. Er hatte nicht vorgehabt, herzukommen, sonst hätte er auf die Einladung geantwortet. In der letzten Woche hatte sie nichts mehr von Jonathan über den Unterricht gehört, den er ihr versprochen hatte, und sie begann zu befürchten, dass er seine Meinung geändert hatte. Es gab Enttäuschung, aber auch Erleichterung, denn mit ihm zu schlafen, *nur* neben ihm zu schlafen, war gefährlich genug, selbst wenn es nur einmal in der Woche war. Das letzte Mal war sie in seinen Armen aufgewacht und hatte geglaubt, ihre sehnlichsten Wünsche seien in Erfüllung gegangen, sie und Jonathan seien zusammen, verheiratet und glücklich, wahnsinnig glücklich. Die Erkenntnis, dass es nur ein Traum gewesen war, hatte sie erschüttert. Und nun war er hier, und sie war überhaupt nicht darauf vorbereitet.

Ich könnte mich lächerlich machen. Wenn man bedachte, wie sie sich verhielt, wann immer er in der Nähe war, wusste sie, dass es nur eine Frage der Zeit war, bis sie etwas Leichtsinniges tat, wie zum Beispiel darum zu betteln, wieder geküsst zu werden. Sie hatte in den letzten sieben Tagen ihr Bestes getan, um die aufregenden Ereignisse im Hell Fire Club zu vergessen und zu vergessen, wie lebendig sie sich danach zum ersten Mal seit Monaten wieder gefühlt hatte.

Ihre Freundin sah sie mit offener Sorge an. »Sie wussten nicht, dass er kommen würde?«

»Nein, mir wurde gesagt, dass er *nicht* kommt.« Sie atmete langsam und tief ein und betete, dass es ihr helfen würde, ihre Nerven zu kontrollieren. »Also gut. Wir werden das Treffen gemeinsam angehen.«

»Ja.« Das Gesicht des Dienstmädchens war aschfahl. »Wir werden uns ihnen stellen und mit eingezogenem Schwanz zum Haus zurücklaufen.«

Das stimmte, aber Audrey wollte sich das nicht eingestehen. »Unsinn! Wir sind Ladys von Qualität, Gillian. Wir fliehen nicht. Wir gehen zügig von dem weg, was uns bedrückt.« Sie erklärte dies mit einer ziemlich pompösen und würdevollen Miene, die jedoch kaum die Panik verbarg, die sie empfand.

Audrey konzentrierte sich auf den Wanderweg in den Gärten, wo einige Nebengebäude errichtet worden waren. Horatia liebte frisches Obst, und so gab es in den Gewächshäusern jede Menge Melonen, Trauben, Pfirsiche und ihre Lieblingssorte, Nektarinen. Vorbei an den Gebäuden kamen sie auf die große grüne Wiese. Jonathan und James standen in der Nähe eines kleinen Gartenhäuschens und legten ihre Krocketschläger weg. Sie ignorierte Jonathan völlig und wandte sich an Lord Pembroke. »James!«

Jonathan richtete sich aus seiner gebeugten Haltung auf und schlug mit dem Kopf gegen den Schuppen. Mit einem Fluch drehte er sich um, mit einem finsteren Blick auf dem Gesicht. Ihr Puls beschleunigte sich, als sie diese jadegrünen Augen wie Feuer aufblitzen sah, und für eine Sekunde vergaß sie zu atmen.

James ignorierte Jonathans Notlage und wischte sich die Handflächen an seiner Hose ab. »Meine Damen! Miss Beaumont, ich freue mich, Sie wiederzusehen, und dass Sie so gut aussehen.«

»Danke«, sagte Gillian und errötete. Für einen Moment vergaß Audrey, dass sie sich Sorgen wegen des Wiedersehens mit Jonathan machte. Sie war zu überglücklich, als sie die warmen Blicke zwischen Gillian und James sah. Es war Schicksal. Das Beste, was sie jetzt tun konnte, war, die beiden Turteltäubchen in Ruhe zu lassen.

»Gillian, ich werde nach den Ananas sehen. Horatia hat mich gefragt, ob ich das für sie tun könnte.«

»Ananas?« Die Verwirrung des Dienstmädchens überschattete ihre fragenden Augen. Gillian wusste genau, dass Horatia keine Ananas erwähnt hatte, als sie angekommen waren.

»Ja. Die *Ananas*.« Audrey starrte Gillian an und hoffte, sie würde den Wink verstehen und mitspielen. Gillian sollte annehmen, dass Audrey versuchte, Jonathan aus dem Weg zu gehen, was zum Teil auch stimmte. Aber ihr Hauptziel war es, dass James und Gillian etwas Zeit allein miteinander verbringen konnten.

»Oh ... ja ...«, spielte Gillian mit. »Ich hoffe, sie wachsen gut.«

»Und genau das werde ich untersuchen.« Audrey ging geradewegs auf die Gewächshäuser zu, erleichtert und enttäuscht, dass sie allein war. Jonathan folgte ihr nicht.

KAPITEL 8

Jonathan sah zu, wie Audrey sich von den Gewächshäusern entfernte, und war hin- und hergerissen zwischen Lachen und frustriertem Knurren.

Ananas. Was für ein Blödsinn.

Der Kobold ging ihm aus dem Weg und benutzte dazu die List der Früchte. Er war versucht, ihr nachzulaufen, vor allem, als er sah, wie ihre Hüften in ihren reizvollen gefärbten Röcken hin und her schwangen. Er hatte sie endlos mit solchen Kleidern geneckt, aber man musste zugeben, dass die Frau wusste, wie man sich kleidete - und wie man einen Mann mit dem Gedanken quälte, sie aus diesen Kleidern zu befreien.

Sobald sie außer Sichtweite war, verließ er James und Gillian und kehrte zum Haus zurück. Er brauchte Hilfe, und es gab nur eine Person, an die er sich wenden konnte. Er fand seine Zielperson lesend in der Bibliothek.

»Charles.« Jonathan schlüpfte aus seinem Mantel und setzte sich zu Charles an einen Tisch. Es war mitten am Vormittag. Er und James waren früh auf dem großen Landsitz eingetroffen, aber Charles war einen Tag früher gereist und hatte sich daher schon *eingelebt*.

Der Earl of Lonsdale blickte von dem Buch auf, in dem er las, und zog eine Braue als stumme Einladung hoch.

Jonathan schluckte schwer, er wollte nicht um Hilfe bitten, sah aber keine andere Möglichkeit. »Ich brauche deinen Rat.«

»Von mir? Großer Gott, du musst verzweifelt sein. Ich bin der Allerletzte, den man um Rat fragen sollte.« Charles lehnte sich in seinem Stuhl zurück und legte das Buch weg, in dem er gelesen hatte. »Es sei denn, du willst über Frauen, Boxen oder Glücksspiel sprechen.« Er grinste. »Bei welchen dieser drei Themen kann ich dir also helfen?«

Jonathan nahm das Buch, das sein Freund gelesen hatte, in die Hand und blickte auf den Buchrücken. *Lady Audrina und der arrogante Gentleman.* »Du liest L. R. Gloucester?« Jonathan starrte eine Sekunde lang auf den reißerischen Schauerroman. »Warte, du liest tatsächlich zum Vergnügen?«

Charles' graue Augen leuchteten mit herausforderndem Feuer. »Warum nehmen alle an, dass ich nicht lese? Ich *liebe* es zu lesen, und ja, Lucien hat mich auf diese Gothic-Romane gebracht. Sehr unpassend.« Er wackelte mit den Augenbrauen. »Schwellende Busen, Verführungen, dunkle Türme und dergleichen. Was gibt es da nicht zu genießen, hm? Außerdem kann es bei spielerischen Verführungen sehr nützlich sein, was die Damen sehr genießen.« Charles nickte dem Buch zu. »Das musst du lesen. Lady Audrina ist ein bisschen wie das Sheridan-Mädchen.«

»In der Tat.« Jonathan reichte das Buch an Charles zurück.

Charles hob ablehnend eine Hand. »Nein, ich bestehe darauf. Ich habe dieses Buch selbst zweimal gelesen. Du musst es lesen. Der *Höhepunkt* wird dir wieder Feuer unterm Hintern machen, was?« Er gluckste. »Also, wobei brauchst du einen Rat?«

»Das besagte Mädchen.«

»Ah. Sie rennt immer noch im Kreis um dich herum, was?«

Jonathan warf sich auf einen Stuhl gegenüber von Charles. »Ja.«

Charles lachte tief, und Jonathan zuckte zusammen. Er fühlte sich ohnehin schon wie ein Narr, weil er gekommen war, und das machte die Sache nicht besser. »Und ihr fragt euch alle, warum ich nicht heiraten will. Wenn die Dame dich schon so aufgerieben hat, bevor sie dich überhaupt zum Altar geschleppt hat, dann weiß Gott, durch was für eine neue Hölle sie dich ziehen wird, wenn du erst einmal an den Beinen gefesselt bist.«

Charles' düstere Sichtweise auf die Ehe war nicht überraschend; er war schon immer ein bisschen wild gewesen, sicherlich der wildeste der Liga. Er wusste über Frauen Bescheid, hielt sie aber immer auf Distanz. Aber er war immer für seine Freunde da oder stellte sein Fachwissen zur Verfügung, wenn er konnte. Jonathan mochte ihn außerordentlich. Charles war die Art von Mann, mit der sich Jonathan an seinen freien Tagen gerne in den örtlichen Kneipen traf. Es war eine Freiheit, in Charles' Nähe zu sein, eine sorglose Missachtung von allem, worüber sich die meisten anderen Menschen aufregen würden. Wenn Charles sich über etwas keine Sorgen machte, dann schien es nicht der Mühe wert zu sein, sich darüber Gedanken zu machen.

»Also, raus damit«, sagte Charles. Er war nicht mehr der Jüngste in der Liga, und er hatte Jonathan unter seine Fittiche genommen, was dieser zu schätzen wusste. Trotz der wachsenden Nähe zu seinem Halbbruder blieb aufgrund der gemeinsamen Vergangenheit immer ein Gefühl der Distanz bestehen, und das bedeutete, dass er seinen Bruder nicht nach Dingen fragen konnte, nach denen er Charles fragen konnte.

»Ich glaube, ich habe einen Fehler gemacht.«

Charles' graue Augen leuchteten auf. »Ein Fehler? Nun, *das* klingt interessant. Was für ein Fehler?«

»Ich hatte vor, ihr einen Antrag zu machen, aber ich habe zu lange gewartet.«

»Wie kommt das?«

»Ich wollte meinen Haushalt in Ordnung bringen und meine Stellung im *ton* sicherer machen, bevor ich sie um ihre Hand bat.« Jonathan spielte mit dem Buch in seinen Händen und beobachtete, wie die Nachmittagssonne auf die goldfarbenen Ränder des Papiers fiel. Er fragte sich unwillkürlich, wie die Buchmacher das machten, wie sie die Ränder mit Farbe zum Glitzern brachten. Er hatte sich oft in Godrics Bibliothek geschlichen, um die Bücher zu bewundern und sie zu lesen, wenn er Zeit dafür gefunden hatte. »Es wäre nicht gut, unvorbereitet in eine Ehe zu gehen.«

Charles' Lippen zuckten. »Das klingt viel zu vernünftig, um ein Fehler zu sein.«

Jonathan runzelte die Stirn. Er mochte Charles, aber wenn der weiter über seinen Kummer grinste, wollte er ihm eine reinhauen.

»Ja, nun, irgendwann während dieser Verzögerungen hat sie einen falschen Eindruck von mir bekommen.«

Charles hob eine Braue. »Ich weiß nicht, ob ich dir gerade folgen kann.«

»Jedes Mal, wenn ich in ihrer Nähe bin, macht sie mir so verdammt *bewusst*, dass sie ... eine Frau ist. Ich konnte mich kaum benehmen, weil ich in alte Gewohnheiten zurückfallen wollte. Also bin ich immer wieder davongelaufen, um ihr aus dem Weg zu gehen. Jetzt ist sie davon überzeugt, dass ich ein kaltherziger Mistkerl bin, dessen einziges Interesse darin besteht, mit ihr zu spielen.«

»Erinnert mich an Lucien und Horatia.« Charles gluckste.

»Und wir alle wissen noch, wie *das ausgegangen ist*. Mörder auf freiem Fuß, Brände im Garten, schreckliche Unfälle und Blindheit - und nicht zu vergessen das Duell am ersten Weihnachtstag. Es war nicht einen Moment lang langweilig, oder?«

Jonathan verbarg sein Gesicht in den Händen und stöhnte. Dann blickte er an die Decke und wünschte sich eine Art göttliche Intervention.

»Du hast es also vermasselt, und jetzt ist sie überzeugt, dass du ein Schurke bist? War's das schon?«

Jonathan zupfte an seinem Halstuch. Es war plötzlich zu eng um seine Kehle. »Ja. Ich habe mein Bestes getan, um mit ihr zu reden, aber das war wohl mein zweiter Fehler. Ich habe alles nur noch schlimmer gemacht.«

Charles' graue Augen leuchteten amüsiert auf. »Oh je, *zwei* Fehler. Dafür brauchen wir vielleicht ein bisschen flüssigen Mut.« Er stand auf, ging zu dem kleinen Schrank neben einem der Bücherregale und holte eine Flasche Brandy heraus, die hinter einigen verstaubten alten Büchern versteckt war. »Ich habe ein paar davon hinter den Büchern über das Schafehüten im Frankreich der Renaissance versteckt, für den Fall der Fälle. Niemand liest die jemals.«

»Keine Gläser?«, fragte Jonathan.

»Nicht hier, guter Mann. Dies ist eine Bibliothek, kein Salon.« Er drückte Jonathan die Flasche in die Hand. Er entkorkte sie und nahm einen langen Schluck, dann hustete er. Der Brandy brannte wie Feuer.

»Was ist das?« Er bemerkte, dass die Flasche nicht beschriftet war, und schob sie Charles wieder zu. Sein Freund nahm einen langen Schluck, gefolgt von einem himmlischen Seufzer, und seine Augen funkelten schelmisch.

»Eine kleine Eigenkreation. Der Koch von Lucien macht den heimlich für mich.« Er deutete verschwörerisch auf den Schrank. »Gut für einen schnellen Schluck, wenn man ihn braucht.«

Jonathan gab ein heiseres Kichern von sich, bevor er fort-fuhr. »Mein *dritter* Fehler war erst letzte Woche. Ich habe deinen Rat befolgt und mich für das Tutor-Gambit entschieden.«

»Das Tutor-Gambit? Gut gespielt. Moment ... Du sagst, es war ein Fehler?«, fragte Charles.

»Ich habe deine Strategie noch ein bisschen weiter getrie-ben. Ich habe Audrey angeboten, ihr beizubringen, sich zu verteidigen. Als Gegenleistung für meinen Unterricht habe ich ihr das Versprechen abgerungen, dass sie einmal in der Woche mit mir in meinem Bett schläft.«

Charles hatte gerade die Flasche an den Lippen, als Jona-than dies sagte, und spuckte einen feinen Nebel von selbstge-branntem Schnaps aus. Jonathan schnappte sich die Flasche, bevor er noch mehr davon verschütten konnte, und stellte sie in sicherer Entfernung auf den Tisch.

Charles wischte sich den Mund ab und sah aus, als würde er sich vor Lachen überschlagen. »Ihr beibringen, sich zu verteidigen, damit sie mit dir schläft? Wie kann das über-haupt ...?« Charles brach in jungenhaftes Gekicher aus.

»Sie will lernen, wie man kämpft. Ich musste sie letzte Woche aus dem Hell Fire Club retten, und ...«

»Ich bin immer noch wütend auf sie deswegen. Sie hat meinem Jungen Linley gesagt, dass sie ihre Meinung geändert hat.« Charles' Humor verflog augenblicklich.

»Wir haben Glück, dass dein Junge ihr nicht geglaubt hat.«

»Nun, vielleicht würden ihr ein paar Lektionen im Boxen gut tun. Sie scheint in alle möglichen Schwierigkeiten zu geraten.«

»Ich stimme zu«, sagte Jonathan. »Ich denke, du wirst mir aber auch zustimmen, dass sie weniger gentlemanhafte Tech-niken lernen muss als die von Mr. Hughes in seinem Buch *The Art and Practice of Boxing*. Nach dieser Erfahrung, in der Nähe dieser Teufel, glaube ich, dass es ihr einen ziemlichen Schrecken eingejagt hat. Sie sagte mir, sie müsse lernen zu kämpfen, um sich zu schützen. Ich habe zugestimmt, sie zu unterrichten, aber unter der Bedingung, dass sie einmal pro Woche mein Bett mit mir teilt.«

Er konnte sie immer noch im Speisesaal des Clubs sehen, wie sie im Schein des Feuers wie eine Amazone kämpfte und die ganze Zeit eine Katze unter einem Arm trug.

Charles zuckte mit den Lippen. »Sprechen wir über Schlaf? Oder *schlafen*?«

»Ersteres. Meine Beweggründe waren nicht ausschließlich eigennützig. Sie muss lernen, in meiner Nähe zu sein, damit sie nicht abgelenkt wird, während ich sie unterrichte. Du weißt so gut wie ich, dass Sparring die Körper einander näher bringt, vor allem die Art von Lektionen, die sie lernen muss, um sich zu schützen.«

Charles' Stirn nahm einen spöttischen Ernst an. »Oh ja, natürlich.«

Ja, es klang jetzt dumm, aber er hatte verzweifelt nach einer Möglichkeit gesucht, ihr nahe zu sein. Da sie deutlich gemacht hatte, dass sie ihn für einen kaltherzigen Mistkerl hielt, musste er das Gegenteil beweisen.

Charles lehnte sich an der Kante des Lesetisches zurück. »Du willst also diese Lektionen in Selbstverteidigung nutzen, um zu verführen? Inwiefern ist das ein Fehler?«

»Nun, ich denke, sie könnte ihre Meinung ändern. Ich war mir sicher, dass sie sich in der vergangenen Woche, also nachdem wir die Abmachung getroffen haben, bei mir melden würde, aber das hat sie nicht getan. Als ich sie gerade im Garten sah, flüchtete sie wie eine Hirschkuh im Wald. Ich fürchte, diese Lektionen sind meine letzte Chance, eine Verbindung zu ihr herzustellen, ihr zu zeigen, dass ich sie wirklich will. Aber ich fürchte, ein Gespräch mit ihr wird nichts bewirken. Sie verschließt sich mir, sobald ich anfange, über Herzensangelegenheiten zu sprechen.«

Jonathan konnte nicht umhin, die Ironie der Situation zu bemerken. Audrey war glücklich genug, anderen zu helfen, sich zu verlieben, aber was war mit ihrem eigenen Herzen? Wollte sie nicht mehr umworben und geliebt werden?

»Es ist schade, dass sie nicht zuhören will. Frauen wollen immer nur reden, aber sie wollen nie zuhören, wenn *wir* es sind, die über unsere Gefühle reden müssen.« Charles' Tonfall war seltsam nachdenklich. Für einen Mann, der scheinbar entschlossen war, die Ehe zu meiden, hatte er ein unheimliches Gespür für Frauen und die Herausforderungen, sie zu umwerben.

»Woher weißt du eigentlich so viel über Frauen?« Jonathan konnte nicht widerstehen zu fragen.

»Weil ich es zu meiner Lebensaufgabe gemacht habe. Ich bin ein echter Casanova. Ich habe noch nie eine Geliebte unbefriedigt zurückgelassen, und meine abendlichen Verführungen waren immer ein Erfolg. Und sie ihrerseits erwarten niemals mehr als das. Wir alle wissen, wo wir stehen. Ich studiere die Frauen wie jeder gute Jäger seine Beute.«

»Lieber Gott«, sagte Jonathan lachend. »Du hörst dich so ernst an.«

Charles lächelte nicht mehr. »Verführung ist eine Kunst, genau wie die Jagd und das Boxen. Das erfordert Konzentration, Vorbereitung und Geduld. Frauen sind unendlich komplexe Lebewesen. Sie sind zwar körperlich nicht so stark wie wir, aber das machen sie mehr als wett.« Er tippte sich an den Kopf. »Entgegen deiner Meinung spielen sie keine dummen Spiele. Sie sind Meister der Manipulation. Nimm zum Beispiel deinen kleinen Wildfang. Letztes Jahr hat sie versucht, mich zu verführen. *Mich!*«, betonte er mit einem dunklen Kichern.

Jonathan holte tief Luft. »Was?«

»Sie hat es nicht geschafft, wohlgemerkt. Ich bewundere die kleine Teufelin, aber sie ist überhaupt nicht mein Typ.«

Sein Blick wurde einen Moment lang weich und distanziert, dann räusperte er sich. »Als ich ihre wahren Absichten herausfand, wusste ich jedenfalls, was ich zu tun hatte.«

»Ihre wahren Absichten?« Jonathan verschluckte sich an den Worten.

»Ja. Sie hatte es satt, dass ihr Bruder ständig jeden Mann vergraulte, der für sie schwärmte, und sie hatte die ziemlich verrückte Idee, dass Cedric, wenn sie kompromittiert war oder zumindest den Anschein erweckte, dass sie komprommittiert sein könnte, die Chance ergreifen würde, sie einem anständigen Kerl zu geben. Wie du zum Beispiel.« Charles beugte sich vor, griff nach dem Brandy und nahm einen weiteren Schluck.

»Und was ist passiert?«

»Wir haben natürlich nichts *getan*, aber ich habe dafür gesorgt, dass sie so aussah, als ob etwas geschehen wäre. Cedric wehrte daraufhin nicht mehr ihre Verehrer ab, sondern bat Emily um Rat, wie er dafür sorgen könnte, sie ordentlich zu verheiraten. Alles, was er jetzt will, ist, dass sie mit einem guten Kerl zusammenkommt. Das bist übrigens du.«

Jonathan seufzte und starrte aus dem Fenster. Audrey war immer noch draußen auf dem Gelände und sah nach ihren Ananas. Natürlich wusste Jonathan, dass dies nur ein Vorwand war, um James und Gillian einen Moment allein zu lassen.

Zumindest darin sind wir uns einig. Diese beiden gehören zusammen.

»Was rätst du mir also, Casanova?«, fragte Jonathan.

Charles nahm einen letzten Schluck, dann nahm er die Flasche in die Hand und verstaute sie wieder hinter den staubigen Büchern.

»Zögere nicht. Finde sie und sag ihr, dass der Unterricht jetzt beginnt. Lucien hat einen Freizeitraum, der sich perfekt für Sparring eignet.« Charles gab ihm einen leichten Klaps auf die Schulter. »Gib ihr die Lektionen, die sie *will*, und zeige keine Gnade mit den Lektionen, die sie *braucht*.«

Charles zwinkerte, und zum ersten Mal seit Tagen war Jonathan zum Lächeln zumute.

KAPITEL 9

Audrey starrte auf eine Reihe von Ananas auf dem Gartentisch und dachte nach. Nicht wegen der säuerlichen, stacheligen Frucht, sondern wegen Jonathan. Er war hier, obwohl er es nicht sein sollte, und sie hatte keine Ahnung, was sie dagegen tun sollte. Warum war er hier? Er vermied gesellschaftliche Zusammenkünfte, wann immer es möglich war, mit Ausnahme von Abendessen mit seinen engsten Freunden. Warum hatte er ihr in der letzten Woche nicht geschrieben? Und warum musste er so wunderbar gut aussehend und männlich sein? Die Flut von Fragen bereitete ihr Kopfschmerzen.

Die Hausparty würde zwar überschaubar sein, so dass sie nicht allzu viel miteinander zu tun haben bräuchten, aber es war dennoch möglich, dass sie gelegentlich gezwungen sein würden, sich einander zu nähern. Und sie würde eine Woche lang hier sein. Sie konnte sich nicht in jeder Nische verstecken oder sich aus jeder Balkontür ducken, wenn er auf sie zukam; das war einfach nicht möglich.

Es ist nicht meine Art, mich zurückzuziehen. Doch genau das war es, wozu sie Lust hatte.

Mit einem genervten Seufzer drehte sie sich um und lief in den harten, imposanten Körper des Mannes, dem sie eigentlich aus dem Weg zu gehen hoffte.

Sie keuchte auf, trat einen Schritt zurück und versuchte, den süßen Duft, der an seiner Kleidung hing, zu ignorieren. Da war auch noch ein Hauch von etwas anderem ... Hatte er getrunken? Ihre Haut kribbelte, als sie seine große, schlanke Gestalt betrachtete. Sie erinnerte sich daran, wie sich seine nackte Haut unter ihrer Hand angefühlt hatte, als sie in jener Nacht vor einer Woche ihre Wange auf seine Brust gelegt hatte. Das Sonnenlicht, das durch die Tür des Gewächshauses fiel, beleuchtete die Spitzen seines dunkelgoldenen Haars wie einen Heiligenschein. Aber Jonathan war kein Engel - und wenn, dann war er ein gefallener.

»Wie geht es ihnen?«, fragte er mit dieser weichen, verführerischen Stimme, die sie viel zu sehr mochte.

»Wie geht es wem?«, fragte sie, jetzt auf seinen Mund konzentriert. Sie sollte sich nicht an den kurzen, aber heißen Kuss erinnern, den sie geteilt hatten, aber er hatte eine Art, alle rationalen Gedanken aus ihrem Kopf zu löschen. Das war sehr beunruhigend.

Er nickte der Frucht hinter ihr zu. »Die Ananas.«

»Oh! Ja, natürlich. Es geht ihnen gut.«

»Ist das so?« Sie verspürte den plötzlichen Drang, ihr Knie abrupt in seine Leistengegend zu stemmen. Sie würde ihn dann gerne grinsen sehen.

»Warum siehst *du* dann nicht nach ihnen?« Sie wollte an ihm vorbeimarschieren, aber er schob sich vor sie. Seine langen Beine waren ein Vorteil, für den sie alles getan hätte. Da sie eher klein war, war sie mit solchen Dingen nicht gesegnet.

»Ich habe dich nur geneckt. Du hast sie furchtbar lange angestarrt.«

Er hatte sie beobachtet? Für wie lange? Und warum?

»Grmpf!« Sie würde sich von seinem verspielten Lächeln nicht beeindrucken lassen. Zweifellos war es nur ein weiteres Spiel von ihm.

»Nun.« Sein Lächeln verblasste, und er starrte sie an. »Ich dachte, es wäre Zeit für deine erste Lektion. Lucien hat einen Raum, der sich perfekt für die Ausbildung eignet.«

Sie blinzelte zu ihm auf. »Du meinst die Kampfstunden? Hier?«

»Ja. Meine Rippen sind größtenteils verheilt, und ich denke, ich kann mit einem winzigen Ding wie dir *umgehen*.«

Ihr Körper erhitzte sich bei der Art und Weise, wie er *umgehen* sagte, als hätte er andere Dinge im Kopf als zu kämpfen. Aber als sie sein Bett geteilt hatten, war er ein perfekter Gentleman gewesen, genau wie er es versprochen hatte. Abgesehen davon, dass er seinen Arm um ihre Taille gelegt hatte - zweifellos eine unbewusste Angewohnheit, die von den vielen anderen, die er mit ins Bett genommen hatte, herrührte - hatte er nichts getan, um sein Interesse zu bekunden. Sie gab es nicht gerne zu, aber sie hatte gehofft, er würde die Situation ausnutzen und mit ihr schlafen. Aber er hatte es nicht getan.

Es gab so etwas wie *zu* ehrenhaft zu sein.

»Ich habe meine Meinung geändert. Ich glaube, ich brauche doch keinen Unterricht.« Sie wollte sich vorbeidrängen, aber er hielt ihr Handgelenk fest. Sie kam ruckartig zum Stehen und drehte sich zu ihm um.

»Lektion eins.« Sein Griff um ihre Hand war so fest, dass sie sich nicht befreien konnte. »Ein böser Mann wird dir nicht die Chance geben, mit deinem bezaubernden Kinn hoch erhoben davonzugehen. Sie werden Bastarde sein. Sie werden dir nicht nur schaden wollen. Sie wollen, dass du dich schwach und unfähig fühlst. Sie greifen zum Beispiel nach deinen Haaren.«

Er tat genau das, wenn auch auf sanfte Weise. Ihre Knie

wurden schwach, während ihr Körper von einer Hitzewelle durchströmt wurde.

»Sie werden dich in ihre Nähe ziehen, damit du nicht entkommen kannst. Sie werden versuchen, dich zu benutzen. Und sie werden mehr nehmen als einen Kuss von deinen weichen Lippen.« Sein Kopf senkte sich bis auf wenige Zentimeter an den ihren heran, ihre Lippen waren einander so nah, dass sich sein warmer Atem mit dem ihren vermischte. Sie zitterte heftig.

»Jonathan ...« Sie war sich überhaupt nicht sicher, was er von ihr wollte, während sie sich mit der anderen Hand an seine Schulter klammerte. War dies eine Lektion? Hätte sie sich verteidigen sollen? Alles, woran sie denken konnte, war dieser Moment im Mitternachtsgarten eine Woche zuvor. Er hatte sie mit seiner Hand gestreichelt und gereizt, bis sie in seinen Armen auseinandergebrochen war. Hatte er die Absicht, dies wieder zu tun? Sie einen Blick in den Himmel werfen zu lassen?

»Du musst lernen, dich zu schützen, wenn du weiterhin den Spion spielen willst. Ich kann nicht jede Minute an deiner Seite sein.« Sein Blick senkte sich auf ihren Mund. »Wir treffen uns in einer halben Stunde im Freizeitraum. Wenn du nicht auftauchst, werde ich dich aufspüren, und wir werden dort trainieren, wo ich dich finde.«

Er ließ sie los und ging weg. Audrey machte einen Schritt, ihre Knie knickten ein, als sie darum kämpfte, die Kontrolle über sich wiederzuerlangen. Endlich verstand sie, warum er sie in seinem Bett haben wollte. In seiner Nähe war sie viel zu sehr auf die Freuden fixiert, die er ihr bereiten konnte, selbst wenn er versuchte, ihr die Gefahr zu zeigen, in der sie schwebte.

Ich sollte dies in einem positiveren Licht sehen. Evangeline sagt, dass Verführung zu meinem Job als Spion gehört, aber das bedeutet, dass ich in der Lage sein muss, meine Gefühle zu kontrollieren. Zu lernen, mich nicht von Jonathan beeinflussen zu lassen, wird eine wertvolle Lektion sein.

Das bedeutete aber auch, dass sie tatsächlich in seinem Bett schlafen musste - je eher, desto besser. Ihr Herz flatterte aufgeregt.

»Bei Gott!«, fluchte sie, verließ das Gewächshaus und ging zurück zum Haupthaus. Von Gillian und James gab es keine Spur. Sie hoffte, dass sie irgendwo unterwegs waren und den Tag genossen, aber im Moment würde ihr Glück ganz in ihren eigenen Händen liegen. Sie kehrte in ihre Gemächer zurück und rief nach Sarah, die ihr half, ihr Kleid auszuziehen und die Sachen anzuziehen, die sie vor einigen Monaten heimlich geschneidert hatte.

Die dunkelbraune Hose, die sie genäht hatte, war schön weit, so dass sie sich frei bewegen konnte. Das weiße Herrenhemd war erstaunlich bequem. Sie ließ sich von ihrem Dienstmädchen die Brüste mit einem Tuch abbinden, anstatt im Korsett zu bleiben, und zog dann eine tief burgunderrote Weste an. Auch wenn sie sich wie ein Mann kleidete, hieß das nicht, dass sie nicht trotzdem prächtig aussehen konnte. Sie kämmte ihr Haar in den Nacken zurück und befestigte es mit einer passenden Schleife. Dann betrachtete sie ihre Errungenschaft im Ganzkörperspiegel und grinste. Das Dienstmädchen neben ihr wurde rot.

»Um Himmels willen, Miss!«

»Es ist skandalös, ja, aber ich werde bei meinen Kampflektionen nicht erfolgreich sein, wenn ich ein Kleid trage.«

Das Dienstmädchen wurde blass. »Lernen Sie *zu kämpfen*, Miss?«

»Ja.« Audrey grinste. »Ich nehme Unterricht.« Sie verließ das Zimmer, während das Dienstmädchen noch immer starrte, und ging in den Freizeitraum. Der befand sich im gegenüberliegenden Flügel des Hauses, und sie betete, dass sie auf dem Weg dorthin keine Gäste antreffen würde. Sie schämte sich nicht für das, was sie tat, aber was sie *trug*, war eine andere Sache. Wenn Horatia davon erfuhr, würde sie Fragen stellen, die Audrey nicht beantworten wollte. Und angesichts der Tatsache, dass sie bald Mutter werden würde, wollte Audrey nicht, dass ihre Schwester durch irgendetwas aus der Fassung gebracht wurde.

Glücklicherweise kam sie an niemandem vorbei, und als sie den Freizeitraum erreichte, war Jonathan bereits drinnen, das Gesicht abgewandt. Er zog seinen Mantel aus und ging in die Hocke, um seine Stiefel auszuziehen. Sie starrte ihn an und wollte ihn fragen, was er da tat. Er richtete sich auf und drehte sich dann um, scheinbar hatte er sie noch gar nicht wahrgenommen.

Sie wollte gerade ihre Anwesenheit ankündigen, weil sie wissen wollte, was er von ihrer Kleidung hielt, als er plötzlich sprach.

»Jetzt, wo du hier bist, lass uns anfangen ...« Er drehte sich zu ihr um und erstarrte. Er blinzelte einmal, und sein Gesicht rötete sich. »Was ... hast du da an?«

Audrey hüpfte fröhlich in den Raum. Das war die Reaktion, die sie sich erhofft hatte.

»Das ist meine Kampfkleidung. Ganz prächtig, findest du nicht auch? Ich habe sie selbst gemacht.« Sie drehte sich um und warf ihm einen Blick über die Schulter zu, so dass er ihren Aufzug von allen Seiten betrachten konnte.

»Prächtig? Was ... wo ...«, stotterte er und winkte mit einer Hand zu ihrer Brust. »Wo sind deine Brüste?«

Audreys Gesicht erhitzte sich bei dieser unangemessenen Bemerkung, aber sie ließ sich nicht von ihm sprachlos machen. »Sie sind fest verschnürt, um nicht zu stören.«

»Und wirst du dich so auch auf deinen Missionen anziehen?«

»Nun, nein.«

Jonathan schlug sich die Hand an den Kopf und stöhnte.

»Du musst lernen, dich zu schützen, während du deine übliche Bekleidung trägst. Um zu lernen, mit den Hindernissen umzugehen, die dadurch entstehen.«

Audrey runzelte die Stirn. »Irgendwann ja, aber um effektiv zu studieren, halte ich diesen Weg zunächst für besser. Es ist durchaus möglich, dass ich mich für eine Mission oder um einer Gefangennahme zu entgehen, als Junge verkleiden muss.«

Er seufzte. »Himmel nochmal, du hast wirklich für alles ein Argument, nicht wahr?« Sie wusste, dass er keine Antwort erwartete, aber sie fand es seltsam befriedigend, ihn zu drängen.

»Natürlich habe ich das. Und jetzt zeig mir, wie es geht. Wo sollen wir anfangen?« Sie ging in die Mitte des Raumes und fragte sich, ob er wieder versuchen würde, sie zu packen. Sie hätte eine bessere Chance, ihm zu entkommen, solange ihre lästigen Röcke nicht im Weg wären. Sie starrte auf seine bestrumpften Füße hinunter. »Darf ich fragen, warum du deine Schuhe ausgezogen hast?«

»Ich möchte nicht auf deine kleinen Füße treten. Das Letzte, was ich will, ist, dich zu verletzen.«

Ein Teil von ihr wollte sagen, dass er sie mit seiner kalten und distanzierten Art schon sehr verletzt hatte. Sie zu necken, nur um sich dann zurückzuziehen, wie eine Katze, die das Interesse an einem neuen Spielzeug verloren hat. Aber sie konnte nicht anders, als ihm sein eigenes Argument entgegenzuhalten.

»Und werden meine Angreifer bei meinen Missionen so rücksichtsvoll sein?«

Jonathan legte den Kopf schief. »Du wirst kaum lernen können, wenn du mit gebrochenen Zehen herumhumpelst. Wenn wir nun mit dem verbalen Sparring aufhören, können wir vielleicht mit etwas Körperlichem beginnen. Ich denke, ich sollte dir zuerst ein bisschen Boxen beibringen, damit du deine Füße bewegen und dein Gesicht zu schützen lernst«, sagte Jonathan. »Auf diese Weise können wir später im Unterricht auf deine neuen Fähigkeiten zurückgreifen. Es hat keinen Sinn, dir zu zeigen, wie du dich aus einem Griff befreien kannst, wenn du dich nicht verteidigen kannst, sobald du frei bist.«

Audreys Herz schlug ein wenig schneller. Dies geschah wirklich. »Ich glaube, ich kann dir folgen.«

»Also komm näher und ahme meine Haltung nach.« Er zeigte auf eine Stelle auf dem Boden neben ihm.

Er hatte ein Bein, das linke, leicht vorgestellt, und das rechte hinter sich. Seine Hände waren zu Fäusten vor seinem Gesicht geballt. Er sah wild aus. Sie tat das Gleiche und fühlte sich unbehaglich, weil sie ihre Beine so weit auseinander spreizen musste. Röcke waren so einschränkend. Man konnte in ihnen kaum laufen, geschweige denn breitbeinig stehen. Dennoch konnte sie die Macht und Stabilität, die sie jetzt spürte, nicht leugnen. Wenn Männer sich immer so fühlten, war sie neidisch. Ein Anflug von Enttäuschung durchzuckte sie. Sie liebte Kleider, aber diese Freiheit war unwiderstehlich, und der Gedanke, danach wieder in Röcke zu schlüpfen, war ihr nicht willkommen.

»Nicht schlecht.« Jonathan verließ seine Position und stand nun auf der anderen Seite und betrachtete ihren Körper.

Ohne Vorwarnung stieß er gegen ihre rechte Schulter. Sie wäre fast gestürzt, hielt aber das Gleichgewicht.

»Wofür war das?«, keuchte sie.

Jonathan ignorierte die Frage. »Gut. Du hältst dein Gleichgewicht. Das Gleichgewicht ist entscheidend.« Er fuhr fort, sie zu untersuchen, und sie sah ihn stirnrunzelnd an. »Und jetzt die Hände.« Er öffnete ihre geballten Fäuste und befreite ihre Daumen, dann faltete er ihre Finger wieder, diesmal in der richtigen Position. »Stecke niemals deine Daumen zwischen deine Finger.«

»Warum nicht?«

»Wenn du hart genug zuschlägst, drücken deine Finger gegen deinen Daumen und brechen ihn. Mit gebrochenen Daumen wirst du dich nicht besonders gut wehren können. Ich versichere dir, der Schmerz ist unerträglich.«

Sein Gesicht verzog sich, als er dies sagte, und sie fragte sich, ob er es selbst erlebt hatte. »Hast du jemals ...?«

»Nicht vom Kämpfen, nein. Aber als ich zwölf Jahre alt war, verfing sich mein Daumen in einer Schublade, die ich mit zu viel Kraft geschlossen hatte. Der Daumen musste gerichtet werden, und ich weinte wie ein kleines Kind.«

»Wie hast du das nur geschafft?«

»Das ist nichts, worauf ich stolz bin. Ein Moment der jugendlichen Wut und Frustration. Ich habe einfach nicht aufgepasst.«

»Oh, das ist so furchtbar, ich ...« Sie wollte aus ihrer Position aufstehen, aber er schlug ihr mit der Hand so fest auf den Po, dass sie quietschte.

»Bleib in deiner Position«, sagte er. Sie drehte sich wütend zu ihm um, bereit, sich zu wehren, und ehe sie sich versah, hatte er ihr erneut einen Klaps auf den Hintern gegeben. »Das ist eine weitere Lektion, die du lernen musst. Du denkst vielleicht, dass Wut dich in einem Kampf stark macht, aber in Wahrheit macht Wut blind, und das macht dich verwundbar.«

Audrey zuckte zusammen. Ihr Hintern brannte. Röcke, so lästig sie auch waren, boten zumindest ein viel besseres Polster. Natürlich hatte sie nicht damit gerechnet, dass Hinternversohlen Teil ihres Unterrichts sein würde. Sie starrte ihn an, aber statt Zorn sah sie Humor in seinen grünen Augen.

»Wenn du deine Fäuste hochhältst, musst du dein Gesicht schützen. Benutze deine Linke, um den Gesicht zu blockieren, und halte die Rechte näher bei dir. Hast du eine Vermutung, warum?« Zu ihrer Überraschung war sein belehrender Ton nicht herablassend.

Sie dachte darüber nach, was sie zu schlagen versuchen wollte. »Wenn die Hand näher am Körper ist, kann ich mit mehr Kraft zuschlagen?«

»Genau.« Jonathans Grinsen ließ ihren Magen flattern, und sie versuchte, sich zu konzentrieren.

»Die linke Hand schützt, und die dominante Hand, die rechte, ist deine Waffe.«

»Ich verstehe«, sagte sie und hüpfte fast vor Aufregung. Sie fühlte sich schon viel sicherer. »Wie schlage ich zu?«, fragte sie.

Sein leises Kichern war einfach und erfreulich zugleich. »So blutdürstig.« Es fiel ihr wieder auf, wie spielerisch er sich verhielt, nicht kalt und distanziert.

Das ist der Mann, mit dem ich zusammen sein wollte.

»Wir werden gleich über das Zuhauen sprechen. Aber zuerst muss ich dir beibringen, wie man blockiert. Dein erster Instinkt wird sein, auf meinen Angriff mit deinem eigenen zu antworten. Das öffnet aber deine Deckung. Dein Ziel sollte es sein, den auf dich zukommenden Arm umzulenken, nicht ihn aufzuhalten.«

»Ich bin nicht sicher, ob ich das verstehe.«

Jonathan stellte sich ihr gegenüber und hob die Fäuste. »Streck langsam die Hand aus, als wolltest du mich schlagen.« Sie tat, was er ihr befahl. Als ihre Faust seinem Gesicht nahe kam, schob er seinen eigenen Arm zwischen ihre Faust und sein Gesicht und drückte dann ihre Hand mit seinem starken Unterarm weg. »So blockiert man. Wenn ich einfach nur deine Faust gefangen hätte, hätte sie mich nach hinten geschlagen, mich verletzt und dir trotzdem die Oberhand gegeben. Ergibt das einen Sinn?«

»Ja!« Sie konnte ihre Aufregung über diese Enthüllung nicht unterdrücken. Hätte man ihr dies anstelle von Tanzunterricht beigebracht, vor ihrem Debüt im vergangenen Jahr, wäre ihr erster Ball ganz anders verlaufen.

Jonathan stellte sich vor sie hin und griff nach ihrer rechten Hand. »Um zuzuschlagen, hast du mehrere Möglichkeiten.« Er packte ihr Handgelenk und zog es langsam an seine Nase.

»Die Nase ist am besten. Man kann sie brechen, und es wird bluten. Mach dir keine Sorgen über Blut ...«

Bei dem Gedanken an Blut wurde ihr plötzlich schwindlig.

»Audrey, geht es dir gut? Du bist blass geworden.« Er packte sie an den Hüften und hielt sie fest. Sie brauchte ihn nur so lange als Stütze, bis sie wieder stehen konnte.

»Es tut mir leid. Ich bin ein bisschen zimperlich, wenn es um Blut geht.«

»Und offenbar reicht auch schon der Gedanke daran.« Jonathan kicherte, obwohl es nicht so aussah, als würde er über sie lachen. »Dann sollten wir dieses Wort nicht benutzen. Ein Schlag auf die Nase kann auch dazu führen, dass die Augen tränen, wodurch ein Mann während eines Kampfes geblendet wird, also denk lieber daran. Jetzt die Arme hoch ...« Er ließ sie los. Sie hob erneut die Fäuste, und wieder ergriff er ihr Handgelenk und führte ihre Hand.

»Nach der Nase kann man an vielen Stellen zuschlagen, aber am effektivsten sind Kinn, Hals und Ohren.«

»Warum die?« Audrey studierte sein Gesicht, ausnahmsweise nicht als eine Reihe von ablenkenden, schönen Zügen, sondern als Objekte, die man treffen konnte.

»Sie sind verletzlich. Kinn und Kiefer können bei genügend Kraftaufwand brechen. Die Kehle kann sie am Atmen hindern, und die Ohren ... nun, wenn du noch nie eins auf die Ohren bekommen hast, kannst du dir den Schmerz nicht vorstellen. Wenn du jemals die Chance hast, das Ohr eines Mannes zu treffen, dann ergreife sie.«

Audrey konnte nicht glauben, dass sie zum ersten Mal in

ihrem Leben so nützliche Informationen erfuhr. Jonathan gab ihr das Gefühl, unerfahren zu sein, ja, aber nicht minderwertig. Er nahm diese Lektionen ernst, und das gab ihr das Gefühl ... Wie fühlte sie sich dabei?

Wichtig? Relevant? Gleichberechtigt?

In ihrer Zeit als Lady Society hatte sie sich mehr und mehr mit den sozialen Ungerechtigkeiten ihrer Welt auseinandergesetzt, von den einfachen bis zu den kriminellen. Und je mehr sie das tat, desto mehr wollte ein Teil von ihr vor all dem weglaufen. Sich zu Hause zu verstecken und sich von ihrem Bruder mit seiner Überfürsorglichkeit erdrücken zu lassen, nur um diese Realitäten in Schach zu halten. Aber sie kämpfte weiter. Und jetzt, mit Jonathan, hatte sie das Gefühl, dass dieser Kampfeswille weder irrelevant noch vergeblich war.

»Weißt du, wenn ich diese Lektionen in meiner ersten Saison gehabt hätte, wäre es mir vielleicht besser gelungen, wandernde Hände zu stoppen. Ich musste Lord Willoughby zwischen die Beine treten, was ich nicht empfehlen kann. Röcke machen das Treten recht schwierig.«

Jonathans Augen funkelten. »Viscount Willoughby?«

»Ja. Bei meinem ersten Ball nahm er mich mit auf eine Veranda. Ich verstand die Risiken nicht, die damit verbunden waren, mich von einem Herrn nach draußen begleiten zu lassen. Cedric war nie gut darin, uns Ratschläge zu erteilen, da er die Last unseres Schutzes ganz allein auf seine Schultern legte. Horatia und ich waren auf unsere Debüts völlig unvorbereitet.« Da sie als Kind ihre Eltern verloren hatte, war ihr Leben als junge Frau unkonventioneller verlaufen als das der meisten anderen. Cedric und seine Freunde waren immer für sie da gewesen, aber ältere Brüder waren kein Ersatz für Mütter und Väter.

»Und was ist passiert? Mit Willoughby?«

»Er versuchte, mich in einen abgelegenen Teil der Nische

zu bringen, direkt neben der Veranda. Ich wurde in eine ziemlich unangenehme und stachelige Hecke gepresst, während er sein Bestes tat, mich zu küssen. Der Störenfried schaffte es, eine Hand halb unter meinen Rock zu schieben. Dann konnte ich ihm natürlich einen kräftigen Tritt in den …«

»Ja, ich verstehe«, unterbrach Jonathan. Audrey kicherte, als sie bemerkte, dass er seinen Körper von ihr abgewinkelt hatte, als wolle er seine Leistengegend vor einer überraschenden Demonstration schützen. »Wie wär's, wenn ich dir eine Alternative zum Tritt in die Eier zeige, falls du deine Verteidigung ein wenig variieren willst?«

Sie nickte schnell, begierig auf weitere Anweisungen.

»Sehr gut. Ich werde eine Verteidigungsmaßnahme demonstrieren, und dann bekommst du die Gelegenheit, sie anzuwenden.« Er winkte ihr, ihm die Hand zu geben. Als sie ihm die Hand hinhielt, ergriff er sie mit beiden Händen und begann, ihre Handfläche sanft nach hinten zu biegen. Sie zuckte zusammen, aber er hörte auf, kurz bevor es richtig weh tat.

»Das habe ich mir selbst beigebracht. Wenn du diese Bewegung ganz schnell machst, kannst du einem Mann das Handgelenk brechen, oder du kannst es am Rande des Schmerzes halten und drohen, es zu brechen. Falls du es also mal wieder mit Händen zu tun hast, dann ist das ein guter Schachzug.«

»Und jetzt können wir eine Situation nachspielen?«, fragte sie.

Jonathan nickte. »Komm näher an die Wand hier und lehne dich mit dem Rücken dagegen. Wir werden so tun, als wäre es eine Gartenhecke.«

Audrey stellte sich an die Wand und drehte sich dann zu ihm um. Er kam langsam auf sie zu, mit einem raubtierhaften Glanz in den Augen, der ihr Herz in einen irren Rhythmus der Erregung versetzte.

»Ich werde so tun, als wäre ich Willoughby, und du wirst die Bewegung anwenden, die ich dir gezeigt habe.«

Sie schluckte schwer. »In Ordnung.« Er hatte vor, sie intim zu berühren oder es zumindest zu versuchen, und ein Teil von ihr wollte ihn nicht davon abhalten.

»Wo war seine andere Hand? Die, mit der er dir nicht unter den Rock gegangen ist?«, fragte Jonathan, als er nur wenige Zentimeter von ihr entfernt stand und auf sie herabblickte.

Sie konnte sich ehrlich gesagt nicht erinnern. »Hinter meinem Nacken, glaube ich.«

Jonathans Hand legte sich um ihren Hinterkopf. »So?« Sein Blick verweilte auf ihren Lippen, und ihr Körper brannte bei seiner Berührung. Warum mussten sie trainieren, wenn sie einander viel besser küssen konnten?

»Ja ...«

»Ich tue so, als würdest du Röcke tragen, in Ordnung? Versuch, meine Hand aufzuhalten.« Er flüsterte dies, bevor er sich zu ihr hinunterbeugte und sie küsste.

Audrey vergaß alles über ihren Unterricht. Gott, sie hatte vergessen, wie gut sich seine Lippen anfühlten und wie schwindelig ihr wurde, wenn sie zwischen ihm und einer harten Oberfläche gefangen war. Sie stand unter seiner Macht, und das gefiel ihr, denn er würde ihr nur Vergnügen bereiten. Seine Hand berührte ihre Hüfte, wanderte zu ihrem Po, und sie keuchte gegen seine Lippen. Lord Willoughby hatte das nicht getan!

Seine Hand wanderte an der Rückseite ihres Oberschenkels hinunter und hob ihr Bein an, um es um seine Hüften zu legen. Er drückte sich fester an sie, ihre Hüften trafen aufeinander, als er sie vom Boden abhob, sie gegen die Wand drückte und sie weiter küsste. Dann schob er seine Hand zwischen ihre Körper und legte sie zwischen ihre Beine. Ihre Knie knickten ein, als Wellen der Lust sie hart trafen. Sie umklammerte seine Schultern und versuchte, seinen Kuss zu erwidern. Sie war wie erstarrt, verzweifelt. Ihre Sehnsucht, diese Ekstase in seinen Händen zu spüren, war übermächtig.

Jonathan rieb seine Hand an ihr. Sie wimmerte und versuchte, auf seiner Handfläche zu reiten. Woher wusste dieser Mann, wie er ihr Blut auf diese Weise in Brand setzen konnte? Sein Mund löste sich von ihrem.

»Du ... versuchst ... es nicht mal«, knurrte er leise.

»Doch, das tue ich«, beharrte sie und wölbte ihren Rücken, um ihm näher zu kommen.

»Du versuchst, mich ins Bett zu kriegen, und nicht, mich abzuwehren. Nimmst du das nicht ernst?« Sein frustrierter Tonfall war wie ein Eimer Eiswasser über ihr. Wut stieg in ihr auf. Sie ließ ihre Hände von seinen Schultern rutschen, griff nach seinem Handgelenk und brachte seine Hand ruckartig in die Position, die er ihr gezeigt hatte. Er sprang von ihr zurück und riss sich los, und sie fiel auf die Füße.

»Verdammte Scheiße!« Er rieb sich die Hand und sah finster drein, aber seine Wut verflog bald. »Das ... Das war gut gemacht, wenn auch ein bisschen verspätet. Aber du musst auch in der Lage sein, ihn festzuhalten, wenn du ihn überwältigen willst. Sobald ich frei bin, bist du wieder da, wo du angefangen hast.«

Audrey wünschte, sie hätte ihm stattdessen auf die Nase geschlagen. Das war genau das, was sie hasste. Seine kühle, leidenschaftslose Distanz. Hatte er nichts zwischen ihnen gespürt?

»Ich glaube, ich bin für heute mit dem Unterricht fertig«, sagte sie. Wenn es etwas gab, das sie hasste, dann war es, wenn ein Mann sie zum Weinen brachte.

»Nun gut. Wir werden morgen eine weitere Stunde haben.« Er wandte sich ab, holte seine Stiefel und zog sie wieder an. »Und du wirst heute Nacht in meinen Gemächern schlafen. Oder ich komme zu dir.«

»Was? Nein. Jonathan, das dürfen wir nicht. Nicht hier.«

»Einmal pro Woche, so war es vereinbart.« Er sah sie an, sein Blick war viel zu ernst. »Deine heutigen Reaktionen beweisen nur, was ich meine. Wenn du dich von den Küssen eines Mannes ablenken lässt, kann er dich ausnutzen, wie ich es getan habe, und das willst du nicht.«

Sie hob ihre Arme über ihre Brust. »Da hast du sicher Recht. Ich *will das nicht*.« Ihr Temperament kochte jetzt.

»Schon gar nicht mit mir«, fügte er hinzu, und ein verruchtes Lächeln umspielte plötzlich seine Lippen.

»Nein, du ... du bist ...«, stotterte sie.

»Ja? Was bin ich?«, fragte er und trat wieder näher. Alles, woran sie denken konnte, war er, seine Wärme, sein Kuss, wie sehr sie es genossen hatte, wie seine Hände gewandert waren.

»Du machst mich wütend.«

»Und du magst es, wenn ich dich ärgere.«

»Tue ich nicht!«

»Aber natürlich. Ich halte dich auf deinen kleinen Zehen und warte auf weitere Küsse, auch wenn du so tust, als würdest du mich verachten.«

Es war sein selbstgefälliges Grinsen, das sie über die Kante trieb. Sie holte mit dem Arm aus, um ihm eine Ohrfeige zu verpassen, aber er fing ihren Arm mit Leichtigkeit auf.

Er beugte sich ein wenig vor, sein Blick fiel auf ihre Lippen. »Ohrfeige nie, wenn du schlagen kannst.«

Sie hielt ganz still, ihre rechte Hand eingeklemmt, während ihre Augen aufeinander gerichtet blieben. Sie ballte ihre linke Faust, so wie er es ihr beigebracht hatte, und schlug ihm auf den Kiefer.

Er zischte vor Schmerz, als er sie losließ. Audrey wich zurück, um ihm Zeit zu geben, sich zu sammeln und um zu verhindern, dass er Vergeltung üben konnte. Sein stolzes Lächeln überraschte sie.

»Nun, *das* war eine ausgezeichnete Demonstration dessen, was du heute gelernt hast. Gut gemacht, kleiner Kobold, wirklich gut gemacht.«

Audrey war so verwirrt, dass sie sich umdrehte und aus dem Zimmer lief. Sie hielt nicht an, bis sie ihre Gemächer erreichte. Sie brach auf ihrem Bett zusammen, zitterte von Kopf bis Fuß und war völlig verwirrt. Wie immer hatte er sie verblüfft und sie völlig verunsichert zurückgelassen.

Aber das stimmte nicht. Er war stolz auf sie gewesen. Ein desinteressierter Mann würde keinen Stolz zeigen, nicht wahr? Sie hielt ihre linke Hand hoch. Sie war rot, und ihre Finger schmerzten, aber sie hatte plötzlich das Bedürfnis zu lachen. Sie hatte gelernt, sich zu wehren, hatte auch improvisiert, und er war zufrieden gewesen.

Sie rollte sich auf dem Bett auf den Rücken, breitete die Arme aus und grinste. Sie wollte noch eine Weile hier bleiben, noch ein paar Stunden in Hosen genießen, bevor sie sich zum Abendessen wieder in ein Kleid zwängen musste. Glücklicherweise würde sie in der Zwischenzeit nicht vermisst werden. Eine große Hausparty hatte viele Vorteile, und das Beste daran war, dass die Gäste sich zurückziehen konnten, um sich auszuruhen oder einsamen Tätigkeiten nachzugehen.

Während sie so dalag, fragte sie sich, was Gillian wohl gerade tat Wie hatten sie und James es verkraftet, allein gelassen zu werden? Audrey hoffte inständig, dass sie etwas Vergnügliches wie Reiten oder einen Spaziergang durch die Gärten gemacht hatten.

Gillian lernt, umworben zu werden, und ich lerne zu kämpfen. Sie konnte nicht aufhören zu kichern. Was für ein Tag war das gewesen.

KAPITEL 10

»**W**as ist mit dir passiert?« Lucien richtete sich in seinem Stuhl auf, sein Blick verriet Schock. Jonathan hatte gerade Luciens Arbeitszimmer betreten und berührte vorsichtig sein Kinn. So wie es sich anfühlte, würde er blaue Flecken bekommen.

»Ich habe mich wohl mit einem der anderen Gäste geprügelt.«

»Oh?«

»Nichts Ernstes«, sagte Jonathan mit einem schiefen Grinsen.

»Nichts Ernstes? Du wirst ja ganz blau am Kinn.«

»Ich habe vielleicht einem gewissen kleinen Kobold beigebracht, sich zu verteidigen. Vielleicht hat sie mich überlistet.«

Lucien lachte fast so herzhaft wie Charles.

»Ich habe es dir nicht gesagt, damit du dich auf meine Kosten amüsieren kannst«, brummte Jonathan.

»Ich bin sicher, dass du das nicht getan hast, aber verdammt, Mann, du kannst nicht leugnen, dass es amüsant ist.« Lucien lehnte sich in seinem Stuhl zurück und stützte seine Stiefel auf die Kante seines Schreibtisches. »Wie auch immer, ich hoffe, du bist nicht hergekommen, um dir Ratschläge zu holen, wie man Sheridan-Frauen verführt. Audrey ist ganz anders als Horatia. *Ganz anders.* Meine Liebe ist süß, schüchtern und sanft.«

»Und Audrey ist nichts davon.« Nun, das stimmte nicht; sie hatte durchaus ihre schönen Momente. Nur nicht mit ihm.

»Dein großer Plan, sie zu umwerben, ist also Unterricht in Selbstverteidigung?«

»Ja, das war etwas, das sie wollte.«

»Ich gebe zu, es ist ein origineller Plan, aber ich bin mir nicht sicher, ob du ihn richtig durchdacht hast.«

Jonathan öffnete und schloss den Mund und rieb seinen wunden Kiefer. »Ein Teil von mir bedauert es sicherlich. Sie hat einen verdammt guten linken Haken.«

Lucien brach erneut in Gelächter aus, doch der Gong zum Abendessen verwandelte es in ein Stöhnen.

»Herr, ich vermisse unsere intimen Abendessen mit der Liga. Dieser Hausparty-Quatsch ist überhaupt nicht meine bevorzugte Art, den Abend zu verbringen. Und das gleich für eine Woche.« Luciens verzweifelter Blick brachte Jonathan fast zum Lachen.

Bevor einer von ihnen mehr sagen konnte, stürmte Charles mit angespannter Miene in das Arbeitszimmer.

»Ich bin froh, dass ich euch beide hier gefunden habe.« Er hielt eine Zeitung hoch und kam zu ihnen heran. »Das wurde vor einer Stunde geliefert. Linley hat etwas sehr Wichtiges gesehen, als er die Zeitung abschicken wollte.« Er legte das Papier auf den Schreibtisch.

Jonathan und Lucien beugten sich beide vor, um den Artikel zu sehen, auf den Charles zeigte. Der Gesellschaftsteil der *Morning Post* berichtete in der Regel über Geburten, Eheschließungen und Todesfälle. Ein Name unter ihnen stach hervor.

»Mr. Gerald Langley wurde in einem Wohnhaus in der Nähe des Twinings-Teeshops tot aufgefunden«, las Lucien vor. »Es wird angenommen, dass er sich aus Ehrgefühl das Leben nahm und einen Brief an seine Familie hinterließ. In den letzten Monaten gab es immer wieder beunruhigende Gerüchte über Mr. Langley, was zu seinem Handeln beigetragen haben könnte. Mr. Langley hinterlässt eine Schwester, Hillary Clifford ... Langley ist tot? Ist das nicht der Kerl, den Lady Society in ihrer Kolumne gründlich gedemütigt hat?«

»Ja, das ist der Mann«, sagte Charles. »Jonathan, ich denke, du solltest Lucien von Audrey und dem Hell Fire Club erzählen.«

Luciens Stimme wurde hart, und Jonathan spürte das Gewicht seines Blicks auf sich. »Mir was sagen? Was hast du ihr da eingebrockt?«

Jonathan fuhr auf. »Ich habe nichts getan! Sie war diejenige, die ...« Seine Worte lösten sich in ein frustriertes Knurren auf. Er verstand die Angst von Lucien. Horatia war schon einmal von einem Feind der Liga ins Visier genommen worden, und er hatte allen Grund, sich Sorgen zu machen, dass Audrey in eine ähnliche Situation geraten könnte.

»Ich schwöre, Jonathan, wenn du ...«

»Lucien, ganz ruhig, Mann«, sagte Charles. »Lass ihn antworten.«

Lucien verschränkte die Arme, blickte finster drein, blieb aber ruhig.

Jonathan holte tief Luft. »Das erste, was du wissen solltest, ist, dass Audrey Lady Society ist.«

Luciens Augen weiteten sich. Dann blinzelte er, als hätten ihn die Worte erst jetzt richtig getroffen. »Sie ...? Lady Society? Die Frau, die uns alle schon einmal mit ihrer Feder gestochen und gestoßen und gezüchtigt hat?«

»Und für mindestens die Hälfte von euch Ehefrauen

gefunden hat«, fügte Charles mit einem schiefen Lächeln hinzu.

Lucien sah zu Jonathan. »Diejenige, die dich noch vor einer Woche verspottet hat?«

»Ja«, bestätigte Jonathan.

Lucien schüttelte den Kopf. »Ich wäre versucht zu lachen, hättest du nicht gerade einen toten Mann und einen Hell Fire Club erwähnt. Großer Gott, wie ist es dazu gekommen?«

Jonathan versuchte zu erklären. »Soweit ich weiß, begann es, als Audrey den Fall der Verteidigung der Tochter des Grafen von Rockford übernahm.«

Lucien nickte. »Ich erinnere mich an den Vorfall. Das hat dazu geführt, dass die Aktivitäten von Langley in der Kolumne von Lady Society aufgedeckt wurden.«

»Sie hat dann irgendwie herausgefunden, Gott weiß wie, dass Langley der Anführer eines dummen Hell Fire Clubs im Temple-Bar-Viertel war, und sie wollte ihn entlarven, bevor er noch mehr Schaden anrichtet.«

»Sie kam zu mir«, schaltete sich Charles ein, »weil sie eine Begleitung für den Club suchte.«

»Und du hast nicht daran gedacht, es Cedric zu sagen? Oder mir? Hätten ihr Bruder oder ihr Schwager nicht informiert werden müssen?« Lucien knurrte. »Leute, die sie hätten schützen können?«

Charles zuckte nicht einmal zusammen. »Oh? Und was hättest du getan? Sie in einem Turm eingemauert? Wenn diese Lady erst einmal auf etwas aus ist, vor allem auf etwas Unangenehmes, findet sie mit oder ohne unser Zutun einen Weg, sich in die Sache einzumischen. Meine Absicht war es, sie zu schützen, denn sie wäre so oder so dorthin gegangen.«

»Du warst also mit ihr in Langleys Club?«

Charles' Gesicht rötete sich. »Äh ... Nein. Sie hat Linley eine Nachricht geschickt, in der sie mir mitteilte, dass sie es sich anders überlegt hatte und nicht hingehen wollte.«

Jonathan wusste, dass er jetzt übernehmen musste. »Linley glaubte das allerdings nicht. Er fand mich, als ich Berkley's verließ, und erzählte mir seine Bedenken. Also bin ich ihr nachgegangen. Sie hatte verdammtes Glück, dass ich das getan habe. Die ganze Sache war eine Falle.«

Lucien schwieg, beobachtete Jonathan immer noch und grübelte.

»Ich habe gegen Langley und den Rest seines Clubs gekämpft. Wir konnten durch ein Fenster entkommen, und ich brachte Audrey sicher nach Hause, aber ich befürchtete, dass Langley ihr Gesicht gesehen haben könnte. Er kannte wahrscheinlich ihre Identität.«

Charles starrte Jonathan entsetzt an. »Du hast doch nicht ...«, mimte er und schoss mit seiner Hand eine unsichtbare Pistole ab.

»Nein, natürlich nicht!«, versicherte Jonathan ihm. »Das letzte Mal, als ich Langley sah, war er hinter Pembroke und Audreys Dienstmädchen Gillian her.«

»*Pembroke* war da?«, schrie Lucien auf. »Wie zum Teufel ist er bei solchen ... Teufeln gelandet!«

»Nicht so sehr anders als bei mir. Er ist in Gillian verliebt und war da, um sie zu retten.«

Luciens Augenbrauen hoben sich. »Er ist in ein Dienstmädchen verliebt?«

»Es sind schon seltsamere Dinge passiert«, erinnerte Jonathan ihn. »Und ich denke, wir wissen es besser, als dass wir Menschen in Herzensangelegenheiten nicht zu hart beurteilen sollten. Schließlich war Jonathan bis zum letzten Jahr in keiner besseren Position als Gillian gewesen. Pembroke weiß übrigens nicht, dass Gilly ein Dienstmädchen ist, also würde ich es an deiner Stelle nicht erwähnen.«

»Ein weiterer von Audreys Plänen?«, fragte Charles und grinste.

»Was noch?«

Lucien runzelte die Stirn. »Erweist man Pembroke damit nicht einen schlechten Dienst? Der Mann verdient es, das zu erfahren.«

»Ich glaube, Audrey hat einen Plan«, sagte Jonathan. »Ich würde ihr in dieser Sache vertrauen.«

»Es sieht so aus, als würde sie mit ihm spielen, wenn du mich fragst.«

»Gillians Umstände sind nicht so einfach, wie sie auf den ersten Blick erscheinen. Indem er Gillian verteidigte, hatte Jonathan das Gefühl, seine eigene Position in den Reihen der Gruppe zu verteidigen. Audrey glaubt, dass sie zusammengehören oder zumindest eine Chance dazu bekommen sollten. Letztendlich sollte es um ihre Gefühle füreinander gehen und nicht darum, was die Gesellschaft für eine passende Verbindung hält.«

»Hört, hört!«, sagte Charles. »Lasst die Liebe gehen, wo sie will, für diejenigen, denen derartiges wichtig ist.«

Lucien seufzte müde. »Ich nehme an, das erklärt, warum Horatia mir sagte, ich solle sie Miss Beaumont nennen und mich nicht wundern, dass sie wie die anderen Gäste an den Mahlzeiten teilnimmt. Sie sagten etwas von einem Theaterstück, aber um ehrlich zu sein, stelle ich ab einem bestimmten Punkt keine Fragen mehr.« Er hielt inne und wurde dann ernst. »Glaubt ihr, dass Pembroke Langley ermordet hat?«

»Nein«, sagte Charles. »Dieser Mann ist der beste aller Männer, besser als jeder von uns. Er ist kein Mörder. Er hätte Langley sicherlich geschlagen, ihn für die Behörden gefesselt, wenn er könnte, aber er hätte ihn nicht getötet.«

»Glauben wir wirklich, dass Langley sich selbst umgebracht hat?« Lucien strich sich über das Kinn. »Ich weiß nicht viel über den Mann.«

Charles blickte auf das Papier hinunter. »Er hat sich sicherlich nicht um seinen Ruf gekümmert, aber es kommt ein Punkt, an dem jeder Mensch keine Rettung mehr in seiner Situation sieht und die Hölle als eine Verbesserung gegenüber seiner Zeit auf der Erde betrachtet.«

»Das ist wahr.« Jonathan erinnerte sich an das Feuer in Langleys Augen. Dieses kaltherzige schwarze Feuer gehörte nicht zu einem Mann, der Scham verstand, aber selbst er hätte eine ausweglose Situation erkannt. Der Mann hatte kurz davor gestanden, als Betreiber eines Hell Fire Clubs entlarvt zu werden. Was auch immer für Demütigungen und Schwierigkeiten er durch die anfängliche Enthüllung der Lady Society erlitten hatte, wäre nichts im Vergleich dazu. Das allein hätte selbst den schlimmsten Menschen dazu bringen können, sein Leben zu beenden.

Die drei schwiegen einen langen Moment.

»Es ist aber auch möglich, dass ihm jemand geholfen hat, den Abzug zu betätigen«, sagte Charles schließlich.

»Vielleicht«, sagte Lucien. »Aber wer würde ihn töten, und zu welchem Zweck?«

Jonathan wurde ein ungutes Gefühl in der Magengegend nicht los, als hätte er etwas unerledigt gelassen oder nicht daran gedacht. Etwas Wichtiges.

»Vielleicht hatte er noch einen anderen Nutzen«, schlug Charles vor. »Und diesen Nutzen gab es plötzlich nicht mehr. Oder vielleicht hatte er, nachdem Audrey ihn enttarnt hatte, nur noch auf Zeit gelebt. Ein Mann wie er könnte Männer in ganz England haben, die darauf warten, mit ihm fertig zu werden.«

»Da hat uns jemand einen Gefallen getan«, überlegte Lucien. »Aber das passiert selten. Ich denke, das sollte man beobachten. Jonathan, es scheint, dass deine ungewöhnliche Umwerbungstechnik einem größeren Zweck dienen wird. Ich möchte, dass du Audreys Schatten bist, Tag und Nacht. Wir erinnern uns alle daran, was Horatia in diesem Haus passiert ist, als sie aus ihrem Zimmer entführt wurde und ...« Den Rest ließ er ungesagt.

Und fast ermordet wurde. Jonathan wusste, dass dies ein Tag war, der Lucien für immer verfolgen würde. Freundschaften waren zerbrochen und Loyalitäten strapaziert worden. Obwohl die Beteiligten sich wieder versöhnt hatten, lag noch immer ein tiefer Riss in den Banden, die sie geknüpft hatten.

»Willst du ihr Schatten sein, Jon?«, fragte Lucien.

»Natürlich. Aber sie wird mich dafür noch mehr hassen.«

Charles klopfte Jonathan auf die Schulter. »Das ist der Moment, in dem man weiß, dass man das Richtige tut.«

Jonathan nahm an, dass sein Freund ihn trösten wollte, aber die Worte hatten den gegenteiligen Effekt. Wenn er Audreys Schatten sein musste, wurde er in eine unmögliche Situation gebracht.

»Ich werde dafür sorgen, dass ihr beim Abendessen nebeneinander sitzt«, versprach Lucien.

»Wir sollten besser gehen. Der Gong hat vor einigen Minuten geläutet«, erinnerte Charles sie.

»Stimmt. Wir dürfen Horatia nicht verärgern. Nicht in ihrem Zustand.«

Jonathan folgte ihnen auf den Korridor hinaus. Eine flackernde Bewegung am Ende des Flurs erregte seine Aufmerksamkeit, und ihm sträubten sich die Nackenhaare. Hatte jemand an der Tür gelauscht? Vielleicht hatte Lucien recht.

Ab heute Abend würde Audrey ihn als ihren Schatten haben, ob es ihr gefiel oder nicht.

KAPITEL 11

Tom Linley presste sein Ohr an das Schlüsselloch des Arbeitszimmers von Lord Rochester, sein Herz klopfte.

»Willst du ihr Schatten sein, Jon?« Rochesters Worte waren kaum zu verstehen, aber Linley hörte sie, ebenso wie Mr. St. Laurents Zustimmung. Er hatte alles gehört, was er wissen musste. Er eilte in die nächstgelegene Kammer am Ende des Korridors, bevor die drei Herren das Arbeitszimmer von Rochester verließen. Sie würden bald zum Abendessen aufbrechen.

»Mr. Linley?« Linley blickte sich um. Audrey saß in einem Sessel am Feuer und las gemütlich in einem Buch. Sie befanden sich in einem kleinen Salon, der nur für die Mitglieder der Familie bestimmt war, aber er hatte gedacht, er sei leer, als er ihn vorhin erkundet hatte.

»Ich bitte um Entschuldigung, Miss Sheridan.« Er richtete sich auf und machte sich zum Gehen bereit, als ob nichts geschehen wäre.

»Oh nein, bitte. Ich wollte gerade gehen. Das Essen ist gleich fertig.« Audrey stand auf, in ihrem dunkelgrünen Kleid, einer gewagten Kreation aus Satin und mit belgischer Spitze besetzt. Zweifellos waren der Graf und seine Freunde ebenso raffiniert gekleidet. Feine Kleidung und angenehme Abende mit Freunden, die sich umeinander kümmerten ... Ein Aufflackern von Neid machte sich in Linley breit, aber er verdrängte es, so wie er es mit jedem Gefühl tat. So ein Leben könnte er nie führen.

Er war hier, um die Liga und ihre Familien zu verraten. Es spielte keine Rolle, dass der Earl of Lonsdale - Charles - ihn und seine kleine Schwester Katherine in seinem Haus aufgenommen hatte. Es spielte keine Rolle, dass er dessen Freunde und ihre Familien ebenso sehr mochte, vor allem Audrey. Wenn er seine Aufgabe nicht erfüllte, würde Katherine von ihm genommen werden und mit ihr der letzte Rest seines Geistes.

Audrey hielt in der Tür inne und ließ ihren Blick in einem rätselhaften Spiel über ihn schweifen. Sie beugte sich vor und flüsterte: »Ich kenne dein Geheimnis, Tom.«

Der Schrecken schoss durch ihn hindurch und spannte alle seine Muskeln an. Ein Teil von ihm schrie danach, sie zum Schweigen zu bringen, und er wusste ein halbes Dutzend Möglichkeiten, es zu tun, aber er hielt sich zurück. Er durfte niemandem etwas antun, es sei denn, es wurde ihm befohlen. Tom war nur ein Rädchen in einer größeren und bedrohlicheren Maschinerie, die sich jeden Tag enger um die Liga zusammenzog, und doch war keiner von ihnen schlauer.

»Sie brauchen sich keine Sorgen zu machen. Ich werde es keiner Menschenseele erzählen. Aber ich hoffe, dass Sie eines Tages den Mut haben werden, mit mir darüber zu sprechen. Wir alle haben unsere Geheimnisse.« Sie streichelte seine Wange, und sein Herz schwoll an vor Zuneigung, dann brannte es in dem Wissen, dass er sie unweigerlich verraten würde.

Audrey kannte seine Geheimnisse nicht. Zumindest nicht

diejenigen, die etwas bedeuteten. Wenn sie es getan hätte, wäre dieses Gespräch nicht so freundschaftlich ausgegangen. Vielleicht hatte sie den Verdacht, dass er ein Spion war, aber von einer weniger finsteren Sorte, der im Sold eines rivalisierenden Fürsten stand und seine Konkurrenz im Auge behielt.

Normalerweise würde er dies sofort melden. Schon die Andeutung, dass seine Position gefährdet sein könnte, wäre ein Grund, ihn vom Dienst zu suspendieren. Doch schon bald würde Audrey auf einen Weg gebracht werden, der sie von der Sicherheit ihrer Freunde und Familie, ja sogar von ihrem Land weg und in den fast sicheren Tod führen würde. So ungern er auch darüber nachdachte, das Problem würde sich bald von selbst lösen.

Arme naiver Närrin. Du glaubst, Spionage sei ein Spiel. Wenn Sie nur die Wahrheit wüssten. Nichts ist ein Spiel, wenn das Ziel das Überleben ist.

Als Audrey weg und er allein war, sank er in eine Ecke des Zimmers und wünschte sich, er könnte verschwinden. Dass es so sein könnte, als hätte es ihn nie gegeben. Tom schloss die Augen und ließ sich von der kalten Wand das Blut kühlen.

Ich habe keine Wahl. Um Katherines willen habe ich keine Wahl.

Das Einzige, was schlimmer ist, als dem Teufel eine Schuld zu schulden, ist, dass sie eingefordert wird.

❧

ES WAR FURCHTBAR, ZU EINER DINNERPARTY ZU GEHEN, BEI der man äußerlich gut aussah, sich aber innerlich völlig elend fühlte. Audrey wusste, dass sie in ihrem grünen Satinkleid großartig aussah. Das Dekolleté war tief ausgeschnitten, die Ärmel waren kurz und mit Spitze verziert. Es brachte ihre Figur zur Geltung, aber sie spürte den Zauber des Kleides heute Abend nicht so wie sonst.

Sie schritt in die Halle, in der sich die Gäste versammelt

hatten, und alles, woran sie denken konnte, war, wieder im Freizeitraum zu sein, die Hosen anzuziehen und ... Jonathan zu küssen.

Sie freute sich über Jonathans Gesichtsausdruck, als er den Saal betrat. Sie bemerkte einen dunklen Bluterguss an seinem Kinn, wo sie ihn vorhin geschlagen hatte. Ihr Herz sank. Sie hatte sich so siegreich gefühlt, als sie sich verteidigt hatte, aber sie hatte ihn verletzt. Sie tat ihr Bestes, um ihre Bestürzung zu verbergen, als Horatia Jonathan zu ihr hinübergeleitete.

»Ihr beide werdet heute Abend zusammen sitzen. Ich hoffe, das ist in Ordnung?« Die Augen ihrer älteren Schwester funkelten schelmisch. Audrey wollte gerade protestieren, dass ihre Schwester sie eindeutig reingelegt hatte, aber Horatia wurde plötzlich blass und legte eine Hand auf die Schwellung ihres ungeborenen Kindes.

Audrey legte einen Arm um sie, während Jonathan sich zu ihr lehnte und fragte, ob er irgendwie helfen könne.

»Horatia, du solltest nicht hier unten sein, du solltest dich ausruhen, wenn das Kleine so einen Aufstand macht.«

»Ich stimme zu«, sagte Jonathan. »Wir können doch sicher weitermachen, während Sie sich ausruhen?«

Einen Moment lang waren die beiden in ihrem Wunsch vereint, Horatia zu helfen, und sie konnte nicht anders, als ihm ein erleichtertes Lächeln zu schenken. Er erwiderte sie mit einem sanften Ausdruck, der ihr Herz zum Flattern brachte.

Ihre Schwester seufzte. »Ich weiß. Aber ich kann den Gedanken der Enge nicht ertragen. Ich habe Lucien gesagt, dass ich mich nicht in einem dunklen Raum einschließen lassen werde, bis das Kind geboren ist.«

»Wollte er das tun?«, fragte Jonathan verwirrt.

»Nicht mit so vielen Worten«, ergänzte Horatia. »Aber das ist es, was die meisten Männer von ihren Ehefrauen verlangen. Der Gedanke, auch nur für ein paar Tage gefangen zu sein, macht mich wahnsinnig. Sie müssen verstehen.«

»Das tue ich«, versicherte Jonathan ihr. »Möchten Sie, dass ich Ihnen helfe, sich in den Speisesaal zu setzen?«

Horatia winkte ihn weg. »Nein, danke. Dafür wird Lucien sorgen.« Sie wartete darauf, dass Lucien sich zu ihnen gesellte, und Lucien nickte ihnen dankend zu, weil sie auf seine Frau aufgepasst hatten. Er begleitete Horatia in den Speisesaal, und die anderen Paare fanden sich und folgten ihnen. Audrey sah Gillian und Lord Pembroke. Sie waren beide mit anderen Partnern zusammen, konnten aber ihre Augen nicht voneinander lassen. Audrey grinste. Ihre Vermittlungsbemühungen waren in vollem Gange.

Jonathan beugte sich vor und flüsterte ihr ins Ohr. »Du schmiedest wieder Pläne, nicht wahr?«

»Wenn Sie Lord Pembroke und Gillian meinen, dann ja. Daran hat sich nichts geändert.«

»Du siehst also kein Problem darin, dass sie ...« Er hielt inne, seine grünen Augen waren dunkel vor plötzlichen Schatten. »Dass sie wegen ihres Standes als *weniger* gilt?«

»Um Himmels willen, nein. Die Stellung eines Menschen in der Gesellschaft hat wenig damit zu tun, wer er wirklich ist. Ich dachte, gerade du würdest das verstehen.« Sie war überrascht, dass er annahm, sie würde so denken. Kannte er sie denn überhaupt nicht?

Seine Augenbrauen hoben sich. »Weil ich ein Diener war?«

»Ganz genau. Und du bist jetzt ein feiner Gentleman.«

Sein Tonfall wurde immer düsterer. »Es sind also Geld und ein höherer Posten, die mich verbessert haben?«

»Was?«, zischte sie. »Das habe ich ganz und gar nicht gemeint. Du warst ziemlich perfekt, bevor du deine Verbindung zu Godric entdeckt hast.«

»Und woher willst du das wissen? Wir sind uns bis letzten September nicht einmal begegnet.«

Sie brauste auf. »Weil ich mich nach unserer Begegnung nach dir erkundigt habe. Ich überprüfe diese Dinge, musst du wissen. Alle haben sehr gut von dir gesprochen. Das Schlimmste, was man sagen kann, ist, dass du dafür bekannt warst, Röcken hinterherzujagen, aber das hast du anscheinend aufgegeben, als du herausgefunden hast, dass du und Godric Brüder sind.«

Also hatte sie sich auch danach erkundigt. Sie hatte kein Problem damit, sich von einem Schurken umwerben zu lassen, solange sie sicher sein konnte, dass er sich bessern würde. Und allem Anschein nach hatte Jonathan in dem Moment aufgehört, Frauen nachzustellen, als er von seiner rechtmäßigen Geburt erfuhr. Sie fragte sich, ob es vielleicht daran lag, dass er sich jetzt zwischen der Welt, die er einmal gehabt hatte, und der, in der er sich befand, gefangen sah.

»Warum hast du denn wirklich aufgehört, den Röcken hinterherzujagen?«, fragte sie, als sie ihren Stuhl im Esszimmer erreichten.

Er blinzelte zweimal, erschrocken über die Frage, fing sich aber schnell wieder.

»Die Antwort ist geheim. Wenn du weiterhin so vielversprechend im Unterricht bist, werde ich es dir vielleicht sagen.«

Das war nicht die Antwort, die sie erwartet hatte. Er zog ihren Stuhl zurück, und sie hob ihre Röcke, um sich zu setzen. Als er ihren Stuhl vorsichtig an den Tisch schob, flüsterten seine Fingerspitzen über die nackte Haut ihrer Schultern, bevor er seine Hände fallen ließ und sich neben sie setzte. Auf ihrer anderen Seite saß Gillian, die sich anscheinend gut mit dem Herrn zu ihrer Linken unterhielt, einem ruhigen, aber netten Vikar, der in der Nähe wohnte.

Es tut mir leid, dass ich dir wehgetan habe«, flüsterte sie Jonathan zu, »wegen unserer Stunde heute.« Ihre Stühle waren wegen der vielen Gäste eng zusammengedrückt, und ihre

Knie stießen unter dem Tisch aneinander. Ihr Körper erhitzte sich, als sein gestiefelter Fuß leicht ihren Knöchel berührte.

»Entschuldige dich nicht.« Seine schroffe Antwort konnte ihre Schuldgefühle jedoch nicht lindern. »Das Ziel ist es, zu lehren, und was du getan hast, war ein hervorragendes Beispiel für die Anwendung deiner Lektionen.« Sein Ton wurde wärmer und sein Gesicht offener. Sie nutzte die Gelegenheit, ihn zu necken.

»Soll ich eine Mitgliedschaft in Jackson's Saloon beantragen?«

Jonathans Lippen zuckten, als er nach seinem Weinkelch griff. »Ich glaube, Gentleman Jackson hätte große Angst davor, dir im Ring gegenüberzustehen.«

»Hätte er die? Ich werde vorbeikommen müssen. Ich muss ihm meine kämpferischen Fähigkeiten beweisen.«

Die Diener brachten Schalen mit Lauchsuppe und verschiedene Fleisch- und Fischgerichte herein. Die Gäste diskutierten angeregt über die neuesten Pferderennen oder die Skandale, die den *ton* derzeit erschüttern. Audrey hörte nur halb zu, aber als ein Herr namens Alfred Taylor von einem Mann sprach, der sich im Temple-Bar-Viertel erschossen hatte, richtete sich ihre Aufmerksamkeit auf ihn.

»Mr. Taylor, was sagten Sie, wen sie gefunden haben? Haben Sie gesagt, er hat sich erschossen?«

Mr. Taylor war ein älterer Mann in den Fünfzigern, bekannt für seinen Zugang zu Klatsch und Tratsch, und er hatte ein gutes Gespür dafür, die Geschichten herauszufiltern, die völlig unwahr waren. Einige der besseren Spuren der Lady Society waren durch ihn entstanden, obwohl der Mann keine Ahnung davon hatte. Audrey wusste, dass er ein gutes, gefesseltes Publikum brauchte, und er kehrte schnell in diese Rolle zurück.

»Nun, die Angelegenheit wurde bereits in den Zeitungen

bekannt gegeben, aber es herrscht Uneinigkeit darüber, ob es sich um Selbstmord oder Mord handelt, wie ich gehört habe. Seine Schwester besteht darauf, dass er sich nicht das Leben genommen hat, aber angesichts des schlechten Rufs des Mannes halte ich das für durchaus möglich, wenn auch vielleicht nicht ganz ohne Ermutigung. Sie fanden ihn in einem Stadthaus, das für seine Hell Fire-Treffen berüchtigt ist.«

Ihr Herz schlug ihr bis zum Hals. Audrey glaubte nicht an Zufälle. Wie viele Hell Fire Clubs trafen sich im Temple-Bar-Viertel? »Mr. Taylor, wer war der Mann, den sie gefunden haben?« Jonathan hielt neben ihr inne, die Hand halb ausgestreckt nach einer Terrine mit Soße.

»Gerald Langley. Sie haben ihn doch nicht gekannt, oder?«

Gerald Langley war tot? »Nein ... aber der Name ist mir bekannt«, sagte sie mit leiser Stimme.

»Das ist alles sehr skandalös.« Mr. Taylor strahlte, als er nun ihre ungeteilte Aufmerksamkeit hatte. »Man muss sich fragen, wenn es sich um Mord handelt, oder, wie ich vermute, wenn der Selbstmord erzwungen wurde, wen Langley als Feind gehabt haben könnte.«

»Wann haben sie ihn gefunden?«

»Ich glaube, das war vor einer Woche.«

Das könnte die Nacht des Treffens des Hell Fire Clubs gewesen sein. Wenn sie sich einer Sache sicher war, dann, dass er die Art von Mann war, der eher diejenigen verfolgte, die ihm Unrecht getan hatten, als sich das Leben zu nehmen.

Die Temperatur im Raum schien zu steigen, und sie konnte nicht mehr atmen. Audrey schob ihren Stuhl zurück und eilte aus dem Esszimmer, ohne sich zu entschuldigen. Als sie die Haupthalle erreichte, hielt sie sich am Geländer der Treppe fest und stützte sich daran ab.

Herr, der Mann war tot. Möglicherweise ermordet. Der Mann, den sie eigentlich ruinieren wollte. Es war nicht so, dass sie sich schuldig fühlte. Der größte Teil von ihr war erleichtert. Langley war ein widerlicher Mann, aber sein Tod konnte kein Zufall sein. Vielleicht hatte er keinen Ausweg aus seiner Abwärtsspirale gesehen, nachdem sie entkommen war. Aber was wäre, wenn Mr. Taylors Andeutungen, dass eine andere Macht im Spiel sein könnte, korrekt waren?

»Audrey?« Jonathan stand plötzlich neben ihr und hielt sie fest, einen Arm um ihre Taille geschlungen, um sie zu stützen. Dafür war sie dankbar. Jetzt wurde ihr klar, dass sie kurz vor dem Zusammenbruch gestanden hatte.

Sie holte panisch Luft, ihre Beine knickten ein. »Ich kann nicht ...«

»Setz dich.« Er drängte sie auf die Stufen und beugte sich über sie, um ihr Gesicht in seine Hände zu nehmen. »Konzentriere dich auf mich, auf meine Augen. Atme mit mir.« Er tat so, als würde er ein- und ausatmen, und sie tat ihr Bestes, es ihm gleichzutun. Es dauerte mehrere solcher Atemzüge, bis sie sich endlich wieder unter Kontrolle hatte.

»Es tut mir so leid«, flüsterte sie. »Ich weiß nicht, was über mich gekommen ist.«

»Du brauchst dich nicht zu entschuldigen. Du hattest einen Schock. Das kommt vor.«

Sie schloss die Augen, atmete noch ein paar Mal langsam und öffnete dann die Augen.

»Er ist tot. Langley ist tot.«

»Ja, das habe ich gehört.«

»Ich glaube nicht, dass er sich das Leben genommen hätte. Es sei denn, er hätte keine andere Wahl gehabt.« War es einer der anderen Lords im Club gewesen? Sie erschauderte erneut, als sie daran dachte, dass sie, Gillian, Jonathan und James alle in der Nähe eines Mannes gestanden hatten, den das Schicksal zum Tode bestimmt hatte.

»Möglich. Er war ein Mann, der nur aus Eigeninteresse gehandelt hat.« Jonathan strich ihr mit dem Daumen über die Wangen, und die beruhigende Berührung ließ sie aufatmen.

Sie starrte ihn an und konzentrierte sich auf seine Kleidung. Seine Stiefel glänzten, und sein weinroter Mantel war gut geschnitten und brachte seine muskulöse Gestalt gut zur Geltung. Die meisten Männer am Tisch trugen Blau, wie es an solchen Abenden üblich war, aber Jonathan war wie Charles und Lucien entschlossen, sich von der Masse abzuheben. Schurken, selbst wenn es um ihre Kleidung ging.

Der Gedanke ließ sie lächeln. Jonathan lächelte zurück.

»Da ist die Audrey, die ich kenne. Was hat dich amüsiert?«

»Dein Mantel. Das ist keine angemessene Farbe für ein Abendessen.« Sein Grinsen verwandelte sich in ein Stirnrunzeln, aber sie fuhr fort. »Aber er gefällt mir sehr gut. Blau hätte deine Augen besser zur Geltung gebracht, aber dieses Weinrot passt wunderbar zu deinem Haar.« Ohne nachzudenken, berührte sie sein Haar und fuhr mit den Fingern durch die goldglänzenden Strähnen. Er ließ sich auf die Stufe neben ihr sinken.

Er schüttelte den Kopf. »Nur du würdest zu einem solchen Zeitpunkt über die Farbe meiner Kleidung nachdenken.«

»Und woran würdest du denken?«, wollte sie wissen. Gott, dieser Mann konnte sie stacheliger machen als die Ananas ihrer Schwester.

»Das.« Er neigte den Kopf und strich mit seinen Lippen über ihre. Der sanfte Kuss fühlte sich an wie Schmetterlingsflügel, die über ihre Haut strichen. Ein träumerischer Schleier durchzog sie, und sie griff nach ihm, schlang ihre Arme um seinen Körper und klammerte sich an ihn, während sie sich an ihn lehnte. Er küsste sie langsam, wie ein Mann, der ihren Geschmack genießen wollte.

»Herr, du bist süß wie ein reifer Pfirsich.«

»Nicht säuerlich wie eine Ananas?« Sie kicherte und wurde mit einem weiteren seiner tiefen, satten Lachen belohnt. Es hatte etwas Bezauberndes, zwischen den Küssen ihren Atem mit diesem Mann zu teilen. So hatte sie sich immer nach

Leidenschaft gesehnt, so hoffte sie, dass es für sie und den Mann, den sie eines Tages heiraten würde, so sein würde.

Aber Jonathan ist nicht so ein Mann. Er will dich nicht wirklich. Nur um mit dir zu spielen wie eine Katze mit ihrem Spielzeug.

Der melancholische Gedanke durchbrach die Freude, die sich in ihr aufgebaut hatte.

»Bleib bei mir«, sagte er. »Welche Schatten ich auch immer in deinen Augen sehe, lass dich nicht von mir weglocken.« Er küsste sie erneut, als wolle er ihr Leben einhauchen.

»Warum willst du, dass ich bleibe?«

»Weil ...« Jemand ließ im Esszimmer eine Servierplatte fallen, und das Krachen ließ sie aufschrecken. Er ließ sie los und richtete sich auf, um etwas Abstand zwischen sie zu bringen. Der Moment verging, und er gewann seine Fassung zurück. »Wir sollten zum Essen zurückkehren, sonst fangen die Leute an zu reden.«

»Über uns?«, fragte sie. Natürlich wollte er nicht, dass jemand denken würde, sie seien zusammen. Das war der Jonathan, den sie kannte, der ihr den Rücken gekehrt hatte.

»Ja.«

»Und das würdest du einfach *hassen*, oder?« Sie hatte nie gewusst, dass ein Mensch ihr so ein Gefühl der Leere geben konnte, aber er tat es. Das Gefühl war unerträglich und drohte sie zu ersticken.

»Das würde ich«, sagte er kalt. »Ich möchte nicht, dass über uns getratscht wird. Niemals.« Seine Vehemenz war so stark, dass es sie empörte.

»Dann kannst du gern zum Abendessen zurückkehren. Ich werde es nicht.« Sie stand auf und ging in Richtung Bibliothek. Jonathan folgte ihr nicht.

KAPITEL 12

Nach dem Abendessen gesellte sich Audrey wieder zu den Damen in den Salon. Sie musste ihnen allen, vor allem Horatia, versichern, dass sie nur schockiert war über die Nachricht, die sie gehört hatte. Sie saß auf der Couch und beobachtete die Damen, die sich in Sachen Klatsch und Tratsch auf den neuesten Stand brachten. Normalerweise genoss sie es, sich inmitten dieser Kreise aufzuhalten. Sie legten oft den Grundstein für die Geschichten, die sie später in ihrer Kolumne als Lady Society veröffentlichte. Aber stattdessen blies sie, in Ermangelung eines besseren Wortes, Trübsal.

Sie war eine solche Närrin, dass ihr Herz sich nach einem Mann sehnte, der sich immer wieder von ihr zurückzog. Und sie konnte nicht umhin, daran zu denken, was heute Abend passieren würde. Würde er in ihr Zimmer kommen, wenn sie nicht in seins gehen würde? Vielleicht.

Ihre Schwester ließ sich auf den Sitz neben ihr fallen und lehnte sich vorsichtig ein wenig zurück, damit sie sich ausruhen konnte. »Audrey.«

»Ja?«

»Ist alles in Ordnung? Ich mache mir Sorgen um dich.« Ihre Schwester umfasste eine ihrer Hände und drückte sie sanft.

»Was für Sorgen um mich?«

»Ja. Ich dachte, du und Jonathan, ihr würdet, nun ja, bald eine Ankündigung machen. Ich habe mein Bestes getan, um euch beiden zu helfen.«

Sie lachte bitter auf. »Ich habe es bemerkt. Aber er und ich zusammen? Das wird nie passieren.«

Horatias Augen weiteten sich. »Warum nicht? Ich wusste, dass du dich zu ihm hingezogen fühlst, und Lucien sagt, er sei ganz vernarrt in dich.«

»Lucien irrt sich. Für Jonathan bin ich nichts weiter als ein kindisches, naives Ärgernis.«

Ihre Schwester grinste plötzlich. »Ich kann dir versichern, dass er das nicht denkt.«

Audrey konnte nicht glauben, dass sie diese Diskussion führte. Sie hatte ihrer Schwester und Lucien dabei geholfen, sich ineinander zu verlieben, so wie sie es bei vielen anderen getan hatte; sie musste sich nicht sagen lassen, ob ein Mann an ihr interessiert war oder nicht.

Horatia griff nach oben und strich Audrey eine Haarsträhne von der Wange. In diesem Moment erinnerte Horatia Audrey sehr an ihre Mutter. Sie war noch ein Kind gewesen, als sie zu Waisen wurden, und die meisten ihrer Erinnerungen waren verblasst, aber sie konnte die freundlichen Augen ihrer Mutter nie vergessen.

»Männer sind komplexe Wesen«, sagte Horatia. »Manchmal kämpfen sie aus den dümmsten Gründen gegen ihr Verlangen an. Lucien war der Meinung, dass er mich nicht verdient hat, und er war so besorgt um Cedric.« Horatia hielt inne und runzelte die Stirn. »Nun, ich nehme an, er hatte Recht, sich um unseren Bruder zu sorgen. Aber ich will damit sagen, wenn Jonathan dich auf eine bestimmte Art und Weise behandelt, kann das daran liegen, dass er sich unwürdig fühlt oder Angst hat, geliebt zu werden. Du darfst nicht aufgeben.« Horatia umarmte sie, so gut sie es angesichts ihres geschwollenen Bauches konnte. Audrey umarmte sie und wusste, dass ihre Schwester nur helfen wollte, aber sie glaubte ihr nicht.

»Ich habe das Glück, dich als meine Schwester zu haben.« Da sie noch so jung war, hatte sie Horatia oft wie eine Mutter angesehen, obwohl Horatia erst vierzehn und Audrey zwölf Jahre alt gewesen war. Cedric war quasi ihr Vater geworden. Und nun waren ihre beiden Geschwister verheiratet und hatten eigene Kinder.

»So etwas darfst du nicht sagen!« Horatia wischte sich die Tränen aus den Augen. »Seit ich ein Kind erwarte, weine ich bei jeder Kleinigkeit.«

Audrey kicherte. »Es tut mir leid!«

Horatia zuckte plötzlich zusammen und fasste sich an den Bauch. »Audrey ... du musst Lucien holen. Ich glaube ... oh je ...« Sie sah zu Boden und wurde rot wie eine reife Erdbeere. »Holt Lucien, sofort!«, krächzte sie. In Horatias Augen glitzerte die Angst, stark und lebendig.

Audrey wurde von Angst ergriffen. Irgendetwas stimmte nicht, irgendetwas war mit dem Baby.

Oh nein, bitte nicht. Es ist noch zu früh!

»Ich werde dich nicht verlassen. Gillian!« Audrey winkte ihre Freundin heran, und das Dienstmädchen erreichte sie mit blassem Gesicht.

»Das Baby kommt, nicht wahr?«, fragte Gillian.

Horatia wimmerte. »Ja. Ich hatte den ganzen Tag Schmerzen ... Aber jetzt ist meine Fruchtblase geplatzt.«

»Fruchtblase?«, fragte Audrey, ohne zu verstehen.

»Bleiben Sie bei ihr«, befahl Gillian. »Ich werde Lord Rochester finden.«

»Ich muss nach oben und mich hinlegen.« Horatia erhob sich von der Couch, und Audrey stützte sie. Alle Frauen im

Raum beobachteten Horatia mit Sorge, und viele boten ihr an, ihr nach oben zu helfen. Während sie durch den Korridor gingen, sprach Audrey weiter mit ihr und versuchte, sie zu beruhigen.

»Mach dir keine Sorgen. Der Arzt wird bald hier sein. Alle werden so aufgeregt sein, das Baby zu sehen. Was für eine tolle Art, eine Hausparty zu beginnen!« Sie hoffte, ihre Schwester würde den falschen Ton der Fröhlichkeit in ihrer Stimme nicht heraushören.

»Aber er ist zu früh«, flüsterte Horatia. »Zu früh.«

»Ja, aber es wird ihm gut gehen, da bin ich mir sicher.« Audrey legte den Arm um die Taille ihrer Schwester, als sie das obere Ende der Treppe erreichten, und ging dann zur Tür ihrer Gemächer. »Solltest du dich hinlegen?«

»Ich weiß nicht ...« Wie von einem Instinkt getrieben, stürzte Horatia auf ihr Bett zu. »Ja, ja, ich muss mich erst einmal hinlegen.« Sie stöhnte auf, als sie einen weiteren Schmerz verspürte. Sobald sie auf dem Bett lag, gelang es ihr, sich zu entspannen, aber jedes Mal, wenn sie einen neuen Schmerz verspürte, strampelte sie, beugte sich vor und stieß Atemzüge aus, bevor sie weinte und in die Kissen zurückfiel. Audrey kniete an der Seite des Bettes. Sie ergriff die Hand ihrer Schwester, die immer noch vor Angst zitternd war, aber ihre Schwester schien es nicht zu bemerken.

Gillian fand sie eine Minute später, ein paar Dienstmädchen folgten ihr auf den Fersen. Die Mägde halfen Horatia schnell aus ihrem Kleid und ihrem Korsett.

Horatia keuchte vor Erleichterung. »Ich kann atmen ... endlich.«

»Jonathan ist unterwegs, um den Arzt zu holen. Lord Rochester ist draußen.«

»Bringt ihn rein!« Horatia keuchte. »Ich glaube nicht, dass ich das ohne ihn durchstehen kann.«

Audrey nahm die Hand von Horatia und hielt sie fest.

Lucien stürmte herein, Charles dicht hinter ihm. Was wollte Charles denn hier?

»James holt heißes Wasser, saubere Tücher und eine Klinge«, verkündete Gillian.

»Ich glaube, ich muss aufstehen.« Horatia rutschte langsam vom Bett, hockte sich hin und stöhnte. Lucien ergriff eine ihrer Hände und legte seinen anderen Arm um ihren unteren Rücken. Sie keuchte und schnaufte, bevor sie sich entspannte. Audrey schwebte in ihrer Nähe und rang die Hände. Sie wünschte, sie wüsste, was sie tun könnte, um zu helfen.

»Tut es sehr weh?«, fragte Audrey. Sie wusste, dass es so sein musste, aber sie versuchte, ihre Schwester zum Reden zu bringen und an etwas anderes zu denken als an die Geburt.

»*Ah!*« Horatia drückte die Hand von Lucien.

Lucien zuckte zusammen. »Bei Gott! Woher nimmt eine Frau diese Kraft?«

»Ich denke, man kann mit Sicherheit sagen, dass es sehr weh tut«, sagte Charles zu Audrey. »Warum schaust du nicht, ob wir nicht ein paar Eiswürfel oder kalte, in Wasser getränkte Tücher bekommen können?«

»Richtig.« Audrey sah zu Gillian. »Hast du das gehört?«

»Ja, Mylady, ich kann sie holen.« Sie umarmte ihre Freundin - Magd hin oder her, Audrey wusste nicht, was sie ohne Gillian an ihrer Seite tun würde.

»Danke.«

»Ich glaube, ich muss mich hinlegen«, keuchte Horatia. »Verschnaufen.«

Lucien half ihr, sich auf die Seite zu legen. Dann stöhnte sie auf, rollte sich auf den Rücken und spreizte ihre Beine. Ein Dienstmädchen eilte herbei und bedeckte ihre Beine mit einer Decke. Charles näherte sich Horatia im Bett.

»Lucien, hast du einen Gebärstuhl vorbereiten lassen?«, fragte Charles.

»Nein, wir waren nicht bereit.« Luciens blasses Gesicht erschreckte Audrey. Was zum Teufel war ein Gebärstuhl? Es klang wie ein mittelalterliches Folterinstrument.

»Das ist in Ordnung.« Charles sah Horatia an. »Sie können bei der Geburt auf der Seite liegen, wenn Sie möchten. Wenn Sie das Bedürfnis haben zu pressen, pressen Sie«, wies er an. »Wenn Sie wieder aufstehen und sich bewegen müssen, werden wir Ihnen helfen.« Audrey konnte nicht umhin, von Charles' Zärtlichkeit beeindruckt zu sein. Er war immer der schurkischste der Liga gewesen, derjenige mit den dunkelsten Geheimnissen, und doch war er hier, offen und freundlich zu Horatia, und tat alles, was er konnte, um sie zu beruhigen.

Lucien setzte sich neben seine Frau, strich ihr das Haar aus dem Gesicht und hielt ihre Hand. Er murmelte ihr unterstützende Worte zu, und Charles stellte sich an Horatias andere Seite, hielt seine Taschenuhr in einer Hand und Horatias Handgelenk in der anderen.

Gillian kehrte zurück und sprach mit Charles. »James und ein paar Dienstmädchen werden uns die nötigen Dinge bringen.«

Charles seufzte müde. »Gut. Denn das Baby kommt schnell. Der Arzt kommt vielleicht nicht rechtzeitig, und wir müssen bereit sein, das Kind ohne ihn zu entbinden.«

Audrey starrte Charles an. »Wir alle?« Sie hatte keine Möglichkeit zu helfen. Beim Anblick von Blut würde sie ohnmächtig werden.

Sei stark. Du musst Horatia helfen, das durchzustehen.

»Audrey, du *musst* bleiben«, flehte Horatia, dann spannte sie sich vor neuem Schmerz an.

»Natürlich werde ich das«, versprach sie und schluckte schwer. Verdammt sei das Blut, sie würde nicht in Ohnmacht fallen.

Charles steckte seine Uhr ein und schaute dann zu Gillian und Lucien. »Die Zeit zwischen ihren Wehen ist sehr kurz.«

Er drückte auf Horatias Gesicht und Stirn. »Horatia, hast du den ganzen Tag schon Schmerzen gehabt?«

Horatia biss sich auf die Lippe und nickte. »Ja. Ich dachte, das Baby sei unruhig und strampelt. Ich wusste nicht, dass es schon kommt, das wurde mit erst kurz nach dem Abendessen klar.«

»Das ist in Ordnung. Babys kommen manchmal ohne Vorwarnung. Wie geht es Ihnen jetzt?«

Horatia blickte ihn an. »Als ob ich pressen müsste …«, stöhnte sie, ihr Körper beugte sich leicht nach vorne, dann entspannte sie sich und sah Lucien keuchend an. »Das Kinderzimmer, hast du die Wiege fertig? Haben sie die Kleidung schon fertig?«

»Ja«, versprach Lucien und drückte ihr einen Kuss auf die Hand. »Ich hätte wissen müssen, dass du so schnell bereit bist, unser Kind zu bekommen. Wie konnte ich das übersehen?«

Er neigte den Kopf.

»Wissen? Woher hätte sie das wissen sollen?«, fragte Audrey Gillian mit leiser Stimme.

»Manche Frauen wissen intuitiv, wann das Baby kommt, und versuchen, alles vorzubereiten. Es ist ein bisschen wie bei den Vögeln, wenn sie im Frühjahr mit dem Nestbau beginnen.«

»Oh.« Audrey starrte ihre Schwester an. Hatte sie geahnt, dass das Baby kommen würde? Warum hatte sie sich nicht ausgeruht? Und warum hatte sie nicht zu Lucien gesagt, er solle den Arzt holen lassen, falls das Baby kommt?

Gillian berührte ihren Arm, in der Hoffnung, ihre Schwester zu trösten. »Es wird alles gut.«

»Horatia, wenn Sie das Bedürfnis zu pressen haben, dann tun Sie das«, sagte Charles. »Gillian, ich brauche dich hier.«

Audrey trat zurück, beobachtete und überlegte, wie sie helfen konnte.

Charles zeigte auf Horatias Beine.

»Zieh die Decke runter und beobachte sie für mich. Halte ihre Beine offen; ich sage dir, worauf du achten musst. Normalerweise würde eine Frau auf der Seite entbinden, aber ich glaube, Horatia fühlt sich auf dem Rücken wohler.«

»Ja, Mylord.« Gillian kniete sich vor Horatias Beine und zog die Decken weg.

Audrey konnte sich nicht bewegen; ihr Herz klopfte so heftig, dass es alle anderen Geräusche im Raum zum Schweigen zu bringen schien. Sie konnte Horatia nicht verlieren, nicht auf diese Weise. Das konnte sie nicht. Tränen brannten ihr in den Augen, als sie darum kämpfte, sich zu konzentrieren.

»Ich habe Angst.« Horatia versuchte, ihre Knie zu schließen, aber Gillian hielt sie offen. Gillian sah dann zu Lucien.

»Lenken Sie sie ab, Mylord. Das könnte helfen.« Gillian klang so ruhig. Wie konnte sie in einem solchen Moment ruhig bleiben?

»Ablenken ...?«, murmelte Lucien und streichelte Horatias Gesicht. »Erinnerst du dich an die Nacht im Mitternachtsgarten, als wir über die Sterne sprachen?«

Horatia lachte, auch wenn der Klang angespannt war. »Ja. Ich erinnere mich, dass ich mich bei dir so sicher gefühlt habe.«

Lucien gluckste. »Du bist absolut in Sicherheit. Du weißt, dass ich alles tun würde, um dich zu beschützen.«

Horatia zischte vor erneutem Schmerz und starrte Lucien an. »*Du* hast mir das angetan! Oh!« Sie umklammerte ihren Bauch, wimmerte und entspannte sich dann.

Audrey beobachtete ihre Schwester und Lucien, und ihr Herz schwoll an vor Liebe und Sorge. Horatia keuchte und starrte Lucien an. »Es tut mir leid, ich wollte nicht ... Ich weiß, dass du nur helfen willst. Ich würde dasselbe für dich tun.«

»Ich weiß, Liebes, ich weiß. Und du bist auch im Moment sehr sicher. Charles weiß, was zu tun ist, und Gillian weiß es auch.«

»Erzähl mir eine gute Geschichte«, bat sie Lucien.

Lucien strahlte. »Habe ich dir jemals davon erzählt, wie Cedric und ich eines Nachts dabei erwischt wurden, wie wir uns in unsere Zimmer in Cambridge zurückschlichen? Wir konnten kaum noch laufen nach den nächtlichen Ausschweifungen und schleppten eine Statue von Sir Isaac Newton, die wir von einem anderen College gestohlen hatten ...«

Audrey beobachtete ihre Schwester und Lucien, und ihr Herz war hin- und hergerissen zwischen der Liebe, die sie für die beiden empfand, und der Sorge, dass sie selbst diese Art von Liebe nie erfahren würde. *Wenigstens meine Schwester hat es, darüber bin ich froh.*

Horatia entspannte sich, und alle im Raum atmeten tief durch. Als Horatia sich wieder vor Schmerzen krümmte, sah Gillian nach dem Baby.

»Ich kann es sehen! Das Baby!«, schrie Gillian auf. Erleichterung durchflutete Audrey, und sie atmete tief ein. Der brennende Schmerz in ihrer Lunge ließ nach. Es war fast vorbei. Das musste so sein.

»Gut.« Charles beugte sich über das Bett neben Horatia und ergriff ihre andere Hand.

»Lucien, halte ihre Hand. Nicht loslassen.«

»Das werde ich nicht.«

Mit der anderen Hand strich Charles mit den Fingerknöcheln über die Stirn von Horatia. »Nun, Horatia, pressen Sie, wenn Sie können, und zwar richtig *kräftig*. Zeit ist jetzt wichtig. Sie haben zu lange in den Wehen gelegen, und wir wollen nicht, dass das Kind stecken bleibt. Er könnte ersticken.«

»Ersticken?«, zischten Horatia und Lucien gleichzeitig schockiert.

»Ja, also sollten Sie verdammt nochmal ordentlich pressen!«, knurrte Charles.

Horatia verzog das Gesicht und schrie auf, als sie presste.

Audrey drückte sich an die Wand neben der Tür. Ein Klopfen ertönte, und sie war dankbar, dass sie etwas anderes zu tun hatte als zuzusehen. Sie riss die Tür auf und fand James dort, mit Handtüchern, einem Krug Wasser und einem Messer in den Armen. Audrey winkte ihm, hereinzukommen. Er wurde blass.

»Ich denke, ich sollte nicht ...«

»Meiner Schwester dürfte es momentan egal sein«, unterbrach sie ihn. Er trat ein, die Augen vor Bescheidenheit niedergeschlagen.

Charles nahm das Messer von James. »Sei bereit, das Baby zu fangen, Gillian.« Audrey zog sich an die Wand zurück, und James schloss sich ihr an. Er fühlte sich genauso fehl am Platz wie sie. Gillian zog das Baby schließlich unter dem Zelt über Horatias Beinen hervor. Es war ein winzig kleines Ding, unbeweglich und ein wenig blutig. Audreys Beine begannen zu zittern.

Gillian blickte sich um. »Ich brauche ein Handtuch.«

James bewegte sich und reichte Gillian eines der Handtücher, die er mitgebracht hatte. Charles nahm das Messer und schnitt die Nabelschnur durch, während Gillian assistierte. Audreys Sicht verschwamm, als sie gegen die Wand sackte.

»Ist es in Ordnung?«, fragte Horatia mit schwacher Stimme. »Es ist kein Weinen ...«

Charles nahm das Baby aus Gillians Armen. Im Zimmer war es still, und man konnte die leisen Geräusche des Babys hören, das nach Luft rang. James stand neben Charles und beugte sich über das Baby.

»Komm schon, Kleiner, atme. *Kämpfe.*«

Audreys Herz brach, als ihre Schwester zu weinen begann. Luciens Gesicht drehte sich immer wieder zwischen seiner

Frau und seinem Kind hin und her. Audrey biss sich so fest auf die Lippe, dass sie Blut schmeckte.

Bitte, lass es dem Baby gut gehen, betete sie.

»Komm schon«, knurrte Charles und blickte auf das Kind hinunter. »Komm schon, *atme.*«

Plötzlich verzog das Baby das Gesicht und stieß einen kräftigen Schrei aus. Audrey unterdrückte einen Schluchzer der Erleichterung.

»Wenn er in der Lage ist, so zu schreien, würde ich sagen, er hat eine Chance.« Charles lächelte, als er zum Bett hinüberging und sich an den Bettpfosten lehnte, das Kind immer noch in den Armen haltend. Dann, als er das Gefühl hatte, dass sie bereit waren, übergab er das Baby den besorgten Eltern.

Audreys Beine zitterten heftig, als sie sich die Tränen abwischte. Sie sackte gegen die Wand, ihr Kopf fühlte sich plötzlich leicht an.

»Er?«, fragte Lucien.

»Ja, das Kind ist ein Junge. Du bist ein Vater.« Charles grinste. »Und ich habe gerade zehn Pfund von Jonathan gewonnen.«

Jonathan hatte auf das Geschlecht des Kindes ihrer Schwester gewettet? Sobald sie sich wieder gefangen hatte, würde sie mit diesem Mann reden - nachdem sie ihn erwürgt hatte!

»Verdammt, das heißt, ich schulde Godric mindestens dreißig«, brummte Lucien. »Ich war mir sicher, dass es ein Mädchen ist. Nur Mädchen können so viel Ärger machen.«

Ihre Schwester ließ ihren Kopf zurück auf das Kissen fallen. »Ihr dummen Männer habt auf mein Kind gewettet? Meint ihr etwa, das war nur zum *Spaß?*«

Die Mienen der beiden Schurken wurden verlegen.

»Nun, bis zu diesem Moment hat es ziemlich viel Spaß gemacht«, gab Lucien zu.

»Warte, bis ich wieder bei Kräften bin«, zischte Horatia. »Du verdienst einen ordentlichen Tritt in den Hintern!«

»Sprache, meine Liebe, Sprache. Wir wollen doch nicht das empfindliche Gehör unseres neuen Babys verletzen.«

Charles schnaubte. »Oh Himmel, er hat keine Chance, wenn die Liga der Schurken seine Onkel sind. Warte nur, bis die anderen ihn sehen! Was für ein starker Junge er sein wird!« Der offene Stolz von Charles auf das neue Russell-Baby veranlasste Audrey, zu ihm zu eilen und ihn zu umarmen.

»Danke«, flüsterte sie so, dass nur er es hören konnte. Er hatte keine Ahnung, was für ein Wunder er vollbracht hatte, und sie würde es ihm nie vergelten können.

»Natürlich. Alles für die Sheridan-Schwestern.« Er streichelte sie sanft, aber ihr entging nicht der sehnsüchtige Blick, den Charles in Richtung der neuen Familie warf.

Lucien schaute sein Kind erstaunt an. »Er wird der Stärkste von allen sein. Nicht wahr, mein lieber Junge?« Dann küsste er das Gesicht und die Stirn des Kindes, bevor er es Horatia in die Arme legte. Sie sah erschöpft aus, lächelte aber offen.

»Danke, ich danke euch allen. Du hast ihn gerettet, du hast uns beide gerettet. Ich weiß nicht, was passiert wäre, wenn ...«

Audreys Augen verschwammen vor Tränen. James und Gillian schlüpften nach draußen, als das Hausmädchen mit einer Schale mit Eiswürfeln hereinkam. Audrey bedankte sich bei dem Mädchen und brachte das Eis zu ihrer Schwester.

»Herr, wer hätte gedacht, dass Eis eine solche Erleichterung sein kann?«, seufzte Horatia.

»Ruhe dich aus, Schwester. Ich werde auf den Arzt warten.« Audrey wollte gehen, aber Horatia hielt sie am Arm fest.

»Danke, dass du geblieben bist. Ich weiß, dass das nicht

leicht für dich gewesen sein kann. Du musst kurz vor der Ohnmacht gestanden haben.«

Audreys Blick sank zu Boden. Die Scham dämpfte den größten Teil ihrer Freude. Sie hasste ihre Zimperlichkeit in Bezug auf Blut und die Schwäche, die sie dabei empfand. Es war so dumm, sich davor zu fürchten, und es hatte sie heute Abend fast nutzlos gemacht.

»Ich liebe dich, Horatia. Ich würde alles für dich tun. Habt ihr schon über Namen nachgedacht?« Audrey strich mit dem Rücken eines Fingers über die Wange des Babys.

Horatia gluckste. »Ich war nicht auf einen Jungen vorbereitet. Wir hatten nur ein Mädchen erwartet.«

»Wir werden uns etwas Gutes einfallen lassen.«

»Ich bin versucht, ihn Evander zu nennen, nach Luciens Vater«, sagte Horatia. Lucien wurde still, seine Augen strahlten hell.

»Evander, wirklich? Was ist mit deinem Vater, Ambrose?«

»Evander Ambrose Russell, der zukünftige Marquess of Rochester.« Horatia testete den Namen. »Ich finde, es klingt perfekt. Was meinst du?«

Lucien schluckte schwer. »Ich glaube ... ich glaube, ich liebe dich heute noch mehr als gestern. Ist das möglich?« Lucien streichelte Horatias Hand, und Audrey lächelte und schlich sich leise davon. Die beiden brauchten etwas Zeit für sich.

Als sie in den Flur trat, lehnte sie sich an die Wand und seufzte erleichtert auf. Am Fuß der Treppe sah sie Jonathan mit einem Arzt im Schlepptau nach oben eilen. Als er sie sah, verlor sein Gesicht an Farbe.

»Audrey, ist alles in Ordnung?«

Sie brachte ein erschöpftes Lächeln zustande. »Ja, ich glaube schon.« Sie blickte zu dem Arzt, der ebenso müde schien wie sie selbst. Zweifellos hatte Jonathan ihn von seinem Abendessen weggezerrt.

»Doktor, das Baby wurde vor einer knappen Viertelstunde geboren. Wir sind Ihnen sehr dankbar, dass Sie sich um meine Schwester und das Baby kümmern werden.«

Der Arzt nickte. »Es ist mir ein Vergnügen, Miss Sheridan. Darf ich reingehen?«

»Ja, bitte.« Als sie allein waren, wandte sie sich an Jonathan. »Danke, dass du den Doktor geholt hast.«

»Ich war froh, etwas Sinnvolles zu tun. In solchen Momenten fühlt man sich einfach ... *hilflos*.« Das letzte Wort fügte er leise hinzu.

»Du warst keineswegs hilflos. Ich hingegen habe nicht viel geschafft.« Sie spürte ein ungutes Gefühl in ihrer Brust. Wie sollte sie jemals eine Spionin werden, wenn sie beim Anblick von Blut oder einem Trauma erstarrte? Eine Geburt sollte eine natürliche Sache sein, und doch war sie wie versteinert gewesen.

Jonathan trat näher heran. »Audrey, geht es dir gut?« Sie zuckte vor seiner Berührung zurück und ging die Treppe hinunter. Wenn sie nicht bald in ihr Zimmer käme, würde sie vor Erschöpfung zusammenbrechen. Jonathan sah so warm, stark und einladend aus, aber wenn sie ihm jetzt in die Arme fiel, würde er sie nie als die Frau respektieren, die sie zu sein versuchte. Und sie war es leid, dass er sie in ihrer schlimmsten Phase sah, wenn sie schwach war und sich schämte. Sie hörte seine Schritte hinter sich.

»Du brauchst mir nicht zu folgen. Mir geht es gut«, erklärte sie, ohne über ihre Schulter zu schauen.

»Du siehst erschöpft aus und hast nur wenig zu Abend gegessen. Warum holen wir nicht etwas aus der Küche und suchen einen Platz, an dem du dich ausruhen kannst?«

»Du brauchst dir meinetwegen keine Sorgen zu machen.« Ihre Worte kamen scharf, aber sie wusste, dass der Hunger und die Müdigkeit für sie sprachen.

Jonathan nahm ihre Hand in seine und zog sie zu sich heran. »Komm. Zur Küche geht es hier entlang.«

Sie versuchte, die Erregung zu ignorieren, die sie verspürte, als er ihre Hand hielt und versuchte, sich um sie zu kümmern, auch wenn ein anderer Teil von ihr es ihr übel nahm. Sie war zu müde, um sich zu streiten, und folgte ihm in die Küche, wo sich die Dienerschaft gerade mit ihrem eigenen Essen beschäftigte. Die Lakaien und Mägde sprangen von ihren Plätzen auf, aber Jonathan winkte sie wieder herunter.

»Bitte, macht euch keine Mühe. Wir gehen nur etwas Essen holen.«

Eine mollige Köchin erhob sich von ihrem Platz. »Lassen Sie mich Ihnen helfen, lieber Junge.« Die Köchin zwinkerte Jonathan zu, und Audrey fragte sich, ob sie Jonathan schon gekannt hatte, als er noch ein Diener gewesen war. Godric hatte ihn zweifellos oft als Diener auf Luciens Anwesen mitgenommen, und er hatte hier unten mit den anderen Bediensteten Zeit verbracht. Die Köchin bereitete zwei Teller mit Truthahn, Füllung, Würstchen, Blumenkohl und Kartoffeln vor.

»Und ein kleiner Leckerbissen für euch ...« Die Köchin grinste, als sie die Ananasringe auf die Teller legte. Dann reichte sie ihm eine Flasche Wein und zwei Gläser.

»Es scheint, als hättest du deine Ananas doch noch bekommen«, stichelte er, als sie die Küche verließen.

»Tatsächlich«, gab sie zu und fühlte sich etwas besser.

Jonathan begleitete sie in ihr Schlafgemach, und sie war zu erschöpft, um ihm zu sagen, dass er nicht mit reinkommen sollte. Ehrlich gesagt, war sie froh über die Gesellschaft.

Sie stellten die Teller auf den Tisch neben ihrem Bett, und Jonathan schürte das Feuer. Dann zog er seinen Mantel aus und legte ihn über die Rückenlehne des Stuhls. In seinem

Blick lag etwas, das sie beruhigte, ein Gefühl, das sie nicht deuten konnte, und doch wusste sie, dass sich heute Abend alles ändern würde, wenn er blieb.

»Iss. Du brauchst nicht auf mich zu warten«, ermutigte er sie mit einer sanften Stimme, die sie überraschte. Darin, sie zu überraschen, war er immer so gut gewesen. Es fiel ihr schwer, seine kühle Unnahbarkeit mit dieser sanften Nachdenklichkeit zu vereinbaren.

»Ich glaube, ich bin zu müde, um heute Abend deine Spiele zu spielen. Warum bist du hierher gekommen?«

»Zum Haus, zur Party oder in dein Schlafgemach?« Er näherte sich dem Bett und nahm seinen Teller mit dem Essen. Sie rutschte rüber, und er setzte sich neben sie und stützte seinen Teller auf die Oberschenkel. Es war ziemlich schwierig, ihn nicht anzuschauen. Er war wirklich ein Prachtexemplar von einem Mann.

»Warum bist du zu der Party gekommen?«

Er schaute nach vorne auf das Feuer, nicht auf sie. »Ich habe dir Unterricht versprochen, und das war ein bequemer Weg, mein Wort zu halten.«

Die Lektionen. Ja, natürlich. Ihr Herz pochte. Sie hatte so gehofft, dass er aus anderen Gründen gekommen wäre.

»Der Unterricht hätte auch warten können.«

»Die Lektionen waren dir wichtig, dachte ich zumindest, und ich sah keinen Grund zu warten.« Er aß ein paar Bissen von seinem Truthahn, bevor er wieder sprach. »Was ist deine Lieblingsfarbe?«

Sie starrte ihn an. Machte er Witze?

»Deine Lieblingsfarbe. Was ist das?«

»Ich habe ehrlich gesagt keine Lieblingsfarbe. Bei der Kleidung gibt es einige Farben, die zu meiner Haut und meinem Haar passen, also trage ich sie öfter. Andere Farben eignen sich meiner Meinung nach am besten für Haushalte oder für Displays. Aber ich mag alle Farben. Nun, nicht alle. Gelbtöne sind nicht so angenehm, ebenso wenig wie Brauntöne, obwohl einige von ihnen im richtigen Licht durchaus attraktiv sein können.« Sie hielt inne, als sie merkte, dass sie über Farben schwatzte. Und dann sah sie sein Gesicht. Er lächelte sie an. Warum, in aller Welt?

»Warum ist das so furchtbar amüsant?«

»Normalerweise bist du ein so entschlossenes Wesen. Die Tatsache, dass du dich nicht für etwas so Einfaches wie eine Lieblingsfarbe entscheiden kannst, ist höchst amüsant.«

Sie warf ihm einen bösen Blick zu und stellte ihren leeren Teller auf den Tisch an der Seite ihres Bettes.

»Die Frage ist in ihrem Kern fehlerhaft. Der Wert einer Farbe variiert je nach Situation. Man braucht keinen Favoriten.«

»Ich habe selbst ein paar Lieblingsfarben.« Seine Stimme senkte sich zu einem Flüstern, als er ihre Wange streicheln wollte. »Das Honigbraun deiner Augen zum Beispiel ... oder die rosa Farbe deiner Lippen. Der Alabaster deiner Haut.«

Audrey lehnte sich an ihn. Seine Worte und seine Berührungen zogen sie in ihren Bann, und sie war zu müde, um gegen ihr Verlangen nach ihm anzukämpfen.

»Siehst du, du hast auch keinen Favoriten«, flüsterte sie, als sich ihre Blicke trafen.

»Ich habe zu viele Favoriten. Das ist ein großer Unterschied.«

Ein kleiner Schauer durchzuckte sie. *Diesen kleinen Trost könnte ich haben, oder nicht? Wird das Schicksal mir das nicht gönnen, wenn ich nicht für das Eheglück bestimmt bin?*

Er fuhr mit seinen Fingern ihren Hals hinunter, zeichnete leichte Muster auf ihrem Schlüsselbein und beugte sich vor. Bevor sich ihre Lippen trafen, sah sie eine teuflische und spielerische Heiterkeit in seinen Augen aufleuchten. Dann bedeckte sein Mund den ihren, und sie war schockiert über ihr eigenes Verlangen danach, seinen Lippen zu antworten. Sie hatte sich geschworen, sich nicht von ihm beeinflussen zu lassen, aber sie erkannte jetzt, dass das so unmöglich war, wie den Wind zu bändigen. Sie würde nie aufhören, ihn zu begehren.

KAPITEL 13

Jonathan schlang seine Arme um Audrey und zog sie zu sich. Sie schmeckte so süß, und er wusste, dass er einen gefährlichen Schritt tat, wenn er sie jetzt küsste. Das Letzte, was er wollte, war, dass sie es bereute, mit ihm zusammen zu sein. Er hatte keinen Titel und nur ein kleines Anwesen zu bieten, aber sie war die Tochter eines Viscounts. Audrey war in ihrem Denken recht fortschrittlich, aber er vertraute nicht darauf, dass sie sich für ihn entscheiden würde, wenn es um die Wahl zwischen ihrem Platz in der Gesellschaft und der Liebe ging.

Und doch konnte er nicht aufhören, sie zu küssen. Sie gab ein leises Schnurren von sich, das ihn vor Verlangen hart werden ließ. Er wollte sehen, wie sie in seinen Armen auseinanderbrach, wie in jener Nacht im Mitternachtsgarten. Damals war er mutig genug gewesen, sie zu berühren, ihr zu zeigen, was zwischen ihnen existieren konnte. Verruchte Dinge zu tun, ohne sie wirklich zu kompromittieren. Er hatte ihren verblüfften Blick gesehen, der ihn vor Lust fast umgehauen hatte. Audrey im Rausch der Leidenschaft war vielleicht das Schönste, was er je gesehen hatte.

Seine Küsse wurden sanft, dann hart, dann wieder sanft, während er sie auf eine Weise erforschte, von der er nur geträumt hatte. Ihre Lippen trennten sich kurz, und er versuchte, wieder zu Atem zu kommen.

»Bitte, hör nicht auf.« Ihr Flüstern war ein heiseres Keuchen, das sein Blut in Wallung brachte. Überraschung durchflutete ihn. Es war fast zu schön, um wahr zu sein.

»Du willst nicht, dass ich aufhöre?« Er schmiegte seine Nase an ihre. Sie lächelte zu ihm hoch und gab ihm das Gefühl, ein König zu sein.

»Nein, das will ich nicht. Bitte ...« Sie packte ihn an der Taille und zog ihn wieder herunter. Ihre Münder trafen sich, sanfter, aber nicht weniger eindringlich. Er ließ sich Zeit und ließ ihre Zunge gegen seine spielen. Er war sich nicht sicher, wie lange sie sich küssten, bevor er schließlich den Kopf hob.

»Du küsst wie ein Traum«, sagte sie.

»Und du auch«, antwortete er.

Sie strich mit einer Fingerspitze über sein Kinn. »Danke, dass du den Doktor geholt hast.«

Er verlagerte seinen Körper so, dass sie aneinander gekuschelt lagen, die Gliedmaßen ineinander verschlungen. »Ich würde alles für dich tun.«

Sie rümpfte die Nase. »Würdest du?«

»Ja.« *Wenn du nur wüsstest, wie ich mich fühle.*

»Ich möchte dir glauben.« Sie seufzte und ließ ihre Hand von seinem Gesicht fallen. Er küsste ihre Wange und drückte sie an sich.

»Audrey ...«, hauchte Jonathan ihren Namen, doch als sie nicht antwortete, blickte er in ihr Gesicht. Ihre Wimpern waren ihr auf die Wangen gefallen, und ihr Körper lag schlaff in seinen Armen.

Sie war eingeschlafen. Welchen der Götter auf dem Olymp hatte er verärgert, um *dies* geschehen zu lassen?

Er starrte auf sie hinab, wie sie schlief und leise lächelte wie ein zufriedenes Kätzchen. Sie musste nach den Ereignissen des Tages sehr erschöpft gewesen sein. Die beängstigenden Wehen ihrer Schwester, ihr Streit und ihre Kampfstunden hatten ihr zugesetzt.

Er ließ sie los und setzte sie sanft auf das Bett. Sie regte sich ein wenig und streckte die Hand nach ihm aus.

»Verlass mich heute Nacht nicht«, flehte sie.

Jonathan umfasste ihr Gesicht mit einer Hand und strich mit dem Daumen über ihre Wange. »Ich habe nicht die Absicht, dies zu tun. Soll ich ein Dienstmädchen rufen?«

»Nein.« Sie schmollte und wehrte sich ein wenig, wobei sie versuchte, ihm ihren Rücken anzubieten. »Du darfst mich ausziehen.« Ihr verschlafener Tonfall war immer noch so herrisch wie der einer Prinzessin, aber er konnte sich ein Grinsen nicht verkneifen.

»Wie Sie wünschen.« Vorsichtig knöpfte er ihr Kleid auf und schob es von ihr herunter. Dann löste er ihr Korsett und half ihr aus den Pantoffeln und Strümpfen. Der Schurke in ihm wollte jeden Moment genießen, aber er machte es schnell. Wenn er sich Zeit ließe, könnte er sich hinreißen lassen.

Als er bis auf ihr Unterhemd hinunter war, schlüpfte sie unter die Laken und schlief fast augenblicklich ein. Ihr Vertrauen in ihn in diesem Moment verblüffte ihn. Er würde bleiben, aber nicht nur wegen ihrer Vereinbarung oder weil er geschworen hatte, ihr Schatten zu sein. Es war mehr als das. Sein Bruder Godric würde sich kaputtlachen, wenn er jemals erfahren würde, wie hoffnungslos verliebt er in Audrey war.

Er achtete darauf, die Tür zu verschließen. Das Letzte, was er brauchte, war, dass sie unerwartet zusammen entdeckt wurden. Audrey musste ihn aus freien Stücken heiraten und durfte nicht durch einen Skandal dazu gezwungen werden.

Er zog sich bis auf seine Unterwäsche aus, bevor er neben ihr ins Bett kletterte. Sie rollte sich in ihn hinein, als die

Matratze nachgab, und er schmiegte sie an seinen Körper. Ihr Haar war immer noch hochgesteckt, und er zog vorsichtig die Nadeln heraus und legte sie beiseite. Ihr dunkelbraunes Haar lag wie Seide auf seiner Brust, und sie schmiegte sich enger an ihn.

Dafür ... Für das hier würde er alles geben. Ein ganzes Leben lang Nächte mit ihr, genau wie jetzt. Und doch befürchtete er, dass es nicht möglich war. Vielleicht wollte sie das Leben, wie sie es kannte, nicht aufgeben, um zu heiraten. Und wenn sie ihn ablehnte, würde es ihm das Herz brechen.

❧

AVERY RUSSELL STAND IN DER HALLE EINES STADTHAUSES in Mayfair, seine Hände zuckten nervös. Er hatte einen verschlüsselten Brief mit der Anweisung erhalten, sich bei Sir Hugo Waverly zu melden, dem Mann, dem er nun als Spion für König und Land diente.

Avery war nicht immer ein Spion gewesen. Als junger Mann, der gerade sein Studium in Cambridge abgeschlossen hatte, hatte er 1816 angefangen, im Innenministerium zu arbeiten, aber es dauerte nicht lange, bis sich seine Talente herauskristallisierten und sein Weg klar wurde.

»Sir?« Der Butler trat an ihn heran. »Der Master wird Sie jetzt empfangen. Bitte, folgen Sie mir.«

Avery reichte seinen Hut einem Lakaien und folgte dem Butler die Treppe hinauf. Er wurde in ein großes Arbeitszimmer geführt. Er hob die Brauen und betrachtete die gelbe Tapete und den Rokokostuck an der Decke. Über dem Schreibtisch aus Palisanderholz hing ein großer Kristalllüster, der dem Raum ein noch kunstvolleres und eleganteres Aussehen verlieh.

Hugo saß an seinem Schreibtisch und blickte auf, als Avery hereinkam. »Setzen Sie sich, Russell.«

Avery nahm den angebotenen Platz ein, und seine gut geschulten Augen bemerkten Waverlys gepflegtes Äußeres. Das dunkle Haar und die dunklen Augen des Mannes ließen ihn an den dunkleren Treffpunkten, an denen Avery ihm begegnet war, oft bedrohlich erscheinen, aber im Licht der frühen Morgensonne, die durch das Fenster fiel, wirkte der Mann lediglich wie ein gewöhnlicher Adliger, gut aussehend genug, um gut zur Beau Monde zu passen, aber nicht so gut aussehend, dass er auf viele Menschen Eindruck machte. Das perfekte Aussehen für einen Spion. Avery wünschte sich, er sähe mehr wie Waverly aus, aber mit seinem etwas rotgoldenen Haar und den haselnussgrünen Augen war er einfach unvergesslich. Es war schon öfter vorgekommen, dass er sich die Haare färben oder Perücken tragen musste, um unerkannt zu bleiben.

Waverly legte einen Stapel Briefe beiseite, faltete die Hände und studierte Avery. »Schön, dass Sie meinen Brief bekommen haben.«

»Ich stehe Ihnen zur Verfügung. Sie erwähnten eine Mission, Sir?«

»Ja.« Waverly beobachtete ihn weiter. »Sie haben Ihre Karriere im Innenministerium begonnen, nicht wahr?«

»Das habe ich.« Avery warf einen Blick zum Fenster hinter Waverly, als er sah, dass sich unten in den Gärten etwas bewegte. In einiger Entfernung vom Haus ging eine Frau in den Gärten spazieren, ein kleiner Junge folgte ihr und fing ihre Röcke auf. Es war eine Frau, die er erkannte: Melanie Burns. Zumindest war das ihr Name gewesen, bevor sie Waverly heiratete. Melanie war kurzzeitig mit Averys ältestem Bruder Lucien verlobt gewesen. Die Verlobung war aufgelöst worden, sehr zur Erleichterung der Familie Russell.

»Was war die Art Ihrer Arbeit für das Innenministerium?«

»Ich war ein Vorwortschreiber.« Das war eine beamtete Stelle. Seine Aufgabe war es gewesen, eine kurze Zusammenfassung aller wichtigen, vom Innenministerium gesendeten oder empfangenen Mitteilungen zu erstellen. Außerdem trug er die Depeschen und Zusammenfassungen in ein Buch ein, das die Beamten bei Bedarf einsehen konnten.

»Ah, ja, das stimmt. Und zum Dechiffrierer aufgestiegen?«

»Das ist richtig.« Es hatte sich herausgestellt, dass er eine Begabung für das Entschlüsseln von Nachrichten und das Aufspüren von versteckten Bedeutungen in abgefangener Korrespondenz hatte.

»Und dann wurden Sie darin ausgebildet, Gruppen zu verfolgen, zu melden und zu infiltrieren, die die Krone als Bedrohung ansah?«

Wieder nickte Avery. Waverly musste wissen, woher er kam, und er fragte sich, warum der Mann ihn ausfragte.

»Ich habe eine Mission, die ziemlich prekär ist. Wir haben erfahren, dass sich in Frankreich eine kleine Gruppe von Männern, Revolutionären, zusammengefunden hat. Erinnern Sie sich, als der Herzog von Berry ermordet wurde?«

»Ja, letztes Jahr an der Pariser Oper.« Avery erinnerte sich nur allzu deutlich an diesen Vorfall. Das Innen- und das Außenministerium waren von der Nachricht in heller Aufregung versetzt worden. Der Herzog von Barry war der jüngere Sohn des Grafen von Artois, des Bruders von Ludwig XVIII.

»Und wie schätzen Sie die Lage in Frankreich ein?«, fragte Waverly.

»Nun«, sagte Avery und lehnte sich in seinem Stuhl zurück, »die französische Erbfolge ist in Frage gestellt. Der älteste Sohn des Grafen, der Herzog von Angouleme, ist kinderlos. Da es keine männlichen Erben gibt, könnte der Thron auf den Herzog von Orléans und seine Kinder übergehen. Aber die Witwe des Herzogs von Berry hat im vergangenen September ein Kind zur Welt gebracht.«

»Wir haben Grund zu der Annahme, dass, wenn Ludwig XVIII. stirbt, der Graf von Artois sein Nachfolger wird, und dann wird sein Enkel durch den Herzog von Berry für die Erbfolge keine Rolle spielen.«

»Und Sie glauben, dass er der liberalen Regierung nicht so entgegenkommend sein wird?« Avery spekulierte. Er hatte in den letzten Jahren genug Berichte gelesen, um zu ahnen, dass der Graf von Artois vielen Leuten auf die Nerven gehen und eine weitere Revolution auslösen könnte.

»Genau das ist meine Befürchtung. Und eine instabile französische Regierung bringt Radikale, wie die Reformisten, von denen wir kürzlich erfahren haben, auf Ideen. Wir können nicht viel tun, um den französischen Hof selbst zu stabilisieren, aber wir *können* die Revolutionäre unterdrücken, solange ihre Aktivitäten sozusagen noch in der Wiege liegen. Das Letzte, was wir brauchen, ist, dass diese Ideen erfolgreich sind und sich hier durchsetzen.«

Avery beugte sich vor, seine Stimme wurde leiser. »Was ist der Auftrag?«

»Ich würde mich freuen, wenn Sie mit einem kleinen Team nach Frankreich reisen würden, um aus erster Hand zu erfahren, was Sie vom französischen Hof lernen können. Außerdem gibt es in der Nähe von Calais eine reformistische Gruppe von englischen Verrätern. Wir müssen diese Gruppe so schnell wie möglich infiltrieren und zu Fall bringen. Ich möchte Namen und Orte der Treffen. Sobald das erledigt ist, reisen Sie weiter nach Paris und an den Königshof.«

»Mit wem werde ich zusammenarbeiten?« Er begann, im Geiste eine Liste von Personen durchzugehen, mit denen er bereits zusammengearbeitet hatte.

»Ich möchte, dass Sheffield mit Ihnen geht, und ich habe gehört, dass Miss Sheridan sich als wertvoller Gewinn erweist. Was halten Sie von ihr?«

»Sie ist noch etwas unerfahren«, sagte Avery vorsichtig, »aber sie hat Talent.«

»Eine Dame ist immer ein nützlicher Spion, besonders in

Frankreich. Die Herren des Hofes lassen sich leicht von flatternden Röcken und hübschen Lächeln ablenken.«

Avery legte den Kopf schief und dachte über Waverlys Entscheidung nach. »Wir haben mehrere Mitarbeiter, die über mehr Erfahrung verfügen. Miss Mirabeau, zum Beispiel ...«

»Ich will Mirabeau ihre beachtlichen Fähigkeiten nicht absprechen«, sagte Waverly. »Aber sie ist Französin, und dieses Eröffnungsspiel erfordert den Auftritt eines jugendlichen Außenseiters. Unsere anderen Aktiven sind entweder bereits beschäftigt oder, sagen wir, zu erfahren.«

Avery dachte darüber nach. Es könnte funktionieren, aber es war nicht ohne Komplikationen. »Miss Sheridan ist unverheiratet. Sie wird eine Anstandsdame brauchen, eine Frau, die sie begleitet, oder ihren Bruder, aber da die neue Frau ihres Bruders schwanger ist, bezweifle ich, dass er nach Frankreich reisen möchte.«

»Ich habe bereits eine Idee. Miss Sheridan wird als Sheffields Frau reisen. Er ist jung und attraktiv und wird ein überzeugender Ehemann für sie sein. Sie müssen sich kein Zimmer teilen; es ist nicht unüblich, dass Ehepaare getrennt schlafen.« Waverly schaute dann aus dem Fenster, wo sie seine Frau sehen konnten. Melanie saß nun da und beobachtete den kleinen Jungen, der auf seinen pummeligen Beinen herumtollte. Sie hatte wahrscheinlich keine Ahnung, dass man sie vom zweiten Stock des Hauses aus sehen konnte.

»Sie sagten, Sheridans Frau ist schwanger?« Waverlys Stimme war jetzt leise.

»Ja, das ist sie. Was nun die Sheffield-Ehe angeht, so bin ich mir nicht sicher, ob ihr Bruder damit einverstanden wäre. Was wäre, wenn sich das in London herumspricht und die Leute glauben, es sei wahr?«

»Es wird nicht unter ihren richtigen Namen geschehen. Natürlich wird ein Alias angegeben. Und sie können sich jederzeit scheiden lassen.« Waverly kicherte wie bei einem geheimen Witz.

Avery ballte seine Hände zu Fäusten und stützte sie auf seine Knie. Irgendetwas stimmte hier nicht, aber er konnte nicht sagen, was ihn störte. Waverly musste es bemerkt haben, denn sein Ton wurde etwas herablassend.

»Keiner von uns tut seine Pflicht ohne ein gewisses Risiko. Wenn Miss Sheridan die Spionin spielen will, muss sie bereit sein, die Konsequenzen ihrer Täuschung zu tragen. Ich bin sicher, dass nichts dabei passieren wird. Wir würden unsere Arbeit nicht richtig machen, wenn es so wäre.« Waverly schob seinen Stuhl zurück und stand auf. Avery tat dasselbe.

»Wann soll diese Mission beginnen?« Avery folgte Waverly, als der andere Mann durch die Tür des Arbeitszimmers ging.

»Bald. Weniger als eine Woche. Ich werde Sie holen lassen, sobald ich alles vorbereitet habe. Ich werde Ihnen genauere Anweisungen zu Ihren französischen Kontakten und den Revolutionären geben, mit denen Sie zu tun haben werden.«

»Verstanden. Ich danke Ihnen.« Avery schüttelte Waverly die Hand, und sie gingen die Treppe zum Flur hinunter.

Bevor er ging, erblickte er Melanie noch einmal durch ein Fenster, und einen Moment lang erstarrte er. Sie war immer noch im Garten, aber sie war nicht mehr allein mit ihrem Kind. Daniel Sheffield, der Mann, der den Ehemann von Audrey Sheridan spielen sollte, war mit ihr im Garten. Für das ungeschulte Auge sah es völlig unschuldig aus. Sie standen dicht beieinander und sprachen miteinander. Aber Avery hatte von den Besten gelernt und konnte ihre Körpersprache lesen. Die Art und Weise, wie er sich vorbeugte, die kurze Liebkosung ihrer Hand auf seiner Brust, bevor sie sich wieder entfernte. Avery duckte sich hinter den Rand des Fensters. Es gab eine gewisse Intimität zwischen ihnen, aber Avery konnte nicht sagen, wie weit sie ging.

Guter Gott. Waverlys Frau ...

Er dachte den Gedanken nicht zu Ende. Er warf noch einen Blick in ihre Richtung und sah, wie sie auseinander gingen. Sheffield griff nach unten, um das Haar des Kleinkindes zu zerzausen, eines Kleinkindes, dessen Blicke seiner Mutter und nicht Waverly galten.

Sicherlich nicht ...

Avery war erleichtert, als der Butler auf ihn wartete und ihm seinen Hut reichte, dann ging er hinaus zu seiner wartenden Droschke.

Wäre Sheffield mit Waverlys Frau liiert, würde er wahrscheinlich keine Gefahr für Audrey darstellen. Waverly hatte Sheffield bereits für sein Team ausgewählt, und Avery würde das respektieren, aber er würde Audrey trotzdem im Auge behalten müssen. Keine ihrer bisherigen Ausbildungen war auf die Probe gestellt worden, und es war höchst ungewöhnlich, sie auf eine Auslandsmission wie diese zu schicken. Sollte ihr etwas zustoßen, würde er sich das nie verzeihen, und Lucien würde ihn in ein frühes Grab bringen. In Averys Magen bildeten sich Bleiknoten. Diese Mission in Frankreich könnte sehr gefährlich sein. Mehr, als Hugo ihn hatte glauben lassen.

Es wird meine Aufgabe sein, dafür zu sorgen, dass Audrey sicher nach England zurückkehrt.

KAPITEL 14

Audrey war sich nicht sicher, um wie viel Uhr sie am nächsten Morgen aufwachte. Aber die Furcht und die Angst, die sie dazu gebracht hatten, in Jonathans Arme zu rennen, verschwanden über Nacht allmählich, und sie hatte sich genug entspannt, um es zu genießen, aufzuwachen und festzustellen, dass er nach ihren leidenschaftlichen Küssen bei ihr geblieben war. Sie erinnerte sich vage daran, ihn gebeten zu haben, ihr beim Ausziehen zu helfen, und ihre Lippen verzogen sich zu einem kleinen Lächeln. Nachdem sie eine Weile neben ihm gelegen hatte, bewegte sie sich schläfrig im Bett, unfähig zu ignorieren, wie gut es sich anfühlte, den warmen Körper eines Mannes neben sich zu haben.

Sie streckte ihr Bein über das von Jonathan und kuschelte sich enger an ihn. Seine Hand auf ihrem Rücken wanderte nach unten, bis sie direkt über ihrem Hintern lag. Ein sinnlicher Pulsschlag ging zwischen ihnen hin und her, als sie ihren Körper an seinen schmiegte. Seine Hände, die sie bisher langsam gestreichelt hatten, begannen sie nun intensiver zu liebkosen. Er war jetzt auch wach, und sie fragte sich, was er wohl dachte. Genoss er diese Intimität genauso sehr wie sie?

Hatte er sich gestern Abend genauso in ihren Küssen verloren, oder war sie die Einzige, die davon betroffen war? Zweifel quälten sie, bis er plötzlich sprach.

»Lass mich ... dich befriedigen.« Jonathans Stimme war rau, und das gefiel ihr sehr. Sie klang echt, nicht überheblich oder falsch. Nur er und seine Bedürfnisse.

Sie lehnte ihre Wange an seine nackte Brust. »Mich befriedigen?« Sie hob eine Hand und fuhr mit einer Fingerspitze um seine Brustwarze, und sein Atem wurde unregelmäßig.

Sie zwang sich, seinem kühlen Blick zu begegnen, und machte sich darauf gefasst, was er mit ihr machen würde, aber sie sah nur eine herzzerreißende Zärtlichkeit in seinen Augen. Und Hitze, so viel Hitze, dass ihr Gesicht errötete. Ihr Herz flatterte verräterisch vor Hoffnung.

Er legte eine seiner Hände an ihr Gesicht und strich mit den Fingerknöcheln über ihre Wange.

»Es gibt nichts Schöneres als eine Frau, die befriedigt ist. Es wäre mir eine große Freude, dich für den Rest des Tages strahlen zu sehen.«

Sie fuhr mit zwei Fingern über seine Brust, während sie so tat, als würde sie darüber nachdenken.

Ich sollte es nicht zulassen, aber Herr, wenn er mich anschaut, als gäbe es niemanden sonst, kann ich einfach nicht nein sagen.

»Würdest du mich wie eine Göttin verehren?«, stichelte sie.

»Gibt es noch eine andere Möglichkeit, eine Frau zu verehren?«, erwiderte er und stieß ein Kichern aus, das ihr einen Schauer der Freude über den Rücken jagte.

»Und was ist mit unserer Vereinbarung? Eine Nacht pro Woche, *unberührt*, hast du gesagt.«

Jonathan lächelte. »Es ist ja nicht mehr Nacht, nicht wahr?«

»Ich nehme an, ich werde mich von dir befriedigen lassen

...« Kaum waren ihr die Worte entschlüpft, drehte er sie auf den Rücken und warf das Bettlaken weg. Sie sah zu ihm auf, und er starrte auf sie herab, seine Augen loderten wie ein herzhaftes Feuer im Winter.

»Vertraust du mir?«, fragte er. »Vertraust du darauf, dass ich dich beglücken werde und sonst nichts?« Seine Worte waren so ehrlich, dass sie nickte und zitterte. Der Raum um sie herum wurde still, das Feuer war schon vor Stunden erloschen. Das Vogelgezwitscher draußen wurde durch das Fenster gedämpft, und die einzigen wirklichen Geräusche, die sie hören konnte, waren die Atemzüge, die sie miteinander teilten. Sie griff nach oben und legte ihre Handfläche auf sein Herz. Er strich mit einer Hand über ihre linke Wade und zog mit seinen Fingerspitzen träge Kreise auf ihrer Haut. Seine Augen glitzerten vor Hunger.

»Bist du sicher?«

»Ja.« In dem Moment, als sie das Wort sagte, verschob sich die Macht zwischen ihnen. Er entspannte sich, als er die Kontrolle übernahm. Er wich zurück und erlaubte ihr, sich aufzusetzen.

»Zieh dein Unterhemd aus.«

Audrey tat, was er ihr befahl, und ihr Herz hämmerte. Sie zog sich das Hemd vom Leib und beobachtete seine Reaktion auf sie. Tierische Anziehungskraft zog sie zueinander hin, und selbst wenn sie schwor, dass nur ihr Körper den seinen begehrte, blitzten in seinen Augen sanftere Emotionen auf, die ihre eigenen geheimen Sehnsüchte widerspiegelten. Sie beugte sich vor, presste ihre Lippen auf seine Brust und bedeckte ihn mit Küssen. Er stieß zischend einen Atemzug aus, seine Hände ballten sich auf seinen Schenkeln.

»Und was jetzt?«, fragte sie.

»Leg dich für mich zurück.« Seine Stimme war rau und voll von einer fleischlichen Wildheit, die sie erregte. Sie legte sich wieder zurück, völlig entblößt vor seinen Blicken. Sie wölbte ihren Rücken, weil sie wusste, dass dies ihre Brüste anhob, und Jonathans Lippen öffneten sich bei einem leisen Ausatmen. Evangeline, die berüchtigte Kurtisane, mit der sie sich angefreundet hatte, hatte ihr ein paar Posen beigebracht, die ideal waren, um einen Mann zu verführen. Sie hoffte, dass es wahr war. Wenn es ihr nicht gelang, Jonathan zu erregen … Sie schluckte die Angst hinunter und versuchte, in diesem Moment bei ihm zu bleiben.

»Eine wahre Göttin«, sagte er, als er sich zu ihr beugte und sie küsste.

Der letzte Rest von schläfriger Ruhe, mit der sie aufgewacht war, verschwand unter seinen spielerischen Küssen. Sie schlang ihre Arme um seinen Hals und spürte die harte, glatte Haut seines muskulösen Rückens. Seine Schulterblätter waren wie gemeißelte Kanten, die sich verschoben, als er seine Position veränderte, um zwischen ihren Schenkeln zu liegen. Sie schlang ihre Beine um seine Hüften und keuchte, als sie merkte, wie verletzlich sie sich mit ihrem nackten Körper an seinen presste. Zwischen ihnen lag nur seine Unterhose, die kaum als Barriere diente.

Der harte Druck seines Schaftes rieb sich an ihrem Körper. Er keuchte leise und löste kurz ihre Körper voneinander, aber es fühlte sich zu gut an, wenn er an sie gepresst war. Sie zog sein Gesicht zu ihrem herab, um ihren Kuss erneut zu beginnen, der in ihr ein inneres Feuer entfachte, das nur er löschen konnte.

Er wanderte mit seinen Lippen ihren Hals hinunter, knabberte an ihrem Schlüsselbein, und sie kicherte über das Kitzeln seines morgendlichen Bartes auf ihrer empfindlichen Haut. Dann umfasste er eine Brust und saugte ihre andere Brustwarze in seinen Mund. Sie keuchte. Ein ziehender, heißer Schmerz begann in ihrem Inneren, und ihre Brüste wurden bei seiner Berührung schwer.

Er blies sanft über ihre geschwollene Brustwarze, dann

fuhr er mit einem Finger über die empfindliche Spitze und um den Rest der cremeweißen Wölbung. Sie wölbte genüsslich ihren Rücken und stöhnte. Es war so einfach, sich in diesem Moment zu verlieren, in dem das Morgenlicht durch die Fenster strömte und Jonathans goldenes Haar wie einen Kranz aus brennendem Sonnenlicht über seinen sommergrünen Augen erhellte.

Er wanderte wieder an ihrem Körper hinunter, küsste ihren Bauch und ihren Schamhügel. Mit sanften, aber festen Händen spreizte er ihre Schenkel weiter. Sie umklammerte das Bettzeug an ihrem Kopf, während sie die Augen schloss. Sie spürte den sanften Druck seines Mundes auf ihren Schenkeln, und dann wanderten seine Lippen nach oben, bis er mit seiner Zunge über ihre Mitte glitt.

Das Streicheln seiner Zunge versetzte ihr einen Schock der Lust. So etwas hatte sie sich *noch nie vorgestellt*. Es war ihr egal, ob es unschicklich oder nicht damenhaft war, oder ob es einen Skandal geben würde, wenn sie irgendwie entdeckt würden. Das war herrlich. Sie wimmerte, als Wellen der Ekstase sie durchströmten, und sie schloss die Augen. Jonathan war alles, was sie sehen konnte. Wunderschöne grüne Augen, sandbraunes Haar. Er war so klar, so perfekt in diesem Moment, genau wie damals, als sie ihm zum ersten Mal begegnet war. Sie gab sich den Nachbeben des Vergnügens hin, als er sie weiter leckte, und sie ließ sich von ihm öffnen. *Bitte ... liebe mich einfach, zumindest für diesen Moment.*

Sie öffnete die Augen, als er sich zwischen ihren Schenkeln hochschob und sich neben sie auf das Bett fallen ließ. Er lächelte verschmitzt, als er sie anschaute. Schweiß bedeckte ihren Körper, und sie spürte, wie jeder Muskel in ihrem Körper noch immer von den Nachwehen dieses Augenblicks vibrierte. Sie wollte sich nicht bewegen, aber sie wollte, dass er sich genauso fühlte wie sie, gesättigt und im Delirium der Lust.

»Wie war das, meine Göttin?«

Sie drehte sich auf die Seite und sah ihn an. Seine Erektion war nicht verschwunden, aber er machte keine Anstalten, sie zu verstecken. Sie konnte nicht widerstehen, ein wenig dreist zu sein.

»Großartig. Aber was ist mit dir?« Sie legte eine Hand auf seine Brust und erwartete fast, dass er sie wegschieben würde, aber er tat es nicht. Sie ließ ihre Hand langsam zu seiner Taille hinuntergleiten, bis unter seinen Nabel. Eine dunkle Haarlinie begann unterhalb seines Nabels und verschwand unter dem Saum seiner Unterhose.

»Würdest du ... Mir beibringen, wie man ...?« Ihr Herz raste, aber sie wollte ihn fragen. »... wie ich dir im Gegenzug Freude bereiten kann?« Das war eine Lektion, die Evangeline ihr noch nicht beigebracht hatte.

Seine Lippen verzogen sich zu einem Grinsen. »Im Moment ist das nicht notwendig. Eine Berührung mit deinen kleinen Händen würde mich explodieren lassen.«

»Explodieren?« Sie war sich nicht sicher, was er meinte. Sie wusste so wenig über die männliche Anatomie.

Er starrte sie an. »Du weißt wirklich nicht, was ich meine, oder?«

Sie schüttelte den Kopf. Sie hätte zulassen können, dass sein Amüsement und seine Überraschung sie verletzten, aber sie entschied sich dagegen. Dies könnte eine der wenigen Gelegenheiten sein, die sie hatte, um endlich Antworten zu bekommen.

»Mein Bruder würde nicht im Traum daran denken, es mir zu sagen, und Horatia ist viel zu ... bescheiden, um mir viel zu erzählen. Es gab niemanden sonst, der mich hätte unterrichten können.« Während sie sprach, zeichnete sie Muster auf seinen Unterleib. Er holte tief Luft, als sie einen Finger unter den Stoff schob. »Also ... wirst du mich unterrichten?«

Sie sah ihn von unter ihren flatternden Wimpern auf eine Weise an, von der sie wusste, dass sie sie kokett aussehen ließ.

»Mehr Unterricht.« Er seufzte, obwohl er auch grinste.

»Nun, wenn du mir nichts beibringen *willst* ...« Sie wollte ihre Hand wegziehen, aber er packte ihr Handgelenk und drückte sie wieder auf seinen Bauch.

»Willst du das wirklich? Ich möchte dich zu nichts zwingen.« Er biss sich auf die Lippe, auf eine fast schüchterne Art, bei der ihr ganz warm wurde. Natürlich wollte sie das, wollte es so sehr, dass ihr Körper schmerzte.

Sie beugte sich vor, als sein Blick sich senkte, um die Kugeln ihrer Brüste zu betrachten, die sich an seine Brust schmiegten. »Zeig es mir.«

»Nun ... Es gibt mehrere Möglichkeiten ... entweder mit der Hand oder mit dem Mund oder ...« Er wurde rot und brach ab.

»Oder?«, drängte sie.

»Oder mit ... den Brüsten.« Er flüsterte das Wort fast und blickte weg, sein Gesicht wurde rot.

Sie hielt dabei inne, seinen Unterbauch zu streicheln. »Oh!« Wie konnte sie ihre Brüste benutzen? Es schien zu seltsam, zumindest im Moment. Aber sie war neugierig darauf, was er über die beiden anderen Möglichkeiten gesagt hatte.

»Du hast deinen Mund auf mir benutzt«, bemerkte sie, während sie über die V-förmige Vertiefung seiner Hüfte strich. »Soll ich dich mit dem Mund berühren?«

Jonathan fluchte leise, und sie wich erschrocken zurück.

»Ich bitte um Entschuldigung«, murmelte er. »Allein der Gedanke, dass dein Mund in die Nähe meines Schwanzes kommt, könnte mich umbringen.«

Sie war begeistert von der Macht, die sie in diesem Moment über ihn hatte. »Dann mein Mund!«, verkündete sie, sah ihn an und leckte sich über die Lippen. »Und jetzt zieh das da aus, wenn ich bitten dürfte.« Sie zerrte an seiner Unterhose.

Er starrte sie einen langen Moment lang an, seine Augen ruhten auf ihren Lippen, dann hob er seine Hüften und schob seine Unterhose beiseite. Sein erigierter Schaft war in vollem Umfang zu sehen. Audrey starrte ihn an, erstaunt über seinen Umfang. Das Ding war ... riesig. Sie hatte Statuen von Männern in ihrer nackten Form gesehen, und sie waren alle ziemlich klein im Vergleich zu ihm. Wie sollte das in eine Frau hineinpassen? Oder in ihren Mund?

»Du musst nicht ...«

»Pst. Ich lerne noch.« Sie griff nach ihm und streichelte ihn. Er stöhnte leise, und sein Kopf fiel zurück auf das Bett. »Wie soll ich anfangen?«

»Ganz wie du willst. Es gibt keinen falschen Weg ... solange man nicht zubeißt, meine ich.«

Audrey rutschte an seinem Körper hinunter und schmiegte sich an seine Hüften. Sie beugte sich über ihn und zog ihn mutig in ihren Mund. Der Geschmack seines seidigen und zugleich harten Schafts war faszinierend, und die Art, wie seine Hüften zuckten und er seine Hände in den Laken verkrallte, war höchst befriedigend.

Ich besitze ihn jetzt, zumindest in dieser einen Sache. Durch seine Reaktionen ermutigt, bewegte sie ihren Mund immer wieder auf und ab, mal schneller, mal langsamer, und hielt manchmal inne, um die Spitze zu lecken, wobei sie kicherte, als er immer wieder fluchte.

»Ich werde nicht lange durchhalten, mein Schatz. Du musst aufhören ...«

Mit einer Hand streichelte sie den unteren Teil des Schafts, mit dem Mund bedeckte sie den Rest so weit wie möglich und saugte dann kräftig. Sie war erschrocken, als sie plötzlich einen leicht salzigen Geschmack auf der Zunge spürte. Was war *das*?

Er stöhnte auf, und dann erschlaffte sein steifer Körper unter ihr, als sich jeder Muskel in seinem Körper entspannte.

»Lieber Gott, Frau, du hast es geschafft«, sagte er und warf einen Arm über sein Gesicht. »Du hast mich tatsächlich *getötet*.«

Sie ließ seinen Schaft los, und er fiel gegen seine Schenkel, nicht mehr hart und erigiert. *Wie interessant ...*»Ich kann dich schmecken«, sagte sie und leckte sich über die Lippen.

Jonathan hob die Hand von seinem Gesicht. »Komm her.« Er nahm sie in seine Arme und zog sie über sich. Er beanspruchte ihre Lippen hungrig, nahm ihren Mund, biss sogar auf ihre Unterlippe und zerrte mit den Zähnen daran, bevor er nachgab und seine Küsse sanfter wurden.

»Ich habe noch nie eine Frau wie dich getroffen.« Er umfasste ihren Hinterkopf, und seine Finger massierten ihre Kopfhaut auf höchst angenehme Weise.

»Ich habe noch nie einen Mann wie dich getroffen«, echote sie. Sie wusste, dass sie sich für das, was sie getan hatten, schämen würde, sobald sie wieder bei Verstand war. Nicht, weil sie nicht an Leidenschaft glaubte, sondern weil sie immer noch glaubte, dass er sich nicht wirklich für sie interessierte, nicht so wie sie für ihn. Es gab einen Unterschied zwischen Zuneigung und reinem Sport, aber in der Hitze des Gefechts konnte das eine dem anderen ähneln.

Sobald das Glühen zwischen uns verblasst, wird er es bereuen, diese Intimität mit mir geteilt zu haben, und ich werde es bereuen, ihm wieder mein Herz geöffnet zu haben.

Sie lagen eine ganze Weile nebeneinander, bis er schließlich seufzte und sein Atem ihr Haar an der Schläfe aufwirbelte.

»Ich muss aufstehen und vor dem Frühstück in meine Kammer zurückkehren, und ... ich muss mich rasieren.« Er strich sich über Kinn und Kiefer. Die hellen Bartstoppeln, die dunkler als seine Haut waren, ließen ihn ziemlich teuflisch aussehen.

»Wenn es sein muss, aber ich würde dir gerne beim Rasieren zusehen, wenn ich darf.« Sie schmiegte ihre Wange an seine. Sie wollte dies in ihrem Gedächtnis verankern. Es wäre vielleicht ihre einzige wirkliche Chance, *dies* mit jemand anderem zu fühlen.

Selbst wenn ich die Einzige von uns beiden bin, die so empfindet, habe ich wenigstens diesen stillen Moment der Intimität, an den ich mich erinnern kann.

Als es an ihrer Tür klopfte, sprang Jonathan aus dem Bett und zog sich hastig an.

»Einen Moment!«, rief sie aus. Es musste das Dienstmädchen sein, das ihre Schwester ihr zugewiesen hatte, Sarah. Audrey bedeckte ihren Mund mit einer Hand, um beim Anblick von Jonathans nacktem Hintern nicht zu kichern, als er seine Unterhose hochzog.

»Wage es nicht zu lachen«, warnte er.

»Mach ich nicht!« Jetzt kicherte sie, weil er ihr gesagt hatte, sie solle es nicht tun.

Mit einem Ruck zog er sich den Rest seiner Kleidung an und stand ihr schließlich gegenüber, die Hände in die Hüften gestemmt.

»Du solltest dich besser bedecken, wenn du nicht willst, dass dein Dienstmädchen dich wie die Göttin Venus da liegen sieht.«

Audrey zog ein Laken über ihre Hüften und warf ihm einen hoffentlich frechen Blick zu.

»Und jetzt?«, fragte sie und klimperte mit den Wimpern.

»Das macht es irgendwie noch schlimmer«, sagte er mit einem hungrigen Blick. »Nachdem ich den Himmel zwischen deinen Schenkeln gekostet habe, verpackst du dich jetzt wie ein Geschenk für mich.«

»Sehr gut.« Sie seufzte und bedeckte sich dieses Mal vollständig. Erst dann öffnete Jonathan die Tür und ließ das Dienstmädchen eintreten. Sarahs Blick war diskret nach unten gerichtet, während sie darauf wartete, dass Jonathan ging. Nachdem Jonathan sich entfernt hatte, sah das Mädchen Audrey mit errötenden Wangen an.

»Soll ich Ihnen ein Bad einlassen?«

»Ja, danke.« Audrey blieb im Bett liegen und nahm den anhaltenden Duft von Jonathan auf ihrem Bett in sich auf.

Es war ein wunderbarer Morgen. Sie hoffte nur, dass der Rest des Tages wenigstens halb so angenehm werden würde. Aber sie wurde die Angst nicht los, dass Jonathan zu seinen alten Gewohnheiten zurückkehren und eine neue Distanz zwischen sie bringen würde.

KAPITEL 15

Jonathan strich sich mit dem Rasiermesser über das Kinn und schwenkte dann die Klinge in der Schüssel mit heißem Wasser. Dann setzte er die Rasierklinge wieder auf seine Haut und betrachtete sich aufmerksam im Spiegel. Sein Blick wanderte im Spiegelbild zu seinem Bett. Es war makellos, da er letzte Nacht nicht dort geschlafen hatte, aber er konnte sich immer noch vorstellen, wie Audrey dort lag, halbnackt, und ihn mit diesem verführerischen Blick dazu verführte, den ganzen Tag mit ihr im Bett zu bleiben.

Er lächelte bei dem Gedanken, dass sie ihm beim Rasieren zusehen wollte. Dieser Morgen war ein echter Sieg in seinem Kampf um ihr Herz gewesen. Sie würde sich nicht irgendeinem Mann hingeben.

Als sie ihn so unerwartet in den Mund genommen hatte, hätte er beinahe glauben können, er wäre in diesem Bett umgekommen und ein Chor von Engeln würde ihn in den Himmel singen. Wenn sie jetzt noch unerfahren war, konnte er sich kaum vorstellen, wie tödlich sie mit ein wenig Übung sein würde.

Jonathan legte das Rasiermesser auf das Tuch neben dem Waschbecken und betrachtete die Kleidung, die sein Diener auf dem Bett ausgebreitet hatte. Eine burgunderrote Weste, die mit Goldfäden durchzogen war, eine Wildlederhose und schwarze Stiefel. Eine gute Wahl. Audrey würde dies gutheißen. Er war nicht gerade dandyhaft, aber Audrey mochte seine geschmackvolle, aber bescheidene Garderobe.

Als er sein Zimmer verließ, wusste er, dass die meisten im Haus schon mit dem Frühstück fertig waren und sich anderen Aktivitäten widmeten. Er erwartete, dass der Raum leer sein würde, aber er fand James und Charles am Tisch, die ebenfalls einen späten Start in den Tag genossen. Auf vier Anrichten standen Teller mit Speisen für die zusätzlichen Gäste. Er bereitete einen Teller mit Essen vor und setzte sich zu ihnen, neben Charles, gegenüber von James.

Jonathan genoss die Gelegenheit, das Esszimmer von Luciens Elternhaus zu bewundern, während er aß. Für seinen Geschmack war es vielleicht etwas zu streng in seinem römischen Stil mit den marmornen Pilastern, aber es war trotzdem schön. Charles ertappte ihn dabei, wie er die kunstvolle vergoldete Vertäfelung studierte.

»Atemberaubend, nicht wahr?«

»Ja, ich hatte bis jetzt noch keine Zeit, den Lebensstil eines Gentleman zu schätzen. Es gab so viel zu sehen, seit Godric mir einen Teil des Anwesens in Essex zur Verwaltung übertragen hat. Dann musste ich natürlich ein Stadthaus in London einrichten. Ich habe das Gefühl, dass alles ein bisschen verschwommen ist, und das ist das erste Mal, dass ich innehalten und durchatmen kann.«

»All diese Vorbereitungen sind für deinen Wildfang, nicht wahr?«

Jonathan blickte auf seinen Teller hinunter, konnte sich aber ein Lächeln nicht verkneifen.

»Fortschritte?« Charles klatschte zustimmend, bevor er

nach einer *Morning Post* Zeitung griff, die einer der anderen Gäste liegen gelassen hatte.

Jonathan aß seinen Toast und seine Eier auf. »Ich glaube schon.«

»Wer ist der Wildfang, wenn ich fragen darf?«, fragte James.

Charles tauschte einen Blick mit Jonathan aus, bevor dieser sich entschloss zu antworten. »Miss Sheridan. Ich tue mein Bestes, um sie zu umwerben, aber die Dame macht es mir nicht leicht.«

»Miss Sheridan? Ich wage zu behaupten, dass du mit ihr alle Hände voll zu tun haben dürftest. Ich kann das nachempfinden. Miss Beaumont ist einfach wundervoll, aber sie lässt mich nicht um sie werben, zumindest nicht über diese Woche hinaus. Ich kann mir nicht erklären, warum. Diese Frau steckt voller Geheimnisse.« James' Seufzer ließ Charles in Gelächter ausbrechen.

»Oh, seht euch beide an. Trübsal blasen, weil die Frauen, die ihr begehrt, nicht so leicht zu verführen sind. Das Leben muss so hart sein! Warum gehen wir nicht angeln und gönnen den Damen ein bisschen Zeit für sich? Vielleicht werden sie dann zugeben müssen, dass sie eure schmachtende Anwesenheit vermisst haben.«

James lächelte verschmitzt. »Er könnte Recht haben. Was sagst du dazu, St. Laurent?«

Jonathan konnte sich nicht erinnern, wann er das letzte Mal zum Angeln gegangen war, und es klang recht angenehm.

»In Ordnung.«

»Dann sollten wir es sportlich angehen lassen, oder?«, sagte Charles mit einem Lächeln. »Zehn Pfund für den Mann, der in der ersten Stunde den größten Fisch an Land zieht?«

Sie beendeten ihre Mahlzeit und verließen den Speisesaal. Charles ließ einen Lakaien loslaufen, damit der Platzwart ein Boot bereit machte und Angelruten und Köder vorbereitete.

Ohne Vorwarnung zog Charles Jonathan und James in einen leeren Salon.

»Oh Gott.«

»Was ist los?«, fragte Jonathan. Charles nickte mit dem Kopf zu dem Spalt, den er in der Tür hinterlassen hatte. Eine Gruppe von jungen Männern kam an ihrem Versteck vorbei. Jonathan erkannte die Männer wieder, von denen viele als heftige Dandys durchgehen würden.

»Verdammte Schoßhündchen«, schnauzte Charles.

Jonathan schnaubte. Er und Godric hatten sich auch nie für diese Art von Männern interessiert. Sie waren die Art von Männern, die Gastgeberinnen einluden und die Godric als *unsportliche* Herren bezeichnete. Sie unterhielten die Damen bei Hauspartys, aber für Männer wie ihn waren sie langweilig.

»Der da.« Charles wies Jonathan auf einen gut aussehenden jungen Mann hin. Oliver Bedford, wenn er sich nicht irrte. »Ich musste heute Morgen vor dem Frühstück mit ansehen, wie er und Miss Sharpe ein schreckliches Duett trällerten. Ich habe Horatia gesagt, dass die Geräusche, die sie machten, so schrecklich waren, dass mir fast das Frühstück verging.«

»Sicherlich ist Mr. Bedford gar nicht so übel«, stellte James fest. »Wenn er Damen wie Miss Sharpe ablenkt, ist das ganz gut.« Es ging das Gerücht um, dass Miss Sharpe ihr Herz für James entdeckt hatte, und so war es nicht verwunderlich, dass er erleichtert war, dass ein anderer Mann ihr Interesse wecken konnte.

»Ich habe gesehen, wie sie dich gestern Abend beim Abendessen angestarrt hat«, sagte Charles. »Pass also lieber auf dich auf. Die meisten Frauen auf der Suche nach einer Ehe halten sich an die Regeln der Gesellschaft, aber nicht diese. Sie sah aus, als wollte sie dich fesseln und wie ein Wildschwein nach London zurückbringen.«

James rieb sich müde die Schläfen. »Ich weiß. Ich möchte

meinen Titel auf keinen Fall verlieren, aber es gibt Tage, an denen ich alles tun würde, um ein einfacher Gentleman mit einem bescheidenen Vermögen zu sein.«

»Das sagst du«, murmelte Jonathan, »aber es ist nicht so einfach für uns Gentlemen, mit Grafen zu konkurrieren.« Er konnte nicht vergessen, wie leicht Audrey mit James befreundet war und wie er rot geworden war, als sie den Mann am Abend zuvor so herzlich umarmt hatte.

»Ihr zwei seid ein feines Paar nasse Hühner«, schnauzte Charles. »Schnell, lasst uns zum See gehen, bevor diese Dandys uns entdecken. Ich diskutiere genauso gerne über den Schnitt und die Farbe einer guten Weste wie jeder andere Mann, aber diese Dummköpfe übertreiben es so sehr, dass jegliches Vergnügen, das ich in dem Gespräch finden könnte, einen langsamen und schmerzhaften Tod stirbt.«

Jonathan führte den Weg hinunter zu dem kleinen See, der an das Anwesen von Rochester grenzte, und er genoss das warme Sonnenlicht auf seinem Gesicht. Ein Tag auf einem Boot wäre sehr entspannend, und das hatte er auch bitter nötig, wenn man bedachte, wie anstrengend das Werben um Audrey war. Aber zugegeben, jetzt, wo die Bemühungen Früchte trugen, schien sich das alles zu lohnen.

Ein Platzwart wartete auf dem Deck auf sie, aber Jonathan stolperte, als er merkte, dass der Mann nicht allein war. Audrey und Gillian waren schon da, mit ihren eigenen Angelruten. Audrey warf einen Blick über ihre Schulter und sah ihn. Ihre Wangen erröteten, bevor sie sich wieder dem Gärtner zuwandte, als ob sie ihn nicht gesehen hätte.

Charles und James liefen Jonathan in den Rücken und hielten abrupt an.

»Verdammte Scheiße, Mann, was …?«, begann Charles, doch er fluchte, als er sah, wer da auf dem Steg stand.

»Es könnte schlimmer sein«, bot James an. »Die Dandys

könnten stattdessen hier sein. Ich wage zu behaupten, dass dies eine viel bessere Gesellschaft sein wird.«

»Gutes Argument, Pembroke.« Charles straffte die Schultern. »Kommt schon, Gentlemen, wir sollten uns der Sache wie gute Männer stellen.« Charles übernahm die Führung und führte sie gebieterisch über den Steg.

»Audrey, was für eine schöne Überraschung. Und Miss Beaumont.« Charles neigte seinen Kopf zu Gillian, die errötete.

»Wie herrlich! Seid ihr gekommen, um uns beim Fischen zuzusehen? Ich bin mir sicher, dass ihr vom Dock aus eine schöne Aussicht haben werdet.« Audreys Tonfall war ganz unschuldig. Was für eine wunderbare List. Sie war gerissen, das wusste er, und er bewunderte sie dafür.

»Gewiss nicht«, antwortete Charles ohne zu zögern. »Wir nehmen die Boote, und *Sie*, meine lieben Damen, dürfen *uns* beim Fischen zusehen.«

James' Blick wurde etwas vorwurfsvoll. »Charles, wenn die Damen zuerst hier waren ...«

»Das waren wir«, stimmte Audrey mit einem frechen Schimmer in ihren braunen Augen zu.

Jonathan konnte seine Augen nicht von seinem kleinen Wildfang lassen. Sie trug ein Tageskleid aus weiß-rosa gestreiftem Musselin mit kleinen schwarzen Stiefeln, die unter ihren Röcken hervorlugten. Das kühle Wetter war günstig für ein solches Kleid, und die Art, wie das Sonnenlicht ihre Brüste beleuchtete, die sie vorteilhaft zur Schau stellte, ließ ihn bald hart werden. Er fluchte leise und stellte sich hinter Charles, um seinen Zustand zu verbergen. Eine dunkle Locke entkam der kunstvollen Haube, die Audrey trug, und als sie sich in seine Richtung drehte, sah er ein schelmisches Glitzern in ihren braunen Augen. Alles, woran er denken konnte, war, wie sie ausgesehen hatte, als sie zwischen seinen Schenkeln saß und ...

All die Male, die ich Godric damit aufgezogen habe, wie viel Zeit er und Emily in ihren Gemächern eingeschlossen verbringen. Jetzt verstehe ich vollkommen.

Er hatte nur einen kleinen Vorgeschmack darauf bekommen, was es bedeutete, mit Audrey zusammen zu sein, und das war nicht genug. Es würde vielleicht nie genug sein. Sein Hunger nach ihr ging über die Bedürfnisse seines Körpers hinaus, aber das bedeutete nicht, dass er, wenn sie ihn mit diesem verruchten kleinen Lächeln ansah, vergessen konnte, wie sehr er sie wieder in seinem Bett unter sich haben wollte.

»Nun«, warf der Platzwart ein, »ich habe den Damen gerade mitgeteilt, dass ich zwei Boote und genügend Köder und Angeln für zwei Anglergruppen habe.«

»Gillian und ich werden ein Boot nehmen«, verkündete Audrey.

»Und ich werde mit euch kommen«, meldete sich James.

»Oh nein. Drei sind viel zu viel für ein Boot. Dann werde ich mit Charles im zweiten Boot fahren«, sagte Audrey.

»Du wirst mit mir rudern«, unterbrach Jonathan.

Charles nahm einen Stock und entfernte sich von der Gruppe. »Ich glaube, ich werde überflüssig sein, egal auf welchem Boot ich bin. Nein, ich werde mich hier auf dem Dock begnügen, während ihr alle davonschippert.« Er ließ sich am Ende des Stegs auf den Hintern fallen, zog seine Stiefel und Strümpfe aus und tauchte seine Füße ins Wasser.

»Äh ... Nun ...« Audrey blickte zwischen Charles und Jonathan hin und her, bevor sie seufzte.

»Komm schon. Du kannst auf dem Boot schmollen, wenn du willst.« Jonathan hob sie von hinten an der Taille hoch und setzte sie im ersten Boot ab. Sie schwankte kurz, fand aber mit überraschender Anmut ihr Gleichgewicht wieder und ließ sich auf der erstbesten Sitzbank nieder. James und Gillian nahmen das andere Boot, und der Platzwart reichte jeder Gruppe einen kleinen Eimer mit frischen Ködern.

Audrey verschränkte die Arme vor der Brust, ihre Lippen verzogen sich zu einem trägen Stirnrunzeln, als Jonathan sie auf den See hinausruderte.

»Du siehst heute Morgen sehr hübsch aus«, sagte er, als das Boot richtig trieb.

»Natürlich tue ich das. Dieses Kleid ist sehr ... oh! Ich bin wütend auf dich.« Sie schien sich gerade noch daran zu erinnern und presste ihre Lippen wieder zusammen.

Jonathan stieß einen müden Seufzer aus. »Und *warum* bist du wütend?«, fragte er, während er nach ihrer Angel griff, um einen Köder auf den Haken zu schieben.

»Weil Gillian und ich gerade dabei waren, Schlachtengeschichten auszutauschen, und du und deine Bande von fröhlichen Männern das ruiniert haben.«

»Kampfgeschichten?«

»Über das Liebesspiel. Das kann man doch nicht machen, wenn der Herr, mit dem man geschlafen hat, direkt neben einem sitzt, oder?«

Jonathan verschüttete fast den Eimer mit Würmern, als ihre Worte einschlugen. »Na nun aber. Wir haben nie ...« Dann dachte er über ihre Worte nach. »Du meinst, Pembroke und Gillian ...?«

Sie nickte. »Aber du darfst es James nicht sagen. Es wäre ihm sehr peinlich. Und offensichtlich war es nicht das erste Mal. Das wäre die Nacht im Hell Fire Club gewesen.«

Er brummte. *Pembroke hat es also geschafft, seine Dame zu umwerben.* Er gestikulierte zu ihrer Angel. »Soll ich de Köder für dich anbringen?«

»Das kann ich tun.« Sie zog ihre Rute aus der Reichweite und hob ihren silbernen Haken hoch.

Jonathan lehnte sich zurück und beobachtete, wie sie die Würmer zögernd musterte. Sie griff nach unten, um einen saftig aussehenden kleinen Kerl aufzuheben. Er beobachtete ihr Gesicht und stellte bald überrascht fest, dass sie nicht vor Ekel zögerte, sondern vor dem Aufspießen auf den Haken.

»Es tut mir furchtbar leid«, sagte sie, als sie den Wurm an ihren Haken hängte. Dann warf sie ihre Leine gekonnt ins Wasser. Jonathans Mund öffnete sich schockiert.

»Was? Hast du noch nie eine Lady angeln gesehen?«, fragte Audrey.

»Nicht mit der Leichtigkeit, wie du es tust.«

»Das sollte dich doch aber nicht überraschen. Du weißt doch, wer mein Bruder ist. Reiten, Jagen und Fischen sind mir nicht fremd, aber ich hasse es, eine unschuldige Kreatur zu töten. Es macht mich traurig, selbst wenn ich einen Köder auslege.«

»Du bist zu weichherzig«, antwortete er mit ruhiger Stimme.

Sie richtete ihre harten braunen Augen auf ihn. »Fühle ich mich gerade wegen meiner weiblichen Schwäche verurteilt?«

»Weit gefehlt. Ein weiches Herz zu haben ist eine Tugend, keine Sünde. Und das ist keine Eigenschaft, die auf Frauen beschränkt ist. Auch Männer können so sein, genauso wie Frauen so hart sein können wie jeder Mann. Venetia Sharpe, zum Beispiel.«

Audreys Augen schärften sich. »Oh? Wie meinst du das?«

War da ein Hauch von Eifersucht in ihrer Stimme? Gott, er hoffte es. »Nun, sie ist ziemlich aggressiv, wenn es darum geht, zu bekommen, was sie will.« Er machte sich daran, seinen eigenen Wurm zu befestigen.

»Aggressiv dir gegenüber?« Ihr Tonfall war viel zu nonchalant.

»Nein, Gott sei Dank. Aber sie hat ein Auge auf Pembroke geworfen.«

»James? Oh je, sie ist genau die Falsche für ihn. Venetia ist eine anständige Frau, aber sie ist viel zu ehrgeizig in der Gesellschaft. James wünscht sich ein ruhigeres Leben und wäre erschöpft, wenn er mit jemandem wie ihr mithalten wollte. Nein, Gillian ist perfekt für ihn, vorausgesetzt, er kann darüber hinwegsehen, dass sie eine Dienerin ist. Immerhin ist sie die Tochter eines Grafen.«

»Eine *uneheliche*«, fügte er hinzu und war gespannt, wie sie darauf reagieren würde. Er und Gillian waren sich in ihren Geburtsumständen so ähnlich, dass er meinte, Audreys Reaktion sei ein guter Indikator dafür, wie er zu ihr stand.

»Ist das wichtig, wenn er sie liebt?« Audrey zerrte versuchsweise an der Angel, bevor sie sie in eine spezielle Aussparung in der Bootswand steckte, in der sie nicht festgehalten werden musste.

Er warf seinen Köder ins Wasser und spulte ihn kurz ein, bevor er seine Angelrute ebenfalls in eine Kerbe legte. »Glaubst du wirklich, dass es keine Rolle spielt?«

Audrey griff nach ihrer Haube, löste die Bänder und nahm sie ab. Passend zu ihrem Outfit waren kleine rosa und weiße Bänder durch ihr Haar gefädelt. Das Morgenlicht ließ ihr Haar glänzen. Er stellte sich sofort vor, wie es auf den Kissen ausgebreitet ausgesehen hatte, als sie neben ihm im Bett lag.

»Du musst mich für ein verwöhntes Kind halten, wenn du annimmst, dass ich glaube, dass die Geburt eine Rolle spielt. Ich verstehe, dass du hochwohlgeborenen Damen generell misstraust, aber nicht alle von uns sind herzlose Titeljägerinnen. Einige von uns ...« Sie sah ihn bedeutungsvoll an. »*Einige* von uns wären ganz zufrieden, wenn sie nicht einen Mann mit Titel als Herrn und Meister hätten. *Einige* von uns mögen ruhige Gentlemen, die uns fair und gleichberechtigt behandeln würden.« Sie sagte dies mit einer so hoffnungsvollen Überzeugung, dass ihm das Herz weh tat.

»Und du bist eine dieser Frauen?«

Audrey neigte ihr Gesicht nach hinten, damit das Licht auf ihre Haut schien. »Ja, das bin ich.«

»Daran ist nichts auszusetzen.«

Sie schaute ihn an, als ob er an der Reihe wäre, befragt zu werden. »Glaubst du, dass eine Frau ihrem Mann gleichgestellt sein sollte?«

»Natürlich. Wenn du mich fragst, können es sich nur die Reichen leisten, so zu tun, als ob es anders wäre. Ich habe mit Frauen zusammengearbeitet, die genauso hart wie ich, wenn nicht sogar härter, gearbeitet haben. Ich finde es schade, dass das Gesetz in solchen Fragen nicht zustimmt.«

Sie saßen im Boot und sahen sich an, und er wusste, dass sie ihn so sah, wie er es sich wünschte, als den Mann, der ihr in fast allen wichtigen Fragen zustimmte. Ihre Lippen öffneten sich, und sie leckte darüber, und er begann sich vorzubeugen, bereit, einen Kuss zu stehlen ...

Die Leine an ihrer Stange ruckte plötzlich, und Audrey stürzte sich mit einem Quietschen auf sie. Das Boot schaukelte, und Jonathan hielt Audrey um die Taille fest, damit sie nicht kopfüber in den See fiel. Sie holte den Fisch ein, der sich als ein schöner, fetter Karpfen entpuppte.

»Gut gemacht!« Er half ihr, den Fisch vom Haken zu nehmen und ihn in den Korb des Bootes zu legen. Sie strahlte ihn an, wischte sich die Hände an einem kleinen Tuch ab, das sie mitgebracht hatte, und griff nach einem weiteren Wurm. Jonathan blieb dicht bei ihr, sein Herz hämmerte. Nach allem, was zwischen ihnen geschehen war, war er immer noch nervös wie eh und je, die eine Frage zu stellen, die ihm auf der Seele brannte.

»Audrey ... ich muss mit dir sprechen.«

Weiter kam er nicht, weil sie sich auf ihn stürzte und sie beide auf den Boden des Bootes fielen. Sie küsste ihn heftig, ihr Mund lag auf seinem, und er umfasste ihre Taille und erwiderte ihren Kuss. Er könnte später immer noch um ihre Hand anhalten. Sicherlich würde es einen weiteren guten Moment geben. Aber jetzt wollte er das hier erst einmal genießen.

Audrey zerrte an seiner Hose, aber er hielt ihre Hand sanft zurück. »Ruhig, meine Süße. Wir sind nicht an einem Ort, der privat genug dafür ist.«

»Oh? Ich dachte, du magst ein bisschen Risiko. Emily hat es mir erzählt.«

Seine Augen weiteten sich, und er drückte sie ein wenig hoch. »Was weißt du über mich und Emily?« Er hatte den dummen Fehler begangen, Emily bei der Flucht aus Godrics Anwesen zu helfen, bevor die beiden gemerkt hatten, dass sie einander liebten. Er hatte damals, ebenfalls törichterweise, angenommen, dass Emily an ihm interessiert sein könnte, aber er hatte sich geirrt. Es war ihm immer noch peinlich, obwohl sie seitdem darüber lachen konnten.

»Sie hat mir erzählt, dass du so dreist warst, sie in einem Gasthaus zu verführen. Ich habe angenommen, dass du einen Hang zum Voyeurismus hast.«

Er stöhnte. »Das war eine andere Zeit. Außerdem waren wir in einem Privatzimmer. Sie war mir auch nicht auf diese Art wichtig, wie du es bist. Es ist ... es ist etwas ganz anderes.«

Sie hielt über ihm inne. »Bin ich dir wichtig?«

Er hob eine ihrer Hände an seine Lippen und küsste ihre Knöchel. »Ist das nicht offensichtlich? Du bedeutest mir viel mehr, als es klug wäre.«

Sie küsste ihn erneut, und dieses Mal war es ihm egal, ob jemand zusah.

KAPITEL 16

Charles steckte einen Köder an seinen Haken und warf ihn weit in den See hinaus. Sobald sein Haken samt Köder unter Wasser gesunken waren, schaute er sich nach den Booten um. Das Gefährt, das James und Gillian transportierte, war hinter den schützenden Vorhang einer alten Weide nahe der linken Seite des Sees getrieben. Das andere, das mit Audrey und Jonathan, trieb in der Mitte des Sees. Audrey hatte einen Fisch an der Angel, und Jonathan eilte ihr zu Hilfe. Augenblicke später fielen sie tief in das Boot und verschwanden aus dem Blickfeld.

Charles seufzte. »So viel zum Thema Zeit allein verbringen ohne die Frauen.« Er wusste, dass sich eine schwarze Wolke über seinem Kopf zusammenbraute, als er sich unwillkürlich fragte, ob die Dandys im Haus eine bessere Gesellschaft wären.

Er war froh, dass seine beiden Freunde auf dem besten Weg waren, die Herzen ihrer Frauen zu erobern, aber das half ihm in seiner eigenen Situation nicht. Das mulmige Gefühl, dass alle seine Freunde ihn verließen, weil sie heirateten, war fast nicht zu ertragen. Er starrte auf die sich kräuselnde

Oberfläche des Sees und beobachtete, wie das Licht auf dem Wasser spielte. An den meisten Tagen dachte er nicht an die Vergangenheit, aber immer wenn er allein war und es ruhig war, kamen die Erinnerungen zurück. Erinnerungen, die Narben in seinem Herzen hinterlassen hatten.

Der Fluss Cam in Cambridge war zwar kein See, aber so spiegelglatt und langsam, dass Stocherkähne problemlos auf seiner Oberfläche fahren konnten. Es erinnerte ihn an diesen See. Er schauderte. Die Erinnerung an die Bleigewichte, die um seine Knöchel geschlungen waren, konnte er nie vergessen. Charles schloss seine Augen und atmete tief ein. Er sank nicht unter Wasser. Es ging ihm gut, einfach gut. Genug Luft, um seine Lungen zu füllen.

»Mylord?« Tom Linleys Stimme ließ ihn aufschrecken. Er öffnete die Augen und sah den jungen Mann, der ihn mit großer Sorge beobachtete. Er lächelte und versuchte, sich ein wenig zu entspannen.

»Setz dich und tauche deine Zehen ins Wasser, Junge.« Er klopfte auf die Holzplanken des Stegs neben ihm.

»Das sollte ich wirklich nicht«, sagte der junge Mann.

»Linley, setz dich«, befahl Charles.

Tom ließ sich stirnrunzelnd auf die Bretter plumpsen.

»Stiefel und Strümpfe aus und die Füße ins Wasser.« Charles begegnete ihm mit einem strengen Blick.

Linley wehrte sich einen Moment lang, bevor er tief frustriert ausatmete. Dann schlüpfte er aus seinen Stiefeln und Strümpfen. Er tauchte seine Zehen vorsichtig in das Wasser, als ob es ihn beißen könnte.

»Mensch, Junge, das ist doch nur Wasser.«

»Das ist kaltes Wasser«, schnaufte Linley.

Charles lachte. »Kannst du schwimmen? Sei ehrlich zu mir.«

»Ja, eigentlich ganz gut.« Linley hob sein Kinn voller Stolz, und das sollte er auch. Die meisten Männer konnten das nicht.

»Gut.« Charles griff hinüber und gab Linley einen kräftigen Stoß.

»Autsch!« Der junge Mann fuchtelte mit den Armen, als er mit einem Platschen vom Steg ins Wasser stürzte. Als er empört spuckend wieder auftauchte, brüllte Charles vor Lachen. Linley hatte seine Mütze verloren, und sein blondes Haar klebte an seinem Gesicht.

»Mylord!«, schnappte Linley. »Das hätten Sie nicht tun sollen.«

»Du bist viel zu verkrampft, Junge. Glaubst du, ich hätte das nicht bemerkt? Du verdienst etwas Spaß.« Charles schlang seinen Arm um eine der Holzsäulen des Docks und beugte sich vor, um auf seinen allzu ernsten Diener hinabzublicken.

Linley schwamm zum Steg und hielt sich am erstbesten Pfosten fest. Ohne Vorwarnung packte er Charles' Knöchel und riss daran. Charles versuchte, sich an der Holzsäule festzuhalten, aber es war zu spät. Er stürzte in die kalten Tiefen des Teiches.

Einen Moment lang geriet er in Panik. Er sah das Licht auf der Oberfläche über ihm schimmern und spürte, wie der Schwung des Falls seinen Körper nach unten zog … nach unten. Aber nein. Da waren keine Gewichte. Kein Seil. Es ging ihm gut. Er trat kräftig zu und arbeitete sich aus der Tiefe hoch, und die Panik verschwand. Er freute sich sogar darüber, dass er nicht machtlos war. Er hatte seine Freiheit.

»Nicht so schnell, Junge.« Er zerrte den jungen Mann wieder unter Wasser und rief triumphierend: »Rache!«

Linley wehrte sich, musste aber lachen. Charles grinste. Tom erinnerte ihn so sehr an seinen kleinen Bruder Graham und daran, wie sie immer gespielt hatten. Das war früher gewesen … Jetzt sprachen er und Graham nur noch selten miteinander, was die Feiertage für ihre Mutter und ihre Schwester ziemlich unangenehm machte.

Linley bespritzte ihn und lachte, während Charles den Kopf schüttelte und das Wasser um sie herum spritzte. Charles hob kapitulierend die Hände.

»Du hast mich reingelegt, Junge. Ich muss mich ausruhen.« Er schwamm den Steg entlang und erreichte das Ufer. Dann quetschte er seine nasse Kleidung aus, um überschüssiges Wasser loszuwerden, ging zurück zum Steg und reichte Linley die Hand.

»Mylord, Sie müssen nicht ...«

»Unsinn. Nimm meine Hände.« Linleys Augen waren weit aufgerissen, aber die Unschuld, die er darin sah, enthielt einen Schatten von Schmerz.

Er hat immer noch Angst, mir zu vertrauen, selbst nach all dieser Zeit. Ich habe ihm nicht so wehgetan wie sein früherer Herr. Ich frage mich, wann er wieder lernen wird, zu vertrauen?

Linleys Geheimnisse bereiteten ihm immer noch Schmerzen, aber Charles konnte dem Jungen nicht helfen, wenn er sich ihm nicht öffnen wollte. Und es war nicht so, dass Charles selbst leicht über seine Vergangenheit sprach. Jedenfalls nicht über die Momente, die ihn verfolgten.

»Nun gut. Ich habe nur versucht zu helfen.« Er wandte sich ab, aber der junge Mann überraschte ihn, indem er seine Hand festhielt. Charles drehte sich um und hob einen triefend nassen Linley aus dem Wasser.

»Sieh uns an, wie ein Paar ersoffener Mäuse.« Charles lachte, wrang den losen Teil seines Hemdes aus und ließ das Wasser auf den Steg tropfen. Linley verschränkte die Arme vor der Brust und zitterte.

»Bringen wir dich rein, bevor du dir die Knochen kaputtrasselst.« Charles klopfte Linley auf die Schulter, und die beiden gingen zurück zum Haus.

Erst als sie die Rochester Hall erreichten, wurde Charles

klar, dass er Linley nur selten hatte lächeln oder gar lachen sehen. Er war sich nicht sicher, warum, aber die Tatsache, dass er dem Jungen eine kleine Freude bereitet hatte, erfüllte Charles mit einem Frieden, den er seit dem Tod seines Vaters nicht mehr gespürt hatte.

⊱✦⊰

»Bist du bereit?«, fragte Jonathan.

Audrey tanzte einen Schritt vorwärts, die Fäuste erhoben. Es war der fünfte Tag der Hausparty, und sie und Jonathan hatten es geschafft, im Freizeitraum zu trainieren, wann immer es eine Pause bei den Aktivitäten gab.

»Ich bin bereit.« In ihren Reithosen war sie viel beweglicher, und sie liebte die Zeit, die sie mit Jonathan trainierte. Diesmal hatte sie nicht einmal ein Korsett angezogen und konnte kaum glauben, wie leicht sie atmen konnte, ohne dass der einschränkende Druck des Walknochens auf ihrer Brust lag.

»Denk daran: Erst ausweichen, dann ausschalten.« Jonathans grüne Augen waren ernst, und das gefiel ihr. Wann immer sie miteinander übten, hatte er sie nicht bevormundet oder versucht, sie zu verführen, was er leicht hätte tun können. In der letzten Woche hatte sie sich viel zu sehr an seine Küsse am Tag gewöhnt und daran, jede Nacht in seinem Bett und in seinen Armen zu verbringen.

Er hielt sich an seine Abmachung, nur zu schlafen und sonst nichts, was Audrey nicht ganz geheuer war. Sie genoss es, ihm nahe zu sein, aber sie befürchtete, dass sie, wenn sie sich ihm voll und ganz hingab, es nicht verkraften würde, wenn er beschloss, sie zu verlassen und mit dem Unterricht aufzuhören. Sie versuchte, nicht über seine plötzliche Zärtlichkeit nachzudenken und darüber, was sie bedeutete. Sie war sich nicht sicher, ob sie dieser offeneren Seite von ihm trauen konnte. Es bestand immer die Möglichkeit, dass es einfach der letzte Zug in dem Spiel war, das er gerade spielte.

Jonathan stürzte sich auf sie. Sie duckte sich und wich ihm aus, wobei sie ihre Arme oben hielt. Als er sich umdrehte, schwang er eine Faust, etwas langsamer als ein echter Angreifer, aber immer noch schnell genug, dass sie den Schlag hastig parieren musste. Zuerst musste sie sich die Bewegungen einprägen, und dann konnten sie die Dinge beschleunigen. Er ließ ihr keine Zeit, sich zu erholen; er versuchte, ihre Beine unter ihr wegzuschlagen, und sie sprang und konnte gerade noch verhindern, auf den Rücken zu fallen.

»Gut«, sagte er. »Sehr gut.« Er nickte und ließ die Hände sinken. Audrey tat es ihm gleich und strahlte vor Freude. Er stürzte sich wieder auf sie und packte sie an den Haaren. Der Griff tat nicht weh, aber er erschreckte sie so sehr, dass sie aufschrie. Er zog sie wieder an sich, und seine andere Hand packte ihren Hals. Sie war gefangen, mit dem Rücken an seine Brust gepresst.

»Du darfst nicht einen Moment lang darauf vertrauen, dass du deinen Gegner sicher ausmanövriert hast«, flüsterte Jonathan ihr ins Ohr.

»Aber wir waren fertig.«

»Waren wir das? Wenn ein Mann angreift, kann er so tun, als ob er aufgibt, aber in Wirklichkeit auf einen besseren Moment warten, um zuzuschlagen. Du musst immer wie ein Raubtier denken, um dich zu schützen. Diese Männer sehen sich selbst als die Füchse, und du bist das Kaninchen. Du musst lernen, der Fuchs zu sein. Und jetzt versuch dich zu befreien.« Jonathan stellte sie so hin, dass sie an die Wand gepresst war und ihr Körper von hinten von seinem umschlossen wurde.

Audrey drückte, ihre Muskeln spannten sich an. Sie war jede Nacht müde und erschöpft, aber sie hatte Jonathan nicht um eine Unterbrechung des Unterrichts gebeten. Jetzt wünschte sie, sie hätte es getan, denn sie fühlte sich zu schwach, um sich zu bewegen.

»Nicht zurückdrücken. Damit vergeudest du wertvolle Kraft. Dein Angreifer wird dich zermürben, und wenn du dich nicht mehr wehren kannst, wird er dir von hinten die Röcke hochreißen und dich nehmen. Willst du das?«

Audrey wusste, dass er mit seinen Worten die Angst vor einem unerwünschten Angriff schüren wollte, aber es erregte sie, sich vorzustellen, dass er der Mann war, der das tat. Wenn sie Röcke trüge und er sie jetzt hochziehen würde, hätte sie keine Lust, sich zu wehren. Auch wenn sie wusste, dass dies ein Fehler wäre, hielt es sie nicht davon ab, es zu wollen. Das brachte sie auf eine Idee.

Sie hörte auf, sich zu wehren, wölbte ihren Rücken und rieb ihren Po an seinem Unterleib. Sie stieß ein atemloses Stöhnen aus, als seine Erektion gegen die Vorderseite seiner Hose drückte. Sie täuschte noch einen leichten Kampf vor, griff dann aber hinter sich an seine Hüfte und zog ihn fester an sich. Sein Griff um ihr Haar wurde fester.

»Ich dachte, ich hätte dir gesagt, du sollst dich wehren.« Seine Stimme wurde rau.

»Ich habe es versucht, aber jetzt ... brauche ich ...« Sie ließ zu, dass eine echte Heiserkeit ihre Stimme erfüllte, während sie ihre Hüften kreisen ließ. »Bitte, nur eine Kleinigkeit ...« Es war ein Code zwischen ihnen, *eine Kleinigkeit*, aber nicht das große Ganze. Er stieß einen frustrierten Atemzug gegen ihren Hals aus und begann dann, ihre Schulter zu küssen und an ihrem Ohr zu knabbern. Seine Hand an ihrem Hals wanderte zur Vorderseite ihrer Reithose. Er schob seine Hand unter ihre Taille unter der Hose und umfasste ihr nacktes Geschlecht, wobei er einen Finger in sie schob.

Sie schnurrte vor Vergnügen, als er mit dem Finger immer wieder sanft in sie eindrang und sie in Besitz nahm. Ihre

Beine zitterten, als sich der Höhepunkt hart und schnell aufbaute, und dann explodierte sie.

»Jetzt du«, sagte sie, als er seine Hand zurückzog.

»Ja.« Er ließ sie los, und sie drehte sich um und rammte ihm ihr Knie in die Leistengegend, so fest, dass er sich vor Schreck krümmte. Sie stieß ihn flach auf den Rücken und schnappte sich eilig ein Florett aus einem Regal an der Wand und richtete es auf seine Kehle.

Jonathan lag auf dem Rücken und atmete mehrere Sekunden lang schwer, bevor er zu lachen begann.

»Hast du das gesehen? Ich habe dir ein Versprechen gegeben, und du bist darauf reingefallen.«

»Das bin ich. Und es wird bei den meisten Männern funktionieren. Der Gedanke an eine willige Frau wird normalerweise bevorzugt, aber ...« Er hob den Kopf. »Du musst auch auf die Männer vorbereitet sein, die sich an den Schmerzen und der Demütigung einer Frau erfreuen. Sie werden nicht auf derartige Tricks hereinfallen. Das könnte sie noch wütender machen, und das willst du nicht.«

Audrey nickte. Ihre Beine waren noch etwas wackelig von dem Höhepunkt, den er ihr beschert hatte, und sie sackte neben ihm zusammen, als er sich auf sie setzte.

»Denk daran: Wenn du eingeklemmt bist, benutz deine Ellbogen. Grab sie ihm in die Rippen und trete ihn mit den Füßen.«

Audrey nickte.

»Wieder bereit?«, fragte er.

Der Gedanke an eine weitere Runde Sparring ließ ihren Körper erbeben. Sie war erschöpft. Zum Glück öffnete sich die Tür zum Freizeitraum, so dass sie sich nicht geschlagen geben musste.

»Ah, da seid ihr also.« Lucien stand in der Tür und machte ein verwirrtes Gesicht.

»Guten Morgen«, begrüßte Audrey ihren Schwager.

»Du hast Glück, dass es nicht Cedric ist, der hier über euch beide stolpert«, sagte Lucien. »Obwohl ich gerne hören würde, wie ihr zwei versucht, ihm das hier zu erklären.«

Jonathan war schnell auf den Beinen und half Audrey auf.

»Wie geht es Horatia und dem kleinen Evan?«, fragte Audrey.

»Gut. Beide werden von Tag zu Tag stärker. Das ist der Grund, warum ich hier bin. Sie möchte dich sehen.«

»Oh?«

»Sie ist in ihrem Schlafgemach mit Evan.« Lucien wich zurück, um Audrey vorbeizulassen. Sie warf einen Blick zurück zu Jonathan, bevor sie zur Treppe ging. Sein enttäuschter Blick, dass ihre Trainingseinheit vorbei war, ließ in ihrem Herzen eine kleine Hoffnung aufkeimen.

Er verbringt gerne Zeit mit mir, zumindest ein bisschen. Für den Moment ist es genug.

KAPITEL 17

Audrey kam an der Tür zu Horatias Zimmer an und klopfte leicht an. Sie hatte Horatia und das Baby mindestens einmal am Tag besucht, aber sie machte sich immer noch Sorgen um sie und Evander.

»Komm rein!« Die Stimme ihrer Schwester wurde von der Tür gedämpft. Audrey drehte den Türknauf und trat ein.

Horatia stand an dem hohen Fenster mit Blick auf die Gärten. Sie trug ein lockeres blaues Tageskleid, und ihr Haar war im Nacken mit einer passenden Schleife zurückgebunden. Sie drehte sich um, als Audrey die Tür hinter sich schloss. Ihr Gesicht strahlte, als sie das winzige, in weiße Decken gehüllte Bündel in ihren Armen anlächelte.

»Lucien sagte, dass es dir gut geht?« Audrey kam näher und streckte ihre Arme aus.

Horatia legte das Kind vorsichtig in Audreys Arme. »Ja, danke.«

Das Baby starrte Audrey mit schläfrigen haselnussbraunen Augen an. Seine Knopfnase rümpfte sich, als er gähnte und sich streckte, wobei er eine Faust über seinen Kopf hob, bevor er sich entspannte. Audrey strich ihm sanft mit einem

Finger über die Wange und berührte dann seine winzigen, zarten, perfekten Finger, wobei er ihren mit überraschender Kraft festhielt.

Der Kleine kämpfte darum, wach zu bleiben, aber seine Augen schlossen sich, und er gab ein zahnloses Gähnen von sich, und ein winziger Laut der Zufriedenheit entwich ihm. Dann schob er seine Hand, die immer noch ihren Finger umklammerte, unter sein Kinn. Eine Woge der Liebe und Anbetung erfüllte Audreys Körper und Seele. Sie hätte ihn nur noch mehr lieben können, falls das überhaupt möglich war, wenn er ihr eigener Sohn gewesen wäre.

»So ein kleiner Schatz«, sagte Audrey.

»Das ist er ganz sicher«, stimmte Horatia zu. »Ich hatte anfangs solche Angst um ihn.« Ihre Augen wurden weicher, als sie auf das Baby hinunterblickte: »Aber der kleine Evander ist ein Kämpfer. Er wird mutig sein, wenn er groß ist.«

»Und stark.« Audrey zog ihren Finger vorsichtig aus den Fängen des Babys und reichte ihn Horatia zurück.

Sie trug Evan zurück zu seinem Stubenwagen am Fenster und legte ihn hinein. Die Mittagssonne beleuchtete die Krippe wie einen Ort der Anbetung. Audrey sah ihre Schwester an und sah sie zum ersten Mal seit Evans Geburt mit anderen Augen. Horatia war zwar immer noch ihre Schwester, aber sie war jetzt Ehefrau und Mutter und hatte Einblick in Teile des Lebens, die Audrey vielleicht nie erfahren würde.

»Der Arzt hat gesagt, dass ihm das Sonnenlicht helfen wird. Es scheint wirklich zu funktionieren.« Sie drückte den Rand des Stubenwagens nach unten und schaukelte ihn sanft. Dann setzte sich Horatia auf den Rand des Bettes und tätschelte den Platz neben sich.

»Komm. Setz dich. Erzähl mir alles, was passiert ist, während ich mich ausgeruht habe.«

Audreys Augen füllten sich mit Tränen, als sie sich neben

ihre Schwester setzte, und sie erinnerte sich an die Zeit vor ihrer Heirat, als sie sie beide die jüngeren Schwestern eines überfürsorglichen Bruders gewesen waren, zwei Verbündete in einer Männerdomäne. Es war gerade mal ein Jahr her, dass sie sich bis spät in die Nacht verschworen oder frühmorgens, während die Dienstmädchen ihr Haar vorbereiteten, geplaudert hatten. Audrey hatte sich nicht anmerken lassen, wie sehr sie sich nach dieser Art von Intimität mit ihrer Schwester sehnte. Ihre Kehle war verstopft von all den Neuigkeiten des letzten Jahres, einschließlich dessen, was sie in der letzten Woche mit Jonathan gemacht hatte, direkt unter dem Dach ihrer Schwester.

»Ich habe gehört, dass du dich dieser Tage mit etwas eher Unkonventionellem beschäftigst.« Horatia deutete auf Audreys Kleidung.

»Nun, seit wann kennst du mich als konventionell?«

»Du meinst, abgesehen von Kleiderkauf und auf Bälle gehen?«

»Wie kannst du es wagen!«, rief Audrey in spöttischer Verteidigung. »Wenn es um Kleidung geht, bin ich nicht konventionell. Ich bin hervorragend!«

Horatia schaute auf Audreys Kleidung hinunter, und Audrey stellte fest, dass sie ihre Weste und ihre Reithose nicht ausgezogen hatte. »Ja, nun, das ist etwas anderes.«

»Ich ... Ja, vielleicht ein bisschen«, gab sie zu, und ihr Gesicht errötete. »Ich habe gelernt zu kämpfen.« Sie wartete darauf, dass ihre vernünftige Schwester aufschreien würde, aber Horatia nickte nur. »Du bist ... nicht wütend?«

»Wütend? Warum sollte ich wütend sein?«

Audrey spielte mit einer Fingerspitze auf der bestickten Oberfläche des Bettzeugs herum. »Das ist nicht sehr anständig, oder? Eigentlich ist das ganz und gar nicht anständig. Ich hatte Angst, du wärst enttäuscht von mir.«

Horatia kicherte, wurde dann aber ernst. Sie umarmte

Audrey und neigte ihren Kopf so, dass sich ihre Stirnen berührten. »Ich glaube, wir haben alle gelernt, dass Anstand nicht das Leben retten kann. Weißt du, was ich mir gewünscht habe, als ich letzte Weihnachten entführt und fast getötet wurde? Dass ich wissen würde, wie man kämpft.« Horatia sagte dies mit einer solchen Schärfe, dass Audrey erstarrte. Ihre Schwester war zwar sehr süß, aber auch sie war der Gefahr ausgesetzt gewesen und hatte festgestellt, dass ihre Überlebenskünste nicht ausreichten. Erleichterung erfüllte Audrey. Horatia verstand, warum ihr Unterricht so wichtig war. Frauen durften nicht länger Opfer der Launen und Wünsche von Männern sein.

»Du willst mir also nicht sagen, dass ich aufhören soll?«

Horatia streckte die Hand aus und umfasste eine von Audreys Händen. »Nein. Ich bestehe sogar darauf, dass du damit weitermachst. Lerne alles, was du lernen kannst. Gott weiß, dass du schon genug Ärger suchst, und keine Macht der Welt wird dich jemals davon abhalten. Das Letzte, was ich will, ist, dass du das Gleiche durchmachen musst wie ich und keine Chance hast, dich zu schützen.«

Audrey schauderte, als sie sich an die verzweifelte Sorge erinnerte, die sie an diesem Tag empfunden hatte. Der Tag, an dem sie beinahe ihre Schwester und ihren Bruder durch dieselbe bösartige Hand verloren hätte, die einzigen Menschen, die sie davor bewahrten, so völlig allein auf der Welt zu sein.

In diesem Moment verwandelte sich Horatias Gesicht in einen schelmischen und verschlagenen Ausdruck. »Du hast also bei Jonathan Unterricht genommen, ja? Wie sieht es damit aus? Willst du ihn immer noch heiraten?«

Ja. »Nein.«

Horatias niedergeschlagener Blick verriet Audrey, dass sich ihre Fähigkeit zu täuschen verbessert hatte. In der Vergangenheit war ihre Schwester immer in der Lage gewesen, sie zu durchschauen, aber dieses Mal nicht. Irgendetwas daran belastete ihr Herz mit Kummer.

»Was ist passiert? Ich dachte, du magst ihn.«

»Das tue ich.« Audrey schaute weg. »Aber ich glaube nicht, dass er an einer Heirat interessiert ist.«

»Ich habe es vergessen«, sagte Horatia. »Er ist etwas jünger als die anderen. Der Rest seiner Freunde ist über dreißig Jahre alt und lernen selbst gerade erst, sich niederzulassen. Gib dem Ganzen Zeit.«

Audrey straffte die Schultern und sah ihre Schwester an.

»Ich bin neunzehn. Ich habe nur noch ein oder zwei Jahre Zeit, bevor ich für den Rest des *ton* zum Gespött werde. In der ersten Saison hatte ich so viele Verehrer, bis Cedric so rüpelhaft wurde und sie alle vergraulte.«

»Das hätte er nicht tun sollen«, murmelte Horatia. »Er hat dir die Chance genommen, einen netten jungen Mann zu finden, mit dem du dich niederlassen kannst.«

»Ja, das hat er.« Audrey war nicht wütend auf Cedric, weil er überfürsorglich war, aber sie war frustriert.

»Er hat es aber gut gemeint. Der Verlust von Mama und Papa war für ihn schwerer als für uns.« Ihre Schwester lehnte sich zurück in die Kissen und seufzte.

Audrey rollte sich auf dem Bett zusammen und lehnte sich neben ihrer Schwester in die Kissen. »Wie meinst du das?«

»Männer sind nicht wie wir. Sie haben Probleme mit ihren Gefühlen. Sie können mit Trauer und Verlust nicht besonders gut umgehen. Sie verstehen es auch nicht, ihre Liebe gut auszudrücken.«

»So viel ist wahr«, brummte Audrey. »Sie drücken es nie aus. Sie scheinen sich nur für die Lust zu interessieren.«

Ihre Schwester lachte wieder. »Oh, Audrey, es geht nicht immer um Lust. Wir vergessen, dass die Männer ein Recht auf ihre Leidenschaften haben.«

»Das haben wir auch.« Sie errötete, als sie dies ihrer

Schwester gegenüber zugab. »Und doch wurde ich immer wieder wegen meiner Begierden gezüchtigt.« Sie erinnerte sich daran, wie wütend Jonathan gewesen war, als er sie im Bordell erwischt hatte, als sie versuchte, fleischliche Geheimnisse zu erfahren. Ein stiller Blick des Verständnisses ging zwischen den Schwestern hin und her.

»Ein guter Mann will eine Frau mit einer offenen und leidenschaftlichen Seite.«

»Jonathan nicht«, platzte sie heraus und bereute es dann.

Ihre Schwester lächelte schelmisch. »Natürlich tut er das.«

Audrey versuchte, das Aufflackern der Hoffnung, das in ihrer Brust aufstieg, zu ignorieren. »Wie kommst du darauf?« Hatte Horatia etwas gehört? Hatte Jonathan mit ihr gesprochen, oder vielleicht mit Lucien?

»Vertrau mir, Audrey. Ich habe viele Jahre lang geglaubt, dass Lucien mich verachtet. Es stellte sich heraus, dass seine Gefühle genau das Gegenteil waren.«

»Du dachtest, er verachtet dich? Es war für uns alle so offensichtlich, was er wirklich fühlte.«

»Ja, aber er war mir gegenüber verschlossen, manchmal sogar grausam in der Art, wie er mich ignorierte oder abwies. Aber für ihn ging es darum, seine Gefühle zu verleugnen. Er fürchtete, Cedric würde wütend sein, und er fürchtete auch, er sei meiner nicht würdig.« Sie seufzte, ein Geräusch voller Bedauern und Schmerz.

»Warum sollte er denken, er sei nicht würdig? Er ist ein Marquess aus einer langen und edlen Blutlinie.«

»Nicht alles dreht sich um Titel, Land oder Geld.« Audrey entging die sanfte Ermahnung ihrer Schwester nicht. »Er war besorgt wegen seiner Vergangenheit, von der Cedric nur zu gut wusste, dass er zu sehr ein Schurke sei und ich ihm deshalb nicht vertrauen würde. Ich will damit sagen, dass Jonathan vielleicht zögert, weil er nicht glaubt, dass er gut genug für dich ist. Das mag der Grund sein, warum er kalt und distanziert ist.«

Audrey rieb sich mit den Fingern die Schläfen und spürte, wie hinter ihren Augen ein leichter Kopfschmerz pulsierte. »Aber er *ist* gut genug.«

»Hast du ihm das gesagt?«

»Nein ...« Sie hatte nicht vorgehabt, ein so heikles Thema anzusprechen, vor allem, wenn sie überzeugt war, dass sie ihm vielleicht nicht so wichtig war wie er ihr. Jemanden zu lieben war beängstigend.

Audreys Herz setzte einen Schlag aus.

Ich liebe ihn.

Die Erleuchtung war erschreckend. Sie hatte gewusst, dass er ihr etwas bedeutete, dass sie ihn mochte, aber jetzt spürte sie, wie sich die Liebe in ihr regte. Sie war neu und verletzlich, wie ein Rehkitz, das zu stehen lernt, aber mit der Zeit würde ihre Liebe stark werden.

»Audrey, was ist los?« Horatia starrte sie an, ihre Lippen waren vor Sorge geschürzt.

Audrey stöhnte fast auf. »Etwas Schreckliches.«

»Audrey, du machst mir Sorgen. Was ist los?«, verlangte Horatia. Auf das Geräusch ihres Kummers hin gab Evan in seiner Wiege einen kleinen Laut von sich.

»Ich liebe ihn«, flüsterte sie. »Ich *liebe* ihn. Aber was, wenn er mich nicht liebt?«

Das Lächeln von Horatia erinnerte sie wieder an ihre Mutter. »Wie könnte er nicht? Er wäre verrückt, wenn er dich nicht anbeten würde.«

»Was ist, wenn es eine andere gibt ...«

»Gibt es nicht.«

Das Vertrauen ihrer Schwester gab Audrey immer noch keine Ruhe. »Wie kannst du dir da sicher sein?«

»Lucien und die anderen würden davon wissen. Lady

Society ebenfalls. Zwischen der Liga und der Lady kann niemand in London lange Geheimnisse bewahren.«

Audrey biss sich auf die Lippe. Ihre Schwester wusste immer noch nichts von ihrem Geheimnis. Vielleicht war es an der Zeit, es ihr zu sagen.

»Ich kann dir versichern, Horatia, wenn es um Jonathan geht, ist Lady Society genauso blind wie ich.«

Ihre Schwester hob eine Augenbraue. »Oh?«

Audrey seufzte schwer. »Ich hätte es dir schon längst sagen sollen ... *ich* bin Lady Society.«

Horatia keuchte. »Was? Aber diese Kolumnen gibt es schon seit Jahren.«

»Ich habe mit fünfzehn Jahren angefangen, sie zu schreiben. Es war leicht genug, den Klatsch und Tratsch von Cedric und der Liga zu erfahren, und ich kannte viele ältere Damen, die Bälle und Abendessen besuchten. Sie schrieben mir, erzählten mir Klatsch und Tratsch, und mit der Zeit lernte ich, wessen Wort ich mehr vertrauen konnte als dem anderer, oder an wen ich mich wenden konnte, wenn ich Einblick in eine bestimmte Angelegenheit brauchte. Eine dieser Frauen ist eine Redakteurin der *Quizzing Glass Gazette*. Es war ziemlich einfach, sich als Lady Society zu verkleiden.«

Horatia lachte, obwohl ein Hauch von Sorge darin lag. »Oh Gott, Cedric darf es nie erfahren, und auch keiner der anderen. Nachdem du ihre romantischen Verstrickungen über die Jahre hinweg angeprangert hast? Sie werden deinen Kopf wollen, auch wenn du der Hälfte von ihnen dabei geholfen hast, zu heiraten.«

»Jonathan weiß es, aber er hat es niemandem gesagt.« Sie war überzeugt, dass er dieses Geheimnis mit ins Grab nehmen würde, wenn sie ihn darum bitten würde. »Und was die anderen angeht, so haben sie es verdient, dass ich mich einmische. Es sind nur noch Jonathan und Charles übrig.«

»Nur Charles«, korrigierte Horatia. »Weil Jonathan ganz sicher dir gehört.«

Bevor die beiden Schwestern noch etwas sagen konnten, klopfte es an der Schlafzimmertür.

»Ja?«, rief Horatia aus.

Ein Lakai spähte herein. »Verzeihen Sie, Mylady, aber ich soll Miss Sheridan eine Nachricht überbringen.« Sein Blick richtete sich auf Audrey.

Sie rutschte sofort vom Bett. »Was ist es?«

»Ein Bote von Lord Pembrokes Anwesen kam hierher und brachte eine schlechte Nachricht. Miss Beaumont und Lord Pembroke sind gerade abgereist.«

»Oh je.« Audrey tauschte einen Blick mit ihrer Schwester aus. »Was war denn los?«

»Es ist die Mutter Seiner Lordschaft. Sie ist erkrankt, und sie befürchten das Schlimmste. Er reiste ab, um sich um sie zu kümmern, und Miss Beaumont begleitete ihn. Miss Beaumont hat mich gebeten, Ihnen zu sagen, dass Sie sich keine Sorgen machen sollen und dass sie schreiben wird, sobald sie Neuigkeiten hat.« Audrey war begeistert, dass James und Gillian zusammen waren, aber traurig über die Umstände. Der Lakai hielt ihr einen Brief hin. »Und das hier ist auch für Sie angekommen.«

»Danke«, sagte Audrey. Der Lakai nickte und verschwand aus dem Blickfeld, indem er die Tür schloss. Audrey drehte das gefaltete und versiegelte Papier in ihren Händen und erkannte an dem Wachssiegel, dass es Avery Russell gehörte, einem von Luciens jüngeren Brüdern - dem Spion. Derjenige, der sie unterrichtet und ihr erlaubt hatte, ihm bei lokalen Beobachtungsaufgaben zu folgen.

»Geh. Wir reden später weiter.« Ihre Schwester gab ihr einen Schubs in Richtung Tür. Audrey eilte in ihr Gemach, um den Brief zu lesen.

. . .

Liebe Miss Sheridan,

Ich hoffe, es geht Ihnen gut, wenn Sie diesen Brief erhalten. Ich würde Sie gerne in London besuchen, sobald Sie zurück sind. Die Angelegenheit ist äußerst dringend. Schreiben Sie mir an die unten angegebene Adresse. Ich vertraue darauf, dass die Angelegenheit streng vertraulich behandelt wird.

Avery

AUDREY VERGEWISSERTE SICH, DASS SIE DIE ADRESSE auswendig kannte, bevor sie den Brief zum Kamin trug und ihn über die Holzscheite warf. Flammen fingen sich an den Rändern des Papiers, krochen hinein und färbten das Papier schwarz. Audrey verschränkte ihre Arme vor der Brust und fühlte sich seltsam besorgt. Hatte Avery einen Auftrag für sie? Sie konnte sich keinen anderen Grund vorstellen, warum er ihr schreiben sollte.

Ich hoffe, ich bin bereit.

Sie würde heute Abend nach London zurückkehren und ihm sofort antworten. Sie rief das Dienstmädchen und wies sie an, sofort zu packen und eine Kutsche kommen zu lassen. Sie machte sich keine Gedanken mehr über ihre Teilnahme an der Party. Ihr Hauptziel war es gewesen, James und Gillian zusammenzubringen, und das schien ihr auch gelungen zu sein. Es gab keinen Grund für sie zu bleiben.

Dann wanderten ihre Gedanken zu Jonathan. Wenn Avery einen Auftrag für sie hatte, dann war der Unterricht mit Jonathan praktisch vorbei. Es würde keine köstlichen Nächte in den Armen des anderen und keine langsamen, aufbauenden Küsse und Liebkosungen während des Tages mehr geben. Keine Leidenschaft mehr. Was auch immer sich zwischen ihnen entwickelt hatte, würde warten müssen, bis sie zurückkam.

Sie wusste, was einige der anderen über sie dachten. Dass

dies alles eine Chance für ein Abenteuer war. Dass es ein Spiel war. Aber die Begegnung ihrer Schwester mit dem Tod erinnerte sie nur allzu deutlich daran, dass dies kein Spiel war. Es erinnerte sie auch daran, warum das, was sie tun wollte, so wichtig war. England brauchte sie, und das musste an erster Stelle stehen.

Ich werde eine Nachricht hinterlassen. Wenn ich Jonathan sage, dass ich gehe, wird er sicher versuchen, mich aufzuhalten. Weil er ein Gentleman ist, egal, was er denkt. Aber wenn ich ein Spion sein soll, dann muss ich das allein tun.

Sie setzte sich an den Schreibtisch in ihrem Zimmer, tauchte eine Feder in ein Tintenfass und legte eine neue Seite vor sich hin.

Jonathan,

Die letzte Woche war wunderbar, und ich möchte nichts davon loslassen, aber es ist etwas Wichtiges dazwischen gekommen, und ich muss sofort nach London fahren. Wenn du mich nach meiner Rückkehr noch willst, dann gehöre ich dir.

Audrey

LIEBE UND EHE, WENN SIE ÜBERHAUPT MÖGLICH WAREN, mussten warten.

KAPITEL 18

»Weg? Was soll das heißen, sie ist *weg*?«

Jonathan war rasend vor Wut. Lucien und Charles saßen beide im Morgenzimmer, Lucien mit seiner Ausgabe der *Morning Post* und Charles mit einem Roman und einer Tasse Tee. Die beiden sahen so verdammt albern und häuslich aus, dass Jonathan am liebsten wie ein Bär gebrüllt hätte. Audrey war weggelaufen, und keinen der beiden Männer schien das zu kümmern. Was war mit ihnen los?

»Sie erzählte Horatia, dass eine Freundin an sie geschrieben hat, die einen Rat für ihre Aussteuer brauchte, und dass Audreys Modegespür dringend gebraucht wurde.« Lucien griff in seine Weste und zog einen Brief heraus. »Das hat sie für dich hinterlassen.«

Jonathan nahm den Zettel und entfaltete ihn, um ihn zu lesen. Darin stand, dass sie nach London abgereist war, aber sie hatte keinen Grund angegeben. Und man erwartete von ihm, dass er glaubte, was Lucien sagte? Nun, er glaubte es nicht. Ja, sein kleiner Wildfang liebte ihre Kleider, aber von einer Hausparty weglaufen, *von ihm*, um sich um ein albernes

Hochzeitskleid zu kümmern? Er war ihr in den letzten Tagen so nahe gekommen. Ihre gemeinsame Intimität war mehr als nur Küsse und hitzige Blicke; sie sprachen über das Leben, darüber, was sie sich für ihre Zukunft wünschten. Er hatte sich noch mehr in diese Frau verliebt, und sie jetzt zu verlieren ...

Ist sie vor mir weggelaufen?

War er zu schnell vorgegangen? Hatte er sie zu stark gedrängt? Er hatte weder verlangt, dass sie sich richtig liebten, noch hatte sie es angeboten. Sie spielten immer noch ein zaghaftes Spiel, aber jetzt war sie weg.

Jonathan schritt im Raum umher. »Du weißt genau, dass sie nicht wegen eines Kleides nach London zurückgegangen ist.«

Lucien hob eine dunkle Braue. »Vorsicht, du wirst noch eine Spur in den Teppichen hinterlassen, wenn du so weitermachst. Horatia mag diesen Teppich zu sehr. Rot ist im Moment unsere Lieblingsfarbe.« Lucien kicherte über einen privaten Scherz.

Jonathan blieb stehen und sah die beiden an. »Was ist los mit euch? Ihr seid beide so verdammt ... *langweilig* geworden. Der alte Lucien und der alte Charles wären losgestürmt, um herauszufinden, in welchen Schwierigkeiten Audrey steckte, und hätten um sie gekämpft.«

Seine beiden Freunde starrten ihn an, ihre Blicke wurden wütend und beleidigt. Doch dann setzte Charles seine Tasse Tee ab und seufzte. »So sehr es mich schmerzt, es zuzugeben, Lucien, er hat nicht Unrecht. Wir werden langsam weich. Mein Nachmittag ist frei. Lass uns den kleinen Wildfang retten gehen.« Er stand auf und wartete darauf, dass Lucien dasselbe tat.

»So *langweilig* ich auch klingen mag, ich fürchte, ich werde nicht mitkommen können.« Lucien legte seine Zeitung beiseite. »Ich wünsche euch Glück, aber ich kann weder

Horatia noch das Baby verlassen. Ich würde es zu jedem anderen Zeitpunkt sofort tun, aber Evan ist noch zu zerbrechlich.«

Eine Sekunde lang sprach niemand, und Jonathan hatte wieder das Gefühl, dass die Liga zerbrach, dass die Bande, die sie einst fest umklammert hatten, zu bröckeln begannen. Damit kam ein Gefühl des drohenden Unheils, das sein Blut in Wallung brachte.

Wenn wir nicht zusammenstehen, werden wir alle fallen.

Die Tür zu Luciens Arbeitszimmer öffnete sich knarrend, und Horatia erschien in der Tür, das Kinn hoch erhoben, ein Baby im Arm.

»Evan ist nicht zerbrechlich, mein Schatz, er wird jeden Tag stärker. Und du wirst Audrey verfolgen.« Sie klopfte sanft auf den Hintern ihres Bündels, ging tiefer in den Raum und wiegte das Kind.

Lucien stand auf und errötete. »Ich verlasse dich nicht, nicht so bald.« Er ging zu ihr und schlang seine Arme um sie und das Baby.

»Evan geht es gut, mir auch. Audrey hingegen geht es ganz sicher nicht gut.« Horatia schien zu zögern, und dann räusperte sie sich. »Ich habe ihre Geschichte nicht geglaubt. Sie hat versucht, die Rolle der Spionin zu spielen, und ich fürchte, der Brief, den sie erhalten hat, hatte mit diesen Wünschen zu tun. Sie verbrannte den Brief gleich danach, was sie sonst nie tut. Und dieser Blick auf ihrem Gesicht, Angst und Aufregung. Das war nicht der Blick von jemandem, der einkaufen gehen wollte.«

»Ein Spion?« Luciens haselnussbraune Augen verdunkelten sich, und Jonathan sah den aufkommenden Sturm darin, aber Lucien war nicht wütend auf seine Frau. Er war wütend auf sich selbst.

»Ich dachte, der Unterricht sei harmlos genug«, sagte Horatia. »Aber wenn Jonathan sich Sorgen macht, dann mache ich mir auch Sorgen. Du musst ihr nachgehen. Sei der Mann, den ich geheiratet habe, der Schurke, der sich der Gefahr stellt, egal wie hoch das Risiko ist.«

Luciens Gesicht wurde hart, und Jonathan sah darin den Mann, der er einmal gewesen war, den Mann, der seinen eigenen Freund am Weihnachtstag im Namen der Liebe zum Duell herausgefordert hatte. Der Mann, der sein Leben riskiert hatte, indem er in ein brennendes Gärtnerhaus rannte, um Horatia und Cedric das Leben zu retten. Dieser Geist war es, der die Liga der Schurken einst unaufhaltsam gemacht hatte. Die feinen Härchen in Jonathans Nacken stellten sich auf, als er wieder Hoffnung schöpfte.

»Wer, zum Teufel, hat ihr diese dummen Ideen in den Kopf gesetzt?«, murmelte Lucien.

»Ich habe sie bedauerlicherweise ermutigt«, gestand Charles. »Aber sie und Avery waren bereits seit einem Jahr in Kontakt. Ich dachte, es würde sie unterhalten und sie aus Ärger heraushalten, wenig mehr als die Klatschsammlungen, an die sie bereits gewöhnt war.«

»Avery? Das hat sie also im letzten Jahr mit ihm gemacht, wenn ihr drei zum Essen und auf Bälle gegangen seid. Ich werde ihn töten!«

»Das wirst du nicht«, sagte Horatia und unterbrach ihn. »Wenn Audrey verletzt wird, *werde ich* ihn töten.«

Lucien seufzte und ließ sich in seinen Sitz zurücksinken. »Audrey macht nur Ärger, egal was sie tut. Aber wenn er sie in eine Spionin verwandelt ... Nein. Sie ist nicht bereit für solche Dinge. Sie wird wahrscheinlich nie so weit sein. Sie ist nicht die richtige Art von Frau, um ...« Er rang nach Worten.

Jonathan nickte, seine Sorge wuchs. Audrey war zu offen und neugierig, um eine Spionin zu sein, und ihr Aussehen würde die Aufmerksamkeit der Männer weithin auf sich ziehen. Aber gleichzeitig war nicht zu leugnen, dass etwas sie antrieb. Das Bedürfnis, die Erwartungen zu übertreffen. Und er begann zu ahnen, worum es dabei ging. Selbst ein Heiratsantrag hätte sie nicht davon abgehalten, sich auf ein solches Abenteuer einzulassen.

»Ich befürchte zwar, dass sie auf mehr Ärger zusteuert, als sie bewältigen kann, aber ihr solltet ihre Fähigkeiten nicht unterschätzen«, sagte Jonathan.

Lucien gluckste. »Ein hübsches kleines Mädchen wie dieses? Sie ist fähig genug, da bin ich mir sicher, aber ich kann mir nicht vorstellen, dass sie irgendwas tun könnte, ohne entdeckt zu werden.«

»Das ist genau das Problem«, sagte Jonathan, als sich der Moment in seinem Kopf zu klären begann. »Das kannst du nicht. Keiner von uns kann das. Was meinst du, wie sie sich dabei fühlt?«

Charles schien zu verstehen, aber Lucien sah nur noch verwirrter aus. »Wovon redest du?«

»Erlaube mir, es so zu formulieren. Würde es dich überraschen zu erfahren, dass sie seit ihrem fünfzehnten Lebensjahr Lady Society ist?«

»Was?« Lucien sprang von seinem Sitz auf.

»Unmöglich!«, knurrte Charles.

»Dieses kleine Luder, das sich einmischt«, sagte Lucien. »All diese Geheimnisse, die sie entdeckt hat. All diese Dinge, die sie über mich gesagt hat ... seit *Jahren*.«

»Ich habe ihr vertraut«, murmelte Charles, immer noch wütend. Doch dann, wie aus dem Nichts, brach er in Gelächter aus. »Warte mal. Wie zum Teufel hat sie von dem Vorfall mit den Schwänen erfahren?«

Lucien verdrehte die Augen. »*Jeder* wusste von den Schwänen.«

»Verdammt, woher wissen alle davon?«

Lucien und Jonathan zuckten beide mit den Schultern. Gerüchte über Charles' Heldentaten erreichten immer die Ohren der Londoner Gesellschaft, auch weil er nicht umhin konnte, Freunden außerhalb der Liga Teile seiner berüchtigten Eskapaden zu erzählen. Zweifellos hielt er sich für schlau, weil er niemandem die ganze Geschichte erzählte, aber sobald die Leute ihre einzelnen Teile miteinander teilten ...

Lucien schüttelte den Kopf. »Nun, ich muss zugeben, wenn sie ein solches Geheimnis so lange bewahren konnte und über die Mittel verfügt, so viel Wissen über die Londoner Gesellschaft zu sammeln, hat sie vielleicht doch das Zeug zu einer Spionin.«

»Wie dem auch sei, sie ist wahrscheinlich in Schwierigkeiten, und ich will nicht, dass sie verletzt wird«, sagte Horatia. »Ihr fahrt noch heute Abend alle drei nach London.«

»Woher wissen wir überhaupt, dass sie in Lebensgefahr schwebt?«, forderte Charles zu wissen. »Was, wenn sie nur weggelaufen ist, um Avery auf einem Ball zu begleiten?«

Horatia seufzte. »Charles, Liebling, geht Avery jemals auf Bälle? Außer um sie zu stören? Der letzte Ball, an dem er teilnahm, diente dazu, Zehra Darzi von Lawrence zurückzuholen und sie nach Persien zu bringen. Er geht nicht zum Vergnügen auf Bälle, und soweit ich weiß, macht er einen Großteil seiner *Arbeit* nicht in London. Er reist fast immer außerhalb des Landes.«

»Woher zum Teufel weißt du das denn?«, fragte Lucien seine Frau.

Sie verdrehte die Augen. »Ihr Männer vergesst, dass Frauen die ersten und besten Spione waren und immer noch sind. Wir werden von den Männern häufig, wenn nicht sogar völlig ignoriert. Ich habe einiges mitbekommen, was ich nicht hätte mitbekommen sollen, weil Männer glauben, dass Frauen keine Ohren haben, um zuzuhören. Für sie sind wir nur dumme Stofffetzen.«

Charles schaute schuldbewusst auf den Boden. »Das ist leider richtig. Ich habe mehr als einmal festgestellt, dass

Frauen oft wie dumme Kleinkinder behandelt werden.« Er warf einen Blick auf Lucien. »Wenn Horatia glaubt, dass es etwas Ernstes ist, kann es nicht schaden, wenn wir jetzt gehen und herausfinden, was für ein Problem es sein könnte. Wenn es ihnen gut geht, können wir hier zur Hausparty zurück-kehren und verpassen nur einen Tag.«

»Ausgezeichnet. Dann ist das beschlossene Sache.« Horatia wippte weiter das Baby und reichte es dann Lucien. »Verabschiede dich von deinem Sohn. Küss ihn, dann geh packen. *Ihr alle*«, fügte sie zu Charles und Jonathan hinzu.

Charles verbeugte sich höflich vor Horatia, als hätte er gerade den Befehl einer Königin entgegengenommen. Jona-than musste nicht überzeugt werden. Lucien umarmte Evan fest und drückte ihm einen Kuss auf die Stirn, bevor er ihn wieder aus der Hand gab. Dann küsste er seine Frau innig und ließ sie mit verträumten Augen zurück. Ein Anflug von Neid durchzuckte Jonathans Herz. Er wollte dieses häusliche Glück mit Audrey, aber sie lief immer wieder vor ihm weg. Diesmal könnte sie jedoch zu weit und zu schnell gelaufen sein.

»Sorge dafür, dass sie in Sicherheit ist, Geliebter«, flüsterte Horatia.

»Das werde ich«, schwor Lucien und nickte Charles und Jonathan zu. »Lasst uns gehen.«

Die drei gingen, um Vorbereitungen zu treffen. Die Liga der Schurken würde Lady Society retten, notfalls auch vor sich selbst.

❧

AUDREY KLETTERTE AUS DER KUTSCHE UND BLICKTE AUF das Theater von Covent Garden. Die leichte Kälte der Nacht-luft ließ sie frösteln. Ihr rotes Satinkleid mit schwarzer Spitze war ein gewagter Entwurf mit tiefem Ausschnitt, aber es passte gut zu dem Stück heute Abend, von dem sie gehört hatte, dass es furchtbar unzüchtig war. In Anbetracht der Menschen, die sie bereits umringten, als sie sich dem Theater näherte, war zweifellos eine lärmende Menge anwesend. Damen und Herren füllten den Raum, einige in feiner Kleidung, andere in eher skandalös angezogen.

»Bereit?« Avery Russell nahm ihre Hand und begleitete sie die Treppe hinauf. Ihr Herz flatterte, und die Nerven zerrten an ihrem Bauch, so dass sie sich ein wenig unwohl fühlte. Heute Abend würde sie einen Mann treffen, von dem Avery gesagt hatte, dass er sie bei ihrer geheimen Mission in Frankreich begleiten würde. Zum hundertsten Mal an diesem Abend hatte sie sich gewünscht, Jonathan wäre hier. Sie vertraute Avery, vertraute auf sich selbst, aber die Angst vor ihrer allerersten Prüfung war unüberwindbar.

»Ich glaube, das bin ich.« Sie ließ sich von ihm hineinführen. Die Frauen beäugten sie eifersüchtig, was keine Überraschung war. Sie ging am Arm eines gut aussehenden Rotschopfes, der seinem älteren Bruder in Sachen gutes Aussehen Konkurrenz machte.

Das elegante Interieur des Theaters war gestaltet worden, um zu beeindrucken. Sie war noch ein Kleinkind gewesen, als das vorherige Theater bei einem Brand zerstört wurde. Der Prinz von Wales und andere wohlhabende Gönner hatten Geld für den Umbau des Theaters gespendet, und das Ergebnis war wirklich großartig. Sie war schon einmal hier gewesen, aber sie hatte es nicht mit den Augen einer Frau gesehen, die sich auf eine Spionagemission vorbereitet.

Jedes Detail schien ihr jetzt aufzufallen. In der Vorhalle, die sie und Avery betraten, führte eine Treppe zwischen zwei Säulenreihen hinauf. Zwischen jedem Säulenpaar hing eine griechische Lampe, deren Licht die Menschenmenge erhellte, die sich darunter tummelte. Audrey stolperte fast in Avery hinein, als sich Männer und Frauen um sie herum bewegten.

Es war ein beliebtes Stück heute Abend, und sie würden wahrscheinlich von vielen Leuten gesehen werden, was, wie Avery ihr gesagt hatte, seine Absicht war. Als sie ihn um eine Erklärung gebeten hatte, hatte er die Lippen verzogen und gesagt, er würde es ihr erst sagen, wenn sie sicher aus dem Theater heraus seien.

Als sie die Treppe hinaufstiegen, kamen sie an mehreren Pilastern vorbei und sahen sich bald einer Shakespeare-Statue gegenüber. Die Statue war vollständig in die Kleidung ihrer Zeit gekleidet und hielt eine Pergamentrolle in der Hand, die eher an einen Anwalt als an einen Dichter erinnerte. Avery begleitete sie in eine untere Loge; die halbrunde Nische war mit Reliefbildern aus verschiedenen Shakespeare-Stücken geschmückt.

Audrey näherte sich der Vorderseite der Loge und ließ ihren schwarzen Schal um die Ellbogen fallen, während sie sich über den Rand beugte, um das Publikum unter ihr zu betrachten. Von dort, wo sie stand, konnte sie die goldenen Blumen bewundern, die sich entlang der einzelnen Theaterkästen zogen. Über den sie trennenden Säulen hingen Kronleuchter aus geschliffenem Glas, die goldene Strahlen über das riesige Theater malten.

»Es ist wunderschön, nicht wahr?«, sagte Avery, als er sich zu ihr an den Rand der Empore setzte.

»Das ist es. Seit meinem Debüt war ich schon ein paar Mal hier, aber ich werde des Anblicks nicht müde.« Vor ihnen breitete sich eine tiefe und breite Bühne aus, auf der sich die Schauspieler bewegen konnten und die reichlich Platz für aufwendige Kulissen bot, die auf Rädern herbeigefahren werden konnten.

Die Geräusche der Menschenmenge im hinteren Teil des Theaters hallten von den Wänden wider, und der Duft von Zitrusfrüchten lag in der Luft. Junge Frauen überbrachten auf den Galerien und in der Grube Nachrichten zwischen den

Parteien und verkauften Orangen. In der Regel dienten die Früchte als Belohnung für die Theaterbesucher, manchmal wurden sie aber auch zusammen mit Stöcken und Äpfeln auf die Bühne geworfen, wenn ein schlechter Schauspieler vor ihnen stand. Audrey mochte es nie, wenn jemand mit Orangen beworfen wurde, aber es passierte.

»Setz dich doch, und ich schaue mal, ob ich unseren Gast entdecken kann.« Avery begleitete sie zu dem Trio von Stühlen in ihrer Loge. Sie rückte ihre Röcke zurecht und setzte sich. Avery verschwand, und Audrey versuchte, ihre Nerven zu beruhigen. Sie wünschte, sie wüsste etwas über den Mann, den sie treffen würde, aber Avery hatte nur wenig gesagt.

Sei tapfer. Du schaffst das. Avery hätte dich heute Abend nicht hierher gebracht, wenn er nicht glauben würde, dass du bereit bist. Und du weißt, wie du dich schützen kannst, dank Jonathans Unterricht. Du bist nicht hilflos.

Sie drehte sich um, als sie hörte, wie die Tür zu ihrer Loge geöffnet wurde. Avery kam zurück, gefolgt von einem großen, gut aussehenden Mann mit dunklem Haar und braunen Augen. »Miss Sheridan, erlauben Sie mir, Ihnen Mr. Daniel Sheffield vorzustellen.«

Der Mann beugte sich über ihre Hand und drückte ihr einen sanften Kuss auf die Knöchel.

»Es ist mir ein Vergnügen«, sagte er. Sein Blick wanderte mit einer gewissen Intensität über sie.

»Ganz meinerseits.« Sie sah zwischen ihm und Avery hin und her, und beide Männer setzten sich. Sie warteten schweigend auf den Beginn des Stücks. Als das geschah, war die Menge so weit abgelenkt, dass die Männer sich zu ihr hinunterbeugen und ihr Gespräch beginnen konnten.

»Unsere Reise nach Frankreich wird einfach sein«, flüsterte Avery. »Es gibt eine Gruppe von Engländern, die sich vor der Küste von Calais treffen wollen. Alias-Identitäten wurden vorbereitet, und Nachrichten, die für uns bürgen, wurden verschickt. Wir werden die Reformisten infiltrieren, um herauszufinden, was sie, wenn überhaupt, vorhaben. Dann gehen wir gegebenenfalls nach Paris und stellen fest, ob sie mächtige politische Unterstützer in der französischen Gesellschaft haben. Da kommen Sie ins Spiel, Miss Sheridan.«

»Und was muss ich tun?« Audrey achtete darauf, Avery nicht anzuschauen, und hob ihren Fächer, mit dem sie leicht über ihr Gesicht strich, um ihre Lippen zu verbergen, falls sie beobachtet wurden.

»Sie werden sich als Mr. Sheffields Braut ausgeben, natürlich unter einem Pseudonym. Sie beide agieren als selbsternannte englische Aristokraten im Exil, die sich mehr mit den französischen als mit den englischen Idealen identifizieren. Sie sollen das Vertrauen des französischen Hofes gewinnen, damit sie mit Ihnen frei über alle Aktivitäten sprechen, die England bedrohen.«

Audrey erstarrte, ihr Fächer schwebte über ihrem Gesicht. »Seine Braut?« Sie fragte sich, was passieren würde, wenn das jemals bis nach London durchdringen würde. Selbst unter einem Pseudonym könnte man noch erkannt werden. Was würde Jonathan von ihr denken? Sie nahm jedoch an, dass der ganze Zweck ihrer Mission darin bestand, *nicht* erkannt zu werden. In der Loge herrschte einen Moment lang Stille, die nur durch den unerträglichen Klang eines Schauspielers auf der Bühne unterbrochen wurde, der ein unanständiges Lied anstimmte, das die Menge zum Jubeln brachte.

»Sie brauchen sich keine Sorgen zu machen«, antwortete Avery. »Solche Ereignisse sollen nicht an die Öffentlichkeit dringen. Ihr Pseudonym wird Ihren Ruf hier in England schützen. Aber Sie können nicht allein reisen, das würde zu viele Fragen aufwerfen. Ein frisch verheiratetes Paar wird überhaupt kein Misstrauen erregen.«

»Keine Angst, Miss Sheridan. Ich werde mich strikt an den Anstand halten«, versicherte Daniel ihr.

»Danke, Mr. Sheffield«, flüsterte sie, in der Hoffnung, ihm zu versichern, dass sie sich von dieser neuen Entwicklung nicht abschrecken ließ. Aber sie wurde das Gefühl nicht los, dass etwas nicht stimmte, nicht nur mit dem Auftrag, sondern auch mit der Art und Weise, wie seine dunklen Augen sie studierten, als ob er sie besser kennen würde, als er sollte. Aber das war nicht ihre einzige Sorge. »Ich bin vielleicht nicht vertraut mit den Gepflogenheiten Ihres Departements, aber warum sind die Reformisten für England so wichtig? Das ist das Problem Frankreichs, nicht unseres, und ich kann mir nicht vorstellen, dass es aus Nächstenliebe oder gutem Willen geschieht.«

Die beiden Männer tauschten einen Blick aus und schenkten einander sogar ein Lächeln. Ob es sich dabei um Belustigung oder berufliche Wertschätzung handelte, wusste sie nicht.

»Sie haben ganz recht, Audrey«, sagte Avery. »Aber internationale Beziehungen können eine komplexe Angelegenheit sein. Wir treiben zum Beispiel regen Handel mit ihnen, und politische Instabilität könnte diesen Handel stören.«

»Außerdem gibt es bestimmte Formen der Instabilität, die ... ansteckend sind«, fügte Sheffield hinzu. »Das Letzte, was England will, ist eine Revolution.«

Audrey nickte verständnisvoll.

»Also gut«, sagte Avery. »Wir reisen morgen früh ab. Die *Lady's Splendor* wird am Mittag in See stechen. Bringen Sie eine Truhe mit, in der sich die Kleidung befindet, die Sie brauchen, und was Sie sonst noch brauchen.«

»Die *Lady's Splendor*,« wiederholte sie den Namen des Schiffes. Ein Teil von ihr konnte nicht glauben, dass dies tatsächlich geschah. Sie würde zu einem echten Spionageeinsatz nach Frankreich aufbrechen.

Sie blieb für den Rest des Stücks, wie auch die anderen, aber ihre Gedanken waren meilenweit weg. Was tat Jonathan gerade? Hatte es ihn überhaupt interessiert, dass sie die Party verlassen hatte? Ein Teil von ihr machte sich Sorgen, dass sie ihre Spuren zu gut verwischt hatte. Sie hatte allen erzählt, dass sie einer Freundin bei der Auswahl eines Hochzeitskleides helfen würde, was sie natürlich auch tun würde, aber würde Jonathan ihr das glauben? Oder würde es ihn überraschen, dass sie nach allem, was zwischen ihnen geschehen war, gegangen war? Sie wünschte sich, dass er, nicht Mr. Sheffield, derjenige wäre, mit dem sie sich als Ehepaar ausgeben würde. Audrey wollte nicht daran denken, was passieren würde, wenn bei dieser Mission etwas schief ging. Keiner ihrer Familie oder Freunde würde erfahren, was mit ihr geschehen war, bis es zu spät war.

Das ist es, was du wolltest, erinnerst du dich? Deinem Land zu dienen. Etwas Wichtigeres zu tun als Gesellschaftskolumnen zu schreiben. Einen Unterschied machen. Erwachsen werden.

Doch alles, woran sie denken konnte, war, dass sie zurück zu Jonathan wollte, zurück zu ihrer Familie und zur Planung ihres nächsten Lady Society-Artikels. Aber sie hatte zu viel Angst, um jetzt aufzugeben und wegzugehen.

Sie blickte zur Bühne, zu den Schauspielern, die ihren Text aufsagten und etwa zwei Stunden lang zweimal am Tag ein anderes Leben führten. In gewisser Weise war das, was sie tun würde, nicht anders, nur dass es keine Proben gab und die Premiere reibungslos über die Bühne gehen musste. Andernfalls würde das Publikum ihr mehr antun als nur Obst zu werfen.

Nach der Aufführung begleitete Avery sie nach Hause. Ein Dienstmädchen aus dem oberen Stockwerk half ihr beim Packen eines Koffers mit Kleidern, der am nächsten Morgen um elf Uhr zu den Docks gebracht werden sollte. Sie packten eine Garderobe für eine frisch verheiratete Engländerin, die

die französische Mode der ihres Landes vorziehen würde. Es würde ihr bei allen französischen Aristokraten helfen, auf die sie treffen würden.

Sie schlüpfte in ihr Lieblingsnachthemd und wickelte einen bequemen Morgenmantel um sich, bevor sie sich auf einen Stuhl setzte, um am Feuer zu lesen. Während der Hausparty hatten sie und Jonathan nebeneinander gesessen und bis tief in die Nacht gelesen, bevor sie schließlich ins Bett gingen. Wie sehr sie ihn bereits vermisste. Es fühlte sich leer an ohne ihn neben ihr, der in seinem eigenen Buch blätterte und seine Fingerspitzen in süßen kleinen Streicheleinheiten über ihren Arm gleiten ließ, während sie aneinander gekuschelt im Bett saßen.

Sie hörte einen Aufruhr draußen im Foyer und fragte sich, was um alles in der Welt los sei.

»Sir! Sie dürfen da nicht reingehen! Sie empfängt keine Besucher!«, rief der Butler. Eine Sekunde später öffnete sich die Tür zu ihrem Schlafgemach krachend.

Die rachsüchtige und schöne Gestalt Jonathans stand keuchend vor ihr. Zwei Lakaien packten ihn an den Armen und versuchten, ihn zurückzuhalten. Das beunruhigte sie nicht, sondern erregte sie. Er war einfach nicht aufzuhalten.

Hatte sie noch Zweifel an seinen Gefühlen gehabt, so wurden sie durch seinen Anblick mit den Lakaien, die an seinen Armen baumelten, ausgeräumt.

»Schick diese Dummköpfe weg, damit du und ich ein Gespräch unter vier Augen führen können.«

»Bitte, lasst ihn los. Es ist alles in Ordnung«, sagte sie zu den Lakaien.

»Sind Sie sicher, Miss?«, fragte derjenige, der an seinem rechten Arm hing. »Er scheint ein wenig verärgert zu sein.«

Sie legte ihr Buch beiseite und stand von ihrem Stuhl auf. »Ich bin mir sicher. Dies ist eine private Angelegenheit, aber ich bin nicht in Gefahr.« Sie ließen Jonathan los, aber beide starrten ihn mit großen Augen an.

»Sagen Sie nur ein Wort, Miss, und wir werfen ihn raus«, sagte der mutigere der jungen Männer, obwohl er sich nicht sicher zu sein schien, ob er dieses Versprechen einlösen konnte.

»Danke, aber das wird nicht nötig sein«, versicherte sie ihnen. Nachdem sie ein paar Sekunden gewartet hatten, bis Jonathan nicht mehr schäumte, verließen die beiden Männer schließlich den Raum.

Jonathan richtete seinen Mantel, der ihm während des Kampfes fast ausgezogen worden war, und stapfte dann herein, wobei er die Tür hinter sich schloss. Die Energie, die sich zwischen ihnen aufbaute, schien sich nur noch zu verstärken, da sie nun allein waren. Sie setzte sich wieder auf ihren Stuhl und versuchte, ruhig zu bleiben und ihm nicht zu zeigen, wie froh sie war, dass er hier war.

»Solltest du nicht einer jungen Dame beim Einkaufen eines Hochzeitskleides helfen?«, fragte er leise. Seine grünen Augen leuchteten, und seine sinnlichen Lippen bildeten eine feste Linie.

»Sei doch nicht albern. Zum Einkaufen ist es eindeutig zu spät. Solltest du nicht auf einer Hausparty in Kent sein?«, entgegnete sie beiläufig, klappte das Buch in ihrem Schoß zu und legte es beiseite.

»Mein Grund für die Teilnahme schien verschwunden zu sein.« Er zog seinen Mantel aus, setzte sich neben sie und stützte die Ellbogen auf die Knie, während er sie ansah. Es machte sie fast schwindelig, ihm wieder so nahe zu sein, vor allem, wenn man bedachte, wie er sie ansah, als wolle er sie auf die sündhafteste Weise vernaschen.

»Sag mir, was hast du vor? Und erzähl mir nicht dieses Märchen, dass du einer Frau bei der Suche nach einer Aussteuer helfen willst. Lügen stehen dir nicht.«

Audrey biss sich auf die Lippe. Das Letzte, was sie tun wollte, war, ihm die Wahrheit zu sagen. Er wollte sie nicht nach Frankreich gehen lassen. Aber er hatte auch Recht. Sie konnte ihn nicht anlügen, deshalb hatte sie den Zettel geschrieben und war abgehauen, bevor er sie aufhalten konnte. Hätte er die Wahrheit in ihrem Gesicht gesehen, hätte er einen Weg gefunden, sie zum Bleiben zu bewegen und ihr Versprechen zu vergessen, etwas mehr zu werden.

Sie verschränkte müßig ihre Finger im Stoff ihres Morgenmantels.

»Wenn ich es dir sage, wirst du wütend werden, und ich möchte deine Empörung im Moment lieber nicht ertragen.« Sie griff nach ihrem Tee, nippte daran und vermied es, ihn direkt anzusehen.

»Das Einzige, was mich ärgert, ist, dass du dein Leben in Gefahr bringst.« Er sagte dies langsam und bedächtig, als ob er ihre Täuschung durchschauen wollte. »Das bedeutet, dass du etwas Riskantes vorhaben dürftest. Ist es dieser Spionage-Unsinn?«

Sie setzte ihre Teetasse klappernd auf die Untertasse zurück, als die Wut in ihr hochstieg. »Das ist kein Unsinn.«

»Das ist es.« Er stand abrupt auf und begann, vor ihr auf und ab zu gehen. »Das ist gefährlicher, törichter Unsinn.«

Sie sprang vor ihm auf. »Weil ich eine Frau bin?«

»Nein.« Er überragte sie, die Hände in die Hüften gestemmt. »Weil du nicht richtig ausgebildet wurdest. Männer wie Avery Russell haben *Jahre* damit verbracht, die Kunst der Spionage zu erlernen. Das hast du nicht.«

»Ich wurde *von* Avery Russell ausgebildet. Wenn er denkt, dass ich bereit bin, wer bist du dann, dem zu widersprechen?«

»Weil du dabei getötet werden könntest!«

Ihre Augen brannten vor Tränen. Sie war nicht bereit, oder? In diesem Moment hasste sie ihn, hasste ihn dafür, dass er Recht hatte, und hasste ihn dafür, dass er ihre Träume zerstörte. Nein, schlimmer noch, dass er ihren Glauben an sich selbst zerstörte.

»Ich bin dir egal, also warum lässt du mich nicht gehen und mich umbringen lassen?«, schrie sie ihn an, während sie ihre Tränen zurückhielt.

Jonathan ergriff ihre Handgelenke und schüttelte sie. »Bei Gott, Frau, du machst mich wahnsinnig!« Er beugte sich über sie, warf sie sich über die Schulter und trug sie zum Bett. Sie keuchte, als sie versuchte, sich gegen seinen Rücken zu stemmen und sich frei zu winden. Es funktionierte nicht. Sie wurde auf ihr Bett geworfen. Eine Sekunde lang starrten sie einander an, beide keuchend, bevor er den Saum ihres Morgenmantels packte und ihn aufriss, so dass sie nur noch ihr Nachthemd trug. Sie drehte sich um, als er es von ihr herunterzog und sie tiefer in die Mitte des Bettes kroch.

»Was machst du da?«, fragte sie, aber sie wusste es. Jede Frau würde das wissen. Endlich verhielt er sich so, wie sie es wollte, wie ein Mann, der sie haben musste.

»Ich beweise dir, dass du mir nicht egal bist. Hast du etwas dagegen?«, schnappte er. Sein blondes Haar fiel ihm über die Augen, während er nach den Knöpfen seiner grünen Seidenweste griff.

Dagegen? Nein, sie hätte etwas dagegen, wenn er aufhören würde.

Anstatt ihm mit Worten zu antworten, setzte sie sich auf die Knie und packte seine Weste oben, wo die Knöpfe begannen, und sie zerrte so heftig daran, sodass der Stoff aufriss und die Knöpfe auf dem Boden verstreut wurden.

»Das verstehe ich als ein Nein.«

Er drückte sie an seine Brust, und sie befreite ihre Hände, um sie in seinem Haar zu vergraben und an den Strähnen zu zerren, während ihre Münder in einer Mischung aus Wut und Leidenschaft aufeinander trafen. Rohes, wildes Verlangen floss zwischen ihnen. Er stöhnte auf, als sie ihre Nägel in seinen Nacken krallte und er ihren Körper umarmte, wobei seine großen Hände ihre Pobacken fest umklammerten und das Flüstern des Schmerzes und der Schrei der Lust zu exquisit für Worte waren.

Audrey konnte nicht nahe genug an ihn herankommen, konnte nicht genug von dem Geschmack seines Kusses bekommen, der sie zum Stöhnen brachte. Dies war ein verzweifelter Tanz des Fleisches, den sie niemals beenden wollte. Die Hitze kribbelte in ihrem Unterleib, als sie sich der ursprünglichen Welle des Verlangens hingab, die sie überkam.

Ihr Kuss wurde unterbrochen, als er sich aus seiner Weste befreite, sein Hemd aus der Hose zog und es sich über den Kopf streifte. Sie berührte ihre Lippen mit dem Handrücken und atmete so schwer, dass sie außer dem Rauschen ihres Blutes in den Ohren nichts mehr hören konnte. Er stand mit nacktem Oberkörper vor ihr, und sie rutschte auf dem Bett noch weiter zurück. Sie wusste, was sie wollte. Ihn. Und sie wusste, wie sie ihn bekommen konnte. Sie leckte sich über die Lippen, ohne sich darum zu kümmern, dass der Raum plötzlich zu heiß war. Es würde nur noch heißer hier drin werden.

»Nimm dir, was du willst, *wenn* du kannst«, forderte sie, und ihr Körper summte vor heftigem Hunger. Nur dieser Mann konnte eine solche Urreaktion bei ihr hervorrufen. Sie *wollte* ihn, und sie wollte ihre Nägel in seinen Rücken schlagen und ihn wie eine Wildkatze beißen.

Er öffnete die Knopfleiste seiner Hose und zog sie mit einem Ruck zurück auf das Bett, so dass sie dicht bei ihm lag und ihre Gesichter nur wenige Zentimeter voneinander entfernt waren. Dann spreizte er ihre Beine und schob ihr Nachthemd hoch. Sie umklammerte seine Schultern und sah ihm in die Augen, als er sie hochhob. Sie atmete scharf ein bei dem plötzlichen Gefühl, dass er in ihr Innerstes drückte.

»Bist du sicher?« Seine Stimme war hart und kehlig.

»J-ja.«

Er stieß in sie hinein, und es fühlte sich an, als würde sie von einem heißen Schürhaken durchbohrt werden. Sie schrie auf und versuchte, sich zu entspannen. Das Feuer in ihrem Innern überkam sie bald, und sie konnte nur noch daran denken, wie gut er sich anfühlte und wie sehr sie ihn in sich haben wollte. Sie wollte jeden Zentimeter von ihm beanspruchen. Ihr Mund suchte den seinen, und seine breiten Schultern hoben sich, als er sie weiter hochhielt. Ihre Beine legten sich um seine schmalen Hüften und drückten ihn an sich.

Dieser dunkle, exotische Duft, der nur ihm eigen war, umhüllte sie. Die Dringlichkeit seiner Lippen ließ sie an nichts anderes denken, als daran, wie gut er sich anfühlte, und an die heiße Enge, die von ihm vollständig ausgefüllt wurde. Sie hatte sich in ihrem ganzen Leben noch nie jemandem so nahe gefühlt. Es gab keinen Teil von ihm, der dort endete, wo sie nicht begann. Ihr Blut sang in ihren Adern, und ihr Herz schlug wie eine Flut von Emotionen, zu viele, um sie zu sortieren. Er hob sie hoch, sein Schaft zog sich aus ihr zurück, aber bevor sie protestieren konnte, stieß er wieder in sie hinein.

Plötzlich fiel sie, die weiche Federmatratze fing sie auf, als er sie auf das Bett fallen ließ und auf ihr landete. Er ergriff ihre Hände, drückte sie auf beiden Seiten ihres Kopfes aufs Bett und verschränkte seine Finger mit ihren. Ihr Körper zitterte vor innerem Feuer, als er immer wieder in sie eindrang, mal hart und schnell, mal langsam und sanft. Es war, als würde er einen Teil von ihr auf eine Weise befreien, die sie nicht ganz verstand. Sie waren Haut an Haut, Mann und Frau, und teilten ein Vergnügen, das sich wie ein loderndes Feuer entwickelte. Die Welt drehte sich um sie, sie schrie auf und warf den Kopf zurück.

»Audrey.« Jonathan keuchte gegen ihre Lippen, als er sich über ihr versteifte. Sie öffnete die Augen, als er sie ansah, und sie wusste, dass sie ihn liebte, dass sie niemals einen anderen lieben würde, komme was wolle. Er hatte nicht nur ihren Körper geweckt, sondern auch ihr Herz und ihre Seele. Und in diesem Moment sah sie dasselbe in seinen Augen.

Ich bin ihm wichtig. Wirklich wichtig.

Im schummrigen Licht des Zimmers verfärbten sich seine Augen in ein dunkles Moosgrün und ließen sie an den Nachmittag auf dem Boot denken, nachdem sie geangelt und sich geküsst hatten. Sie hatte auf die gesprenkelten braunen Rücken von Kröten hingewiesen, die von moosbewachsenen Felsen sprangen, und über die kleinen Spritzer gelacht, die sie machten, bevor sie im Wasser verschwanden. Dieser sonnige Tag war voller stiller, zufriedener Magie gewesen, und er hatte alles mit ihr geteilt. Jetzt waren sie in einem anderen Zauber gefangen, der zwar anders war, aber in seiner Intimität genauso tief.

Sie löste eine ihrer Hände von seiner und strich mit den Fingern an seinem Kiefer entlang bis zu seinem Haar, das sie ihm aus den Augen strich.

»Wie kannst du nur so schön sein?«, fragte sie mit leiser Stimme.

»Ich? Du bist die Schöne.« Er beugte sich herunter und stahl ihr einen langsamen, herrlich süßen Kuss, der ihr im Herzen weh tat. »Audrey ... Ich möchte dich um etwas bitten, nur eine Sache.«

Ihre Brust füllte sich mit Panik, und sie versuchte, sich von ihm zu lösen, aber er hielt sie unter sich.

»Ich hätte das gerne richtig gemacht, aber es scheint, als hätte ich nie die Chance dazu, wenn ich dich nicht unter mir habe und mit Lust sättige.« Sein Ton war halb frustriert, halb amüsiert.

»Bitte ...«

»Sei still, kleiner Kobold.« Seine Lippen verzogen sich zu einem jungenhaften Grinsen.

»Was ...?«

»Wirst du *jemals* still sein? Lieber Gott, Frau, lass einen Mann reden, sonst kann er keinen richtigen Antrag machen.«

Der Schock riss sie mit. »Ein Antrag?«

Wollte er sie aufziehen? Sicherlich konnte er nicht um ihre Hand anhalten.

»Ja. Ich würde ja auf die Knie gehen, aber mit den Hosen an den Knöcheln sähe ich ein bisschen albern aus.«

»Oh, ich weiß nicht. Du könntest sehr reizvoll aussehen.« Sie konnte nicht widerstehen, ihn zu necken, aber ihre Gedanken rasten noch immer. War es ihm ernst?

»Du wirst es mir nie leicht machen, oder?« Da ihr keine geistreiche Erwiderung einfiel, schüttelte sie nur den Kopf. »Gut. Ich mag es kompliziert.« Er küsste sie wieder und wieder, so oft, dass sie Mühe hatte, Worte zu finden.

»Und soll ich dir auch etwas antworten?«

»Nein. Du hast gesagt, ich soll mir nehmen, was ich will, und das habe ich getan. Du als meine Frau. Alles, was ich tun muss, ist, es mit einer Zeremonie und einigen sehr langweiligen Papieren mit Zeugen zu besiegeln.« Er richtete sich auf und zog sich von ihr zurück. Zuerst erwartete sie, dass er gehen würde, aber er zog sich nur den Rest seiner Kleidung aus. Dann steckte er sie zwischen die Laken und legte sich zu ihr ins Bett. Sofort kuschelte sie sich an ihn. In der letzten Woche hatte sie sich daran gewöhnt, neben ihm zu schlafen, aber heute Nacht würde es anders sein. Er klaute ihr oft die Decke, aber er war auch so warm, dass sie sich nur an seine Seite zu kuscheln brauchte, und schon war er wie ein Feuer im Kamin, das von ganz allein brannte.

»Sollen wir die Kerzen ausblasen?« Sie hoffte, er würde nein sagen, denn sie wollte nicht, dass er sich bewegte.

Er drückte ihr einen Kuss auf den Haarschopf. »Lass sie noch ein bisschen länger brennen.«

»Und du willst wirklich nicht, dass ich auf deinen Antrag antworte?«

»Ich will dir keine Gelegenheit geben, nein zu sagen. Wir werden die Hochzeitspläne morgen früh besprechen.«

Ihr Lächeln wurde schwächer, als ihr einfiel, dass sie am Morgen andere Pläne hatte. Andere Pflichten. Solche, die sie weit weg nach Frankreich bringen würden, weit weg von ihm. Sie konnte es ihm nie sagen.

Er könnte das Gefühl haben, dass ich sein Vertrauen missbraucht habe. Aber wenn ich nicht hingehe, werde ich nie erfahren, wozu ich fähig bin. Ich werde nicht einfach die Frau eines Mannes sein.

Sie musste herausfinden, ob sie mehr sein konnte als nur eine feine englische Dame. Sie wollte sich selbst zeigen, der Welt zeigen, dass sie, Audrey Sheridan, kein Wesen war, das von Hauben und der neuesten Ausgabe von *La Belle Assemblée* besessen war.

Ich bin mehr als das. Wir sind mehr als das. Eine Frau kann alles sein, was sie sich vornimmt.

Sie schloss die Augen, klammerte sich an Jonathan und versuchte, sich alles von dieser Nacht einzuprägen, nur für den Fall, dass es nie wieder passieren würde.

Eine Nacht lang gehörte er mir. Wenigstens das werde ich haben.

KAPITEL 19

Jonathan streckte sich und fühlte sich zum ersten Mal seit langer Zeit wieder entspannt. Ein Lächeln breitete sich auf seinen Lippen aus, und es hatte *alles* mit der letzten Nacht zu tun. Endlich mit Audrey ins Bett zu gehen und ihr zu sagen, dass sie heiraten würden, war ein Traum gewesen, den er nie für möglich gehalten hatte. Doch es war geschehen, und sie hatte nicht nein gesagt. Jeder Augenblick der letzten Nacht war ein Sieg gewesen, auf den er ein Jahr lang hingearbeitet hatte. Er rollte sich auf die Seite, aber als er nach Audrey griff, war sie weg.

Was zum Teufel ...?

Er setzte sich auf, strich sich die Haare aus den Augen und stellte mit einem mulmigen Gefühl fest, dass der Raum leer war. War sie einfach nur für einen Moment weggegangen? Um auf ihre Bedürfnisse einzugehen? Ja, das war möglich.

»Audrey?«, rief er aus. Nur Schweigen antwortete ihm. Er schaute sich im Zimmer um; kein einziges Kleidungsstück lag mehr herum. Diesmal nicht einmal eine Notiz.

Sein kleiner Wildfang hatte ihn wieder einmal im Stich

gelassen. Scham durchfuhr ihn, und er hatte Mühe, den Schmerz hinunterzuschlucken.

Habe ich gestern Abend etwas falsch gemacht? Habe ich sie zu weit und zu schnell gedrängt? Was wäre, wenn sie gestern Abend nicht bereit gewesen war, mit ihm zu schlafen, und es jetzt bereute? Sie war mutig genug, sich zu verstellen, aber er hoffte bei Gott, dass es so nicht gewesen war.

Was immer ich getan habe, es hat sie verärgert, und jetzt ist sie weggelaufen. Ich habe meine Chancen bei ihr zerstört ... schon wieder.

Jeder Traum, an den er im letzten Jahr seine Hoffnungen geknüpft hatte, zitterte wie der Tau auf den Grashalmen, bereit, auf die Erde zu fallen und in Vergessenheit zu geraten. Die Leere in seiner Brust ließ ihn fast ersticken. Er schloss für eine Minute die Augen und zwang sich, tief zu atmen.

Ich wollte dir alles geben, Audrey, aber du wolltest mich nicht.

Er schlüpfte aus dem Bett und raffte seine Sachen zusammen, wobei seine Hände zitterten, als er jeden Knopf, der in der Nacht zuvor von seiner Weste abgerissen worden war, wieder aufhob.

Zum ersten Mal in seinem Leben kannte er wirklich Scham und Demütigung, und er war als verdammter Knecht in seinem eigenen Haus aufgewachsen. Er hatte sie verletzt oder verärgert, und er hatte sie verloren. Er war immer mehr davon überzeugt, dass er ihr zu viel zugemutet, sie zu sehr unter Druck gesetzt hatte, und dafür empfand er nichts als Bedauern. So viel zum Thema *Gentleman*. Offenbar war er gestern Abend ein Mistkerl gewesen, nur hatte er es nicht bemerkt.

Jonathan zog seine Stiefel an. Er wollte schon gehen und nie wiederkommen, als sich die Tür öffnete und Sean Hartley, der erste Diener des Hauses Sheridan, eintrat.

»Gott sei Dank bist du noch da«, sagte Sean.

»Nicht mehr lange«, knurrte Jonathan. Er und Sean waren alte Freunde und hatten sich nie um Förmlichkeiten geschert, auch nicht, nachdem Jonathan in den Stand eines Gentleman erhoben worden war. Ein Status, den er seiner Meinung nach nicht mehr verdiente.

»Du musst ihr nachgehen«, sagte Sean.

»Das werde ich ganz sicher nicht. Was auch immer ich getan habe, hat sie verärgert, und ich fürchte, dass ich die Verachtung, die sie im Moment für mich empfindet, verdient habe. Wenn sie mich sehen wollte, wäre sie hier geblieben.«

Sean verschränkte die Arme. »Jon, ich kenne dich, und was noch wichtiger ist, ich kenne sie. Du hast nichts getan, was sie verärgert hat. Sie ist nicht wegen etwas gegangen, was du getan hast. Sie ging mit Avery Russell an Bord eines Schiffes nach Frankreich.«

Jonathan hielt mitten im Binden seiner Krawatte inne. »Was? Warum?«

»Ihre Mission. In einer Stunde ist sie auf dem Weg nach Frankreich. Du musst ihr nachgehen.«

»Frankreich?« Sein Herz stand still. Wie hatte er all das vergessen können, was Horatia gesagt hatte? Er hatte sich so sehr darauf konzentriert, letzte Nacht mit Audrey zu schlafen, dass er nicht innegehalten hatte, um logisch zu denken, und danach waren ihm alle Gedanken entglitten.

»Gestern Abend wies sie das Personal an, einen Koffer für sie zu packen und am Morgen eine Kutsche zu rufen, die sie zu den Docks bringen sollte.«

»War das alles vor meiner Ankunft?« In seiner Brust regte sich ein Anflug von törichter Hoffnung. Sie war nicht seinetwegen gegangen, sondern aus falschem Pflichtgefühl?

»Ja.« Sean schaute grimmig, aber Jonathan lächelte. *Vorher* war ein schönes Wort. *Vorher* bedeutete, dass das, was sie ihm gestern Abend nicht sagen wollte, nicht gewesen war, dass sie ihn nicht heiraten wollte. Sie hatte ihm nicht sagen wollen, dass sie morgen früh zu einer Mission aufbrechen würde. Wenn es etwas gab, das er von Audrey wusste, dann, dass sie sich von einem Heiratsantrag nicht von ihren Plänen abhalten ließ.

»Mit welchem Schiff fährt sie?«

»Die *Lady's Splendor*.«

»Ausgezeichnet.« Jonathan nahm sich einen Moment Zeit, um über seinen nächsten Schritt nachzudenken, aber es schien, dass dieser Moment für Hartley zu lang war.

»Steh doch nicht einfach so da!«, schnappte Sean. »Geh sie suchen!«

»Richtig. Schick sofort eine Nachricht an meinen Bruder. Informiere ihn über die Geschehnisse. Mit etwas Glück kann er eines von Ashtons Schiffen benutzen, um uns zu verfolgen. Und sende eine Nachricht an Lonsdale und Rochester. Sie sollten Avery gestern Abend finden, während ich hierher kam. Sorge dafür, dass alle in der Liga wissen, dass sie sich beeilen müssen, um nach Calais zu kommen.«

Sean zuckte zusammen. »Wehe, du jagst diesmal etwas in die Luft.«

Jonathan schnaubte, aber es war wenig Humor darin. Das letzte Mal, als er jemanden auf einem Schiff verfolgt hatte, waren er und seine Freunde über Bord gesprungen, kurz bevor es explodierte.

»Ich habe nicht vor, das zu tun. Wenn die Winde günstig sind, könnten wir bei Einbruch der Dunkelheit alle auf französischem Boden sein.«

»Bring sie sicher nach Hause«, sagte Sean und schüttelte Jonathan die Hand, bevor er davonlief.

Jonathan beeilte sich, rief nach einer Droschke, sobald er draußen war, und gab dem Fahrer Anweisungen, ihn zum Pool of London zu bringen, wo er die Docks erreichen konnte.

Es dauerte mehrere lange Minuten, in denen er den Hafenmeister anschreien musste, bis er endlich herausfand, wo die *Lady's Splendor* vertäut war. Es war kein großes Schiff, sondern eher ein kleineres, schnelleres Schiff als die großen

Frachtschiffe, die es in den Schatten stellten. Das Knarren und Ächzen der Holzmasten und das Flattern der Segel vermischte sich mit den Rufen der Hafenarbeiter und Seeleute. Jonathan wich vorsichtig den Männern aus, die damit beschäftigt waren, Lasten und Vorräte an Bord zu bringen. Er erreichte das obere Ende des Stegs, wo er einen jungen Offizier antraf, der die Verladung überwachte.

»Guten Morgen.« Er nickte dem jungen Mann zu. »Haben Sie noch Passagierkojen übrig?«

»Haben wir. Nur ein paar. Die Fahrt kostet zwei Guineen. Und ich muss Ihre Papiere sehen.«

Jonathan händigte dcm Jungen zwei Guineen aus und reichte ihm eine Reihe von Dokumenten, darunter seinen Pass, den er vor seiner Abreise aus seinem Arbeitszimmer geholt hatte. Ashton hatte ihm beigebracht, immer Papiere mit sich zu führen, die ihn berechtigten, mit ihm zu reisen.

»Kabine vier, Sir. Haben Sie irgendwelche Koffer?« Der junge Mann schaute sich um, in der Erwartung, einen Lakaien mit einer Reisetasche zu sehen.

»Nein, habe ich nicht. Wie viele Passagiere haben Sie an Bord?«

»Ein paar Herren und eine Dame.« Das Gesicht des Beamten rötete sich. »Eine ziemlich hübsche.«

»Nun denn, das dürfte die Reise spannend machen.« Er grinste den Jungen an und ging an ihm vorbei. Er ging unter Deck und überprüfte eilig die vergoldeten Zahlen, die an den Kabinentüren hingen. Als er endlich seinen Schlafplatz gefunden hatte, schlüpfte er hinein und schloss die Tür.

Er musste so weit wie möglich außer Sichtweite bleiben. Wenn Audrey ahnte, dass er an Bord war, hatte er ehrlich gesagt keine Ahnung, was sie tun würde. Oder was er tun sollte. Wenn es ihr so viel bedeutete, nach Frankreich zu reisen und die Spionin zu spielen, dann würde er sie gehen lassen, aber er würde sie nicht allein gehen lassen. Er würde ein Schatten sein, der sie vor jeder Gefahr schützte, aber sie durfte das nie wissen.

Er wandte sich seiner Kabine zu und war überrascht, eine geräumige Unterkunft vorzufinden, die durch ein Fenster, das auf das Deck gerichtet war, erhellt wurde. Auf jeder Seite der Kabine gab es eine Reihe von Fächern, in denen er seine Habseligkeiten unterbringen konnte - wenn er daran gedacht hätte, welche mitzunehmen. Die Koje war sauber und mit weißer Bettwäsche bezogen. Das Bett war mit grünen Brokatvorhängen abgeschirmt. Er schob sie beiseite, setzte sich hin und spürte, wie das Schiff unter ihm schwankte. Gar nicht so schlecht. Er hatte Glück, dass er nicht so leicht seekrank wurde.

Er holte seine Taschenuhr hervor und stellte fest, dass er noch eine halbe Stunde Zeit hatte, bevor das Schiff in See stechen sollte. Er schrieb eine eilige Notiz auf dem Briefpapier, das er auf einem kleinen Schreibtisch in der Ecke fand, und spähte vorsichtig aus seiner Kabine. Ein paar Matrosen und ein männlicher Passagier kamen vorbei, aber sobald sie weg waren, schien alles in Ordnung zu sein. Er ging zurück auf das Deck und fand den jungen Offizier, der ihn begrüßt hatte.

»Würden Sie einen Kajütenjungen bitten, dafür zu sorgen, dass dies dem Herzog von Essex an die angegebene Adresse zugestellt wird?« Er übergab den Brief und ein paar Schillinge.

»Natürlich.« Der Beamte legte seine Finger an die Lippen und stieß einen schrillen Pfiff aus. Ein leichtfüßiger Junge rannte heran, schnappte sich blitzschnell den Brief und die Schillinge und war weg. Jonathan kehrte in seine Kabine zurück, legte sich auf das Bett und schloss die Augen. Es würde ein langer Tag werden, an dem er sich hier in seiner Kajüte verstecken würde, bis sie Frankreich erreichten. Hoffentlich würde Godric seine Nachricht erhalten und für ein paar Tage Kleidung und Geld mitbringen. Er war über haupt nicht darauf vorbereitet, sich in Frankreich allein durchzuschlagen. Sein Französisch war eingerostet und beschränkte sich zumeist auf Gespräche, die am besten im Schlafzimmer geführt werden sollten. Das war das Problem, wenn eine französische Kurtisane einem Mann Nachhilfe im Bett gab.

Schließlich legte das Schiff ab und segelte aufs Meer hinaus. Die meisten Schiffe verließen Dover, um eilig nach Calais zu segeln, aber aus irgendeinem Grund fuhr Avery mit Audrey durch London. Das würde ihre Reise um Stunden, vielleicht sogar um einen Tag verlängern, wenn der Wind nicht günstig wäre.

Er begann wegzudriften. Das Geräusch der Wellen, die gegen den hölzernen Rumpf schlugen, und die Rufe der Männer an der Takelage, die die Segel vorbereiteten, wirkten seltsam beruhigend. Er war sich nicht sicher, wie viel später es war, als er vom Klang zweier Stimmen im Flur erwachte.

»Hübsches kleines Vögelchen«, sagte eine raue Stimme lachend. »Ich würde alles dafür geben, ihr die Federn zu sträuben.«

Ein anderer Mann lachte. »Ich würde ein bisschen mehr tun, oder?«

»Vielleicht können wir das ... wenn wir sie allein in ihrer Kabine erwischen, wenn die anderen Herren weg sind.« Die Stimme des ersten Mannes senkte sich zu einem rauen Flüstern.

»Machst du dir keine Sorgen um sie?«

»Eh, sie würde nichts sagen, wenn sie weiß, was gut für sie ist.«

Sie sprachen über Audrey, das musste so sein. Jonathan schob den Vorhang von seiner Koje zurück und lauschte an der Tür, aber ihre Stimmen entfernten sich immer mehr. Er zog die Tür einen Spalt breit auf und betrachtete die beiden Matrosen, beides kräftige Kerle, die zweifellos ihr ganzes

Leben auf dem Meer verbracht hatten. Er musste die beiden im Auge behalten. Er schloss die Tür wieder, als neue Stimmen aus dem Flur kamen.

Audreys Stimme drang durch den Türspalt, den er offen gelassen hatte. »Avery, ich weiß nicht, ob ich mich wohl dabei fühle, mich als Mr. Sheffields Frau auszugeben.«

Was zum Teufel?

»Ich verstehe.« Averys Stimme war sanft, aber Jonathan beruhigte das kein bisschen. »Aber wir müssen weitermachen. Es gibt kein Zurück mehr. Sheffield ist ein anständiger Kerl, das versichere ich dir. Du hast ein separates Zimmer, und er wird nichts Unangemessenes tun.«

»Bürgst du für ihn?«

»Als professioneller Spion, ja. Ich habe noch nie erlebt, dass er außerhalb seiner Befehle gehandelt hat.«

»Nun gut. Ich denke, ich werde mich in meine Kabine zurückziehen«, sagte Audrey. »Die Wellen sind ein bisschen ...« Das Boot rollte und tauchte ein, als es auf eine Welle traf. »Ein bisschen viel für meine Konstitution.«

»Ruh dich etwas aus. Wir werden wahrscheinlich mindestens einige Stunden an Bord sein, vielleicht sogar einen Tag, wenn der Wind nicht günstig ist.«

Audrey gab einen Laut von sich, als ob ihr schlecht wäre. Jonathan hörte ihre Füße in den Stiefeln, als sie an seinem Zimmer vorbeilief, und dann schlug eine Tür auf dem Flur zu.

Sein armer kleiner Wildfang, die Möchtegern-Spionin, war seekrank. Er wollte zu ihr gehen, um sie in irgendeiner Form zu trösten, aber er zügelte sich. Er hatte sich selbst versprochen, ihr Schatten zu sein. Er würde nicht einfach hineinplatzen, wenn sie allein sein wollte. Sie wollte etwas beweisen, nicht ihm oder ihrem Bruder, sondern sich selbst.

Ich werde sie diese Aufgabe allein bewältigen lassen, zumindest die Teile, die sie nicht in tödliche Gefahr bringen.

Mit einem inneren Fluch ließ er sich gegen die Tür

sinken, als das Boot wieder abtauchte. Es würde ein langer Tag für beide werden.

❧

GODRIC ST. LAURENT BETRAT SEIN HAUS, NACHDEM ER einen angenehmen Spaziergang mit seiner Frau gemacht hatte. Emily war einige Meter vor ihm und hatte bereits ihre Haube abgenommen und sie einem Lakaien übergeben. Godric nahm seinen Hut ab und tat dasselbe.

»Ein dringender Brief für Sie, Euer Gnaden.« Der Lakai drückte ihm einen Brief in die Hand. Godric brach das Wachssiegel und las.

»Was ist es?« Emily lehnte sich an seinen Körper und legte eine Hand auf seinen Arm.

»Ein Brief von Sean Hartley.«

»Der erste Lakai der Sheridans?«

Godric nickte und las den Brief laut vor.

Euer Gnaden,

Tausendmal Verzeihung für die Direktheit dieses Briefes, aber ich schicke ihn an Sie auf dringende Bitte von Mr. St. Laurent hin. Er segelt an Bord des Paketschiffes Lady's Splendor *von London aus. Er folgt Miss Sheridan, die, wie ich fürchte, in Gefahr ist. Mr. St. Laurent hat darum gebeten, dass Sie und Lord Lennox ihm schnellstens folgen. Er rechnet damit, bis zum Einbruch der Nacht in Calais einzutreffen, sofern das Wetter mitspielt. Er sagt, Lucien, Charles und Cedric seien alle in London und müssten ebenfalls kommen.*

Ihr bescheidener Diener,

Mr. Hartley

»Calais?«, hauchte Emily. »Warum in aller Welt sollte Audrey ...« Emily bedeckte ihren Mund mit einer Hand, ihre Augen weiteten sich vor Angst.

»Was ist denn?«

»Sie muss auf einer Mission sein - einer Spionagemission,

meine ich. Sie hat in den letzten Monaten über kaum etwas anderes gesprochen.«

»Sie will eine Spionin sein, aber sie hat allen davon erzählt? Keine gute Art, ihre Karriere zu beginnen.« Godrics beißender Sarkasmus entging seiner Frau nicht.

»Sie ist erst neunzehn«, erinnerte Emily ihn.

»Das bist du auch, und doch würdest du so etwas Leichtsinniges und Dummes nicht tun.«

Emily zuckte mit den Schultern. »Vielleicht, aber ich war gezwungen, viel früher erwachsen zu werden als die meisten Mädchen in ihrem Alter.« Sie zerrte an seinem Arm. »Was wirst du jetzt tun?«

»Wir müssen Jon die Hilfe geben, die er braucht. Verdammt. Ich kann nur hoffen, dass er mehr darüber weiß, was vor sich geht, und uns bei unserer Ankunft aufklären kann.«

»Um was zu tun?«, fragte Emily. »Ihr könnt sie nicht einfach nach London zurückschleppen, nicht, wenn sie für die Krone arbeitet.«

»Ich habe nicht die Absicht, mich in Audreys Mission einzumischen, es sei denn, dies ist absolut notwendig. Aber ich muss annehmen, dass mehr dahinter steckt, als der Brief vermitteln kann. Wir müssen sofort zu den Docks fahren.«

»Ja, natürlich. Ich hole meine Haube.«

»Nein, Em, Liebling, du musst hier bleiben.« Er ergriff ihre Hände und hob sie an seine Lippen, um ihr einen sanften Kuss auf die Knöchel zu geben.

»Aber ...«

»Du vergisst. Du trägst unser Kind in dir. Bitte, Emily. Du kannst mich so viel bekämpfen, wie du willst, sobald ich sicher zu Hause bin.« Er nahm ihr Gesicht in seine Hände und drückte ihr einen zärtlichen Kuss auf die Lippen.

»Du hast so ein Glück, dass du gut aussiehst«, neckte sie.

»Ich vergesse fast immer, dass ich sauer auf dich bin, wenn du mich so ansiehst.«

Seine Lippen verzogen sich zu einem schiefen Grinsen. »Wie ansiehst?«

»Als ob du mit mir ins Bett gehen wolltest. Und wenn du das tust, kann ich dir nicht mehr böse sein.«

Er strich mit der Daumenkuppe über ihre Unterlippe. »Wenn ich zurückkomme, werden wir eine *Woche* im Bett verbringen.«

Emily lehnte sich an ihn, und er verlor sich in ihrem Duft und dem Gefühl, sie in seinen Armen zu halten. »Versprochen?«

»Ich verspreche es.«

Sie bewegten sich auf die Treppe zu, doch ein lautes Klopfen an der Haustür hinter ihnen schreckte sie beide auf. Godric drehte sich um und sah einen kleinen Jungen mit einem weiteren Brief in der Hand.

»Dringende Nachricht vom Schiff *Lady's Splendor*«, sagte der Junge. »Zur Übergabe an Seine Gnaden, das heißt, den Herzog von Essex. Sind Sie das?«

»Noch eine Nachricht?« Godric bot dem Jungen einen Schilling an, bevor er den Brief entgegennahm. Er erkannte die Handschrift von Jonathan und las hastig den Zettel.

»Das kommt direkt von Jon. Er versteckt sich an Bord des Schiffes, und Audrey weiß nicht, dass er dort ist.«

»Das ist gut, nicht wahr?«, fragte Emily.

»Er sagt, er habe weder Kleidung noch Geld dabei, und ich solle mich beeilen und ihn in Calais treffen. Er erwartet Ärger.«

»Oh je ...« Emily drehte sich um und eilte vor ihm ins Arbeitszimmer. Als er sich zu ihr gesellte, hatte sie bereits eine Geldbörse für ihn gefüllt, die auf der Ecke seines Schreibtisches lag. Jetzt öffnete sie eine Kommode und holte einen Dolch und eine Pistole heraus.

Er hob eine Augenbraue. »Wie hast du gewusst ...?«

»Ich weiß, wo alles von dir ist, mein Schatz«, antwortete sie. »Und ich werde nicht zulassen, dass du gehst, ohne richtig vorbereitet zu sein.« Sie winkte mit den Waffen. »Die wirst du brauchen. Entscheide dich schnell, was du sonst noch vorbereiten musst. Ich lasse für dich und Jonathan Kleider einpacken.«

Godric nahm die Waffen entgegen. »Ich danke dir. Ich werde an Cedric und die anderen schreiben. Sie sollten alle in London sein, außer Ash.«

»Hat jemand meinen Namen gesagt?« Ashton stand in der Tür, als hätte ihn ein Zauberer herbeigezaubert, und seine Augen funkelten amüsiert.

»Gott sei Dank bist du hier.« Emily eilte hinüber und umarmte den hochgewachsenen Baron.

Ashton klopfte Emily auf den Rücken und schaute zu Godric hinüber, offensichtlich auf eine Erklärung wartend. »Rosalind und ich sind früher angekommen, und ich wollte fragen, ob ihr beide mit uns zu Abend essen wollt, aber es scheint, dass etwas anderes Vorrang hat.«

»Audrey ist mit Avery nach Frankreich abgehauen, und Jonathan ist schon auf ihren Fersen.«

»Avery? Was zur Hölle glaubt sie ...?«

»Er segelt nach Calais und versteckt sich an Bord ihres Schiffes.«

Ashton runzelte die Stirn. »Verstecken?«

»Nicht vor der Crew, vor Audrey.«

»Das ist alles furchtbar verwirrend.« Ashton blickte verblüfft zwischen ihnen hin und her.

»Ich erkläre es dir, während wir packen. Hast du irgendwelche Schiffe im Hafen, die uns schnell nach Calais bringen?«

Ashton verzog seine Lippen zu einem Grinsen. »Musst du das fragen? Ich habe eine Jacht vor Anker, die fliegt wie der

Wind selbst. Sie ist erst gestern zurückgekehrt. Wir könnten in zwei Stunden losfahren.«

»Ausgezeichnet.« Godric nickte seinem Freund zu. Wenn es etwas gab, was die Liga gut konnte, dann war es, einem Freund oder in diesem Fall einem Bruder zu Hilfe zu eilen.

Um Himmels Willen, Jonathan. Du musst diese Frau heiraten, und sei es nur, damit sie nicht mehr in Schwierigkeiten gerät.

KAPITEL 20

Audrey kniete über ihrem Nachttopf und übergab sich zum gefühlt hundertsten Mal, seit ihr Schiff den Hafen verlassen hatte, heftig. Avery hatte sie gewarnt, dass der Kanal unruhig sein würde, aber sie hatte nicht geahnt, wie sehr es sie treffen würde. Sie hatte zum Kabinenfenster geschaut und die hohen, rollenden Wellen gesehen. Das Schiff fiel manchmal bis zu zwanzig Fuß tief, und das ließ ihren Magen bis auf die Zehenspitzen sinken.

Sie wischte sich den Mund ab und setzte sich wieder auf den Boden ihrer Kabine. Kalter Schweiß stand ihr auf der Stirn, und sie zuckte zusammen, als sich ihr Magen verkrampfte. Sie fühlte sich wie eine Versagerin. Was für ein Spion wurde seekrank? Oder wurde beim Anblick von Blut ohnmächtig?

Ein guter jedenfalls nicht.

Ein Klopfen ertönte an ihrer Kabinentür. Sie schaute in diese Richtung und beobachtete, wie die Vorhänge ihrer Koje schwankten.

»Ja?« Sie versuchte aufzustehen, aber ihre Beine zitterten so stark, dass sie wieder zu Boden sank.

»Ich bin's, Avery. Ich wollte sehen, wie es dir geht. Die Wellen haben etwas nachgelassen, und ich dachte, du könntest etwas frische Luft gebrauchen.«

Die Wellen hatten *ein wenig nachgelassen*? Die Wellen schienen so groß wie immer zu sein, wenn man in Betracht zog, wie sich ihr Magen vor lauter Schmerz verkrampfte.

»Ich … ich fürchte, ich bin dem nicht gewachsen.« Sie schämte sich für dieses Geständnis, aber sie konnte nicht lügen, nicht, wenn ihr Körper sie mit Schwindel und Übelkeit auf den Boden zurückwerfen würde.

»Kann ich irgendetwas tun?« Averys Sorge brachte sie fast zum Lächeln, aber sie wusste, dass er nichts tun konnte. Ihr Körper musste damit einfach selbst fertig werden.

»Nein, mir geht es gut. Aber ich danke dir. Wie lange dauert es noch, bis wir Frankreich erreichen?«

»Noch drei Stunden. Der Kapitän sagte, der Wind sei gegen uns.«

»Wunderbar«, murmelte Audrey und schluckte, wobei sie versuchte, den sauren Geschmack in ihrem Mund zu ignorieren.

»Soll ich dich holen, wenn Land in Sicht ist?«, fragte Avery.

»Ja, danke.«

Audrey wartete, bis er weg war, und schloss die Augen. So viel zu einem großartigen Start in ihre Spionagekarriere. Sie ließ sich auf dem Boden nieder, weil sie das kühle Holz in diesem Moment angenehmer fand als das kleine Bett. Audrey blieb mindestens eine weitere halbe Stunde so, vielleicht auch länger, und konzentrierte sich darauf, ihren Magen zu beruhigen.

Als es erneut klopfte, wurde sie nervös. »Haben wir schon Land erreicht?«

Eine schwere Stimme kam von der anderen Seite der Tür. »Verzeihen Sie, Ma'am, aber die schicken Herren, mit denen

Sie gekommen sind, sagten, sie müssten mit Ihnen sprechen. Sie haben mich geschickt, um Sie zu holen.«

Sie nahm alle Kraft zusammen und zog sich an dem hölzernen Bettgestell hoch, um sich abzustützen. Als der Boden unter ihr nicht mehr so stark zu schwanken schien wie zuvor, stieß sie einen Seufzer der Erleichterung aus. Sie glättete ihre zerknitterten Röcke und straffte ihre Schultern. Als sie die Tür öffnete, standen zwei Männer in der rauen, unordentlichen Kleidung von Seeleuten vor der Tür. Sie las viel in den Gesichtern der beiden, und wieder bildete sich ein Loch in ihrem Magen, aber aus ganz anderen Gründen.

»Siehste? Ein hübsches Stück Stoff ist sie«, sagte der größere Mann.

»Sie ... Sie sagten, ich würde an Deck gebraucht?«

»Nein, du wirst hier gebraucht. *Von mir.*« Der größere Mann stürzte sich auf sie und packte sie an der Kehle. Sie war so erschrocken, dass sie zunächst nicht reagierte, aber als der andere Mann die Tür zuzog und sie einschloss, kam sie zur Besinnung. Sie versuchte zu schreien, aber ihre Stimme wurde durch den erdrückenden Griff an ihrer Kehle zum Schweigen gebracht.

»Dreh seine Hand am Handgelenk zurück. Brich es, wenn es sein muss.«

Jonathans Worte kamen ihr wieder in den Sinn, und sie wusste, was zu tun war. Seine ganze Kraft konzentrierte sich auf ihren Hals, aber die Hand, die ihren Oberschenkel hinaufglitt, war verwundbar. Audrey packte seine Hand fest und zog sie mit einem Ruck zurück, wodurch sein Handgelenk in einen unnatürlichen Winkel gezwungen wurde. Das Gelenk wehrte sich, aber sie drückte fester, fester als je zuvor. Es gab ein schnappendes Geräusch, gefolgt von einem ohrenbetäubenden Schrei, und er ließ hastig ihre Kehle los. Der Mann stolperte zurück und hielt sich das gebrochene Handgelenk.

»Du verdammte kleine Schlampe!«

Audrey hob die Fäuste, stand mit gespreizten Beinen und war fest entschlossen. »Ich kann viel Schlimmeres tun, als dir das Handgelenk zu brechen, du elender kleiner Schurke«, warnte sie und fletschte die Zähne.

»Los, Horace, schnapp sie dir!«, rief der Mann.

Horace musterte Audrey vorsichtig. »Ich weiß nicht, Roger. Sie sieht halb verrückt aus.« Er machte einen zögerlichen Schritt auf sie zu, wirkte aber nicht sehr zuversichtlich.

»Noch einen Schritt weiter und ich breche dir etwas, das dir viel wertvoller ist als dein Handgelenk.« Audrey starrte eine lange Sekunde auf seine Leistengegend, bevor sie seinen Blick erwiderte, dann trat sie einen Schritt vor und streckte eine Faust bedrohlich aus, so wie Jonathan es ihr gezeigt hatte.

»Nö. Ich mache es nicht, Roger. Sie sieht aus wie ein Boxer im Fives Court.«

Roger, der immer noch seine Hand umklammert, starrte Audrey an. »Sie ist nur ein Küken!«

»Das Küken hat dir den verdammten Arm gebrochen!«

»Wenn du nicht sofort gehst, wirst du sehen, wozu dieses *Küken* fähig ist. Und dann werde ich dafür sorgen, dass der Kapitän euch beide hängen lässt.«

Horace griff sie immer noch nicht an, und Roger knurrte vor Wut. Dann flohen die beiden.

Audrey blieb in ihrer Kampfhaltung, für den Fall, dass sie es sich anders überlegten und zurückkamen. Als dies nicht der Fall war, eilte sie zur Tür und schloss sie. Ihr Körper löste sich in unkontrollierbarem Zittern auf. Ihre Seekrankheit war verschwunden, aber an ihre Stelle trat ein Aufruhr der Gefühle. Sie rieb sich über die Wangen und wischte sich die Tränen weg.

»Miss Sheridan?« Daniel Sheffield öffnete die Tür zu ihrer Kabine. Seine Augen musterten sie und ihr Aussehen. »Ich sah

zwei Männer aus dem Zimmer fliehen und fürchtete, dass Sie
...«

Sie strich sich die Haare aus dem Gesicht und überprüfte
den Sitz der Nadeln. »Ich habe mich darum gekümmert, Mr.
Sheffield. Vielen Dank für Ihr Interesse.« Bei dem Kampf
hatten sich einige Locken gelöst. Sie fixierte sie eilig mit Hilfe
des kleinen Spiegels, der neben ihrem Bett an die Wand der
Kabine genagelt war.

»Sie ... haben sich darum gekümmert?«, fragte Sheffield
verblüfft.

»Ja. Sie haben doch nicht geglaubt, dass ich zustimmen
würde, mitzukommen, wenn ich nicht in Selbstverteidigung
ausgebildet worden wäre, oder?« Sie machte diese Ankündigung in aller Ruhe, aber ihr Herz raste immer noch und ihr
Blut rauschte geradezu ohrenbetäubend in ihren Ohren.

Daniel schloss die Tür, um die Privatsphäre zu wahren.
»Wer hat Sie ausgebildet?«

»Ein Berufsboxer«, log sie. Der Gedanke an Jonathan und
daran, dass sie ihn zurückgelassen hatte, brach ihr das Herz.
»Aber er hat mich nicht nur im Boxen unterrichtet. Ich habe
einem der Männer das Handgelenk gebrochen.«

Daniel hatte einen Blick, den sie nicht recht einordnen
konnte. Bewunderung? Besorgnis? Beides? »Sie sollten den
Kapitän informieren. Wahrscheinlich wird er die beiden
Männer ins Meer werfen«, sagte er schließlich. »Dieser
Kapitän ist sehr beschützend gegenüber Frauen.«

»Nein, das ist schon in Ordnung. Ich glaube nicht, dass sie
es noch einmal versuchen werden.« Audrey hob ihr Kinn und
schob ihre Schultern zurück. »Wenn Sie mich jetzt bitte
entschuldigen würden, ich glaube, ein bisschen frische Luft
würde mir gut tun.«

Daniel machte ihr Platz, und Audrey nahm die Stufen
hinauf zum Deck. Avery stand am Geländer, eine Hand fest
um das ihm am nächsten liegende Seil geschlungen. Sein

rötlich-goldenes Haar war vom Wind aufgewühlt worden. Um seinen Mund und um seine Augen hatten sich Sorgenfalten gebildet.

»Sind wir bald da?«, fragte sie.

»Oh!« Er drehte sich um, als ob sie ihn erschreckt hätte. »Ja.« Er zeigte auf die Küste vor ihnen. »Das ist Calais.«

Sie blinzelte zu der entfernten Landmasse hinüber. »Was machen wir, wenn wir an Land sind?«

»Wir müssen zu einem kleinen Gasthaus am Rande der Stadt gehen. Daniel und ich sollen uns mit einem Mitglied der Reformistengruppe treffen und ihm unsere Referenzen zeigen. Sobald wir sein Vertrauen gewonnen haben, wird er uns zu den anderen führen. Du und Daniel, ihr werdet als Aristokraten im Exil dargestellt. Ich bin euer Freund und wie ihr ein Sympathisant der Franzosen. Ich werde mein Bestes tun, um mich in ihre Gruppe einzugliedern. Du sollst das tun, was du am besten kannst: Lady Society.«

»Wie hast du ...?«

»Ich weiß es schon so lange, wie du mir nachstellst, weil ich ein Spion bin. Dein Schreibstil ist unverwechselbar, und du hast nicht einmal versucht, deine Eigenheiten zu verbergen. Ich bin überrascht, dass das noch niemandem aufgefallen ist. Aber meine Fähigkeiten lagen schon immer im Entziffern von Briefen.«

Audrey nickte und dachte nach. Sie mussten Namen und Treffpunkte sammeln und herausfinden, ob diese Männer nach England zurückkehren würden, um eine Rebellion anzuzetteln. Aber auch der lockere Tratsch unter den Kameraden könnte Aufschluss über ihre Absichten geben.

Avery drehte sich zu ihr um. »Geht es dir besser?«

»Ja, danke.« Sie berührte mit einer Hand ihre Wange. Sie war immer noch blass, aber sie fühlte sich besser. Seltsamerweise hatte der Angriff dieser Bestien ihr etwas von ihrem Feuer zurückgegeben. Wenn sie in der Lage war, einen brutalen Mann abzuwehren und einen anderen einzuschüchtern, musste sie für die anstehende Aufgabe fähig genug sein. »Sollen wir dafür sorgen, dass unser Gepäck gepackt ist und wir an Land gehen können?«

»Ich glaube, das sollten wir.« Avery begleitete sie zurück zu ihrer Kabine. Als er wegging, hatte sie den Verdacht, dass jemand sie beobachtete, aber sie konnte niemanden auf dem Flur sehen.

Zweifellos einer von diesen Spinnern, dachte sie.

⁂

JONATHAN WURDE DURCH DAS GERÄUSCH EINES Handgemenges in der Nähe geweckt. Als er aufstand und in den Korridor hinausspähte, sah er die beiden Männer von vorhin, die fluchend von Audreys Zimmer weggingen. Bevor er in ihr Zimmer gehen konnte, um nach ihr zu sehen, musste er sich in sein eigenes zurückziehen - Sheffield kam.

Er hörte ihr zu, als sie Sheffield die ganze Geschichte erzählte. Sie ging so lässig damit um, dass er direkt stolz auf sie war, aber er war wütend, dass diese beiden Männer versucht hatten, ihr etwas anzutun, und dass er nicht rechtzeitig gehandelt hatte, um sie aufzuhalten. Er wartete, bis Sheffield an seiner Kabine vorbeikam, dann schlich er nach draußen und ging zu den Stufen, die hinunter in die Mannschaftsräume führten.

Er warf einen Blick durch die Düsternis des schummrigen Innendecks, betrachtete die baumelnden Hängematten und erstarrte. Dort hinten kauerte ein Mann auf einem Hocker, hielt sich eine Hand vor die Brust und murmelte Flüche.

»Verdammte kleine Schlampe!«, schnappte er und hielt sein Handgelenk vorsichtig fest. Das war eindeutig gebrochen.

Verdammt noch mal, Audrey, du hast es geschafft. Du hast den

Griff benutzt, den ich dir gezeigt habe. Als er den Beweis für ihre Verteidigung sah, wollte er grinsen, aber die Wut in ihm war immer noch zu stark. Er schritt zu dem Mann hinüber.

»Matrose.«

»Ja, was willst du?«, brummte der.

»Ich habe gehört, wir sind fast in Calais. Ich sehe nur nach der Mannschaft und danke ihnen für ihren Dienst.«

Ohne Vorwarnung ergriff er die Hand des Mannes. Der Matrose brüllte auf.

»Danke.« Er schüttelte dem Mann kräftig die Hand. »Danke, dass Sie sich so um die Fahrgäste gekümmert haben.« Er schüttelte die Hand erneut. »*Besonders* um die Dame an Bord.«

Zu diesem Zeitpunkt war der Mann bereits auf den Knien und weinte offen.

Angewidert ließ er die Hand des Mannes fallen, ging weg und kehrte zu seiner Koje zurück, um die Ankunft im Hafen abzuwarten.

❦

Eine halbe Stunde später legte die *Lady's Splendor* an. Avery, Daniel und Audrey gingen die Landungsbrücke hinunter und betraten die Docks des Haupthafens von Calais. Audrey versuchte, alles, was sie sah, in sich aufzunehmen, als sie die Docks verließen und eine Kutsche anheuerten, um sie aus der Stadt zu bringen. Was sie sah, könnte später von Bedeutung sein.

Daniel und Avery schwiegen, aber keiner von ihnen wirkte angespannt. Sie entschieden sich, ihre Fragen so höflich, aber so kurz wie möglich zu beantworten. Als Audrey merkte, dass keiner der beiden Männer an einem Gespräch interessiert war, konzentrierte sie sich auf den Blick aus dem Fenster.

Als sie ihr Ziel erreichten, war es bereits Abend. Die

untergehende Sonne tauchte die Wohnhäuser und Geschäfte in einen dunkelroten Farbton, und Audrey drehte sich der Magen um, weil sie sich unwohl fühlte. Der Kutscher half ihnen beim Ausladen der Koffer und begleitete sie ins Innere des Gasthauses.

Auf einem Holzschild stand *Le Lys Blanc*. Das war der Ort. Audrey folgte Daniel und Avery in den Hauptschankraum. Es waren bereits viele Leute beim Abendessen anwesend. Audrey nahm die Gäste in Augenschein und beobachtete sie heimlich, als sie sich in den hinteren Teil des Gasthauses begaben.

Ein Pärchen in der Ecke erregte ihre Aufmerksamkeit, nicht aus einem Grund, der sie beunruhigen würde, sondern vor allem, weil sie noch nie eine so große und breitschultrige Frau gesehen hatte. Der Mann, der sie begleitete, war kleiner als sie, aber sie aßen zu Abend, hielten sich an den Händen, sprachen leise und lächelten. Es war ziemlich süß, auch wenn der Geschmack der Frau in Bezug auf ihre Kleidung zu wünschen übrig ließ. Dennoch war es offensichtlich, dass das Paar glücklich war. Sie konnte nicht umhin, das Gespräch der beiden zu belauschen, als sie vorbeigingen. Sie sprachen auf Französisch, aber nicht auf Pariser Französisch. Der Dialekt war eher ländlich.

»Benjamin, wir müssen die Kinder hierher ans Meer bringen.« Die Frau errötete. »Sobald wir Kinder haben.«

»Aber natürlich, *meine Liebe*.« Die Augen des Mannes funkelten. »Schöner Ort für Kinder. Wunderschön, wie du.«

Sie waren sehr verliebt, und Audreys Herz drehte sich vor schmerzlicher Sehnsucht. *Wenn sie die Liebe finden können, warum nicht auch Jonathan und ich?*

»Audrey, hier entlang«, sagte Avery und riss sie aus ihren Gedanken. Sie folgte ihm und Daniel die Treppe hinauf zu ein paar miteinander verbundenen Zimmern. Sie zögerte, als sie das Einzelbett sah, aber Daniel lächelte sanft.

»Keine Angst. Ich werde auf dem Boden schlafen.«

»Sind Sie sicher?«

»Ich habe schon an viel schlimmeren Orten und unter viel schlimmeren Bedingungen geschlafen«, versicherte Daniel ihr. »Dieser Fußboden ist irgendwie genau in der Mitte aller Orte, an denen ich schlafen musste.« Er stellte seine kleine Reisetasche ab und ging zur Tür, als Avery zu ihnen trat.

»Ah, Russell, gerade noch rechtzeitig. Ich muss mich verabschieden und den Mann ausfindig machen, der uns in die Reformistengruppe bringen wird. Sie sollten hier bleiben und warten, bis ich zurückkomme.« Daniel hielt inne, seine Hand auf dem Türpfosten, als er zu ihnen zurückblickte. »Seien Sie vorsichtig heute Abend, Russell. Vergessen Sie nicht, dass wir uns in unfreundlichem Gebiet befinden.« Er schien zu zögern, als ob er noch etwas sagen wollte. Audrey spürte, wie der Knoten in ihrem Magen noch fester wurde, als er ging.

»Avery.« Sie legte ihren Arm in seinen, während sie aus dem Fenster sahen, wie sich die Dämmerung über Calais senkte.

Er drehte sich zu ihr um. »Was ist los?«

»Irgendetwas stimmt hier nicht. Spürst du es nicht?«

Er nickte. »Das tue ich. Jedes Mal, wenn ich London verlasse. Bleib hier und verlasse den Raum nicht, bis ich zurückkomme. Ich muss mich um etwas kümmern.«

Audrey stimmte zu, aber ihr Magen krampfte sich heftig zusammen. Sie schwor sich, dass sie immer noch das Schwanken des Bodens unter sich spüren konnte, obwohl sie sich nicht mehr auf dem Schiff befanden. Als sie Avery gehen sah, konnte sie sich des Gefühls der Panik nicht erwehren, das sich in ihr breit machte. Irgendetwas war falsch. Schrecklich falsch.

AVERY TRAT VOR DAS KLEINE GASTHAUS UND BEMERKTE einen Jungen, der um Münzen bettelte.

»Du, Junge«, sagte er sanft auf Französisch und winkte das Kind zu sich heran.

»Ja, Monsieur?« Die Augen des Jungen weiteten sich, als Avery mehrere Münzen aus einem kleinen Beutel zog und sie hochhielt.

»Weißt du, wo die Soldaten hier wohnen?«, fragte er.

Der Junge nickte. »Unten bei den Docks, Monsieur. Sie haben einen Ort, an dem sie schlafen und das Schießen üben.«

»Tu mir einen Gefallen und ich gebe dir all diese Münzen.« Avery winkte mit dem Geld, um die Aufmerksamkeit des Jungen wieder auf sich zu lenken.

»Sag es!« Die hungrigen Augen und das schmutzige Gesicht des Jungen zeugten von seiner Verzweiflung, und das rührte Avery zu Herzen. Der Junge war wahrscheinlich am Verhungern.

»Zuerst kaufst du dir ein Stück Brot, ein Stück Kuchen und etwas zu trinken. Dann gehst du dorthin, wo sich die Soldaten an den Docks aufhalten, und behältst sie im Auge. Wenn sie sich auf den Weg machen, kommst du sofort hierher und sagst mir, in welche Richtung sie gehen, verstanden? Wenn du tust, was ich sage, kannst du noch mehr Münzen verdienen.«

»Ja, Monsieur.« Die Augen des Jungen waren voller Ehre, als er antwortete.

»Gut. Ich bin in den Zimmern im Obergeschoss, die erste Tür rechts.« Er drückte dem Jungen die Münzen in die Hand und sah zu, wie er davonhuschte.

Avery sah zu, wie der Junge in der zunehmenden Dunkelheit verschwand. Seine Haut kribbelte, und ein Nervenflattern stürmte durch seinen Bauch. In seinen Dienstjahren hatte er seine Instinkte gut geschärft, und gerade jetzt sagten ihm seine Instinkte, dass mit ihm gespielt wurde. Die Frage war, von wem und zu welchem Zweck?

Er hatte nicht vor, Daniel zu vertrauen. Jemandem, der Hugo Waverly gegenüber so loyal war, aber möglicherweise mit der Frau eines der tödlichsten Männer Englands intim wurde, konnte man nicht trauen. Es machte keinen Sinn, dass Daniel ihn verriet, aber es gab viele Dinge und viele Missionen, die in seiner Welt wenig Sinn machten.

So viel wusste er: Männer wie Hugo betrachteten die Spionage als Spiel und Männer wie ihn als Spielfiguren. Die Frage war nun, ob er eine wichtige Figur oder ein Bauer war.

Ich weigere mich, mich von irgendjemandem erwischen zu lassen, wenn ich unvorsichtig bin. Es geht nicht nur um mein eigenes Leben, sondern auch um das von Audrey.

Er schlich zurück in das kleine Gasthaus und beobachtete die Männer und Frauen, die in der Schankstube zu Abend aßen. Hier schien alles in Ordnung zu sein, aber er würde die Warnung in seinen Knochen nicht ignorieren. Es drohte Gefahr, da war er sich sicher.

KAPITEL 21

Daniel hatte lange genug gewartet. Er hatte sich ein Pferd gekauft und war so unauffällig wie möglich hierher gekommen. Er betrat die Kaserne der örtlichen Gendarmerie und nahm einen seiner vielen französischen Decknamen an, Victor Dubois.

Nachdem sie den Gasthof erreicht hatten, hatte er seine englischen Papiere vernichtet, die ihn als Mr. Edward Brownley auswiesen. Von nun an war er Victor, ein Mann, der an der nordfranzösischen Küste seit langem einen guten Ruf genoss und als der er die Mission fortsetzen würde. Doch zunächst musste er die Soldaten davon überzeugen, dass sich zwei englische Spione direkt vor ihrer Nase befanden. Während sich die Gendarmen um Avery und Audrey kümmerten, würde er sich auf den Weg nach Paris machen.

Dieser Schritt war gefühllos, aber nicht ohne Absicht. Während sich die Gendarmen auf ihre Beute konzentrierten, war Daniel so gut wie sicher, dass er die Reformisten ungehindert erreichen konnte. Wenn die Nachricht von ihrer Gefangennahme Hugos diplomatische Vertretungen in Paris erreichte, würden sie außerdem einen bürokratischen

Albtraum bei den Gerichten auslösen, der zu möglichst viel Verwirrung und Schuldzuweisungen zwischen den verschiedenen Fraktionen führen würde. Man glaubte, dass dieses Klima die Reformisten dazu veranlassen würde, übereilt zu handeln, Fehler zu machen und jemandem wie ihm zu viel zu verraten, um das politische Chaos auszunutzen.

Es gefiel ihm nicht. Avery war ein geschickter und gerissener Mann. Ihn auf diese Weise einzusetzen, war eine Verschwendung von Talent. Und Audrey ... Das war eine Frau, die nur ihrem Land dienen wollte, doch sie wurde nur als Ablenkung benutzt. Es stimmte schon, dass manchmal Opfer notwendig waren, aber es fehlte an Ehre und Anstand. Dennoch würde er gehorchen.

Ein Dutzend Männer unterhielten sich und spielten Karten. Sie schienen eine Pause von der Patrouille zu machen. Er wandte sich an den Offizier, der das gepflegteste Äußere und die ranghöchste Uniform hatte. »Monsieur, sind Sie der Captain?«

Der Mann stand auf und sah ihn an. »Das bin ich. Was kann ich für Sie tun?«, fragte der Captain.

Daniel wappnete sich für das, was er als Nächstes tun musste. Zum ersten Mal in seinem Leben waren er und sein Meister nicht einer Meinung.

»Mein Name ist Victor Dubois. Ich war am Hafen, als ein Schiff einlief. Ich glaube, dass es in Calais englische Spione gibt. Ich dachte, das würde Sie interessieren.«

Der Raum, bis eben noch voller ausgelassener Männer, die Wein und Karten spielten, war plötzlich totenstill.

»Spione?« Der Captain wiederholte das Wort leise.

»Ja.« Daniel sah, wie der Hauptmann nach seinem Schwert griff, das auf dem Tisch lag, an dem er gesessen hatte, als Daniel hereinkam.

»Woher wissen Sie, dass sie hier sind?«

»Ich sah sie auf einem englischen Schiff ankommen.«

»Und das kommt häufig vor, nicht wahr? Calais ist ein Handelshafen. Viele Engländer kommen zu Besuch.« Die scharfsinnigen Augen des Captains richteten sich auf Daniel. Einer seiner Untergebenen meldete sich zu Wort.

»Sind Sie der Victor Dubois, der sich in Boulogne-sur-Mer aufhält?«

Daniel lächelte fast. Er hatte gehofft, sein Ruf würde ihm vorauseilen. »Eben der. Kennen wir uns?«

Der Soldat wandte sich an seinen Befehlshaber. »Sir, ich habe schon von Mr. Dubois gehört. Bevor ich hierher versetzt wurde, versorgte er die Wachen in Boulogne-sur-Mer mit genauen Informationen über Schmuggler. Ich würde ihn anhören.«

Daniel zappelte, aber auf eine Weise, die Aufregung vermittelte. Er war der übermütige, bescheidene Bürger, der im Begriff war, sein Land zu retten, zweifellos in der Hoffnung, dass es für ihn ein Gratisgetränk geben würde.

»Nun gut«, sagte der Kapitän. »Wer sind diese Leute? Und haben Sie irgendwelche Beweise für Ihre Behauptungen?«

»Es sind ein Mann und eine Frau. Ich hörte, wie sie seltsame Dinge sagten. Kein Touristengerede, verstehen Sie? Ich wollte sichergehen und habe das hier aus der Tasche des Mannes gestohlen.« Daniel hielt ein Paar Briefe in der Hand, natürlich gefälscht und in englischer Sprache verfasst, aber er hatte die Sprache so einfach gehalten, dass ein französischer Gendarm sie verstehen konnte. Der Captain nahm die Briefe und las sie. Das Wichtigste dabei war, dass sie ihre Absichten nicht offen zugeben, sondern unglaublich misstrauisch sein mussten.

»*Mon Dieu*,« murmelte der Hauptmann. Wie Daniel erwartet hatte, war er in der Lage, das meiste Englisch in den Briefen zu lesen. »Worüber haben Sie sie sprechen hören?«

»Von Revolutionären und Treffen in Paris. Es war *wie* sie es sagten, verstehen Sie?«

Der Hauptmann nickte zustimmend. Dann steckte er die Briefe in seine Manteltasche.

»Männer, macht eure Waffen bereit. Wir müssen dem sofort nachgehen.« Er wandte sich wieder an Daniel. »Wo können wir sie finden?«

»In einem Gasthaus namens *Weiße Lilie* am Rande der Stadt.«

»Ich weiß, wo das ist.« Er winkte den Soldaten zu. »Sergeant Bisset, treiben Sie alle Nachzügler zusammen und bringen Sie sie sofort in Formation. Fertig machen zum Marsch.«

»Jawohl, Captain.« Bisset, der große, seriös aussehende Mann, der sich für ihn verbürgt hatte, nickte und machte sich auf den Weg zu den Schlafräumen, während er die Soldaten aufforderte, sich zu bewegen. Daniel beobachtete, wie sie sich versammelten, und runzelte die Stirn, als sie einen kleinen Jungen, der um Münzen bettelte, erschreckten und ihn unter ihrem Gejohle die Straße hinunterlaufen ließen.

Daniel sah ihnen beim Abmarsch zu. Er vergrub die Schuld an seinem Verrat zusammen mit hundert anderen Reuegefühlen tief in sich und bestieg dann sein Pferd.

Ich habe mein Bestes getan, um Sie zu warnen, Russell. Was auch immer heute Nacht passiert, liegt nicht in meiner Hand.

Daniel grub seine Fersen in die Flanken des Pferdes. Er würde die ganze Nacht reiten, um so viel Abstand wie möglich zwischen sich und Calais zu bringen. Er konnte das Blut der unschuldigen und tapferen Miss Sheridan nicht von seinen Händen abwaschen, aber zumindest würde er ihre Schreie nicht hören, wenn die Soldaten sie gefangen nahmen.

Gott helfe ihr. Gott helfe ihnen beiden.

Jonathan schlüpfte in den Schankraum des kleinen französischen Gasthauses und schaute sich um. Es waren noch einige Leute beim Essen, und er nahm einen Tisch am Feuer. In der Nähe bemerkte er ein Paar, das sich sehnsüchtig in die Augen blickte. Eine ziemlich hochgewachsene Frau und ein sehr kleiner Mann. Jonathan versuchte, sein Lächeln vor ihnen zu verbergen, weil sie es für Spott halten könnten. In Wahrheit fand er ihre offene Zuneigung charmant. Er war noch nie jemand gewesen, der die Intimität von Paaren schätzte, weder subtil noch offen, aber jetzt, wo er und Audrey ihrem eigenen Glück so nahe waren, freute er sich, andere mit dem gleichen Glück zu sehen.

Er winkte einem Dienstmädchen zu, das an den Tischen patrouillierte und nachsah, ob jemand etwas brauchte. Ihr müdes Gesicht hellte sich auf, als sie näher kam.

»Was darf ich Ihnen bringen, Monsieur?«, fragte ihn das Dienstmädchen auf Französisch. In diesem Moment war er noch nie so dankbar dafür, mit der ehemaligen Geliebten seines Bruders geschlafen zu haben. Evangeline hatte ihm während ihrer Liaison geholfen, die Sprache zu lernen, jedenfalls genug, um in einer Taverne zurechtzukommen.

»Essen und Wein, Mademoiselle.« Er lächelte sie an, und sie errötete, als sie sich beeilte, ihm etwas zu essen zu besorgen. Solange er sich an einfache Sätze hielt, sollte er keine Probleme haben.

Was hast du vor, Audrey?, fragte er sich.

Er dankte dem Dienstmädchen, als sie ihm einen Teller mit Käse, Feigen und einem Glas Rotwein hinstellte. Er aß schnell und behielt die Männer im Raum im Auge, aber keiner schien sich für ihn zu interessieren oder eine Bedrohung darzustellen.

Es ist dumm von mir, mir so viele Sorgen zu machen. Aber andererseits ging es eben um *Audrey*. Diese Frau hatte die Fähigkeit, Ärger anzuziehen wie keine andere.

Jonathan beobachtete amüsiert, wie ein kleiner Junge in das Gasthaus stürmte und sich umschaute, bevor er die Treppe hinaufrannte. Er handelte mit der Eile eines Kindes, das der Meinung war, dass die Welt selbst von seinem Handeln abhinge. Er beendete seine Mahlzeit, ohne groß darüber nachzudenken.

Sekunden später rannte der Junge die Treppe wieder herunter, und ein Mann folgte ihm. Ein Mann, den Jonathan erkannte.

Avery.

Er folgte dem Jungen bis zur Tür des Gasthauses, die er einen Spalt weit öffnete und durch die er einen Blick hinauswarf, bevor er fluchte. Jonathan stand auf, aber Avery bemerkte ihn zunächst nicht, da er ihm jetzt den Rücken zukehrte.

»Hier, Junge, nimm das und geh so weit weg von hier, wie du kannst«, flüsterte Avery dem Jungen zu und gab ihm eine Handvoll Münzen, bevor er ihn zur Tür hinausschob.

»Jon, wir haben ein Problem.« Als Avery ihn so plötzlich ansprach, zuckte Jonathan heftig zusammen. Verdammt, hatte der Mann die ganze Zeit gewusst, dass er dort war?

»Was ist denn los?«, fragte er und ging zu Avery an die Tür.

»Ich nehme an, du bist hier, weil du Audrey gefolgt bist? Sie ist oben.«

»Ja. Also, was ist los?«, fragte er etwas leiser.

»Wir wurden verraten. Der Mann, mit dem wir diesen … Irrweg gegangen sind, wurde gerade gesehen, wie er die Kaserne der Gendarmen verließ. Er erzählte ihnen von zwei Spionen, einem Mann und einer Frau. Sie werden bald hier sein.«

»Wie lautet der Plan?«, fragte Jonathan.

»Wir müssen alle aus diesem Gasthaus herausbringen. Jetzt.«

»Was ist mit Audrey?«

»Sie ist oben, aber jetzt ist nicht der richtige Zeitpunkt.« Avery fluchte heftig und schlug mit der Hand gegen den Türrahmen, was die Aufmerksamkeit der Männer und Frauen um sie herum auf sich zog.

»Was können wir tun? Sollten wir nicht jetzt gehen, wir alle drei?«

»Wir haben keine Zeit. Inzwischen werden die Soldaten ein weites Netz auswerfen und sich diesem Ort nähern. Sie werden Calais auf der Suche nach uns auseinandernehmen, und wir haben keinen Transport. Aber vielleicht können wir Audrey etwas Zeit verschaffen. Vielleicht kann sie entkommen, wenn wir die Soldaten nach ihrer Ankunft aufhalten.« Avery ließ seinen Blick durch den Schankraum des Gasthauses schweifen, auf der Suche nach einem Ausweg oder vielleicht nach Waffen. Jonathan wünschte, er wüsste, was er tun sollte. Er hatte sich noch nie in seinem Leben so hilflos gefühlt.

Wir sind zu weit gekommen, haben zu hart gekämpft, um zusammen zu sein, und jetzt das?

»Aber sollten wir nicht einen Weg für uns alle finden ...«

»Es wird nicht funktionieren.« Avery unterbrach ihn. »Vertrau mir. Es gibt nur einen Weg, wie das hier endet.«

Ein Schauer des Entsetzens durchlief Jonathan.

»Geh nach oben und sag ihr, sie soll ihre Hose anziehen. Sie soll wie ein Junge aussehen. Ich werde die Leute aus dem Gasthaus werfen. Es gibt ein Fenster, aus dem ihr beide herausklettern könnt. Ihr könntet es unbemerkt schaffen, wenn ich die Soldaten auf die Eingangstür konzentriere. Ich kann die Türen und Fenster verbarrikadieren, um euch beiden Zeit zu verschaffen.« Der grimmige Blick in Averys Augen traf Jonathan mitten ins Herz, als er verstand, was der andere Mann sagen wollte.

»Ich sage ihr, wie sie rauskommt, und verabschiede mich.

Du hast gesagt, sie suchten nach zwei Spionen. Wir werden ihnen zwei geben müssen.« Er tauschte einen Blick mit Avery und nickte ihm zu. Avery würde heute nicht allein sterben. Wenn Jonathan eines von der Liga gelernt hatte, dann, dass man nie einen Mann zurückließ.

»Geh!«, zischte Avery, dann wandte er sich den Leuten an den Tischen zu, die noch immer ihr Abendessen aßen. Er sprach sie schnell auf Französisch an, und alle begannen, von ihren Tischen aufzustehen und zu gehen, einige in Richtung Hintereingang durch die Küche des Schankraums.

Jonathan eilte die Treppe hinauf und konzentrierte sich nur auf die eine Sache, die für ihn wichtig war. Audrey.

Er fand sie am Ende des Flurs, die Hände zu Fäusten geballt, als erwarte sie einen Kampf gegen jeden, der sich ihr näherte.

Mein Wildfang, mein Herzenswunsch, mein einziger wahrer Traum.

»Jonathan?« Sie keuchte seinen Namen, und bevor er etwas sagen konnte, hatte sie sich in seine Arme geworfen. Er fing sie auf, hielt sie fest und wusste, dass er dies nie wieder fühlen würde, dass er sie nie wieder berühren oder küssen oder die Wärme ihres Körpers an seinem spüren würde. Er küsste ihre Stirn, ihre Wangen, ihre Lippen. Seine Lippen sagten mit Küssen, was sein Mund nicht mit Worten sagen konnte.

Ich liebe dich ... liebe dich mehr als meinen letzten Atemzug.

»Audrey«, flüsterte er, als sie sich voneinander lösten.

»Was machst du hier? Ich war besorgt, als Avery mit dem Jungen sprach. Er sagte etwas von Soldaten, und ich ...«

»Avery ist unten und wirft alle raus. Die Gendarmen sind auf dem Weg. Man hat euch verraten. Wir werden die Tür verbarrikadieren und die Soldaten aufhalten. Das verschafft dir Zeit.«

Sie umklammerte ihn mit großen Augen. »Zeit für was?«

Sie wusste, was er ihr sagen wollte, aber sie wollte es nicht zugeben. Aber er konnte nicht zulassen, dass sie sich an die Illusion klammerte, dass sie alle das überleben würden.

»Wir verschaffen dir Zeit, um zu entkommen. Avery sagte, du hättest deine Reithose dabei. Zieh die an, versteck dein Haar unter einem Hut und klettere aus dem Fenster, sobald die Soldaten auf uns losgehen. Misch dich unter die Menge. Du kannst immer noch entkommen.«

»Das Fenster ... aber ...«

»Du schaffst das, ich weiß es.« Jonathan packte sie an den Schultern. »Wenn es jemals eine Frau gab, an die ich geglaubt habe, dann bist du es.«

»Aber es funktioniert nicht! Der Junge erzählte Avery, dass sie nach einem Mann und einer *Frau* suchen würden. Ich sollte bei euch bleiben.«

»Ich werde nicht zulassen, dass du dein Leben wegwirfst!«, knurrte er. »Nicht, solange ...« Dann kam ihm eine Idee. Er wusste, wie er den Soldaten eine Frau geben konnte; es würde nur nicht Audrey sein. »Ich habe da eine Idee, aber zuerst muss ich dich hier rausbringen.«

Sie biss sich auf die Unterlippe, Tränen stiegen ihr in die Augen. »Aber wenn ich dich verlasse ...« Das letzte Wort kam kaum heraus, als sie einen Schluchzer unterdrückte. Er hatte Mühe, sich zu beruhigen, bevor er wieder sprach.

»Höchstwahrscheinlich«, sagte er und gab ihre unausgesprochene Angst zu. »Aber ich bin bereit, für dich zu sterben. Ich war *immer* bereit, für dich zu sterben.« Ein plötzliches Gefühl der Klarheit erfüllte ihn, und er wünschte, er hätte mehr Zeit, um ihr alles zu sagen, was ihm auf dem Herzen lag. »Ich weiß, du denkst, dass du mir nie etwas bedeutet hast, dass ich dich nie wollte. Aber glaub mir jetzt. Ich habe dich mehr gewollt als alles andere in diesem und im nächsten Leben.« Er strich mit den Handrücken über ihre Wangen und wischte ihr die Tränen weg.

»Warum hast du es mir dann nie gesagt?«, forderte sie mit heiserer Stimme zu erfahren.

»Weil ich nie an mich selbst geglaubt habe. Ich habe nie geglaubt, dass ich dich verdient habe. Du warst ein strahlendes Licht in der Dunkelheit, und ich war nur ein Schatten. Ein ehemaliger Diener, ein Mann mit trübem Hintergrund, ohne Titel, ohne großen Besitz ...«

Sie holte mit der Faust aus und schlug ihm auf die Schulter. »Das hat mich nie interessiert, du Dummkopf! Niemals!« Sie vergrub ihr Gesicht an seiner Brust. »Du dummer, törichter ... wunderbarer Mann.«

Er streichelte ihren Rücken, sein Körper kämpfte zwischen Angst, Liebe, Verzweiflung und Hingabe für diese Frau. Er wollte sich nicht verabschieden. Dieses Wort würde das letzte Fünkchen Hoffnung in ihm auslöschen, und er konnte es sich nicht leisten, es zu verlieren.

Er streichelte ihre Wange und versuchte, seinen Körper vom Zittern abzuhalten. »Geh jetzt, solange noch Zeit ist. Versteck dich am Hafen in der Nähe der Docks. Godric und die anderen kommen, aber sie werden es nicht rechtzeitig zu mir schaffen. Selbst wenn sie es täten, könnten sie die Anschuldigungen der Spionage nicht verhindern. Sie sollen dich nach Hause bringen, wo du sicher bist. Lass sie nicht sterben, um mich zu retten. *Versprich mir* das.«

Er sah den Trotz in ihren schönen braunen Augen, aber schließlich nickte sie.

»Wenn ich ein Morgen hätte, um mit dir zusammen zu sein, wenn ich tausend Morgen hätte, würde ich dir dann sagen, dass ich dich liebe, auch wenn du mich vielleicht nie wieder so lieben wirst.« Er konnte den Kloß, der sich in seinem Hals gebildet hatte, kaum herunterschlucken.

Er wandte sich von ihr ab, hielt aber inne, als sie ihm antwortete.

»Dann würde ich dir *heute* sagen ...wie könnte ich einen

Mann wie dich *nicht* lieben?« Es lag etwas in der Art, wie sie es sagte, ein Versprechen, das er noch nicht verstand. Aber es gab keine Zeit mehr, keine Gelegenheit mehr, das, was zwischen ihnen lag, zu klären. Sie waren am Ende ihrer Reise angelangt.

Er eilte zurück in den Flur, ohne sich umzusehen, und trug die Erinnerung an ihren Kuss und ihre Worte im Herzen. Das würde sein einziger Trost in diesen letzten Momenten sein.

Er begann, jede Tür zu öffnen, bis er diejenige fand, die er zu finden hoffte. Das Zimmer, in dem die sehr große Frau mit ihrem Mann abgestiegen war. Ein langes rosafarbenes Kleid mit gerüschter Spitze hing über den Rand einer spanischen Wand. Er streifte seinen Mantel ab, griff nach dem Kleid und zog es sich über den Körper. Er machte die Knöpfe zu, aber es war verdammt eng über seiner Kleidung.

»Die Dinge, die ich aus Liebe tue«, murmelte er düster. Er würde einer Gruppe französischer Soldaten gegenüberstehen, während er wie eine verdammte Frau gekleidet war. Wenn Godric und die anderen ihn so sahen ... Aber wenn es Audrey rettete, dann war es das wert. Er eilte die Treppe wieder hinunter und fand den Schankraum leer vor. Die Ankunft der Gendarmen wurde durch das Aufmarschieren der Männer vor der Tür eingeläutet.

Avery hatte die Tische gegen die Türen und Fenster geschoben und sie umgekippt, um zu verhindern, dass jemand die Fenster einschlug. Er schob einen weiteren Tisch gegen den ersten, in der Hoffnung, dass er die Tür geschlossen halten würde. Kaum war die Vorrichtung angebracht, rüttelte es plötzlich an den Türen. Eine Kakophonie französischer Rufe, sich zu ergeben, und der Befehl, das Gebäude zu umzingeln, versetzten Jonathan in Angst und Schrecken. Für einen Moment drohte die Verzweiflung ihn zu ersticken.

Avery starrte ihn an und blinzelte eulenhaft. »Was zum Teufel hast du da an?«

Plötzlich erinnerte er sich daran, wie er gekleidet war. »Du hast gesagt, sie erwarteten eine Frau. Nun, jetzt haben sie eine.«

»Ich will mich nicht beschweren, aber das ist ein sehr hässliches Kleid. Die Modistin muss betrunken gewesen sein, als sie das gemacht hat.«

»In der Tat ziemlich besoffen. Ich bin mir sicher, dass es der letzte Schrei ist, aber ich fürchte, ich könnte in all der Spitze ertrinken.« Er zupfte angewidert an den Röcken.

Avery gluckste. »Lieber in Spitzen ertrinken, als von den Franzosen gehängt zu werden, denke ich.« Averys Galgenhumor brachte Jon zum Lachen.

Das Geschrei draußen ging weiter, und Jonathan eilte hinüber, um Avery zu helfen, die Türen zu verriegeln, als sie plötzlich mit größerer Wucht bebten. Das schwere, rhythmische Hämmern von draußen klang wie eine Art Rammbock.

Jonathan warf seinen Körper gegen die Tür und kämpfte dagegen an, dass die fadenscheinigen Befestigungen aufgesprengt wurden.

»Ist Audrey entkommen?«, fragte Avery mit zusammengebissenen Zähnen.

»Ich hoffe es.« *Bitte Gott, lass sie entkommen.* Er wollte sich nicht vorstellen, was die Soldaten mit einer weiblichen Spionin anstellen würden, bevor sie sie töteten. Keine Frau hatte ein solches Schicksal verdient, schon gar nicht die Frau, die er mehr liebte als sein eigenes Leben.

Die Tür ruckte hinter ihnen, und das Schloss zerbrach. Nur die Tische und ihr gemeinsames Gewicht hielten die Soldaten ab. Jonathan und Avery standen Schulter an Schulter, die Stiefel in den Boden eingegraben, und kämpften mit jedem Atemzug darum, mehr Zeit zu gewinnen. Das Holz erbebte immer wieder, als die Soldaten ihren Angriff fortsetzten.

»Es tut mir leid, dass du hier bist, Jon«, murmelte Avery, als die Tür zersplitterte.

»Mir nicht«, sagte Jonathan. »An der Seite eines guten Mannes zu sterben, um die Frau zu retten, die ich liebe? Ich bereue es nicht.«

Er wünschte nur, er hätte mehr Zeit mit ihr verbringen können. Er war ein Narr gewesen, als er glaubte, er hätte noch Jahre, ja Jahrzehnte, um mit Audrey zusammen zu sein. Wenn er das gewusst hätte, hätte er nicht so lange gewartet, um …

Die Wände des Gasthauses ächzten, als das Holz von den Schlägen draußen vibrierte.

»Wir sehen uns auf der anderen Seite, Jon.« Avery begegnete seinem Blick, und beide versuchten noch ein letztes Mal, die Soldaten aufzuhalten, bevor sie von einer Holzexplosion zu Boden geschleudert wurden.

Jonathans Ohren klingelten, als er sich mühsam aufrichtete, aber jeder Muskel in seinem Körper schmerzte. Avery war neben ihm zusammengebrochen. Seine Ohren klingelten, als die Welt um ihn herum langsamer wurde. Der Rauch rollte in Wellen über den Boden des Schankraums. Rauch? Sein verschwommener Verstand versuchte, sich einen Reim auf das zu machen, was er sah. Hatten die Soldaten *Schießpulver* benutzt, um sie rauszublasen?

Zwei Männer zogen ihn grob auf die Beine und schleppten ihn aus dem Gasthaus in ein Gewimmel von schreienden Soldaten und französischen Städtern.

»Das war dumm«, sagte ein Mann in einer Kapitänsuniform, der ihn und Avery anstarrte. »Sehr töricht.« Sein Akzent war stark, aber sein Englisch war erstaunlich gut.

Avery brachte ein Grinsen zustande. »Nun, wissen Sie … wir sind Engländer.«

»Wir kamen hierher, um nach Spionen zu suchen, und

stattdessen finden wir ...« Der Kapitän musterte Jonathan von oben bis unten. »Eine bärtige Dame?« Jonathan hatte sich seit fast einem Tag nicht mehr rasiert, aber einen Bart trug er auch nicht. »Kein Wunder, dass die Engländer hier Urlaub machen, wenn ihre *Frauen* so hässlich sind.« Es war offensichtlich, dass der Kapitän wusste, dass er keine Frau war, aber die Hoffnung war, dass der Kapitän glauben würde, dass Sheffield sich geirrt hatte.

»Ich bin beleidigt, Sir.« Er antwortete mit gespielter Ernsthaftigkeit. »Wir waren hier in den Ferien, und jetzt ruinieren Sie unsere schönen Flitterwochen.«

Die Soldaten brachen in Gelächter aus, und der Hauptmann wischte sich eine Träne aus dem Auge, während er versuchte, sein eigenes Lachen zu unterdrücken.

»Flitterwochen? Ihr seid verheiratet? Na dann, herzlichen Glückwunsch! Bitte, küss ihn!«, forderte der Hauptmann, was zu noch mehr Heiterkeit unter den Soldaten führte.

Jonathan warf einen Blick auf Avery, der den Kopf schüttelte. »Wenn du mich küsst, bringe ich dich persönlich um.«

»Das würde mir im Traum nicht einfallen.« Jonathan schnaubte. »Ich bin viel zu gut für dich.«

Der Kapitän wurde ernst. »Verhaften. Fesselt ihre Handgelenke.«

Jonathan und Avery leisteten kaum Widerstand, als ihre Hände gefesselt wurden. Sie wussten beide, dass es kein Entrinnen gab. Ihr einziges Ziel war es nun, alle Augen auf sich zu lenken, weit weg von dem Ort, an dem Audrey lauern könnte, und ihr so viel Zeit wie möglich zur Flucht zu geben.

Er wagte es nicht, sich umzudrehen, als sie vom Gasthaus weggeführt wurden, um Audreys Aufenthaltsort nicht zu verraten.

Ich werde dich bis zu meinem letzten Atemzug und darüber hinaus lieben, mein kleiner Wildfang.

KAPITEL 22

A udrey warf sich eilig die Reithose und das weiße Hemd über und verstaute ihr Haar fest unter der Mütze. Ihre Hände zitterten, aber sie ignorierte die Angst, die sie durchströmte, so gut sie konnte. Sie hatte keine Zeit, zusammenzubrechen, nicht wenn sie diese Nacht lebend überstehen wollte. Dann rannte sie zum Kamin, beschmierte ihre Finger mit Asche und rieb sie hastig über ihre Wangen.

Sie hatte in den letzten Monaten eine Reihe von Tricks gelernt. Menschen sehen nicht gerne schmutzige Menschen an, und wenn sie nach der Frau suchten, die in der Taverne angekommen war, wäre *schmutzig* die letzte Eigenschaft, mit der andere sie beschreiben würden. Draußen hörte sie einen furchtbaren Lärm, als die Soldaten sich anschickten, das Gasthaus zu stürmen.

Jonathan war dort unten, *ihr* Jonathan, der alles tat, was er konnte, um ihr Zeit zur Flucht zu verschaffen. Sie wusste immer noch nicht, wie er sie gefunden hatte oder wie er gerade noch rechtzeitig zu ihr gekommen war. Der Mann hatte die unheimliche Fähigkeit, immer dann aufzutauchen, wenn sie ihn am meisten brauchte.

Wie ein verliebter Mann ...

Ihr Herz setzt einen Schlag aus. Er hatte ihr an dem Tag, an dem sie beide vielleicht sterben würden, endlich gesagt, dass er sie liebte. Der egoistische Bastard. Ihre Nase brannte, als sie wieder mit den Tränen kämpfte.

Reiß dich zusammen! Jetzt auseinanderzubrechen, nützt niemandem etwas.

Nun, so einfach wollte sie ihn und Avery nicht an den Galgen bringen lassen. Nicht, wenn sie einen Weg finden könnte, sie zu retten. Nicht einmal die gesamte französische Armee konnte sie davon abhalten, endlich zu heiraten.

Ich bin Audrey Sheridan. Ich halte mich nicht an die Regeln. Ich zerschlage sie.

Sie eilte zum Fenster und stieß es auf. Die Vorhänge blähten sich auf, als eine starke Meeresbrise in den Raum drang. Die Geräusche der Menschenmenge unter ihr halfen ihr seltsamerweise, sich zu konzentrieren. Sie klammerte sich an den Vorsprung der Dachschräge. Das Gasthaus war nicht mit dem Gebäude nebenan verbunden, wie es bei vielen anderen der Fall war.

Es gab einen lauten Knall, und das Gebäude bebte. Hatten sie sie mit einer Kanone beschossen? Nein, das wäre lächerlich. Aber das Geräusch war viel zu laut für eine einfache Schießerei.

Bald änderten sich die Geräusche draußen. War das ... Gelächter? Sie sah, wie zwei bewaffnete Männer die Gasse verließen und auf den Eingang der Taverne zusteuerten. Es bestand eine gute Chance, dass sie sich jetzt unbemerkt fallen lassen und verstecken konnte, bis sie sich unter die Menschenmenge mischen konnte.

Zum Glück schaute niemand von draußen auf ihr Fenster. Die wenigen Leute, die sie sehen konnte, konzentrierten sich auf die Eingangstür. Sie kletterte hinaus und hielt sich an der

Fensterbank fest, bis sie sicher war, dass sie nicht fallen würde.

Sie ließ sich von der Kante herab, bis sie nur noch an den Fingerspitzen hing, dann ließ sie sich fallen und ging in die Hocke. Sie sprang mit erhobenen Fäusten wieder auf. Sie schlich an der Wand des Gasthauses entlang und erstarrte, als sie sah, was sich an der Eingangstür abspielte.

Gelächter und Johlen verbreiteten sich sowohl unter den Soldaten als auch in der Menge, als Avery und eine große Frau in einem hässlichen purpurfarbenen Kleid mit viel zu viel Spitze aus dem ...

Moment mal, das ist Jonathan!

Audrey hielt den Atem an und stieß ihn wieder aus, als sie sah, dass er lebte, aber benommen war. Und als Frau geklei-det. Die Gründe dafür lagen auf der Hand, aber das machte die Szene nicht weniger bizarr.

Dem Himmel sei Dank, dass sie beide noch leben, dachte sie, als sie sich in den hinteren Teil der Menge mischte. Und sie würde einen Weg finden, dass das auch so bleiben würde. Ja, sie hatte versprochen, zu fliehen und am Hafen auf die Liga zu warten, aber ehrlich gesagt, sollte Jonathan es besser wissen, als zu glauben, dass sie ihr Wort in einer so schlimmen Situation wie dieser halten würde. Sie würde tun, was sie tun musste.

Sie verfolgte die beiden, indem sie ihnen durch die Menge folgte, die sich ebenfalls an der Show erfreute. Audrey suchte nach der schlanken Klinge, die sie zur Sicherheit in ihren Stiefeln verstaut hatte, aber sie wünschte sich, sie hätte statt-dessen eine Pistole in die Hand bekommen, nur für den Fall, dass sie etwas Einschüchternderes bräuchte.

Avery und Jonathan waren nun mit Seilen gefesselt, die Handgelenke vor ihnen zusammengebunden, und mussten hinter den Soldaten herlaufen. Audrey zupfte am Ärmel eines der älteren Männer und sprach ihn in ihrem besten Französisch an, so jungenhaft, wie es ihr möglich war.

»Was glaubst du, wo sie sie hinbringen?«

»Die Klippen. Ich gehe davon aus, dass sie versuchen werden, sie durch Einschüchterung zu einem Geständnis zu bewegen, bevor sie sie ins Gefängnis bringen ... falls sie sich überhaupt die Mühe machen. Das letzte Mal, als sie einen Spion gefangen haben, wurde er auf der Klippe erschossen und ins Meer gestoßen.«

»Welche Richtung?«, fragte sie.

Der Mann zeigte auf eine Klippe in der Ferne. »Geh nicht dorthin, um eine Show zu sehen, Junge. Die Soldaten haben heute Abend getrunken und könnten versuchen, dich als Zielscheibe zu benutzen.«

Sie bedankte sich für die Warnung und sagte, sie würde es nicht tun. Sie ging kurz zurück in die Stadt, tauchte dann in eine Gasse ein, kehrte um und folgte den Soldaten in sicherem Abstand.

Die Männer marschierten auf einem gewundenen Pfad in Richtung der Klippen, wobei sie abwechselnd entweder Jonathan oder Avery nach vorne stießen, so dass sie stürzten, bevor sie wieder auf die Beine kamen. Jonathan passierte das öfter, da er noch das Kleid trug. Als sie die Klippen erreichten, stellte Audrey zu ihrem Entsetzen fest, dass sie ihnen nicht unbemerkt bis zur Steilküste folgen konnte. Das Gelände war viel zu offen. Sie ging hinter einer kleinen Gruppe von Felsbrocken in Deckung und wartete ab, während sie den Atem anhielt. Sie würde sich einen Plan ausdenken müssen, um sie zu retten, und so, wie die Soldaten um die beiden Gefangenen herumstanden, hatte sie nicht viel Zeit.

✦

GODRIC SCHRITT DEN LANDUNGSSTEG HINUNTER UND erreichte die Docks, als der Mond gerade über dem Horizont aufging. Die übrigen Mitglieder der Liga folgten ihm: Ashton, Lucien, Cedric und Charles. Während ihrer Reise über den Ärmelkanal hatten sie wenig miteinander gesprochen. Sie waren gut bewaffnet und bereit, jeden auszuschalten, der sich ihnen in den Weg stellte.

»Was glaubst du, wo wir Jonathan finden werden?«, fragte Godric Ashton, als sie das Schiff verlassen hatten. Ashton hatte seinem Kapitän befohlen, auf sie zu warten und sich bereit zu halten, um notfalls sofort wieder in See zu stechen.

»Ich nehme an, er würde ...« Ashton erstarrte und konzentrierte sich auf das Treiben auf den Docks. Matrosen schrien, und die Menschenmenge verschob sich mit einer Geschwindigkeit, die Godric Unbehagen bereitete. Ashton schien seine Sorge zu teilen. Er ging zu einem Mann und fragte ihn etwas, das Godric nicht hören konnte. Als die Liga zu ihm stieß, war sein Gesicht bereits blass geworden.

»Alle reden von englischen Spionen. Zwei Männer wurden verhaftet und ...« Er zögerte.

»Sag es.« Godrics Herz pochte. Er wusste, dass es schlimm war, aber er war sich nicht sicher, wie schlimm es sein könnte.

»Es scheint, dass die Einheimischen sich nicht einig sind, ob sie den Prozess überhaupt noch erleben werden.«

»Großer Gott«, murmelte Lucien.

»Zwei Männer, sagst du? Nicht eine Frau?«, fragte Cedric.

»Nein, sie sagten *zwei Männer*. Obwohl ...« Er sprach noch einmal mit dem Mann, um etwas zu klären. »Es scheint, dass einer als Frau verkleidet war?«

Die Männer der Liga blickten einander verwirrt an, mit Ausnahme von Lucien, der sich täglich mit Rätseln beschäftigte. »Natürlich.«

Ashton dankte dem Mann, und die Liga verließ schnell die Docks und bewegte sich tiefer in den Hafen hinein. Glücklicherweise hatte Ashton für seine Privilegien in vielen Häfen gut bezahlt, die unter anderem ein Minimum an Einmischung der örtlichen Bürokratie beinhalteten.

»Was ist mit Audrey?«, fragte Cedric, als sie aus dem dicksten Gemenge heraus waren.

»Ich vermute, dass sie entkommen ist«, sagte Lucien. »Deshalb hat sich einer der Männer als Frau verkleidet, um die Soldaten zu verwirren und ihr Zeit zu geben, zu entkommen. Ich frage mich, wer darauf gekommen ist?«

»Das ist im Moment nicht so wichtig«, sagte Ashton.

»Wahrscheinlich nicht. Es ist eher eine Frage der Neugierde. Avery hat sich in seinem Beruf vielleicht schon einmal verkleiden müssen. Aber wenn Jonathan sie eingeholt hat ... Ja, ich könnte mir vorstellen, dass er Audreys Platz einnehmen würde. Oder dass er es versuchen würde.«

»Du glaubst also, dass Avery mit Jon zusammen ist?«, fragte Charles.

»Das ist das wahrscheinlichste Szenario«, sagte Lucien. Er seufzte schwer. »Seit er diesen Beruf ergriffen hat, habe ich befürchtet, dass ein Tag wie dieser kommen würde.«

Sie hielten an, als sie eine Schmiede erreichten, klopften an die Tür und forderten Aufmerksamkeit ein. Ein älterer Mann erschien und murmelte etwas von schlechten Manieren.

Ashton fischte seinen Geldbeutel heraus. »Wie viel für acht Pferde?«

»*Acht?*« Der Schmied starrte Ashton an. »Acht, Monsieur?«

»Acht«, wiederholte Ashton.

Schon bald nahmen die fünf ihre Reittiere in Empfang. Cedric, Lucien und Charles halfen, die Pferde zu satteln, und sie machten sich auf den Weg, wobei Ashton und Godric die Führung übernahmen.

Bleib am Leben, Bruder. Egal, was sie mit dir machen, bleib am Leben.

Godric wollte nicht daran denken, was passieren würde, wenn er seinen Bruder verlieren würde. Sie hatten gerade erst begonnen, sich als Geschwister und nicht mehr als Herr und Diener kennenzulernen. Jonathan hatte sein ganzes Leben lang in Godrics Schatten gelebt, und es war eine Angelegenheit, die ihn immer noch mit einem heimlichen Schuldgefühl erfüllte.

Ich habe so viel mit ihm wiedergutzumachen. Ich kann ihn nicht im Stich lassen.

Die Liga ritten wie Gespenster die Straße hinunter, nur das Mondlicht konnte sie leiten. Als sie durch das Dorf kamen, fragte Ashton einige Einheimische nach weiteren Informationen. Sein Französisch war so makellos, dass sie im schummrigen Licht der Fenster annahmen, die Gruppe gehöre nicht zu den Engländern, sondern zum französischen Adel.

Als er die gewünschten Informationen hatte, nickte er den anderen zu und zeigte auf eine nahe gelegene Klippe. »Da lang«, sagte er auf Französisch. Sie ritten wieder los und beeilten sich, denn der Anblick eines fernen Feuers vor ihnen war ein gutes Zeichen. Das mussten sie sein.

Als sie näher kamen, hörten sie aus der Ferne das Knallen von Schüssen. Godric rief: »Beeilt euch!«

Er schlug die Zügel auf die Flanken seines Pferdes, beugte sich hinunter und ritt vor den anderen davon. Cedric war direkt hinter ihm und rief Audreys Namen wie einen Schlachtruf.

❧

»ENGLISCHER ABSCHAUM!« EINER DER SOLDATEN RAMMTE Avery den Kolben seines Gewehrs ins Gesicht. »Wo ist die Frau?«

Avery grunzte und spuckte Blut auf den Boden. »Sie ist

gleich da drüben.« Er lag auf der Seite, die Hände immer noch vor ihm zusammengebunden.

Sie hatten zuerst mit dem Verhör von Avery begonnen und hatten sichtlich Spaß daran, ihm Schmerzen zuzufügen. Einige reichten eine Flasche herum und scherzten, während es weiterging.

»Dein Witz ist alt geworden, englischer Hund. Der Mann, der uns vor euch gewarnt hat, hätte diesen Mann nicht für eine Frau gehalten.«

»Sind Sie sicher? Sie ist ziemlich hübsch in diesem Kleid.«

Der Soldat trat Avery in den Magen, und Jonathan rief, sie sollten aufhören. »Du wirst ihn umbringen. Sollte er nicht erst einen Prozess bekommen?«

Die Soldaten drehten sich alle zu ihm um und lachten. Ein Mann, der Hauptmann, trat vor, seine kalten Augen richteten sich auf Jonathan.

»Vielleicht. Vielleicht nicht. Aber das bringt mich auf eine Idee.« Sein Englisch war ungefähr so schlecht wie Jonathans Französisch. Er drehte sich um, zog einen Säbel und legte die Klinge unter Averys Kinn. Das helle Mondlicht beleuchtete die Klinge und ließ das silberne Metall gefährlich glänzen.

»Derjenige, der mir zuerst von der Frau erzählt, bekommt einen Prozess«, sagte der Kapitän auf Französisch, langsam genug, dass Jonathan es verstehen konnte. Er blickte zwischen Avery und Jonathan hin und her. »Der andere ... Wer kann das schon sagen?«

Avery schüttelte leicht den Kopf. Jonathan starrte ihn eine lange Sekunde lang an und räusperte sich dann. Er nickte dem Hauptmann zu.

»Ich werde reden, aber nur mit dir.«

»Nein!«, rief Avery, der sich auf die Knie kämpfte. »Wage es ja nicht ...«

»Schweigen!« Der Soldat trat Avery ins Gesicht. Avery sackte zurück auf den Boden und stöhnte vor Schmerzen.

»Ich nehme den hier und spreche mit ihm.« Der Hauptmann zog Jonathan auf die Beine, packte ihn am Arm und zerrte ihn zu einer Gruppe hoch aufragender Felsen, die etwa ein Dutzend Meter entfernt lag. Er trat Jonathan von hinten gegen die Beine, woraufhin dieser auf die Knie fiel. Dann wurde ihm der Lauf einer Pistole zwischen die Rippen gestoßen.

»Sag mir, wo die Frau ist.«

Er hielt inne und versuchte zu überlegen. »Sie ...«

Eine dunkle Gestalt sprang aus den Schatten und versenkte eine Klinge in der Brust des Mannes.

»Sie ist genau hier.«

Der Hauptmann stolperte zurück, seine Pistole in der Hand, und feuerte, als er zu Boden fiel. Der Schatten jaulte vor Schmerz auf. Jonathan zuckte zusammen. Er kannte diese Silhouette besser als sich selbst, selbst in Hosen.

»Audrey!« Jonathan kroch zu ihr hinüber. Sie umklammerte ihren Bauch und krümmte sich vor Schmerzen.

»Ich ... ich dachte nicht, dass er einen Schuss abgeben könnte.«

»Es ist alles in Ordnung. Atme für mich, mein Schatz. Wir werden das schon schaffen.« Er suchte nach der Klinge, und als er sie fand, zog er sie aus der Brust des Soldaten. Er schnitt das Seil von seinen Handgelenken und warf die Fesseln weg. Dann zog er Audrey hinter die Felsen zurück und lauschte, ob noch mehr Soldaten kamen.

»Kapitän, was ist passiert? Haben Sie ihn getötet?«, rief einer der französischen Gendarmen, wobei er etwas undeutlich sprach.

Jonathan fluchte leise vor sich hin und antwortete, so gut er konnte. »*Oui!*«

Er hörte den Mann lachen und richtete sich auf, um über den Rand der Felsen zu schauen. Es dauerte einen Moment, bis sich seine Augen daran gewöhnt hatten, aber er erkannte bald, dass einer der Soldaten sein Gewehr auf Averys Brust gerichtet hatte.

Jonathan stürmte in die Gruppe der bewaffneten Wachen hinein, griff den Mann an, der auf Avery zielte, und schlug ihn zu Boden. Er holte zu einem kräftigen Schlag aus, bevor er von anderen Soldaten weggezerrt und dann zu Boden geworfen wurde.

»Haltet ihn unten!«, rief eine Wache.

Das war's. Er würde sterben, und Audrey könnte an ihrer Wunde sterben.

Das Gras unter seinen Händen war kalt und glitschig von der Meeresgischt. Er hob den Kopf und betrachtete den Horizont im mondbeschienenen Wasser des Kanals. Ein schöner Anblick, aber er wünschte sich, dass sein letzter Anblick stattdessen Audreys Gesicht gewesen wäre.

Wir sollten zusammen alt werden, mit Enkelkindern um uns herum. Es sollte nicht so enden.

Der Soldat, den er geschlagen hatte, stand nun vor ihm und versperrte ihm die Sicht.

»Sieht so aus, als würde heute niemand einen Prozess bekommen«, sagte er. Er hob den Kolben seines Gewehrs und schlug Jonathan auf den Kopf.

Audreys Gesicht ging ihm durch den Kopf. Erinnerungsfetzen aus dem letzten Jahr tauchten in rascher Folge auf. Ihre braunen Augen, die sich vor Wut verengten, als er sie ins Bett trug. Die vollen Lippen, die sich zu einem verführerischen Lächeln verzogen, als sie beim Angeln den Köder auswarf. Ihr träger, hungriger Blick, den ein Spiegel im Mitternachtsgarten zu ihm zurückwarf. Die Art und Weise, wie sie seinen Namen geflüstert hatte, als er mit ihr Liebe machte.

»Wie könnte ich einen Mann wie dich nicht lieben?«

Ein Donnergrollen sorgte für Aufregung bei den französischen Gendarmen.

»Da kommen Reiter!«, rief ein Mann. »Da kommen Reiter!«

Jonathan sah eine Reihe von Pferden, die wie eine kleine Kavallerie mitten zwischen die Gendarmen stürmten. Godric ritt an der Spitze, eine Pistole in der Hand. Und dann wurde alles schwarz.

⁂

»Jonathan. Jonathan! Wach auf, Bruder.«

Jonathan kam wieder zu Bewusstsein und war nun nicht mehr von Feinden, sondern von Freunden umgeben. Am Steilufer war es bis auf das Keuchen der Männer still.

»Was ...? Was ist passiert? Die Soldaten?«

»Die meisten sind weggelaufen«, sagte Godric. »Ich glaube, sie hatten viel getrunken, und unser Angriff ließ unsere Zahl viel größer erscheinen, als sie tatsächlich war. Wir haben ein wenig Zeit, bis sie sich sammeln und neu formieren. Kannst du dich bewegen?«

Jonathan setzte sich aufrecht hin. »Ich glaube schon.«

»Und was zum Teufel hast du da an?«

Jonathan lächelte. »Diese verdammte Verkleidung hat mir keinen Gefallen getan.«

»Verkleidung? Du siehst aus, als wärst du aus einem der alten Schränke auf dem Dachboden entkommen, und der Schrank hat dich angegriffen, als du gegangen bist.«

Er zupfte an der schlammgetränkten Spitze. Er fragte sich, wie Ladys jemals ihre Kleider sauber halten konnten.

Charles und Ashton waren ein paar Meter entfernt und kümmerten sich um Avery. Cedric schien auf der Suche nach jemandem zu sein. Aber nach wem?

»Gut. Dann kannst du ja vielleicht die Frage klären, wie du in einem Kleid gelandet bist?«

»Nun, die Soldaten kamen, und ...«, Jonathan schoss auf die Beine. »Audrey ...? *Audrey!*«

Er hörte sie vom Felsvorsprung aus rufen. »Hier drüben. Ist es sicher, herauszukommen?«

Jonathan humpelte hinüber und fand Audrey, die sich an einen Felsen lehnte und trotz ihres blassen Gesichts lächelte.

»Mein Gott, Frau. Ich dachte, ich hätte dich verloren.«

»Das hast du nicht. Ich bin genau da, wo du mich verlassen hast.« Sie betrachtete sein schreckliches Kleid. »Rosa und Spitze werden deinem Teint wirklich nicht gerecht. Aber ich wette, du würdest in Grün umwerfend aussehen.«

Er umarmte sie zärtlich und schmunzelte über ihre Fähigkeit, ihn in einem solchen Moment zu necken.

»*Ahhh!*« Ihr Schmerzensschrei brachte ihn dazu, sie loszulassen. Entsetzen erfasste ihn, als er ihre schmerzerfüllten Augen betrachtete.

»Deine Wunde ...«, begann er.

»Audrey?« Cedric eilte herbei, umfasste Audreys Gesicht und küsste sie auf die Stirn. »Du bist in Ordnung! Gott sei Dank geht es dir gut.«

Audrey zuckte zusammen, als sie kicherte. »Es könnte mir durchaus besser gehen, nehme ich an.« Cedric ließ sie los, und sie sah sich die um sie versammelten Männer an. »Ihr seid ... alle so süß. Ich ...« Sie machte ein paar wackelige Schritte und brach dann zusammen.

»Audrey!«, schrie Jonathan.

»Sie ist verwundet.« Cedric nahm sie in den Arm, seine Handfläche war blutverschmiert, als er ihre Seite berührte. »Was ist passiert?«

Jonathan hob sie hoch. »Als sie den Hauptmann tötete, hat er noch einen Schuss auf sie abgegeben. Wir müssen zurück in die Stadt.«

»Wir sollten sie nicht bewegen«, argumentierte Cedric mit vor Angst geweiteten Augen.

»Hier ist es nicht sicher«, sagte Godric. »Betrunken oder nicht, diese Soldaten werden bald zurückkehren.«

Ashton meldete sich zu Wort. »Ich habe einen Chirurgen an Bord meines Schiffes. Wenn jemand sie retten kann, dann er.«

Cedric bestand darauf, sie zu tragen. Jonathan trug Audrey in seinen Armen und wartete darauf, dass ihr Bruder sein Pferd bestieg. Jonathan reichte Audrey an ihn weiter, und er ritt los. Jonathan entledigte sich rasch seines Kleides, sodass er nur noch eine leichte Hose und ein Hemd trug, und bestieg eines der Ersatzpferde, die die Liga mitgebracht hatte. Die anderen folgten, so schnell sie konnten.

Es dauerte fast eine Viertelstunde, bis sie Calais erreichten und ihr Schiff bestiegen. Ashton befahl dem Kapitän, sofort in See zu stechen, und hielt Ausschau nach eventuellen Problemen im Hafen. Wenn die Gendarmen Alarm schlugen, konnten die im Hafen liegenden französischen Marineschiffe sie immer noch angreifen.

Jonathan ging unter Deck, um den Schiffsarzt zu finden, einen grauhaarigen Mann namens Lewis. Audrey war schon da, sie lag flach auf einer Liege im Krankenzimmer. Ihr weißes Hemd war aufgerissen worden. Cedric konnte nicht zusehen, wie der Arzt seine Untersuchung beendete.

»Sie wurde angeschossen?«, fragte Dr. Lewis.

»Ja. Mit einer Pistole, aus nächster Nähe«, fügte Jonathan hinzu.

Der Arzt beugte sich vor, hob vorsichtig ihr Hemd bis knapp unter die Brüste und untersuchte die Wunde. Blut sickerte aus einer tiefen Wunde entlang ihres Bauches, und er untersuchte sie vorsichtig. Dann tastete er unter ihrem Rücken und zog eine Grimasse.

»Es scheint ein Streifschuss zu sein.«

»Das ist gut, nicht wahr?«, fragte Jonathan.

»Verwechseln Sie einen Streifschuss nicht mit einem Kratzer«, warnte der Arzt. »Ich meine, die Wunde scheint keine Organe getroffen zu haben, und die Kugel hat sich nicht in ihr festgesetzt, aber der Durchschuss ist trotzdem tief. Sie hat etwas Blut verloren.«

»Wird sie überleben?«, fragte Cedric.

»Sobald ich die Wunde gesäubert und genäht habe, kann sie sich wieder erholen. Ich schlage vor, Sie beide warten draußen.«

Godric und Jonathan tauschten einen Blick aus. »Wir bleiben hier.«

»Ich war nur höflich«, knurrte der Arzt. »Raus mit euch, ihr beiden. Ich brauche Ruhe und Raum zum Arbeiten.«

Jonathan drückte Audreys schlaffe Hand ein letztes Mal, bevor die beiden das Krankenzimmer verließen. Cedric lehnte sich an die Wand, doch nach einem Moment rutschte er daran hinunter und bedeckte sein Gesicht mit den Händen. Jonathan starrte auf die Holzwand ihm gegenüber, ohne etwas zu sehen. Er fühlte sich wie betäubt, betäubt vom Schmerz, betäubt von der Angst. Betäubt von dem Wissen, dass er die einzige Frau verlieren könnte, die er je zu lieben gewagt hatte.

»Das ist meine Schuld«, sagte Cedric. Jonathan war schockiert, als er die Tränen auf seinem Gesicht sah.

»Es ist nicht deine Schuld«, sagte Jonathan. »Es ist meine. Avery und ich haben versucht, sie in Sicherheit zu bringen, aber sie hat uns verfolgt. Ich hätte wissen müssen, dass sie nicht auf mich hören würde.«

Cedric schüttelte den Kopf. »Ich hätte die Männer, die ihr den Hof machen wollten, nicht verscheuchen dürfen. Ich habe sie zu ihrer rebellischen Natur getrieben. Wenn ich mich nicht eingemischt hätte, wäre sie jetzt vielleicht glücklich mit einem ruhigen, netten Mann verheiratet, würde Pläne für die Mutterschaft schmieden und auf Bälle gehen.«

Jonathan wollte sich das nicht vorstellen, zumindest nicht sie mit einem anderen Mann, aber wenn es bedeutete, dass sie am Leben und in Sicherheit war, hätte er alles gegeben, um die Zeit umzukehren und ihr dieses ruhige, glückliche Leben zu ermöglichen.

Aber er kannte Audrey. Sie war nicht für ein ruhiges Leben bestimmt. Sie war eine Frau, die kämpfen wollte, um sich ihren Platz im Leben zu verdienen und etwas zu bewirken. Jetzt wurde ihm klar, wie töricht er in seinen idealisierten Vorstellungen von ihrem gemeinsamen Eheleben gewesen war. Audrey würde sich niemals mit einem ruhigen, ereignislosen Leben zufrieden geben. Sie war eine Kämpferin, eine zierliche Amazone. Das würde sich nie ändern.

Und er erkannte, dass er bei jedem Abenteuer an ihrer Seite sein wollte, obwohl er in den Händen dieser französischen Soldaten fast gestorben wäre. Er hatte schon immer eine wilde Seite gehabt, aber seit er ein Gentleman geworden war, tat er sein Bestes, um sie zu unterdrücken, weil er dummerweise dachte, dass Audrey einen Mann brauchte, der ruhig war, um auch sie zu beruhigen. Was sie wirklich brauchte, war ein Mann, der sie bei jedem großen Schritt in ihrem Leben begleitete und sie nicht zurückhielt.

»Audrey würde niemals einen ruhigen, vernünftigen Mann heiraten«, sagte Jonathan. Er stützte die Ellbogen auf die angewinkelten Knie und ließ den Hinterkopf gegen die Tür fallen.

»Ich nehme an, da hast du Recht. Von dem Tag an, an dem sie geboren wurde, wusste ich, dass sie für größere Dinge bestimmt war. Sie war nicht wie ich oder Horatia. Sie hatte Sterne in den Augen und Träume, die so groß waren, dass sie nicht möglich schienen.« Ein schiefes Lächeln umspielte

Cedrics Lippen. »Ich hätte wissen müssen, dass es ihr mit dieser Spionagegeschichte ernst ist.«

»Ich wusste, dass es ihr Ernst war, aber ich hätte nie gedacht, dass sie gehen würde, nicht nachdem ...«

»Nach was?«, fragte Cedric.

Jonathan atmete tief durch und nahm seinen Mut zusammen. Er würde Audrey heiraten, wenn sie das überleben würde, und er würde jeden verdammen, der sich ihm in den Weg stellte.

»Nachdem sie meinen Heiratsantrag angenommen hat.« Er wartete und fragte sich, ob Cedric vor Wut brüllen würde. Monatelang hatte ihm jeder in der Liga gesagt, dass Cedric mit der Verbindung einverstanden war, aber Cedrics Überfürsorglichkeit und seine unmöglichen Ansprüche, wenn es um das Glück seiner Schwestern ging, waren legendär.

»Hast du sie endlich gefragt?« Cedric schnaubte. »Wurde aber auch Zeit.«

»Ärgert dich das nicht? Ich habe mir Sorgen gemacht, nachdem du und Lucien ...«

»Du bist nicht Lucien. Du hast nicht die gleiche Vergangenheit mit Frauen wie er. Und Audrey ist nicht wie Horatia. Horatia hat ein süßes Herz und eine harte Schale. Sie brauchte meinen Schutz, auch wenn sie es nicht wusste. Ich musste sicherstellen, dass der Mann, der ihr Herz gewann, dessen würdig war.« Er hielt inne, seine braunen Augen blickten Jonathan unverwandt an. »Aber ich habe mir nie Sorgen um Audrey gemacht. Ja, sie wird immer mein süßes Kätzchen sein, aber innerlich ist sie aus Stahl. Sie brauchte nie meinen Schutz. Welchen Mann sie auch immer für sich wählen würde, er würde der richtige sein. Und ... ich glaube, ich wollte einfach nicht, dass sie zu schnell erwachsen wird.« Seine Lippen zuckten. »Aber ihr Instinkt war richtig. In dem Moment, in dem sie sich für dich entschieden hat, habe ich alle kleinen Sorgen, die ich mir um ihre Zukunft gemacht habe, vergessen, weil ich weiß, dass du der Richtige für sie bist.«

»Ich muss zugeben, dass ich mich ihrer nie würdig gefühlt habe«, gestand Jonathan.

»Das solltest du auch nicht«, sagte Cedric und erlaubte sich ein kleines Grinsen. »Aber tut überhaupt irgendein Mann, wenn es um die Frau geht, die er liebt? Ich werde Anne oder dem Boden, auf dem sie wandelt, nie würdig sein. Wir sind nur sterbliche Menschen, die es wagen, Göttinnen zu lieben.«

Jonathan lächelte und versuchte, sich Audrey als Göttin vorzustellen. Sie hätte zweifellos zugestimmt.

»Du bist der richtige Mann, Jon. Vertraue deinem Herzen, dann wirst du schon sehen.«

Sie verfielen in eine Stille, wie sie nach einem heftigen Sturm eintritt, als wüsste er, dass ihm nun die dunkelste Stunde seines Lebens bevorstand. Und wenn er überlebte, wenn *sie* überlebte, würde nichts anderes jemals so schrecklich sein wie dies.

Einer nach dem anderen kamen die übrigen Mitglieder der Liga herunter und setzten sich neben sie auf den Boden. Godric, Lucien, Ashton, Avery und Charles hielten Wache, während sie warteten, beteten und hofften.

Godric saß Schulter an Schulter mit seinem Bruder und legte eine Hand auf Jonathans Knie, um ihm brüderliche Unterstützung zu zeigen.

»Wie ist das passiert?«, fragte Cedric leise. Alle Augen richteten sich auf Avery.

»Wir wurden verraten. Der Mann, mit dem wir zusammenarbeiten sollten, Daniel Sheffield, wurde gesehen, wie er die Gendarmerie verließ, bevor die Soldaten sich formierten.«

»Aber warum?«, fragte Jonathan.

»Ich kann nur annehmen, dass er Befehle erhalten hat«, sagte Avery. »Ich habe bereits mit Sheffield zusammengearbeitet. Der Mann ist ein Profi, und soweit ich weiß, hegt er keinen Groll gegen mich. Ich fürchte auch, dass ich nicht das eigentliche Ziel war.«

»Audrey ...«, knurrte Cedric. »Aber warum? Sie war nur ein Kind, das bei einem Spiel der Erwachsenen mitspielt.«

»Sie wurde beauftragt, weil man glaubte, dass sie gut darin wäre, Informationen am französischen Hof zu beschaffen. Viele Aristokraten hätten sich ihr wegen ihres Aussehens, ihres Charmes und ihrer Mode geöffnet. Und sie ist sehr geschickt in der Kunst der Konversation.«

Ashton strich sich über das Kinn. »Ich weiß, dass du uns nicht viel über deine Arbeit verraten darfst, Avery, aber wenn Sheffield dich und Audrey nicht für böse hält, dann muss derjenige, der ihm seine Befehle gegeben hat, es tun. Wer ist Sheffields Auftraggeber?«

Avery schwieg einen langen Moment lang.

»Komm jetzt«, sagte Godric. »Hier könnte es um Leben und Tod gehen.«

Avery seufzte. »Sheffield berichtet an Sir Hugo Waverly.«

»Nein«, flüsterte Charles. Alle Männer wandten sich ihm zu. Sein Gesicht wurde aschfahl, als er den Kopf hob. »Er hat mit dem Außenministerium zu tun? Das ist nicht möglich.«

»Allzu gut möglich«, sagte Godric.

»Er ist der Mann, der das Auswärtige Amt *leitet*«, sagte Avery. »Es gibt ein öffentliches Gesicht, einen Mann, den die Leute in der Gesellschaft kennen, der sich um diplomatische Angelegenheiten kümmert. Aber Hugo ist für die Agenten im Außendienst zuständig.«

»Wir wussten, dass er zurück ist«, erinnerte Ashton alle. »Und er hat seine Absichten uns gegenüber deutlich gemacht.«

»Was meinst du mit *zurück*?«, fragte Avery.

»Eine meiner Quellen hat mir vor einiger Zeit mitgeteilt,

dass Hugo aus Frankreich zurückgekehrt ist«, so Ashton. »Damals, als Godric und Emily geheiratet haben.«

»Soweit ich weiß, hat Hugo England seit Jahren nicht mehr verlassen«, sagte Avery. »Er ist viel zu beschäftigt, um sich lange von seinem Büro zu entfernen.«

Godric runzelte die Stirn. »Wir dachten also die ganze Zeit, er sei im Ausland, dabei war er direkt vor unserer Nase in London?«

»Verschwörung«, sagte Ashton. »Beobachten. Warten. Zweifellos wurde meine Quelle mit der Information über Hugos Rückkehr gefüttert, um eine Art Erklärung abzugeben. Das war seine Art, uns wissen zu lassen, dass er hinter uns her ist.«

»Alle Anzeichen waren da«, sagte Cedric. »Es ist an der Zeit, dass wir das beenden. Es gibt keinen anderen Weg. Hugo muss ein für alle Mal gestoppt werden.«

»Großer Gott«, murmelte Lucien. »Wie, zum Teufel, bekämpft man einen Spionagemeister?«

»Auf die einzige Art, die wir kennen«, sagte Ashton. »Wir müssen das Spiel besser spielen als er.« Jonathan konnte sehen, wie sich die Schachfiguren auf Ashtons mentalem Brett bewegten. Die Liga der Schurken und Waverly waren im Begriff, das tödlichste Spiel zu spielen, das die Welt je gesehen hatte. Aber das war die Sorge von morgen. Sobald sie wieder zu Hause waren, würden sie einen Weg finden, Waverly aufzuhalten. Aber für Jonathan war Hugo im Moment die geringste seiner Sorgen.

Sei stark für mich, mein Herz. Er ließ den stummen Gedanken in die Welt hinaus, in der Hoffnung, dass Audrey ihn irgendwie hören würde. Wenn es jemanden auf der Welt gab, der hartnäckig genug war, um am Leben zu bleiben, dann war es sein kleiner Wildfang.

Bitte, mein Herz, komm zurück zu mir.

KAPITEL 23

Schmerz. Audrey konnte sich scheinbar auf nichts anderes konzentrieren. Bilder flackerten in ihrem Kopf auf, Bruchstücke von Erinnerungen, und sie hatte Mühe, die Bruchstücke zu erfassen. Ein Schiff, das nach Frankreich segelt, ein ruhiges Gasthaus, Soldaten, eine Explosion, eine mondbeschienene Klippe, ein gezücktes Messer, ein Schuss in der Dunkelheit ... und dann der Schmerz. So viel Schmerz.

Und dann noch etwas anderes. Etwas Größeres.

»Bitte, mein Herz, komm zurück zu mir.«

Diese Stimme.

Es war, als sei sie an einem Ort zwischen den Atemzügen gefangen, in einer Welt der Erinnerungen und Empfindungen.

Blitzende grüne Augen, weiche geschwungene Lippen, ein leises Kichern, das nur ihr galt.

Die Luft füllte ihre Lungen mit einem Keuchen.

Der Schimmer des Lichts auf dem Wasser, das Plätschern der Fische im Teich, das Schaukeln eines Bootes. Ein weiterer tiefer Kuss, um jahrhundertelange Sehnsucht zu stillen.

Ein langsamer Atemzug entkam ihren Lippen.

»Ich liebe dich.«

Diese Worte waren für immer in ihr Herz gemeißelt. Niemand könnte sie mehr ungesagt machen. Aber jetzt hatte sie plötzlich zu viel Angst, dem Mann gegenüberzutreten, dem sie diese Worte gesagt hatte.

»Ihre Atmung hat sich beruhigt.« Eine andere Stimme sprach irgendwo über ihr, und ihre Muskeln spannten sich an. Und dann ...

»Sie hat gerade meine Hand gedrückt.« *Jonathan.* Mit dem Namen kamen alle Erinnerungen an das, was geschehen war. Die Männer, die Soldaten, die aus den Schatten angriffen, um den Mann zu retten, den sie liebte, der vor Schmerzen zusammenbrach und von der Dunkelheit verschluckt wurde.

»Es könnten Muskelkrämpfe sein. Am besten, Sie machen sich keine zu großen Hoffnungen.« Das war wieder die andere Stimme.

Sein Tonfall ließ sie zusammenzucken, sie wollte dem Mann sagen, dass es ihr gut ging.

Aber das wäre falsch. Alles tut weh, und ich kann meine Augen nicht öffnen.

»Wir sind fast zu Hause, Audrey. Die Winde über dem Ärmelkanal waren mit uns, genau wie ich es versprochen hatte.«

Jonathans Stimme war nah, und als er seine Lippen auf ihre Stirn presste, durchfuhr sie ein Schauer der Erleichterung. Er war in Sicherheit. Sie hatte ihn beschützt, so wie er sie beschützt hatte. Die Art und Weise, wie sie hoffte, dass sie sich immer gegenseitig beschützen würden.

Sie glitt wieder weg, ihr Geist driftete ab, während ihr Körper der Erschöpfung erlag.

Als sie das nächste Mal aufwachte, flackerten ihre Augenlider, und sie bemerkte, dass die Welt still geworden war. Kein Schaukeln mehr. Es dauerte lange, bis sie die Kraft fand, ihre

Augen vollständig zu öffnen. Als sie das tat, stellte sie fest, dass sie in ihrem Bett in Cedrics Stadthaus lag, mit Jonathan im Bett neben ihr, obwohl er vollständig bekleidet unter der Decke lag.

War das alles nur ein seltsamer und schrecklicher Traum gewesen? War sie überhaupt nach Frankreich gereist? Ein schrecklicher Schmerz pochte in ihrer Seite, und ein Stöhnen entwich ihr. Der Schmerz erinnerte sie daran, dass es ganz sicher kein Traum gewesen war.

Jonathan lag schlafend auf dem Bett, seine beiden Hände hielten eine ihrer Hände fest. Selbst im Schlaf zeichneten sich Sorgenfalten auf seinem Gesicht ab, als ob ihn die Sorge bis in seine Träume verfolgt hätte. Sie wünschte, sie könnte sie wegwischen.

Sie kam sich plötzlich dumm vor, weil sie ihn jemals verlassen hatte. Sie hatte so viel Wert darauf gelegt, sich zu beweisen und etwas zu bewirken, dass sie vergaß, dass es zu Hause in London mehr als genug Schlachten zu schlagen gab. Zum Beispiel die Rechte der Frauen. Sie würde sich auf diese Fragen konzentrieren und die Spionagetätigkeit anderen überlassen.

Nun, außer vielleicht, wenn es absolut notwendig sein würde.

Mehrere Minuten lang lag sie da und betrachtete Jonathans Gesicht, bis hin zu den hellen Sommersprossen auf seiner Nase und seinen Wangen, die von der stundenlangen Arbeit in den Gärten des Anwesens von Essex herrührten. Er hatte in seinem Leben so hart gearbeitet und hatte erst jetzt die Chance, es zu genießen. Und sie hätte ihn fast umgebracht. Sie schwor sich in diesem Moment, ihm keinen weiteren Ärger zu bereiten.

Jedenfalls keine ernsthaften Probleme.

Zumindest nichts, womit Jonathan nicht umgehen könnte.

Sie wollte schließlich nicht, dass sein Leben *langweilig* wurde.

Sie flüsterte seinen Namen und hatte das Vergnügen zu sehen, wie er aufwachte, wie seine Augen vor Erleichterung wie zwei Jadebecken leuchteten. Sie hatten einander im Gasthaus gesagt, dass sie sich liebten; das hatte sie nicht vergessen. Aber würde sich nach ihren Geständnissen etwas zwischen ihnen ändern?

Sein Gesicht leuchtete mit einer Liebe, die sie mit Freude erfüllte. »Gott sei Dank. Ich hatte solche Angst, dass du nicht mehr aufwachen würdest.«

Sie konnte nicht widerstehen, ihn zu necken. »Und doch bin ich hier.« Sie fühlte sich schwindlig und ein wenig nervös.

Ein zaghaftes Lächeln bildete sich auf seinen Lippen. »Das bist du. Wie fühlst du dich?«

»Absolut erbärmlich und wunderbar zugleich.«

Jonathan lachte. »Das Erbärmliche ist ein gutes Zeichen. Dr. Lewis warnte, dass wir dich wahrscheinlich verlieren würden, wenn du keinen Schmerz fühlen kannst. Aber Schmerz ist eine gute Sache. Es bedeutet, dass dein Körper um sein Überleben kämpft.«

»Nun, du hast gesagt, dass ich ein Kämpfer bin.« Sie legte den Kopf schief und klimperte mit den Wimpern, weil sie wusste, dass das ihre Augen anziehend machte.

»Das solltest du besser lassen«, warnte Jonathan. »Ich möchte dich schon so gerne küssen, aber ich darf es nicht. Du hast eine schwere Wunde erlitten.«

Sie schmollte. »Es war nur ein Schuss. Ein paar Küsse könnten nicht schaden.«

Jonathan verdrehte die Augen. »*Nur* ein Schuss? Hör mir zu, Frau, du wirst still sein und dich darauf konzentrieren, gesund zu werden, denn wir haben eine Hochzeit zu planen.«

Das waren die Worte, die sie schon lange hören wollte. Ihre Augen begannen zu verschwimmen. »Eine Hochzeit?«

»Ja. Wenn ich nicht alles, was zwischen uns passiert ist, völlig falsch interpretiert habe, liebst du mich genauso sehr wie ich dich, und du hattest die Absicht, meinem Antrag zuzustimmen, sobald du aus Frankreich zurückgekehrt bist. Nun, jetzt bist du doch aus Frankreich zurückgekehrt, nicht wahr? Wenn ich mich in irgendetwas von dem, was ich gerade gesagt habe, geirrt habe, dann sag es mir am besten gleich, bevor es zu spät ist.« In seinem Tonfall lag eine Ernsthaftigkeit, die deutlich machte, dass er befürchtete, sie würde versuchen, die Worte zurückzunehmen.

Sie versuchte, sich das Lachen zu verkneifen. »Bist du sicher, dass du bereit bist, an eine Frau wie mich gefesselt zu sein?«

»Ich glaube nicht, dass man dich an irgendjemanden oder irgendetwas fesseln kann, Audrey. Das ist es, was ich an dir liebe.« Und dann küsste er sie ganz sanft, so sanft, dass es sich wie der schönste Traum anfühlte. Als sich ihre Lippen schließlich trennten, strich sie über sein Kinn.

»Wie geht es Cedric? Er muss doch ganz außer sich sein.«

»Das ist er. Das sind wir alle. Die gesamte Liga ist Ihnen zu Hilfe geeilt, Lady Society.«

»Oh je ... Du hast ihnen doch nichts davon erzählt, oder?«

»Ich fürchte, das Geheimnis ist gelüftet, obwohl ich es nicht war.«

Sie seufzte. »Sind sie wütend auf mich?«

Jonathan gluckste. »Wütend? Nein, aber ein paar Federn wurden gesträubt. Apropos, Charles will wissen, woher du das mit den Schwänen weißt.«

»Die Schwäne?«, fragte sie.

»Ja. Du hast damals in deiner Kolumne auf den Vorfall hingewiesen, lange bevor die Gerüchte die Runde machten.«

»Ich war natürlich dabei. Vauxhall ist nicht gerade ein privater Ort. Ich versteckte mich hinter dem Boot und folgte ihm in sicherem Abstand, sobald er und seine Geliebte auf den See hinausfuhren.«

»Guter Gott, ich nehme an, du warst auf deine eigene Art und Weise schon immer eine Spionin. Ich wage zu behaupten, dass du ziemlich viel gesehen hast.«

Sie lächelte verrucht. »Oh, das habe ich. Und wenn es mir wieder besser geht, würde ich sehr gerne einige der Positionen ausprobieren, die ich gesehen habe. Ohne die Schwäne, versteht sich.« Sie sah, wie Jonathan daraufhin tief errötete.

»Mit dir verheiratet zu sein, wird nie langweilig sein, denke ich.« Er hob ihre Hand an seine Lippen und drückte ihr einen sanften Kuss auf die Rückseite ihrer Knöchel.

»Das will ich nicht hoffen.« Audrey streckte sich ein wenig, um zu gähnen, aber sie konnte den Schmerz, den das verursachte, nicht verbergen.

»Ruh dich aus, bitte«, sagte Jonathan. »Ich möchte einfach, dass es dir schnell besser geht.«

»Nur, wenn du bei mir bleibst.« Sie schloss die Augen, die Erschöpfung trug sie langsam zurück ins Land der Träume.

»Natürlich«, sagte Jonathan. »Ich werde nie weggehen.«

EPILOG

Z wei Monate später ...

Audreys Kutsche hielt vor der Kirche von St. George's, und sie hielt den Atem an. Vor lauter Nervosität legte sie eine Hand auf ihren Bauch. Sie hatte ihr Mieder locker gelassen und kein Korsett unter ihrem Kleid angezogen, um ihr Raum zum Atmen zu geben, ohne dass ihre Wunde zu sehr gerieben wurde. Sie sah zwar nicht so modisch aus, wie sie es sich für ihren Hochzeitstag erhofft hatte, aber wenigstens lebte sie und heiratete *endlich* Jonathan.

»Bist du bereit?«, fragte Cedric, als er ihr aus der Kutsche half.

»Das bin ich.« Sie hielt ihm ihre Hände hin und blickte in sein Gesicht. »Bist du es?«

Ihr älterer Bruder lächelte. »Damit du erwachsen werden und Ehefrau und Mutter sein kannst? Niemals, aber ich könnte dich nicht an einen besseren Mann weggeben.« Seine Stimme wurde rau vor Rührung. »Wenn Mutter und Vater dich jetzt sehen könnten, wären sie sehr stolz auf dich.« Seine Augen beschlugen, als er sich räusperte.

»Jetzt fang du nicht damit an«, sagte sie mit einem Schniefen. »Wenn Jonathan mich weinen sieht, wird er sich Sorgen machen.«

Cedric nickte und versuchte, sich ebenfalls zusammenzureißen.

»Dann sollten wir dich besser verheiraten, bevor ich mich zum Narren mache.« Er lachte und wischte sich über die Augen.

Cedric öffnete die Türen der Kirche, und sie trafen auf die Menschenmenge, die sie erwartete. Audrey strahlte und fühlte sich wunderschön in ihrem blassrosa Kleid. Das Mieder war mit Perlen besetzt, und die Ärmel und der Saum waren mit belgischer Spitze verziert. Es war einfach, aber elegant, die beste Art von Kleid, und sie würde es sicher wieder tragen. Ihr Bauch war bis auf eine wütende rote Narbe, die immer noch schmerzhaft war, verheilt, aber sie konnte jetzt ein etwas enger anliegendes Kleid tragen, ohne allzu große Schmerzen zu haben.

Ihr Bruder begleitete sie den Gang hinunter, wo Jonathan nervös wartete. Seit ihrer Rückkehr aus Frankreich war er so offen, so zärtlich gewesen. Sie hatten einander fast verlieren müssen, um herauszufinden, wie tief ihre Liebe füreinander wirklich war.

Sie gaben sich das Gelübde, einander zu lieben und zu ehren, und wurden zu Mann und Frau erklärt. Jonathan umfasste ihr Gesicht, und trotz - oder vielleicht gerade wegen - der skandalösen Gerüchte, die das später auslösen würde, drückte er ihr einen lang anhaltenden Kuss aus Honig und Feuer auf die Lippen, den alle sehen konnten.

»Wäre es unhöflich, alle zu vertreiben, damit wir unsere Hochzeitsnacht schneller genießen können?«, fragte sie, als sie sich trennten.

»Schrecklich unhöflich.« Jonathan zwinkerte. »Aber seit

wann kümmert sich auch nur einer von uns um den Anstand? Sag einfach das Wort, und ich lasse sie verbannen.«

»*Ähem*«, mischte sich Charles von hinten ein. »Niemand darf irgendwen verbannen, bevor ich nicht ein Stück Hochzeitstorte gegessen habe. Das soll meine Belohnung dafür sein, dass ich noch eine *weitere* verdammte Hochzeit überstanden habe.«

»Bald wirst *du* an der Reihe sein«, informierte Audrey ihn.

»Nicht sehr wahrscheinlich«, schoss Charles zurück, aber ihr entging nicht der Hoffnungsschimmer in seinen Augen.

»Ich bin sicher, dass Lady Society viel zu diesem Thema zu sagen hat.« Sie biss sich auf die Lippe, um angesichts von Charles' entsetztem Gesichtsausdruck nicht zu kichern.

»Oh je«, murmelte Jonathan amüsiert.

»Lady Society kann sich ausnahmsweise mal um ihre eigenen Angelegenheiten kümmern.« Charles schnaubte und ging davon, sein junger Diener Linley trottete hinter ihm her. Audrey wusste, dass er nicht so wütend war, wie er vorgab zu sein. Sie grinste ein wenig schelmisch.

»Oh nein, lächelst du etwa?«, fragte Jonathan.

Sie kicherte und ignorierte den stechenden Schmerz in ihrem Magen. »Vielleicht.«

»Du schmiedest schon Pläne.«

»Liebling, ich schmiede *ständig* Pläne.«

»Du weißt, was ich meine. Du hast schon jemanden im Auge für Charles. Eine weitere Kuppelei der Lady Society?«

»Nein, nein. Ich glaube nicht, dass *ich* viel für Charles tun kann, um ehrlich zu sein. Er ist zu verschlossen. Zu misstrauisch.«

Jonathan legte Audreys Arm in seinen, und sie gingen zurück nach unten, um die Kutsche zu finden, die sie zu seinem - nein, *ihrem gemeinsamen* - Haus zum Hochzeitsfrühstück bringen würde. »Warum lächelst du dann?«

»Weil ich glaube, dass sich die Dinge manchmal einfach

von selbst erledigen. Manchmal an den ungewöhnlichsten Orten.«

»Du klingst wie ein verfluchtes Orakel.«

Sie konnte sich ein Lachen nicht verkneifen, als sie den verblüfften Gesichtsausdruck ihres Mannes sah.

Mein Mann. Sie hatte so lange darauf gewartet, diese Worte wirklich auszusprechen. Jonathan fasste sie sanft an der Taille und setzte sie in die Kutsche. Für Mitte November war es glücklicherweise ein warmer Tag, aber sie konnte nicht widerstehen, sich an Jonathan zu drücken, der einen Arm um ihre Schultern legte und sie an seine Seite zog.

»Besser?«, fragte er.

Audrey drückte ihre Wange an seine Schulter und nickte. »Viel besser.«

Als sie sein Haus erreichten, betrachtete sie es mit neuen Augen, den Augen einer Ehefrau.

»Ich habe das für dich gekauft, weißt du«, sagte er und wurde wieder rot. »Alles, was ich hinzugefügt habe, die Einrichtung, die Dekoration ... das war alles mit dem Gedanken an dich.«

»Aber ... Wie konntest du wissen, dass wir am Ende zusammenkommen würden? Das hast du gleich nach der Hochzeit von Cedric und Anne gekauft, vor Monaten.«

»Ich wusste von dem Moment an, als ich dich kennenlernte, dass ich dich wollte, und ich hatte mir eingeredet, dass ich erst ein richtiges Zuhause haben müsste, bevor ich dir einen Antrag machen könnte. Wir können alles ändern, was dir nicht gefällt. Schließlich ist es jetzt dein Zuhause.«

Audrey war sprachlos, als er ihr aus der Kutsche half und sie ins Haus begleitete. Die Dienerschaft wartete im Foyer, um sie zu begrüßen. Sogar ihre Katzen waren da, Mittens und Archimedes. Mittens rieb ihre Wange am Stiefel eines Lakaien, und Archimedes hockte auf dem Geländer, der schwarze Schwanz hin und her wedelnd, und beobachtete alle.

Zu ihrer Überraschung passte die Einrichtung sehr gut zu ihr, ganz und gar nicht die Wohnung eines Junggesellen, die jetzt den Touch einer Frau brauchte. Es fühlte sich bereits wie zu Hause an.

»Das Hochzeitsfrühstück ist vorbereitet«, teilte ihnen die Haushälterin mit. »Werden die Gäste in Kürze eintreffen?«

»Danke, ja, das werden sie.« Jonathan begleitete Audrey in den großen Speisesaal, wo sie die Vorbereitungen auf das Festmahl bewundern konnten.

War es wirklich schon einen Monat her, dass sie sich von Gillian als Zofe verabschiedet hatte, als diese endlich Lord Pembroke geheiratet hatte? Jetzt war Audrey hier auf ihrem eigenen Fest mit ihrem eigenen Mann und begann ein neues Leben.

Sie klammerte sich an Jonathan, der sie an sich zog. »Was ist denn los?«

»Ich kann einfach nicht glauben, dass wir verheiratet sind.«

»Sag mir, dass du es nicht bereust.« Die Sorge in seinen Augen war so rührend. Ein Teil von ihm würde immer darum kämpfen, sich dessen würdig zu fühlen, was das Leben ihm zu geben bereit war. Ihr Herz krampfte sich vor Liebe zusammen. Ihre Lippen trafen sich zu einem Kuss, wie man ihn nach jahrelanger Sehnsucht bekommt, wenn man ihn endlich in greifbarer Nähe hat. Sie hatten sich beide danach gesehnt, ihre Herzen waren schwer von einem stillen, verzweifelten Schmerz. Jetzt gab es nur noch Liebe, nur noch Freude.

»Bereuen, einen Mann wie dich geheiratet zu haben?« Sie erhob sich auf die Zehenspitzen, um ihn erneut zu küssen. »*Nie.*«

Hugo stand im Seitenflügel der Kirche von St. George's, ungesehen, während die Hochzeitsgäste einer nach dem anderen gingen. Die Wut erfüllte ihn wie ein langsames Gift und schwärzte seine Seele.

Sie sollte zusammen mit Avery inhaftiert werden. Sheffield hatte mitgeteilt, dass die beiden in Calais von französischen Soldaten gefangen genommen worden waren. Die Mission hing davon ab, dass entweder Avery oder Audrey lebend zur Verhandlung gebracht werden konnten. Das darauf folgende Chaos wäre bis zum Königshof zu spüren gewesen. Genug für die Revolutionäre, um ihr Blatt frühzeitig auszuspielen oder sich zumindest zu exponieren.

Und es war alles ruiniert. Oh, es gab einen Skandal, Gerüchte über gefangene Spione, die entkommen waren, und sogar eine ungeheuerliche Behauptung über einen englischen Kavallerieangriff durch einige der Soldaten. Doch anstatt dass verschiedene Adlige in Paris mit dem Finger aufeinander zeigten, wurde hier ein diplomatischer Streit ausgetragen, bei dem sich eine einheitliche französische Front gegenüberstand. Anstatt eine Revolution einzudämmen, wurden seine Mittel eingesetzt, um einen Krieg zu verhindern. Es bestand kein Zweifel daran, dass die Franzosen dies zu einem bestimmten Zeitpunkt für ein besseres Handelsabkommen ausnutzen würden. Alles nur, weil die Liga sich eingemischt hatte und Audrey entkommen war.

Da waren sie, lachend, lächelnd. Audrey hatte sogar einen dieser verdammten Schurken *geheiratet.* Er konzentrierte sich auf Charles und den jungen Mann, der sein ständiger Schatten war.

Das geht alles auf deine Kappe, Lonsdale. Ich werde mich an euch rächen für die Sünden, die ihr begangen habt. Du hättest im Fluss sterben sollen, aber weil du es nicht getan hast, werden sie alle für deine Verbrechen bezahlen.

Charles lachte über eine Bemerkung von Ashton, und die Männer und Frauen um sie herum grinsten.

Die Narren. Er hatte seine Spiele gespielt, von denen die meisten nicht so ausgegangen waren, wie er gehofft hatte. Aber das war alles, was sie waren, bis jetzt. Spiele. Spiele konnten gewonnen oder verloren werden, ohne dass dies wirkliche Folgen hatte. Doch das Spiel war nun vorbei.

Du hast Peter und meinem Vater das Leben genommen. Nun werde ich dir das deine nehmen, mit der Hand desjenigen, dem du am meisten vertraust.

Von seinem Aussichtspunkt aus sah er, wie Tom Linley sich in der Kirche umsah, als erwarte er, ihn zu finden. Hugo lächelte.

»Bald«, sagte er, schlüpfte durch eine Seitentür und tauchte in die Menschenmenge auf der Straße ein.

ES WAR EIN DENKWÜRDIGES HOCHZEITSFRÜHSTÜCK. Audrey malte sich jeden Moment in ihrem Kopf aus, um ihn nie zu vergessen. Alle, die sie liebte, waren dabei – die Schurken der Liga, ihre Schwester und der kleine Evan, Emily, Anne, sogar Gillian und James. Alles, wofür sie so hart gekämpft hatte, war endlich wahr geworden, und sie konnte es immer noch nicht glauben.

»Audrey, du siehst so glücklich aus«, flüsterte Gillian mit einem zufriedenen Lächeln, als sie in einer Ecke des Raumes standen und die Gäste beim Essen und Reden beobachteten.

»Das bin ich«, gab sie zu. »Auf wunderbare Art und Weise. Kannst du es glauben, Gilly? Wir sind beide mit den Männern verheiratet, die wir lieben.«

Ihr ehemaliges Dienstmädchen nickte, und ihre Augen begannen zu glänzen. »Manchmal wache ich nachts auf und vergesse für einen Moment, dass ich nicht im Haus der

Sheridans bin. Dann spüre ich James neben mir und ...« Sie hielt inne. »Manchmal fange ich an zu weinen. Das regt James auf, aber ich sage ihm jedes Mal, dass es Freudentränen sind.«

Audrey kämpfte gegen ihre eigenen Tränen an. »Ich weiß genau, was du meinst. Ich hatte die Hoffnung schon so oft aufgegeben, und jetzt komme ich mir wie eine Närrin vor. Wusstest du, dass er mich von Anfang an geliebt hat?«

Ihr Dienstmädchen grinste. »Alle wussten das. Es war so klar wie ein Sommerhimmel. Aber ich nehme an, dass selbst Lady Society nicht in das Herz eines jeden Menschen sehen kann.«

Sie und Gillian lachten gemeinsam, und der Klang wärmte sie auf eine Weise, die sie nie vergessen würde. Gillian umarmte sie und ging dann zu ihrem Mann, um ihn vor Charles zu retten, der versuchte, ihm ein zusätzliches Stück Kuchen abzuluchsen.

»Weißt du ... Jetzt, wo du verheiratet bist, solltest du auf deine Figur achten, alter Junge«, nickte Charles mit Blick auf James' schlanke Taille. »Du willst doch nicht, dass Gilly denkt, du würdest weich werden, oder?«

»Wie bitte?«, stotterte James.

»Oh ja. Gib mir lieber das Stück, damit du nicht in Versuchung gerätst. Bist ein guter Mann.« Charles stahl geschickt den Kuchen und duckte sich unter einem Lakaien mit einem Tablett voller Kekse hindurch, als die beiden fast zusammenstießen, und verschwand dann in der Halle. Audrey sah, wie er seinem grüblerischen Diener Tom das Stück überreichte. Der junge Mann zwang sich zu einem Lächeln, als er den Kuchen entgegennahm, und Charles klopfte ihm auf die Schulter.

Audreys Augen verengten sich, als sie Toms Verhalten beobachtete. Irgendetwas ging mit ihm vor, möglicherweise mehr, als sie zuvor vermutet hatte.

Die Frage war, ob es Grund zur Sorge gab.

LANGE NACHDEM DIE GÄSTE GEGANGEN WAREN UND DER Haushalt der St. Laurents sich beruhigt hatte, nahm Audrey Jonathans Hand und führte ihn in sein Schlafzimmer.

Er öffnete die Tür und hob sie in seine Arme.

Sie lachte und schlang ihre Arme um seinen Hals. »Vorsichtig! Was machst du da?«

»Es ist zwar nicht die offizielle Schwelle, aber ich wollte dich trotzdem über sie in unser Bett tragen.« Er ging zu seinem Bett hinüber und setzte sie vorsichtig ab.

»Ich bin nicht zerbrechlich«, erinnerte sie ihn und zuckte zusammen. »Nun, normalerweise nicht.«

»Ich weiß. Aber du bist für mich wertvoll, und ich möchte dich so behandeln, wie ich alles behandeln würde, was mir mehr wert ist als mein eigenes Leben.«

Audrey kicherte. »Oh je. Wenn du dich so verhältst, wenn ich erst schwanger bin ...«

»Du wirst es tolerieren.« Er küsste sie auf die Nasenspitze. »Weil ich nicht anders kann, als dich mit der größtmöglichen Sorgfalt zu behandeln.«

Audrey ignorierte dies und begann, an den Knöpfen seiner Weste zu arbeiten. Er kämpfte sich aus seiner Jacke, während sie nach seiner Hose griff.

»Leg dich zurück und lass mich das auskosten«, schlug er vor.

Sie lehnte sich zurück, ihr Herz klopfte, als sie ihre Pantoffeln und Strümpfe auszog und ihr Kleid bis zu den Hüften hochzog. Er küsste sich ihre Schenkel hinauf, und sie stöhnte auf und schloss die Augen, als sein Mund ihren Schamhügel erreichte. Der Höhepunkt, der folgte, war intensiv, und sie seufzte vor Vergnügen, als er ihren Körper mit seinem bedeckte und in sie eindrang. Sie zog ihm das Hemd aus, ihre Beine legten sich um seine Taille und zogen seine Hose noch weiter herunter, während er sie ritt.

»Jonathan«, flüsterte sie seinen Namen.

»Ja?« Er nahm ihre Hände in die seinen und drückte sie gegen die Bettdecke, ihre Körper verschmolzen miteinander.

»Hör nicht auf mit dem, was du mit deinen Hüften machst ...«, stöhnte sie, als er seine Hüften tiefer kreisen ließ und neue Wellen der Lust entstanden.

»Dein Wunsch ... ist mir Befehl.« Sein Mund nahm den ihren, und ihre Lippen tanzten heftig gegeneinander. Bald kamen sie zusammen, teilten denselben Atem, und das Schlagen ihrer Herzen wurde zu einer gleichmäßigen Trommel.

»Wie konnte ich nur so viel Glück haben, dass du nun mir gehörst?«, fragte Jonathan mit einem jungenhaften Lächeln. Er drehte ihre Körper so, dass sie sich Seite an Seite gegenüberlagen, die Gliedmaßen immer noch ineinander verschlungen.

Audrey fuhr mit einer Fingerspitze über seine Wange. »Du hast *mich gesehen*. Schon an jenem allerersten Tag, an dem wir uns kennenlernten, konnte ich feststellen, dass du weder eine Lady, noch die Schwester eines Viscounts, noch Geld in mir gesehen hast. Du hast nur eine Frau gesehen.«

»Das ist wahr«, gab er zu. »Die schönste Frau, die ich je gesehen habe. Aber es wurde immer besser, als ich dich kennen lernte.« Er strich mit seinen Daumen über ihre Lippen. »Und ich habe das Gefühl, dass der Rest meines Lebens als Ehemann von Lady Society nie langweilig werden wird.«

»Das sollte es besser nicht sein.« Sie grinste ihn an und küsste ihn noch einmal. »Ich bin ein ziemlicher Unruhestifter, nicht wahr?«

»In der Tat, Unruhestifter«, stimmte er zu. »Und das ist es wert, mein Schatz. Das ist es alles wert.«

. . .

DANKE, DASS SIE *SEIN TEUFLISCHES GEHEIMNIS* gelesen haben. Das nächste Buch der Reihe ist die Geschichte von Charles, *Der letzte teuflische Schurke*. Blättern Sie um, um den Prolog und das erste Kapitel zu lesen.

DER LETZTE TEUFLISCHE SCHURKE

PROLOG

London, Dezember 1821

Das ohrenbetäubende Krachen des brechenden Eises war wie ein Pistolenschuss. Es ließ Charles Humphrey, den siebten Earl of Lonsdale, auf der Stelle erstarren. Er war über die zugefrorene Themse gerannt, während sich die Dämmerung über die winterliche Landschaft vor ihm ausbreitete und unheimliche Schatten warf, die zu der Gestalt führten, die gerade noch in seiner Reichweite war.

»Halt!«, rief Charles. Schmerz und Wut erfüllten ihn so sehr, dass er nichts anderes mehr in sich hatte. Er war eine Bestie, die nur ein Ziel hatte: den Mann zu töten, den sie verfolgte.

Sein eigener Bruder.

Aber das Geräusch von brechendem Eis war jetzt überall um ihn herum und hallte über die Themse. Der Mann vor ihm blieb stehen und schlitterte kurz über das Eis. Charles tat dasselbe und lauschte auf ein weiteres Warngeräusch, aber er konnte keine offensichtlichen Risse in der Oberfläche erkennen.

»Keinen Schritt weiter, Bruder«, warnte der Mann mit fester, kalter Stimme.

Die Wut, die kurzzeitig durch das drohende Brechen des Eises beiseite geschoben worden war, kam nun wieder hoch. Seine Finger ballten sich zu Fäusten.

»Bruder? Du wagst es, mich so zu nennen? Du hast mir *alles* genommen. Sie war meine Welt.« Die Wut in ihm legte sich wie ein schwarzer Vorhang über seine Sicht. Er wagte es nicht, die Augen zu schließen. Wenn er das täte, würde er sie, seine Liebe, in seinen Armen sterben sehen, und das würde ihn schwächen. Seine Wut war jetzt seine einzige Stärke.

»Das ist nicht weniger, als du verdienst. Du hast mir *meine* Welt genommen«, knurrte sein Bruder. »Du und dein Vater, ihr habt mein Leben zerstört.«

»Er war auch dein Vater«, zischte Charles. »Er hat versucht, dich zu retten.«

»Er hat mich verlassen, ich musste mich selbst retten! Du bist eine Schande.«

Charles hatte seine Wut gerade noch unter Kontrolle. »Ich hatte nie ein Problem mit dem Mann, der ich bin, aber du? Du bist ein Mörder. Wenn wir die Sünden auflisten, stehen deine an erster Stelle.« Charles machte einen weiteren Schritt auf ihn zu.

»*Mörder?* Wie *kannst* du es wagen ...«

Krach! Das Eis brach, sein Bruder schrie auf und stürzte in die eisigen Tiefen.

»Nein!« Charles stürzte sich auf die Hand, die aus dem Bruch im Eis ragte, und wie ein verdammter Narr schoss auch er ins Wasser hinunter.

Dunkelheit, Eis und Kälte hüllten ihn ein. Er kämpfte, als er eine weitere Gestalt im trüben Wasser sah. Er griff nach ihm, seine Finger streiften die Spitze der Schulter des Mannes, aber die Strömung war zu stark. Sie waren im Begriff zu sterben. Jeder Albtraum, den er seit dem Studium gehabt hatte, wurde wahr. Dies sollte das Ende sein.

Wenigstens würde er dann bei ihr sein, seiner geliebten Frau.

Der Mann vor ihm verschluckte sich, sein blasses Gesicht verzerrte sich, als er einen Atemzug Wasser einatmete.

Er hätte immer wissen müssen, dass es so enden würde. Tod im Dunkeln für beide. Nur hatte er diesmal seinen eigenen Bruder und seine Frau getötet, weil die Vergangenheit ihn nicht losließ.

Vielleicht war er von Anfang an der Bösewicht in dieser Geschichte gewesen ...

KAPITEL EINS

Liga-Regel 1:

Ein Haus, das mit sich selbst uneins ist, kann nicht bestehen. Auch unsere Freundschaft kann das nicht. Wir müssen
zusammenstehen, denn getrennt werden wir fallen.

Auszug aus der *Quizzing Glass Gazette*, 11. Dezember 1821, der
Rubrik Lady Society:

Die Quizzing Glass Gazette *bedauert, den Lesern mitzuteilen,
dass es diese Woche keine Kolumne zur Lady Society geben wird. Wir
hoffen auf das Verständnis ihrer Leser und hoffen, dass sie in naher
Zukunft zu uns zurückkehren wird. Wir wissen, dass viele von Ihnen
der Lady Society wegen des Schicksals von Charles Humphrey, dem
Earl of Lonsdale, geschrieben haben. Wir hoffen und beten, dass Lady
Society mit Neuigkeiten über diesen besonderen Junggesellen
zurückkehrt.*

Liebe Lady Society,

*Es ist eine nationale Tragödie, dass Ihre Kolumne gerade jetzt
ausgesetzt wurde, denn ich schreibe Ihnen mit großer Neugier und viel*

Angst, weil ich entsetzt bin über das, was mein lieber Mann gestern Abend auf dem Heimweg von einem Geschäftstreffen in der Nähe der Lewis Street gesehen hat. Bei einem Spaziergang am Straßenrand stieß mein schneidiger Mann auf eine zerzauste Dame in einem auffallend roten Kleid, die nach Aussage meines tapferen Mannes auf der Flucht war vor - und das ist höchst beunruhigend, Lady Society, aber sie versuchte, Lord Lonsdale zu entkommen!

Es schmerzt mich, dies zu sagen, aber ich glaube, der in Ihrer Kolumne erwähnte Vorfall mit den Schwänen ist nicht das einzige schurkische Verhalten dieses Schurken! In der Tat bestand mein charmanter Ehemann darauf, dass Lord Lonsdale mitten in der Nacht sehr bedrängt wurde, um diese Dame zu suchen, die herumlief und nüchterne Männer von Bedeutung wie meinen Ehemann angriff!

Und in der Tat, Lady Society, das war nicht einmal die ungewöhnlichste Information, die mir mein Mann mitgeteilt hat! Er erinnerte sich daran, dass er, nachdem die Dame verschwunden und Lord Lonsdale bereits auf dem Weg nach Hause war (vermutlich, um sich für die Brautwerbung fit zu machen), einen äußerst gefährlich aussehenden Kerl gesehen hatte, der Lord Lonsdale ziemlich bedrohlich hinterherschlich. Was für ein Horror!

Die einzige Lösung ist natürlich, Lord Lonsdale so schnell wie möglich zu verheiraten! Wenn Sie also etwas von Ihrer Magie wirken könnten, Lady Society, so wie Sie es bei seinen Freunden und anderen vor ihm getan haben, dann glaube ich, dass Lord Lonsdale jetzt Ihre Hilfe braucht.

Und wenn Sie ihm den Weg zu meiner reizenden zweiten Tochter weisen könnten. Sie spielt sehr gut Klavier, und ihre Handarbeit ist tadellos - aber erwähnen Sie nicht ihr Französisch, denn das ist miserabel.

Mit freundlichen Grüßen,
  Eine verzweifelte Mama der gehobenen Gesellschaft

Charles lehnte sich in seinem Stuhl vor, zwei Reihen hinter dem Publikum, und hörte Miss Matilda Brower beim Singen zu, während er überlegte, wie er das Pianoforte neben ihr auf mysteriöse Weise aus dem nächsten Fenster auf die Straße fallen lassen könnte.

Während sie die Noten zu einer grässlichen Melodie trällerte, konnte Charles tatsächlich spüren, wie sein Verstand aufgrund des Mangels an angemessener Stimulation verkümmerte. Es gab ein Dutzend anderer Dinge, die er jetzt tun könnte, ein Dutzend anderer *Frauen*, die er verführen könnte, einschließlich der reizenden jungen Witwe Mrs. Forsythe, die ihn über ihren Fächer hinweg eine Reihe hinter und links von ihm beobachtete.

Er zwinkerte der frechen Witwe zu, und ihr Fächer flatterte noch ein wenig schneller. Aber er konnte auf keinen Fall einfach aufstehen und den Raum verlassen, nicht solange Fräulein Brower noch immer so tat, als würde sie eine Katze mit einem Dudelsack erwürgen.

Verdammte Musikaufführungen.

Es gab einfachere und barmherzigere Wege, einen Mann zu töten, als ihn zu zwingen, sich eine Aufführung von jungen Damen anzuschauen, die allesamt nicht das geringste Talent besaßen. Er krallte seine Finger um das Programm des Abends und unterdrückte ein Stöhnen. Er musste fliehen, aber das würde eine Ablenkung erfordern.

Eine Reihe vor ihm war sein enger Freund Godric St. Laurent, der Herzog von Essex, gerade dabei, einzunicken. Wie der Mann es schaffte, während des hochtönigen Geträllers einzuschlafen, konnte Charles nicht ergründen.

Charles hob vorsichtig den Stock auf, der auf dem Stuhl neben ihm lag. Der Besitzer des Stocks, Cedric, Viscount Sheridan, starrte ins Leere und bemerkte das Fehlen des Stocks nicht. Mit einem schadenfrohen Grinsen positionierte

Charles den Stock unter der Sitzfläche von Godrics Stuhl und verpasste ihm einen harten *Schlag!*

Godric sprang von seinem Stuhl auf, als hätte ihn eine Viper gebissen. *»Das verdammte Blut Gottes!«* Die schrecklichen Katzenwürgegeräusche verstummten abrupt, als sich alle umdrehten und ihn anstarrten.

»Äh ... ich ... sage ... verdammt gute Musik.« Godric räusperte sich und setzte sich wieder hin, strich seine Weste glatt und sein Gesicht war rot geworden. Charles kicherte vor sich hin, aber in der plötzlichen Stille war es laut genug, dass man ihn hörte. Die kastanienhaarige Schönheit, die neben Godric saß, drehte sich zu ihm um und starrte ihn mit leuchtenden violetten Augen an.

»Mach weiter so, Charles, und ich werde es zu meiner Priorität machen, dich zu verheiraten. Und sei es nur, um dein Verhalten zu zügeln.«

Die Frau, Godrics Ehefrau Emily, hatte noch nie eine Drohung ausgesprochen, die sie nicht wahr machte, was für eine neunzehnjährige Herzogin eine große Leistung war.

»Das ist unwahrscheinlich, Mylady«, schnaubte er. »Wenn ich aufhören würde, ich selbst zu sein, würdet ihr euch innerhalb von nur zwei Wochen zu Tode langweilen.«

Emily wölbte herausfordernd eine Augenbraue, und dann begann das furchtbare Gekrächze von neuem.

Nun, davon hatte er jetzt genug. Ablenkungen hin oder her. Charles ignorierte die schockierten Blicke der Umsitzenden, als er eilig den Raum verließ und die erschrockene Miss Brower schelmisch angrinste. Draußen angekommen, lehnte er sich mit dem Rücken an die Wand, die Handflächen gegen die blaue Satintapete gepresst.

»Mylord?«, erkundigte sich ein Lakai. Charles schaute ihn an.

»Hol meinen Hut und meinen Mantel. Und lass eine Kutsche heranbringen.«

Er musste raus aus diesem verdammten Haus, weg von diesem ganzen Unsinn mit Bällen und Partys. Die gesellschaftlichen Vergnügungen, die er einst genossen hatte, verloren von Tag zu Tag an Reiz. Sein Atem wurde kürzer, als eine Welle der Panik wieder aufflammte. Im vergangenen Jahr hatte er miterlebt, wie seine Freunde heirateten und Kinder bekamen. Sie zogen weiter, ließen die Tage der Jugend und des Leichtsinns hinter sich.

Sie lassen mich zurück.

Der Gedanke, den Rest seines Lebens allein zu verbringen, hatte ihn noch nie beunruhigt. Er hatte immer seine lieben Freunde, die Liga der Schurken, an seiner Seite gehabt. In der Blüte seiner Jugend hatte er nicht einmal daran gedacht, dass er der letzte Junggeselle sein würde. Jetzt, da Hochzeiten und Taufen seine Tage ausfüllten, war sein Lebensrhythmus dramatisch gestört. Und eine Sache war erschreckend klar geworden. Er war allein.

Ein hohler Schmerz der Einsamkeit senkte sich auf seine Schultern. Natürlich konnte er nicht viel dagegen tun, außer eine junge Frau zu finden und Erben zu zeugen. Aber Charles hatte gesehen, welche Folgen es hatte, wenn Männer ihre Partnerinnen schlecht auswählten, und er hatte gehofft, dieses Schicksal zu vermeiden.

Auch das gefürchtete Gefühl, ein verliebter Narr zu sein, hatte er noch nie erlebt. Es hatte seine Freunde fast über Nacht von Schurken, deren Verhalten nur aufgrund ihres Reichtums oder ihres Ansehens toleriert wurde, in Gentlemen verwandelt. Diese Verwandlung erschreckte Charles, aber sie faszinierte ihn auch. Er wollte sich vielleicht nicht verlieben, aber er würde verdammt noch mal nicht heiraten, wenn er nicht verliebt wäre. Es war wohl besser, ein besessener Narr zu sein, der seine Frau liebte, als die Alternative.

Emily konnte so viel darüber lästern, ihn zu verheiraten, wie sie wollte, aber das würde nicht passieren, nicht mit irgendeiner Frau, die er in London kannte, und er kannte sie alle.

Er schloss kurz die Augen, um seine Angst zu vertreiben, bevor er zur Eingangstür ging und den Lakaien traf, der ihm Hut und Mantel reichte.

Er verließ das Stadthaus und ging zu seinem wartenden Wagen. Normalerweise würde sein Diener, Tom Linley, auf ihn warten, aber er hatte Tom einen dringend benötigten freien Abend gegeben. Angesichts von Charles' angespanntem Verhältnis zu seinem eigenen Bruder war der Junge im letzten Jahr so etwas wie eine Familie geworden. Jemand, dem er alles anvertrauen konnte. Da die Kluft zwischen ihm und seinen Freunden immer größer wurde, würde Tom bald der *einzige* sein, dem er vertrauen konnte.

Er konnte nicht umhin, sich zu fragen, was der Junge tat, wenn er nicht damit beauftragt war, ihm zu folgen. Die Schüchternheit des Jungen ließ nicht vermuten, dass er ein verrufenes Haus oder eine Spielhölle besuchen würde. Wahrscheinlich hatte Tom den Tag mit der kleinen Katherine verbracht. Da er sich um eine kleine Schwester kümmern musste, drehte sich ein Großteil seiner Freizeit zweifellos um sie.

»Wohin, Mylord?«, erkundigte sich der Fahrer.

Charles ließ seinen Blick über die winterlichen Straßen schweifen. Es gab nur einen Ort, an den er gehen konnte, um einen klaren Kopf zu bekommen.

»Lewis Street.«

Der Fahrer zog die Augenbrauen hoch, widersprach aber nicht. Es war ein ziemlich gefährlicher Teil Londons, und die meisten Männer mieden ihn. In den Tunneln unter der Lewis Street hausten Diebe, Mörder und alle möglichen übelgesinnten Menschen.

Früher wäre Charles mit dem Rest seiner Freunde in ein Vergnügungslokal gegangen, und sie hätten den Abend in

Gesellschaft der besten Kurtisanen Londons mit Trinken und Zechgelagen verbracht. Aber alles hatte sich geändert. Jetzt würden sie nicht mehr mit ihm kommen, selbst wenn sie es wollten. Die Verzweiflung bei diesem Gedanken, von ihnen verlassen zu werden, schnürte ihm die Kehle zu. Schon bald ergriff eine Unbekümmertheit von ihm Besitz. Er wusste, dass er nicht allein in die Lewis Street gehen sollte, aber das war ihm egal.

Er stieg in die Kutsche, die sich kurz nach seinem Einsteigen ruckartig in Bewegung setzte.

Es war spät, halb zwölf, als der Wagen in der Lewis Street hielt.

»Soll ich auf Sie warten, Sir?«, fragte der Fahrer.

»Nicht hier, wo eine Diebeshöhle in der Nähe ist.« Charles wusste, dass die Gänge in der Nähe der Tunnel voll von Männern waren, die einem Menschen die Kehle aufschlitzen würden, wenn sie glaubten, einen Penny dabei rauszuholen. Er war sich sicher, dass er, wenn er fertig war, ein paar Straßen weiter gehen und eine andere Kutsche mieten konnte, um nach Hause zu kommen.

»Wie Sie wünschen, Mylord.« Der Fahrer schnippte mit den Zügeln, und die beiden gescheckten Grauen eilten davon und ließen ihn allein zurück.

Er rückte seinen Hut zurecht, und mit einem finsteren Grinsen duckte er sich in den Schatten der nächstgelegenen Türöffnung. Er klopfte mit den Fingerknöcheln gegen das alte, verwitterte Holz. Eine Klappe in Augenhöhe öffnete sich, und ein stämmiger Mann mit einem dichten Bart und harten, dunklen Augen tastete ihn von Kopf bis Fuß ab. Die Klappe schlug zu, und die Tür öffnete sich, der stämmige Mann ließ Charles an sich vorbeigehen. Von der Straße aus sah das Gebäude wie ein kleines Lagerhaus aus, aber in Wirklichkeit war es ein Portal zu einer riesigen unterirdischen Welt mit Tunneln, die zu Räumen führten, in denen Männer ohne Regeln oder Störungen boxen und wetten konnten. Sogar die Bow Street Runners fürchteten sich davor, hierher zu kommen, und wenn es sein musste, dann traten Sie immer in großer Zahl auf.

Charles war in letzter Zeit immer öfter hierher gekommen, denn die wilde Atmosphäre und das Chaos nährten etwas Dunkles in ihm, das er nicht erklären konnte. Jede Wut, jede Angst, die sich in ihm aufgestaut hatte, konnte er hier loswerden. Und dann würde er sich für ein paar kurze Tage frei fühlen.

»Ring drei ist frei«, sagte der Pförtner, als sie tiefer in die zerklüfteten, ummauerten Tunnel vordrangen, die angeblich aus der Zeit der Tudors stammen. In der Hauptkaverne befanden sich drei große Boxringe, von denen zwei gerade benutzt wurden.

Im dritten Ring erregte ein hochgewachsener Mann mit kräftigen Fäusten die Menge, als er einen Herausforderer für sich forderte. Er war ein dickhalsiger Mann mit fast bis zur Kopfhaut geschnittenem Haar, und seine dicken Lippen zeugten von einem Gesicht, das seit Jahren Schläge einstecken musste.

Ja, dieser Mann würde ihm eine gute Nacht bescheren.

Charles hielt sich eine Hand vor den Mund. »He!« Sein Schrei hallte über die Menge hinweg. Der Mann im Ring hielt inne, und die Menge wurde still, die Gesichter wandten sich Charles zu.

»Zwei Schläge, und du liegst am Boden«, verkündete Charles, während er seinen Hut und seinen Mantel abnahm und sie einem dürren Jungen gab, der ihn mit großen Augen anstarrte.

»Zwei Pence, wenn du die für mich aufbewahrst.«

Der Junge nickte ängstlich, und Charles klopfte ihm auf die Schulter, bevor er auf die Plattform des Rings kletterte.

»Zwei Treffer?«, knurrte der Mann. »Etwas übermütig, oder?«

»Auf jeden Fall, alter Junge.« Charles krempelte die sauberen weißen Ärmel seines Hemdes hoch und entblößte seine Unterarme.

Der Mann zuckte mit den Schultern. »Deine Beerdigung.«

»Und die Einsätze?«, fragte Charles, als er sich in Position brachte. Er brauchte kein Geld, aber es war eine große Befriedigung, diese Narren zu besiegen. In der Regel spendete er die Gewinne für einen guten Zweck oder in seltenen Fällen für seinen Arzt, der ihn nach den härteren Kämpfen wieder zusammenflickte.

Der andere Mann lachte rau. »In Ordnung. Wer auch immer gewinnt, kann das hübsche Stückchen Musselin dort drüben mit nach Hause nehmen.«

Charles runzelte die Stirn. »Wie bitte?«

Der Mann ruckte mit dem Kopf zu einer Frau, die plötzlich auftauchte, weil zwei Männer sie an die Spitze der Menge zerrten. Das war nicht normal, nicht einmal hier unten.

Die Frau trug ein tiefrotes Kleid und hatte das schönste blonde Haar, das er je gesehen hatte, zu einer lockeren griechischen Frisur gebunden und mit Bändern durchflochten. Ihre cremefarbene Haut war an den Stellen gezeichnet, die aussahen, als hätte man sie geschlagen, und sie hatte die reinsten blauen Augen, die er je gesehen hatte.

Trotz des roten Kleides und der von Fackeln erleuchteten Tunnel dieses Höllenlochs sah sie wie ein Engel aus. Ein verängstigter Engel. Sie wehrte sich, aber der Knebel in ihrem Mund dämpfte ihre Schreie. Wut stieg in Charles auf und er stellte sich seinem Gegner. Sein Körper verspürte eine neue Lust auf den Kampf. Er hätte nicht gewettet, um eine willige Frau zu gewinnen, aber um eine unwillige zu retten? Absolut.

»Es gibt viele Frauen auf der Straße. Und du hast dir eine gegriffen, die sich nicht verkaufte?«

Der Rohling nickte. »Es ist viel besser, sie schreien zu hören. Ich mag es, wenn sie kämpfen.«

»Nun, das reicht dann«, erklärte Charles in einem angewiderten Ton. »Ich wollte es dir leicht machen, weil mir langweilig war, aber jetzt hast du mich verärgert.«

Der Mann grinste. »Der schicke Herr denkt, er kann es mit mir aufnehmen, was?« Die Menge um sie herum brüllte vor Begeisterung, aber Charles schenkte ihr kaum Beachtung. Stattdessen konzentrierte er sich auf den Mann vor ihm, die Art, wie er sich bewegte, den leicht ungleichmäßigen Gang, der ihn zwang, sein linkes Bein zu bevorzugen, möglicherweise eine alte Verletzung. Seine Atmung zeigte, dass er sich von seinem letzten Kampf noch nicht ganz erholt hatte. Das waren nützliche Dinge, die man wissen sollte.

Charles ließ jeden Gedanken an die Welt außerhalb des Rings los und gab sich ganz dem Augenblick hin. Der Rohling hob die Hände, stürzte sich ohne Vorwarnung auf Charles und schwang eine kräftige Faust. Er wollte die Sache lieber schnell beenden, als seinen Gegner zu studieren. Töricht.

Charles tanzte zurück und ließ den Schlag passieren. Sein Gegner schwankte vorwärts, und Charles verpasste ihm einen kräftigen Tritt in den Hintern, als der Mann an ihm vorbeistolperte. Die Männer in der Menge jubelten Charles zu, was ihn nur noch wütender machte, wie es beabsichtigt war.

Sie tanzten, wie ein Mungo und eine Königskobra, umkreisten einander gegen den Uhrzeigersinn, wobei Charles jedem Schlag vorsichtig auswich, den Mann zwang, sein verletztes Bein zu schonen, und ihn immer wieder stolpern ließ, bis er ermüdete.

»Bist wohl zu feige ... um mich zu schlagen«, keuchte der Mann und wischte sich den Schweiß aus den Augen.

Als der Mann dieses Mal auf ihn zukam, schlug Charles zu. Hart. Seine Faust traf den Mann am Kiefer, und er ging zu Boden wie ein Stein und landete als ein Haufen im Holzring.

Er bewegte sich nicht, bis auf das schwache Heben und Senken seines Rückens beim Atmen.

Ich brauchte nicht mal einen zweiten Schlag, oder?

Die Menge um den Ring herum brüllte, und Charles winkte ab, als er die Plattform hinunterkletterte, um die Frau zu befreien. Sie atmete schwer und hatte große Augen. Als er näher kam, bemerkte er, dass sie etwas an sich hatte, wie ein halb erinnerter Traum. Er funkelte die Männer an, die sie noch immer festhielten, und ihre Hände fielen runter. Er erwartete, dass die Frau mit ihm verschmelzen und ihn mit dankbaren Küssen bedecken würde.

Doch das geschah nicht. Stattdessen schlug sie zu und trat einem Mann mit dem Knie in die Leiste, bevor sie dem zweiten gegen die Kehle schlug.

Dieser Engel konnte kämpfen - ein Erzengel ohne das Flammenschwert. Er wollte ihr gerade applaudieren, doch dann stürzte sie sich auf ihn. Er konnte ihre Faust gerade noch abfangen, bevor sie landete, und er zog sie an sich, wobei er seinen Körper benutzte, um ihren zu beruhigen.

»Ganz ruhig, Liebes, ich werde dir nicht wehtun. Ich werde nicht zulassen, dass dir jemand hier etwas antut.« Er blickte in ihre Augen und hatte das seltsame Gefühl, als würde sie ihn mit diesen Augen in ihren Bann ziehen. »Ich ...« Er räusperte sich, und sie sah weg, um den mächtigen Zauber zu brechen.

»Ich werde dich jetzt loslassen. Bitte glaub mir, dass ich dir nichts Böses will.« Er ließ sie los, und sie wich von ihm zurück. Aber sie kam nicht weit, weil sich eine Gruppe von Männern um den Boxring herum aufhielt.

»Ich muss gehen.« Ihr Tonfall war leise und erinnerte ihn daran, wie Mädchen in ihrer ersten Zeit im *Ton* oft sprachen und sich bemühten, so zu klingen, als würden sie dazugehören. Sie versuchte zu fliehen, aber Charles hielt eine ihrer Hände fest.

»Nicht auf diese Weise. Bitte erlaube mir, den Gentleman zu spielen und dich sicher von diesem Ort weg zu begleiten.«

Die Frau wandte den Blick ab, nickte aber widerwillig und erlaubte ihm, sie den Weg zurück zu führen, den er gekommen war. Er schlang seine Finger um ihre schlanke Hand und wunderte sich, wie wunderbar sie sich anfühlte. Zweifelsohne war das alles nur eine Folge des Hochgefühls, jemanden gerettet zu haben, aber er wollte es trotzdem genießen.

Er sah den Jungen, bei dem er seine Sachen gelassen hatte, winkte ihn heran und überreichte ihm die versprochenen zwei Pence. Er bemerkte, wie die Frau den Jungen anlächelte, als dieser davonhuschte. Hatte sein Engel eine Vorliebe für Kinder? Bei ihm war es ähnlich. Die Jungen in den Tunneln hatten ein hartes und gefährliches Leben. Jedes bisschen Münze war wichtig.

»Kennen Sie den Weg nach draußen, Sir?«, fragte sie, als sie durch die Menschenmenge gingen, die bereits auf den nächsten Kampf wartete.

»Das tue ich.« Sie gingen schweigend durch das nun leere Tunnelsystem, aber er blieb wachsam, für den Fall, dass die Bestie Freunde hatte, die nicht an den Geist des Fair Play glaubten. Es war jedoch nicht leicht, denn es lenkte ihn ab, einfach nur die Hand dieser Frau zu halten.

Schließlich erreichten sie die steile Treppe, die sie wieder an die Oberfläche bringen würde, und ein kalter Wind von draußen kitzelte seine Nase. Der Pförtner war immer noch auf seinem Posten an der Tür zur Lewis Street. Er öffnete sie ohne ein Wort und ließ sie passieren.

Charles blinzelte, als sie unter dem Dachvorsprung hervortraten. Es regnete jetzt in Strömen, weich und eisig. Sein Engel hatte keinen Mantel und würde bei diesem Wetter nicht weit kommen, ohne sich zu erkälten.

»Ich werde eine Droschke rufen, die Sie hinbringt, wohin

Sie wollen«, sagte er und reichte ihr seinen Mantel. Sie winkte ab und befreite dabei geschickt ihre Hand von seiner. Der Verlust des Kontakts erfüllte ihn mit einer seltsamen Verzweiflung. Er wollte nicht, dass sie ging, er wollte ... Was wollte er? Er wollte sie, wollte sie mit nach Hause nehmen, sie an einem Feuer wärmen, die Geheimnisse erforschen, die in ihren Augen schimmerten.

»Danke für die Rettung, aber ich muss wirklich gehen.« Sie wischte sich mit einer Hand über die Augen, wischte den Regen von ihren dunkelgoldenen Wimpern und eilte davon.

»Warte!« Er lief ihr auf die Straße nach. »Du musst mir wenigstens deinen Namen sagen.« Er schenkte ihr sein verheerendstes Lächeln, das dafür bekannt war, jedes Frauenherz im Umkreis von hundert Metern zu brechen.

Der melancholische Ausdruck, mit dem sie erwiderte, war wie ein Schlag in die Magengrube. Sie schien von ihm völlig unbeeindruckt zu sein. Natürlich war ihm klar, dass sie gerade einem schrecklichen Schicksal entkommen war, aber dennoch war es nicht die Reaktion, die er erwartet hatte.

Sie hielt inne, und der Regen färbte ihr rotes Kleid in eine tiefe Beerenfarbe, die an ihrer Haut klebte. »Mein Name ...«

»Meine Belohnung für deine Rettung«, sagte Charles und verdoppelte seine Bemühungen. »Obwohl ich behaupten könnte, dass das an sich schon Belohnung genug war.«

Er schluckte die Scham hinunter, die in ihm wuchs. Nach allem, was sie durchgemacht hatte, brauchte sie einen weißen Ritter auf einem Pferd, der sie beschützte, und keinen verdammten Schurken. Doch er konnte sich nicht zurückhalten. Sie hatte ihn verzaubert.

Endlich brach sie das Schweigen. »Lily.«

»Lily«, wiederholte er. Der Name war sanft, zart und weiblich, genau wie die Art, wie sie sprach. »Darf ich Sie besuchen kommen? Wenn ... wenn Sie sich von Ihrem Abenteuer angemessen erholt haben, natürlich.« Der Gedanke, diese geheimnisvolle Frau gehen zu lassen, fühlte sich nicht richtig an. Er befürchtete, dass es der größte Fehler seines Lebens sein würde, wenn er sie gehen ließe.

»Ich glaube nicht, dass das eine gute Idee wäre, Mylord.«

»Woher wussten Sie, dass ich ein Lord bin?«

Sie lächelte wieder. »Ihr Gegner hatte Recht. Sie sind ein zu schicker Herr.« In ihren Worten spiegelte sich der Akzent des Rohlings wider, was Charles zum Lachen brachte.

»Ich nehme an, das bin ich.« Er blickte auf die silber- und goldbestickte Weste hinunter. »Aber ich wäre sehr gerne *Ihr* zu schicker Herr.«

Ihr Lächeln, so seltsam bittersüß, zerrte an seinem Herzen. Einen Moment lang dachte er, sie würde in die Nacht hinauslaufen, aber stattdessen fasste sie ihn an den Schultern und küsste ihn.

Er war nur eine Sekunde lang erschrocken, bevor er sie an der Taille packte und die Kontrolle übernahm. Es war ein Moment aus Feuer und Licht, wie ein Ruck in seinem Körper. Er war ein Meister der Verführung, hatte sein Leben darauf aufgebaut, perfekte Küsse zu kreieren, und doch fühlte er sich in diesem Moment wie ein Junge, der mit seinem ersten Mädchen herumfummelte. Es war nicht möglich, und doch war er hier.

Nach einem langen Moment trennten sich ihre Münder, der Regen kam immer noch in einem leichten Nebel herunter, während sie sich zitternd an ihn schmiegte. Er lehnte seine Stirn an die ihre, und ihr röchelnder Atem ging in perfektem Rhythmus. Alle Sinne wurden wach, als er darum kämpfte, diese Erinnerung in sein Gedächtnis einzubrennen. Ihr Körper drückte sich an seinen, das Blau ihrer Augen wie Saphire, der Samt ihrer Lippen und das Rauschen ihres Atems.

»Hier ist deine Belohnung«, sagte sie.

»Bitte, lassen Sie mich Sie nach Hause begleiten«, flehte er.

Charles befürchtete, dass sie verschwinden würde, wenn er sie losließe, dass er irgendwie seinen Kampf verloren hatte und dieser ganze Moment nur ein Traum war, während er ohnmächtig auf dem Boden lag. Eine Frau wie diese konnte nicht echt sein.

Sie stieß sich ab und blickte erschrocken auf etwas hinter ihm. Charles drehte sich zu den dunklen Gängen hinter ihnen um, die Fäuste erhoben, bereit, es mit allem aufzunehmen, was aus den Tunneln der Lewis Street auf sie zukommen könnte.

Aber da war nichts, nur Dunkelheit und Regen.

Er drehte sich um und stellte fest, dass das Marstallgebäude leer war. Lily war weg.

Er blickte in den Himmel und ließ den eisigen Regen auf sein Gesicht prasseln. Vielleicht war es wirklich nur ein Traum gewesen. Wie könnte ein solcher Moment real gewesen sein? Die perfekte Frau zu finden, nur um sie noch in derselben Nacht zu verlieren.